Von Luisa Binder ist bereits folgender Titel erschienen:
Eigentlich sind wir nicht so

Über die Autorin:
Luisa Binder hat allerlei geisteswissenschaftliche Dinge studiert, die ihr im Leben bislang noch nicht wirklich weitergeholfen haben. Immerhin hat sie einen Job in einer Werbeagentur ergattert. Sie lebt zusammen mit ihrem Mann in einer beschaulichen Kleinstadt in der Metropolregion Rhein-Neckar, mag alles, was Punkte hat, und lernt in ihrer Freizeit Schwedisch. Einen lebenden Elch hat sie noch nie gesehen.

Luisa Binder

DARF ICH DIR DAS SIE ANBIETEN?

Roman

Besuchen Sie uns im Internet:
www.knaur.de

Originalausgabe Juni 2017
Knaur Taschenbuch
© 2017 Knaur Verlag
Ein Imprint der Verlagsgruppe
Droemer Knaur GmbH & Co. KG, München
Alle Rechte vorbehalten. Das Werk darf – auch teilweise – nur mit
Genehmigung des Verlags wiedergegeben werden.
Dieses Werk wurde vermittelt durch die Agentur Brauer.
Redaktion: Leena Flegler
Covergestaltung: ZERO Werbeagentur, München
Coverabbildung: FinePic®, München / shutterstock
Satz: Sandra Hacke
Druck und Bindung: CPI books GmbH, Leck
ISBN 978-3-426-52042-0

2 4 5 3 1

Für Gudrun

Borta bra men hemma bäst.
Das Schönste am Verreisen ist das Nachhausekommen.
Schwedisches Sprichwort

KAPITEL 1

»Guten Appetit.«

Ellen rückte den kleinen Teller, auf dem sich geviertelte Tomaten, Gurkenscheiben und zwei, drei Salatblätter stapelten, ein Stück näher an Odysseus heran. Der Schildkröterich hob langsam den Kopf, schob den Hals ein Stück aus dem Panzer und schnupperte am Gemüse. Dann wandte er sich ab – angeekelt, wie Ellen fand.

»Hallo? Hier spielt die Musik!«

Sie griff nach einer Gurkenscheibe, eigentlich Odysseus' Leib- und Magenspeise, und hielt sie dem Tier vor die Nase. Wieder drehte es den Kopf weg. Ellen hob die Gurkenscheibe hoch und betrachtete sie von allen Seiten. Was gab es daran auszusetzen?

»So, Monsieur. Jetzt keine Mätzchen mehr«, schimpfte sie, griff sich die Schildkröte, die gerade dabei war, langsam vom Teller weg über den Resopaltisch zu kriechen, hob sie hoch und drehte sie um einhundertachtzig Grad herum, so dass Odysseus wieder direkt vor seinem Abendessen saß. »Friss!«

Doch da hatte Ellen die Rechnung ohne die Schildkröte gemacht. Denn anstatt endlich in das angebotene Gurkenscheibchen zu beißen, zog sie mit enervierender Langsamkeit Arme, Beine und schließlich auch den irrsinnig langen Hals mitsamt Kopf ein und verkroch sich im Panzer.

»Dann eben nicht. Undankbares Vieh.« Ellen schob sich die Gurkenscheibe selbst in den Mund. Während sie krachend das Gemüse zerkaute, stieg Enttäuschung in ihr auf. Das Gefühl kam ihr bekannt vor. Die Schildkröte fraß Hans aus der Hand. Obwohl er sein bescheuertes Haustier so gut wie nie selbst fütterte, sondern diese ehrenvolle Aufgabe wie so vieles andere, was seine Frau »einfach besser konnte«, gern ihr überließ.

Von wegen! Ellen mochte das blöde Vieh nicht mal besonders. Sie hatte einen Hund haben wollen, vor Jahren, als Marion ausgezogen war, Hans ein Aquarium. Die Schildkröte war der sprichwörtliche Kompromiss gewesen, den Ellen hatte eingehen müssen, und jetzt hatte sie den Salat. Tiere spürten so was ja. Wenn man sie nicht mochte. Vermutlich war das der Grund, warum Odysseus ihr bei jeder sich bietenden Gelegenheit in den Finger zwickte. Dabei hieß es doch, man solle die Hand nicht beißen, die einen füttere.

Dasselbe hätte man Hans allerdings auch vorwerfen können. Denn anstatt eine Frau wie Ellen, die ihm ein Leben lang den Rücken freigehalten hatte, auf Händen zu tragen, ihr jeden Wunsch von den Lippen abzulesen und sie wie eine orientalische Prinzessin zu behandeln, hatte er ihr – im übertragenen Sinne natürlich – ununterbrochen in den Finger gezwickt. Auch momentan führte er sich auf, als wäre er der Einzige auf der ganzen Welt. Und dabei war es Ellen, die allein hier oben rumhockte. Woran natürlich Hans schuld war. Wie an so vielem.

Zugegeben, das Nordkap war Ellens Vorschlag gewesen. Und sie hatte es sich irgendwie auch anders vorgestellt. Ein Sehnsuchtsort war es gewesen, am Anfang, ja, und dann eine fixe Idee. Der nördlichste Punkt des europäischen Festlands, Skandinavien, Freiheit, bis zum Horizont und weiter. Irgendwann war es dann nur noch ums Prinzip gegangen. Darum, dass Hans, der nämlich immer nur nach Italien hatte fahren wollen, sich auch mal für die Wünsche seiner Frau interessierte – oder sich zumindest von ihr überreden ließ (von »überzeugen« hatte Ellen nie zu träumen gewagt). Und dieses Jahr – o Wunder! – war es tatsächlich so weit gewesen. Und jetzt das.

Was hatte sie am Nordkap eigentlich erwartet? So richtig wusste sie es selbst nicht mehr. Steine, Hügel, viel Himmel und darunter das Meer, dazu eine ordentliche Portion Weichzeichner – das in etwa war die Fototapete gewesen, die sich jedes Mal vor ihrem inneren Auge entrollt hatte, wenn das gedankliche Stichwort gefallen war.

Doch in ihren Tagträumen, die sie jahrelang gehegt und gepflegt hatte wie die Stiefmütterchen auf dem Grab ihrer Schwiegermutter, war die Landschaft nicht annähernd so gelbgrünbraun gewesen. Das Nordkap war in Wahrheit deutlich weniger adrett und erst recht nicht von so opulenter Schönheit, wie Ellen all die Jahre angenommen hatte. Auch der Bildband, den Hans' und Ellens einzige Tochter Marion ihr mal zu Weihnachten geschenkt hatte, musste – wie jegliches Bildmaterial, das über das Nordkap existierte – nachkoloriert worden sein. Ansonsten wäre Ellen doch niemals auf die Idee gekommen, ausgerechnet *dieses* monochromatische Fleckchen Erde zu ihrem Sehnsuchtsort zu machen. Sie war ja nicht bescheuert und erst recht nicht farbenblind.

Es war ihr fast ein wenig peinlich gewesen, als sie tags zuvor nach einer irre langen Fahrt hier oben angekommen waren. Aus Hans' Blick hatte eine Mischung aus »Und wegen *so was* hast du mich jahrelang genervt?« und »Aha« gesprochen.

Sie selbst hatte versucht, sich die Enttäuschung nicht allzu sehr anmerken zu lassen. Ohnehin hatten sie ganz andere düstere Gedanken umgetrieben: Gedanken an mehr als drei Jahrzehnte Beziehung mit Hans und sehr, sehr viele Sommerurlaube auf ein und demselben furchtbaren italienischen Campingplatz. Gedanken an den Übertragungsbus des niedersächsischen Lokalfernsehens, der ihnen seit Dänemark hinterhergefahren war. Und Gedanken an das Eingeständnis ihres Göttergatten. Der eine Reinfall mehr oder weniger hatte den Kohl da auch schon nicht mehr fett gemacht.

Mit einem Seufzen setzte Ellen Schildkröte und Gemüseteller zurück in die Bananenkiste. Wenn Odysseus sich wieder abgeregt hätte, würde er ja vielleicht fressen. Und wenn nicht … dann wäre ihr das auch herzlich egal. Denn von nun an würde sie die Hauptrolle spielen in ihrem eigenen Film – und niemand sonst. Vor allem keine beknackte Schildkröte.

Ellen stand auf, trug die Bananenkiste in die Nasszelle des Wohnwagens, die so klein war, dass man sich jedes Mal die Knie anschlug, wenn man auf Toilette ging, und stellte die Kiste inklusive Schildkröte auf der knapp bemessenen freien Fläche neben dem Chemieklo ab. Dann streckte sie dem immer noch in seinen Panzer verkrochenen Odysseus in einem Anflug von Albernheit die Zunge raus, schloss die Tür zum Badezimmer und wandte sich wieder der Sitzecke zu, in der diesmal kein Hans saß und sie mit erwartungsvollem Gesichtsausdruck ansah, weil er hoffte, dass sie ihm etwas zu essen machte.

Augenblicklich stieg ihr inneres Stimmungsbarometer um ein paar Grad, und der kleine Anflug guter Laune hielt sogar an, während sie den Blick wieder durch das Fenster auf die dröge Umgebung ringsum lenkte. Ausgebranntes, vergilbtes Gras, das den Rand einer riesigen geteerten Fläche säumte. Sicher drei Fußballfelder groß. Drum herum ein paar nichtssagende Erhebungen und am Ende (immerhin das stimmte mit dem Bild überein, das Ellen sich jahrelang gemacht hatte) das Meer. Allerdings konnte man das Meer auch nur als dünne hellblaue Linie am Horizont ausmachen wie ein mit Wasserfarbe hingekleckster Strich auf einem bereits welligen Blatt Papier.

Wie in aller Welt war sie auf die Idee gekommen, dass es hier oben, wo neun Monate lang Schnee lag und es die meiste Zeit des Jahres dunkel war, im Sommer anders aussehen könnte? Grüner, lebendiger, nicht so ... tot? Ellen musste an eine ganz ähnlich böse Überraschung denken, die Venedig ihr bei ihrem ersten Besuch vor Jahrzehnten beschert hatte. Damals, bevor sie Hans kennengelernt hatte. Es war im Hochsommer gewesen. Die Müllabfuhr hatte gestreikt, und die Lagunenstadt war einem buchstäblich zu Kopf gestiegen mit ihrem infernalischen Gestank. Das hatte nicht in den zahlreichen Fremdenführern gestanden, die Ellen auswendig gelernt hatte, um sich auf ihren ersten Einsatz als Reiseleiterin vorzubereiten.

Immerhin hatte es am Vortag, als sie angekommen waren, wesentlich angenehmer gerochen als in Venedig. Genau genommen war das Nordkap sogar relativ geruchsneutral. Einer der Vorteile Skandinaviens im Vergleich zu Südeuropa, fand Ellen, trotz aller Enttäuschung angesichts des drögen Drumherums.

Vor dem Fenster machte sie eine Bewegung aus. Ah, der Dicke aus dem Eriba Puck. Ellen hatte keine Ahnung, wie ein Mann mit solchen Ausmaßen in einen derart winzigen Wohnwagen passte. Vielleicht musste er deshalb so viel draußen herumlaufen. Weil ihm der Wohnwagen zu klein war wie eine Hose, die nicht mehr passte und am Bauch anfing zu kneifen. Ellen hatte den Dicken vorhin schon mal dabei beobachtet, wie er um ihren Wohnwagen geschlichen war. Das war sie inzwischen gewohnt. Genau das war ja Hans' Absicht gewesen: möglichst viel Aufmerksamkeit zu erregen. Damit standen seine Absichten umgekehrt proportional zu denen von Ellen, die es in der Regel vorzog, nicht aufzufallen, weder besonders positiv noch negativ. In Schweden nannte man so etwas *lagom*, hatte sie gelesen, als sie sich auf die Tour ans Nordkap vorbereitet hatte. *Lagom*, das war das gesunde Mittelmaß, eben nicht zu viel, nicht zu wenig, sondern genau richtig.

Aber von genau richtig hatte ihr werter Herr Gemahl selbstverständlich keine Ahnung. Bei Hans gab es nur viel und laut und auffällig. Irgendwie logisch, dass sein Abgang auch nicht heimlich, still und leise, sondern mit allem Tamtam vonstattengegangen war. Blaulicht. Helikopter. Gaffer. Und das Fernsehteam war ohnehin schon da gewesen. Nur Hans und seinem Affentheater hatte sie es zu verdanken, dass sie jetzt hier am Nordkap festsaß. Allein. Und wartete, während irgendwas in ihrem Inneren angefangen hatte, ungeduldig mit den Fingern zu trommeln.

Wenn sie doch nur selbst fahren könnte! Dann würde sie keine Minute länger hier ausharren. Aber es gab nun einmal Dinge, die änderten sich nicht so schnell. Ellens Angst vorm Autofahren war eines dieser Dinge. Und so war sie darauf angewiesen, auf ihre Tochter zu warten, die den Volvo mitsamt Wohnwagen an der Anhängerkupplung den langen Weg zurück nach Hause ins niedersächsische Ostereistedt fahren würde.

Als der Dicke aus dem Eriba Puck, der trotz der frostigen Temperaturen vor der Tür nicht mehr als eine schlabbrige Jeans und ein im Verhältnis dazu ziemlich stramm sitzendes T-Shirt trug, an ihrem großen Panoramafenster vorbeilief, sah er in ihre Richtung. Unwillkürlich hob Ellen die Hand und winkte ihm zu. Sofort drehte der Mann ab und lief zu seinem Eriba zurück, in dem er nur Sekunden später bis auf weiteres verschwand.

Blöder Typ. Hätte wenigstens mal guten Tag wünschen können. Oder zurückwinken. Immerhin waren sie so was wie Nachbarn.

Im selben Moment kam Ellen Erna in den Sinn, ihre Freundin, die in Ostereistedt im Haus neben ihnen wohnte. Wie die wohl reagieren würde, wenn Ellen ihr von diesen wahnwitzigen Neuigkeiten berichtete? Sie spürte Nervosität in sich aufsteigen – diese kribbelnde Gewissheit, dass sich ihr Leben bald ganz massiv ändern würde. Wenn es nur nicht so furchtbar lange dauern würde, bis sie es Erna endlich erzählen könnte …

Aber warum eigentlich warten? Ihr Blick wanderte zu dem Mobiltelefon, das auf dem Tischchen lag. Dann erinnerte sie sich wieder an Hans' Warnungen, das Handy bloß niemals im Ausland zu benutzen. »Mit dem Roaming ziehen die dich total über den Tisch! Da kostet eine Minute telefonieren dann plötzlich drei Euro, das waren früher mal sechs Mark. Überleg dir das mal – sechs Mark!«

Ellen konnte sich ein Grinsen nicht verkneifen, als sie das Telefon zur Hand nahm, die Tastatur entsperrte und Ernas Nummer wählte.

Nach zehnmal Tuten nahm Erna den Anruf entgegen. »Ja, hallo?«

Ellen warf einen Blick auf die Armbanduhr. Ach ja. Dienstagabend um halb sechs. Erna sah sich gerade eine ihrer Kitschserien an.

»Hallo, Erna! Ich bin's, Ellen.«

»Ellen?!« Sofort klang ihre Nachbarin alarmiert. »Was ist los? Ist etwas passiert? Warum rufst du an?«

»Ach, einfach nur so«, erwiderte Ellen, lehnte sich entspannt in die Kissen zurück und dachte an die sechs Mark, die ihr Anruf kosten würde. Mindestens. »Ich wollt eigentlich nur fragen, wie es dir so geht.«

»Aber du bist doch im Urlaub? Da kannst du doch nicht einfach anrufen? Das ist doch viel zu teuer – wegen dem Rohming!«

»I wo!« Ellen winkte ab, auch wenn die Freundin ihre Geste natürlich nicht sehen konnte.

»Ellen ... Bist du dir sicher, dass alles in Ordnung ist?«, hakte Erna nach. »Wo bist du denn gerade?«

»Am Nordkap. Ganz weit oben.«

»Und, ist es schön?«

»Och, joah. Nicht so schön, wie ich gedacht hab.«

»Wie schade!« Ernas Stimme war voller Bedauern. »Da wolltest du doch immer hin. Das war doch dein großer Traum.«

»Tja. Das war es wohl. Aber Träume sind Schäume, sagt man doch so.«

»Hm. Und wie gefällt es Hans?«

Ellen seufzte. »Also, Hans ... Na gut. Es gibt da etwas, was ich dir erzählen muss.«

»O Gott!« Erna schlug sich hörbar die Hand vor den Mund. »Wusst ich's doch ...«

»Beruhige dich«, fiel Ellen ihr ins Wort. »Es ist nichts Schlimmes. Ganz im Gegenteil, es ist sogar sehr erfreulich.«

»Jetzt sag endlich!«

»Hans ist weg«, verkündete Ellen stolz.

Ein paar Sekunden lang hörte sie nur das Knistern in der Leitung, das mehr Bände sprach als alles, was Erna hätte entgegnen können. Dann stammelte sie: »Wie? Wo ist er denn?«

»Auf dem Weg nach Deutschland.«

»Und du bleibst ganz allein am Nordkap?«

»Vorläufig.«

Für einen Moment herrschte Schweigen. Dann: »Das ist nicht witzig.«

»Finde ich auch nicht.«

Wieder wurde es still. Dann fing Erna an zu kichern. »Ach, Ellen! Du und dein Humor! Hör mal, war nett, mit dir zu plaudern, aber grad ruft Jürgen, die Werbung ist zu Ende.« Wieder lachte sie. Sie klang belustigt, aber irgendwie auch verunsichert. »Du verrücktes Huhn! Und richte Hans liebe Grüße aus, ja?« Dann legte sie auf.

Konsterniert nahm Ellen das Mobiltelefon vom Ohr und starrte eine Weile darauf hinab. Das war ja prima gelaufen! Offenbar traute ihr nicht einmal ihre beste Freundin zu, dass sie endlich Nägel mit Köpfen machte. Außerdem ärgerte sie sich ein bisschen, weil ein derart kurzer Anruf sicher nicht mehr als zwei Euro gekostet hatte. Das waren zwar umgerechnet immer noch vier Mark, aber wie das Abschneiden von alten Zöpfen fühlte es sich trotzdem nicht an.

Ach, egal. Sollte Erna doch denken, was sie wollte. In ein paar Tagen würde Ellen wieder daheim in Ostereistedt sein und der Freundin noch einmal in aller Eindeutigkeit verklickern, dass Hans Geschichte war. Und dann würde Erna nicht mehr lachen, da war Ellen sich sicher.

Ab jetzt würde alles anders werden, alles. Vorbei waren die Zeiten, in denen sie von ihrem Mann auf irgendwelche Veranstaltungen geschleppt wurde, die sie nicht die Bohne interessierten. Ab jetzt würde sie nur noch auf Feiern gehen, die sie sich selbst aussuchte, und es würde jede Menge Konfetti in ihrem Leben regnen.

Bald wäre Marion da, dann würden sie sich sofort auf den Weg machen, direkt hinein in diesen neuen Lebensabschnitt, in ein neues Kapitel. Wenn eine verstand, dass einem manchmal nichts anderes übrigblieb, als alles hinter sich zu lassen und die Seite umzublättern, dann war es doch wohl ihre Tochter. Außerdem würde sie Ellen bestimmt bei ein paar ungeklärten Fragen helfen, auf denen sie immer noch herumkaute: Wie löst man nach fünfunddreißig Jahren einen Haushalt auf? Wer kümmert sich in Zukunft um Hans? (Ganz klar: Nicht Ellen!) An wen würde Odysseus gehen? Die Verantwortung für ein anderes Lebewesen konnte man ja unmöglich an Hans übertragen, der kam ja schon allein nicht klar. Aber Odysseus mitnehmen? Der ihr ständig in den Finger kniff? Das wäre ein ganz falsches Signal an die Welt und an sie selbst.

Nein. Ab jetzt würde sie nur noch an sich denken. Und die Schildkröte konnte gucken, wo sie blieb.

Ellen ließ sich tiefer in die Kissen sinken und strich sich durch die kurzen blonden Haare, die inzwischen von silbrigen Strähnen durchzogen waren. Diese Reise war bislang wirklich vollkommen anders verlaufen, als sie es sich vorgestellt hatte – was sie grundsätzlich freute, denn das ewige Einerlei und Jeden-Tag-Dasselbe war ihr in den vergangenen Jahrzehnten doch gehörig auf den Keks gegangen. Dass sich nun alles so ganz anders entwickelt hatte …

Egal. Es kam nur auf das Ergebnis an. Und Ellen war bereit, den nächsten, ja, wichtigsten, vermutlich sogar allergrößten Schritt in ihrem Leben zu tun. Deswegen waren mittlerweile auch die Dachluken des Wohnwagens geschlossen und die Oberschränke verriegelt. Wenn ihre Tochter endlich hier ankäme, würden sie nicht lange fackeln, sondern gleich den Wohnwagen ans Auto hängen, und dann ab durch die Mitte. Zu nachtschlafender Zeit, wenn es sein müsste. Es galt, keinen Blick zurückzuwerfen, sondern Land zu gewinnen. Weg vom Nordkap und mit Karacho rein ins Ungewisse.

KAPITEL 2

Bereits vor zwanzig Jahren hatte das Elend seinen Lauf genommen. Mitte der Neunziger waren Ellen, Hans und Marion am Bodensee gewesen, wo sie einen sterbenslangweiligen Urlaub in einem winzigen Kaff auf der deutschen Seite des Gewässers verbracht hatten, und auf dem Rückweg hatte Hans den Vorschlag gemacht, in einem Campingmuseum vorbeizufahren.

»Das ist doch eine tolle Gelegenheit, die so schnell nicht wiederkommt«, hatte er gesagt, um seinen beiden Damen den kleinen Umweg schmackhaft zu machen. Doch die hatten bloß genervt die Augen verdreht. Marion war gerade fünfzehn geworden und zutiefst beleidigt, weil sie ihre kostbaren Sommerferien mit ihren unfassbar uncoolen Eltern am Bodensee und nicht auf einer Jugendfreizeit in Bornholm verbringen durfte. Und selbst Ellen waren nach zwei Wochen Spätzle und Spaziergängen ein Zeltlager in Dänemark mit lauter Pubertierenden wie ein Abenteuerurlaub vorgekommen.

Sie legten Widerspruch ein, doch der wurde zur Kenntnis genommen und dann sofort zu den Akten gelegt. Dann trat das Oberhaupt der Familie Bornemann aufs Gaspedal und steuerte zielstrebig den kleinen Ort Bad Waldsee an. Obwohl Ellen mit Camping nicht viel anzufangen wusste, war die Ausstellung nicht einmal halb so langweilig, wie sie befürchtet hatte – im Gegenteil. Mit wachsender Begeisterung liefen sie und Hans zwischen all den alten Eribas, Tabberts und Hymers hin und her, vorbei an quietschgrünen Citroën-Coupés aus den Siebzigern, orangefarbenen Mercedes-Kombis im Stil der sechziger Jahre und schwarzen VW Käfern aus der Nachkriegszeit, und Ellen malte sich aus, wie verrückt und wagemutig ein solcher Urlaub wohl sein mochte.

Ein Leben im Camper, jeden Tag woanders, immer unterwegs. Anhalten, wo immer man mochte. Leben im Einklang mit der Natur.

Während Marion miesepetrig drohte, sie würde ihre eigene Fremdadoption beantragen, wenn ihre Eltern sie zwängen, gemeinsam in einem Gefährt von gerade einmal vier Quadratmetern Grundfläche zu urlauben, gefiel Ellen die Vorstellung immer besser, einmal eine solche Reise zu unternehmen. Sie nahm das Geschimpfe ihrer Tochter gar nicht weiter ernst; sie war nämlich – im Gegensatz zu Hans, der »sein Mädchen« so gern um sich hatte – durchaus der Meinung, dass Marion mit fünfzehn alt genug war, um von nun an andere mit ihrer schlechten Laune zu verwöhnen.

Vielleicht war Ellen der hübsche mintfarbene Bulli-Bus aus dem Jahr 1961 – ihrem Geburtsjahr, war das etwa kein Zeichen? – auch deshalb so positiv aufgefallen. In dem konnten nämlich beim besten Willen nur zwei Personen schlafen. Hätte man vor, die quengelnde Tochter ebenfalls mit in den Urlaub zu nehmen (und wer würde das wollen, Gott bewahre!), dürfte die sich eben mit ihrem Weltschmerz und ihrer schlechten Laune ein Zelt teilen, und Ellen und ihr Mann wären endlich mal wieder für sich.

»Den find ich ja schön«, hauchte Ellen, als sie mit klopfendem Herzen vor dem T1 stand, der sie aus kugelrunden Scheinwerferaugen treudoof anblickte.

»Ach«, seufzte Hans nur, warf einen flüchtigen Blick auf die grauen Sitze und das fest installierte Bett im Fond und schlenderte dann weiter. Ellen blieb noch für einen Moment mit sehnsüchtigem Gesichtsausdruck stehen und schickte drei Stoßgebete zum Himmel, dass in diesem »Ach« der Abwechslung halber etwas ganz anderes gesteckt haben möge, als von Hans für gewöhnlich zu erwarten war. Vielleicht hatte ihr Mann ja ausnahmsweise einmal *zugehört*?

Doch einen Monat später, an ihrem fünfunddreißigsten Geburtstag, bekam sie keinen hübschen mintfarbenen Bulli-Bus geschenkt. Stattdessen bog Hans mit einem wahren Ungetüm an der Anhängerkupplung ums Eck. Der Anblick verschlug Ellen für einen kurzen Moment den Atem.

»Was *ist* das?«, fragte sie fassungslos, als ihr Mann stolz wie der Kapitän der *Queen Mary* aus dem VW Passat stieg.

»Das, mein Schatz, ist unser neues Ferienhaus auf Rädern«, rief er und klatschte sogar in die Hände. »Alles Gute zum Geburtstag, mein Liebling!«

Mit diesen Worten kam er auf sie zu und schloss sie in die Arme, und Ellen war sich mit einem Mal sehr sicher, dass er zwar die besten Absichten gehabt, aber wie so häufig den Empfänger auf die falsche Frequenz eingestellt hatte. Es war offensichtlich, dass er ihre gar nicht mal so dezenten Hinweise, wie gern sie einmal campen gehen würde – vielleicht sogar mit einem so hübschen mintfarbenen Bulli-Bus –, dermaßen bruchstückhaft vernommen hatte, dass nur jener Teil in seiner Wahrnehmung hängengeblieben war, der zu seinen eigenen Vorstellungen gepasst hatte. Obwohl Ellen wochenlang von den sechziger Jahren, dem Wirtschaftswunder, der grundsoliden Marke Volkswagen und einem Oldtimer als Wertanlage gesprochen hatte, war bei ihrem Ehemann nur »campen« und »alt« angekommen. Am Ende hatte er bei »Oldtimer« auch noch eher an Ellen als an einen Bulli-Bus gedacht. Aber das Allerschlimmste war: Sie konnte ihm nicht einmal einen Vorwurf machen. Immerhin hatte er ein bisschen zugehört. Und das war doch besser als gar nichts. Das hatte zumindest Erna im Anschluss gesagt, als Ellen der Nachbarin ihr Leid geklagt hatte.

Dennoch: Der Tabbert-Wohnwagen mit zwei Sitzgelegenheiten vorn und hinten sowie einem Chemieklo in einer kleinen abgetrennten Nasszelle war nicht gerade das, was Ellen sich gewünscht hatte. Dass ihr Ehemann den Wohnwagen auch nicht neu gekauft, sondern gebraucht vom Stühmeier-Willi übernommen hatte, war ebenfalls ein Kratzer im Lack des ach so perfekten Geburtstagsgeschenks.

»Der Tabbert wurde 1968 gebaut und ist damit seit drei Jahren ein Oldtimer. Da ist doch die Versicherung so billig«, erklärte Hans, dem die ein wenig gedämpft ausfallende Begeisterung seiner Gattin zu ihrer großen Überraschung nicht entgangen war. »Und bevor das Schätzchen beim Willi in der Scheune steht und vergammelt …«

»Aber … Aber …« Ellen wusste gar nicht, was sie sagen sollte. »Und was ist aus dem hübschen Bulli-Bus geworden?«

Hans lachte nur laut. »Schatz, weißt du überhaupt, was so ein T1 kostet? Nein, lieber bescheiden bleiben. Das ist doch unser Motto.«

Zum Glück war Ellen eine Frau, die nicht lang fackelte. Sie schluckte ihre Enttäuschung herunter und stürzte sich auf »Lottchen«, wie Hans den Wohnwagen später taufen sollte, weil er eben »lief wie'n Lottchen«.

Ja, das Lottchen war kein Bulli-Bus. Aber dieses Manko war durchaus zu verkraften, wenn man mit ein bisschen Enthusiasmus nachwürzte. Ellen freute sich auf Nächte unter Sternenhimmeln, Nacktbaden im Meer, Wildcampen an allen Orten, an denen es ihnen gefiel. Keine Regeln, keine Grenzen, kein Bodensee!

Sie schmiss die müffelnden Sitzpolster raus und besorgte neue, nähte Gardinen und schrubbte die hölzernen Innen- und Oberschränke so lange mit Essigreiniger und Holzschutzmittel, bis sie fast wie neu aussahen und auch nicht mehr rochen, als hätte der Stühmeier-Willi tote Ratten darin transportiert.

Ein Dreivierteljahr, nachdem Hans das Lottchen als viertes Familienmitglied zu den Bornemanns geholt hatte, brachen er und Ellen zu ihrer Jungfernfahrt auf. Ohne Marion. Zumindest dem weiblichen Elternteil kam es nicht ungelegen, dass Tochter Bornemann mit Freundinnen in Richtung Bordeaux an die Atlantikküste fahren wollte, um dort drei Wochen lang faul in der Sonne zu liegen und ihre Urlaubsbräune zu kultivieren. In stillschweigendem Einvernehmen hatten Ellen wie auch Marion beschlossen, dass es endlich an der Zeit war, dass die Tochter ihre Badem-atte an einer anderen Stelle ausrollte als die werten Eltern.

Hans hatte das wie erwartet nicht einsehen wollen. »Aber ich hab doch extra einen größeren Wohnwagen gekauft, in dem wir auch zu dritt unterkommen«, hatte er gejammert, als sein geliebtes Einzelkind ein paar Wochen zuvor am Abendbrottisch verkündet hatte, dass es nicht beabsichtige, erneut mit in den Urlaub zu fahren. Weder Marion noch Ellen hatten auch nur ein weiteres Wort dazu gesagt. In seltener Eintracht hatten sie geschwiegen.

Hans' und Ellens erstes Ziel war Italien, obwohl Ellen damals schon gern in den Norden gefahren wäre, den sie bis dato noch nie gesehen hatte. Aber Hans hatte in den Süden gewollt und auf einen Kompromiss gepocht: Immerhin habe er sich nur *ihr zuliebe* überhaupt aufs Campen eingelassen – er sei ja an sich eher ein Pensionsurlauber. Ellen hatte einmal kurz mit den Zähnen geknirscht und zur Sicherheit noch ein paar Sekunden lang die Luft angehalten. Manchmal musste sie das tun, wenn sie nicht vor aller Augen explodieren wollte. Mittlerweile kam sie fast volle sechzig Sekunden ohne Sauerstoff aus, so weit hatte sie ihr unfreiwilliges Deeskalationstraining schon gebracht. Sie ahnte allerdings, dass ihr das eines Tages böse Spätfolgen einhandeln würde.

Dann hatte sie Italien abgenickt.

Sie fuhren an die nördliche Adriaküste, in die Nähe von Porto Santa Margherita im Osten Venedigs – jener Stadt, von der Ellen immer noch die Nase voll hatte. Der Campingplatz, den Hans ausgesucht hatte, hieß »Felicitano« und entsprach exakt dem, was Ellen sich unter einem solchen Ort vorgestellt hatte. Ein Pinienwäldchen an der Küste, ein heruntergekommener Kiosk, in dem man trockenes Weißbrot und viel zu süße Marmelade kaufen konnte, saubere, wenn auch etwas lieblos gestaltete Gruppenwaschräume, die man morgens wie abends mit dem Kulturbeutel unter dem Arm aufsuchte. Also genau das Gegenteil von Wildcamping unterm Sternenhimmel und Nacktbaden in einsamen Buchten. Wenn Ellen gewusst hätte, wie oft sie noch ihre Kosmetika durch Felicitano tragen würde, hätte sie die Auswahl des Campingplatzes sicher nicht Hans überlassen.

Denn aus einem Sommer in Porto Santa Margherita wurden achtzehn, auch wenn Ellen bis heute keine Ahnung hatte, wie das hatte passieren können. Mit der Zeit hatte sich Felicitano zu einem Camper-Alptraum entwickelt. Die Sandstrände waren zu voll, der Rotwein war zu trocken und das Eis immer ein bisschen zu flüssig. Sogar die Nachbarn auf dem Campingplatz waren Jahr für Jahr dieselben, die kleinen malerischen Städtchen nichts weiter als eine Ansammlung von Betonbunkern entlang der Mittelmeerküste, und die Hitze wurde auch jedes Jahr unerträglicher.

Wann immer sie das ansprach oder gar versuchte, zur Abwechslung doch mal einen Hotelurlaub oder eine Rundreise anzuregen, entgegnete Hans: »*Du* wolltest doch unbedingt campen gehen! Das Lottchen hab ich nur für dich gekauft. Jetzt machen wir Campingurlaub, und es ist wieder nicht recht.« Und Ellen schwieg – denn sie brachte es nicht übers Herz, ihrem Mann, der ihr zumindest einmal halbwegs zugehört hatte, zu beichten, dass ein Bulli-Bus und Meeresrauschen was anderes war als das Schnarchen ihrer Stellplatznachbarn durch schlecht isolierte Tabbert-Plastikfenster.

Stattdessen wünschte sie sich ans Nordkap. Doch ihr Nordkap wanderte, während ihre subtilen Andeutungen von Hans weiterhin überhört wurden, Jahr für Jahr ein Stückchen weiter gen Süden. Aus ihrem Nordkap wurde erst Mittelschweden, dann

Schonen, dann Dänemark ... Immer weiter rückte Ellen von ihrem ursprünglichen Traum ab.

»Wir fahren jetzt schon seit mehr als zehn Jahren nach Felicitano«, setzte sie eines Tages wieder einmal an, nur um sofort von Hans unterbrochen zu werden.

»Und immer war es schön.«

Wenn es eines gab, was Ellen und Hans wirklich unterschied, dann war es der Wunsch nach Abwechslung. Ellens Ehemann verspürte nicht den geringsten Drang, auch nur irgendetwas in seinem Leben anders zu machen als in den vergangenen neunundfünfzig Jahren. Sie war sich sicher: Wenn es ihm möglich wäre, würde er noch heute immer sonntags zu seiner Mutter fahren und dort Grünkohl und Pinkel essen. Es scheiterte inzwischen nicht mehr nur daran, dass es Grünkohl nur noch ein paar Monate im Jahr gab. Sondern auch daran, dass Heidemarie Bornemann selbigem Grünkohl mittlerweile von unten beim Wachsen zusah.

»Ja, das war es«, nahm Ellen den Faden wieder auf, »aber ich glaube, dass es woanders auch mal schön sein kann. Wie wär es denn mit der Ostsee?«

Ostsee. So tief war sie also schon gesunken.

»Wir sollen bei den *Ossis* Urlaub machen?« Hans schüttelte den Kopf. »Kommt gar nicht in Frage.«

»Dann an der Nordsee. Langeoog soll ganz bezaubernd sein, und ...«

Doch weiter kam sie nicht. Genau genommen war sie nicht mal weiter als bis zur Landesgrenze Schleswig-Holsteins gekommen – und das auch nur in Gedanken.

»Was willst du denn an der Nordsee, Schatz? Wattwanderungen und Fischbrötchen?« Er lachte. »Ach was. Da könnten wir doch gleich zu Hause bleiben.«

Stimmt, dachte Ellen. Aber viel anders als zu Hause war es mit dem Lottchen in Felicitano auch nicht. Jedes Jahr dieselben Leute rechts und links, dieselben schmierigen Schlager im Radio und Pizza in der immer selben Trattoria um die Ecke.

»In Italien wissen wir doch, was wir haben«, legte Hans nach. »Zuverlässig, jedes Jahr. Typisch Bornemann.«

Typisch Bornemann. Das war Hans' Wahlslogan im Jahr 2001 gewesen, als er zum ersten Mal fürs Bürgermeisteramt von Ostereistedt kandidiert und auch gewonnen hatte. Der Slogan war ihm selbst auf dem Klo eingefallen, und Hans war volksnah genug, um diese Anekdote bei nahezu jedem Treffen mit potenziellen oder tatsächlichen Wählern zu erwähnen.

Das Geräusch einer zuschlagenden Autotür riss Ellen aus den Gedanken. Sie stand auf und drehte sich zum Schrank um – dem einzigen neben den schmalen Oberfächern, den das Lottchen zu bieten hatte. Dort kramte Ellen ihre dicke Strickjacke heraus, die sie in weiser Voraussicht eingepackt hatte, und schlüpfte hinein. Dann trat sie an die Tür, zog ihre Schlappen an, die wie immer auf der obersten Treppenstufe standen, und schob die Tür auf.

Eine kühle Böe schlug ihr ins Gesicht und zerzauste ihr die Haare. Für einen Moment genoss Ellen den unbändigen, ungezähmten Wind. Dann ließ sie den Blick suchend über den riesigen Parkplatz schweifen.

Wann war Marion denn endlich da? Den ganzen Tag hatte Ellen schon im Lottchen rumgeräumt und Hans' und ihre Sachen auseinandergedröselt. Inzwischen waren ihre Habseligkeiten von denen ihres Mannes geschieden. Und das war erst der Anfang. Ab jetzt würde sie fahren, wohin sie wollte. Und sie würde die Frisur tragen, die ihr passte – selbst wenn sie wie ein explodierter Wischmopp aussehen würde. Natürlich würde sie sich erst an die neue Situation gewöhnen müssen. Sie war jetzt alleinstehend – genau wie Irene Müller, die sämtlichen Männern in Ostereistedt nachstieg (den unverheirateten wie den verheirateten), als wäre es eine olympische Disziplin. Ellen würde sich niemals auf dieses

Niveau hinablassen. Sie würde eine reife, alleinstehende Frau sein, kein verzweifelter *Single,* wie ihre Tochter sagen würde.

Sie kaute eine Weile auf dem Gedanken herum, während sie einmal um den Wohnwagen herumging – und zusammenzuckte, als ihr Blick auf die linke Seite des Anhängers fiel. Von dort lächelte Hans auf sie herab. Doch statt zurückzulächeln, stiefelte Ellen wütend an ihm vorbei. Sollte Hans Bornemann doch hingehen, wo der Pfeffer wuchs.

Am Vorabend, nachdem der Krankenwagen ihren Mann eingepackt hatte und wieder weggefahren war, hatte Ellen in Hamburg angerufen.

»Marion, mein Schatz, du musst mich abholen.«

Erst hatte ihre Tochter geschwiegen. Dann hatte sie sich geräuspert und gefragt: »Abholen? Wo bist du, in Hamburg am Bahnhof? Sag bitte nicht, dass wir verabredet waren. Das hätte ich dann nämlich komplett vergessen. Und eigentlich würde es mir auch gerade gar nicht passen.«

»Nein, nein. Ich bin am Nordkap.«

Stille.

»Oh«, sagte Marion dann nach einer geraumen Weile in ihrer gewohnt unaufgeregten Art. »Was ist denn passiert?«

Ellen erzählte ihrer Tochter, was Hans widerfahren war.

»Ich kümmere mich darum«, meinte Marion schließlich, nachdem sie einige sehr kluge und praktische Fragen gestellt und dann einmal tief geseufzt hatte.

Wenn Ellen richtiglag, würde ihre Tochter jeden Moment hier eintreffen. Und dann würde ihr neues Leben endlich, endlich beginnen – und sie würde den ganzen alten Kram, vor allem aber den alten Hans, endlich, endlich hinter sich lassen können. Sogar das Lottchen würde sie ein für alle Mal loswerden, auch wenn sie bei diesem Gedanken einen kleinen sentimentalen Stich in der Brust verspürte – all den eintönigen Jahren in Felicitano zum Trotz.

Sie wandte sich vom Wohnwagen ab, hielt das Gesicht in den Wind und atmete einmal tief ein. Ihre Lunge dehnte sich aus, als sie den Sauerstoff bis in die kleinsten Kapillaren entsandte, und mit einem Mal fühlte Ellen sich so frei wie noch niemals zuvor in ihrem Leben.

KAPITEL 3

Eine stürmische Böe schlug ihm ins Gesicht. Er zog den Kopf ein und hob die Schultern bis hoch zu den Ohren. Der Wind rüttelte an der geöffneten Autotür, die Ronny nur mit Mühe festhalten konnte. Alter Schwede, war das kalt! Seine Finger waren beinahe sofort taub geworden, kaum dass er in Honningsvåg aus der Propellermaschine gestiegen war. Zwölf Grad Außentemperatur, orkanartiger Wind. Die Frisur war schon seit Hamburg im Eimer. Hier oben war es so verflucht kalt, dass Ronny sich fragte, ob die »Hauptreisezeit« rund um das Mittsommerfest Ende Juni nicht eher ein Treppenwitz der skandinavischen Tourismusbranche war.

Der Taxifahrer, der, ohne mit der Wimper zu zucken, hinter dem Lenkrad sitzen geblieben war, drehte jetzt das Gesicht in Ronnys Richtung und bewegte die Lippen, aber über den lauten Wind hinweg, der ihm um die Ohren pfiff, war der alte Mann nicht zu verstehen. Ronny beugte sich an das heruntergekurbelte Fahrerfenster. Die Wärme dahinter kam ihm vor wie der blanke Hohn.

»Excuse me«, wandte er sich an den Taxifahrer, obwohl Ronny sich durchaus bewusst war, dass der Norweger kein Englisch sprach – zumindest keines, das er verstanden hätte.

Auch warum der blöde Kerl, der ihn breit und mit respektablen Lücken in der oberen Zahnreihe angrinste, eine so unerträglich gute Laune hatte, war ihm ein Rätsel. Schon seitdem Ronny sich am winzigen Flugplatz von Honningsvåg todmüde in den altersschwachen Saab-Kombi hatte fallen lassen, kam es ihm so vor, als würde sich der Alte über ihn lustig machen. Möglicherweise lag er aber auch vollkommen daneben, und die Norweger waren alle einfach nur gut drauf. Galten sie nicht als das zufriedenste Volk der Welt? Allerdings war Ronny sich sicher, das Gleiche auch schon über die Dänen, Kanadier und Birmanen gelesen zu haben – vermutlich war es in ihrem Fall ebenfalls Teil einer überaus raffinierten Imagestrategie des jeweiligen Heimatlands. Wahrscheinlich steckte auch da wieder der Tourismusverband dahinter. Natürlich war es nicht ausgeschlossen, dass sich der Fahrer tatsächlich königlich über diesen doofen Deutschen amüsierte, der sich mit dem Taxi zum nördlichsten Zipfel Europas kutschieren ließ. Zumindest aber würde er heute Abend eine gute Geschichte zu erzählen haben, dessen war sich Ronny sicher.

»Velkommen til verdens ende«, griente der Alte und hob anerkennend den Daumen.

Ronny seufzte. Ihm war klar, wie merkwürdig er auf den Alten wirken musste. Und irgendwie konnte er es ja verstehen. Kaum ein Reisender buchte ein One-Way-Ticket zum Nordkap. Und schon gar nicht fuhr er den Rest der Strecke mit dem Taxi.

Er warf einen Blick auf die Uhr. Gestern Abend war er in Hamburg in den Flieger nach Oslo gestiegen, hatte eine äußerst unbequeme Nacht auf Plastikstühlen in einer Transithalle verbracht und für ein latschiges Sandwich stolze elf Euro berappt. Kein Wunder, dass Oslo zumindest europaweit als teuerste Stadt galt – sogar noch vor Kopenhagen und London. Aber da wollte er sowieso nicht hin.

Am Morgen dann hatte Ronny (mit knurrendem Magen, denn sein Reisebudget war mit dem Sandwichkauf mehr oder weniger aufgebraucht) den ersten Flug nach Tromsø genommen. Von dort war es kurz darauf in einer nicht sonderlich vertrauenerweckenden Propellermaschine mit zwölf Sitzen weitergegangen, erst nach Hammerfest und schließlich nach Honningsvåg, und nicht nur einmal hatte Ronny dabei innerlich mit seinem Leben abgeschlossen.

Dabei hatte der ADAC-Job wirklich verlockend geklungen. Ronny fuhr gern Auto, auch lange Strecken, kein Problem, und dafür bezahlt zu werden? Umso besser! Nur war ihm unter anderem erzählt worden, dass er nur in Deutschland unterwegs sein würde. Im Ausland arbeite der Automobil-Club mit Partnern vor Ort.

»Sie werden das Land allerhöchstens verlassen, wenn eines unserer Mitglieder im Grenzgebiet liegen bleibt«, hatte ihm Frau Schmieder, seine Chefin, erläutert. »Ansonsten werden wir Ihnen keinen Kurztrip sponsern, Herr Lembke. Das ist eine eiserne Regel des Clubs.«

Aber wie alle Regeln wurde auch diese durch Ausnahmen bestätigt. Es war Mittsommer, und weder in Norwegen noch Dänemark noch Schweden hatte sich jemand gefunden, der bereit gewesen wäre, bis ans Nordkap hochzufahren, um einen Wohnwagen mitsamt Insassin einzusammeln und heimzugeleiten.

»Frühestens in zwei Tagen sind wieder Fahrer frei«, hatte Frau Schmieder gesagt, und dann hatte sie beschlossen: »Also ausnahmsweise, Herr Lembke, *ausnahmsweise* erlauben wir Ihnen, etwas weiter zu fahren als sonst.«

Er war sich vorgekommen wie damals bei seiner Oma, die ihm ein Zweimarkstück in die Hand gedrückt und ihn gleichzeitig ermahnt hatte, nicht alles auf einmal auszugeben. Als hätte Frau Schmieder ihm mit diesem Horrortrip ans Nordkap einen *Gefallen* getan.

Natürlich hatten die letzten Worte, die sie an ihn richtete, die Sache nicht unbedingt besser gemacht: »In einer Woche ist ja Ihre Probezeit vorbei, Herr Lembke. Wär schön, wenn Sie die mit einem kleinen Erfolg abschließen könnten, meinen Sie nicht auch?«

Obwohl Ronny nicht der Typ war, der besonders viel zwischen den Zeilen las, hatte er bei dieser Aussage nicht lange nachdenken müssen, was sie wohl damit hatte andeuten wollen.

In den vergangenen zehn Wochen war er mehrfach als Gelber Engel unterwegs gewesen. Er war von Hamburg aus nach Dinslaken, Duisburg und Deidesheim gegurkt, hatte Autos rückgeführt und Menschen in Züge gesetzt, die so was ohne seine Hilfe offenbar nicht geschafft hätten. Wie ein Gelber Engel war er sich dabei nicht vorgekommen, eher wie ein Kindergärtner mit Stützflügeln, und das, obwohl er Kinder nicht mal besonders gut leiden konnte. Was er spätestens seit dieser schrecklichen Fahrt von Passau nach Berlin wusste, als er eine sechsköpfige Familie heimgefahren hatte, die auf der Autobahn liegen geblieben war. Zu allem Überfluss hatte der Vater eine dermaßen schlimme Migräne gehabt, dass er die ganze Fahrt über jammernd auf dem Beifahrersitz gesessen und sich einen kalten Waschlappen auf die Augen gepresst hatte. Die Mutter hatte auf der Rückbank gehockt, umringt von vier kleinen Monstern, und hatte versucht, die Lautstärke auf ein verträgliches Maß runterzuregeln – was mit acht Stunden Daueranimation einhergegangen war.

»Sie sehen ja, ich könnte mich unmöglich hinters Steuer setzen«, hatte die Frau am Ende mit vor Erschöpfung ganz leiser Stimme gesagt. »Die würden mir das Auto auseinandernehmen.«

Als sie endlich in Berlin-Steglitz angekommen waren und der ADAC-Kleinbus die Großfamilie ausgespuckt hatte, hätte Ronny fast geweint vor Glück. Direkt im Anschluss hatte er dann auf einem Truckerparkplatz in Autobahnnähe sechs Stunden durchgeschlafen. Im Sitzen.

Immerhin war er von diesem Zustand noch ein bisschen entfernt, selbst wenn er so müde war, dass er die Augen kaum noch offen halten konnte und das dämliche Grinsen des Taxifahrers die gereizten Enden seiner Nerven irritierte.

»How much is it?«, fragte er wieder ins Wageninnere, und als der Alte nicht reagierte, setzte er die weltweit verständliche Geste für Bezahlen ein, indem er Daumen und Zeigefinger aneinanderrieb.

»Sju hundre og femti kroner«, antwortete der Taxifahrer, dessen Grinsen in diesem Augenblick noch breiter wurde.

»Wie bitte?«, hakte Ronny ungläubig nach.

Der Alte zeichnete mit dem Zeigefinger der rechten Hand eine Sieben, eine Fünf und eine Null in die Handfläche der linken.

Ronny hatte keine Ahnung, ob das ein angemessener Preis oder die Abzocke des Jahrhunderts war. Siebenhundertfünfzig Kronen klang nach einer Menge Heu. Letztendlich war es aber fast egal, wie viel die Taxifahrt kostete. Er hatte sowieso nur Euro dabei und würde das Geld vom ADAC zurückbekommen. Es war natürlich unglücklich, dass er vor der Abreise keine Norwegischen Kronen mehr gewechselt hatte. Aber dafür war nach Frau Schmieders Anruf und dem Aufbruch nach Oslo am Vortag ganz einfach keine Zeit mehr gewesen.

Hauptsache, er bekam am Ende eine Quittung. Das war das Allerallerwichtigste, das hatte er gleich während des allerersten Bewerbungsgesprächs erfahren. »Wir sehen vielleicht nicht aus wie eine Behörde, Herr Lembke, aber glauben Sie mir, ohne Quittung können Sie bei uns nicht mal auf die Toilette gehen.« Genau das waren Frau Schmieders Worte gewesen, und ihr biederes hellgraues Businesskostüm hatte ihm verraten, dass in ihren Worten wesentlich mehr als bloß ein Körnchen Wahrheit steckte.

Er kramte in seinem Geldbeutel und zog einen Hunderteuroschein heraus, den er dem Alten hinhielt. Der Taxifahrer grinste noch breiter – obwohl Ronny sich sicher gewesen war, dass das anatomisch kaum mehr möglich war –, zuckte dann entschuldigend mit den Achseln, pflückte Ronny den Schein aus den Fingern und fing an, in seiner Hosentasche nach Wechselgeld zu fischen. Nur eine Sekunde später drückte er ihm ein paar zerknitterte Scheine und eine Reihe merkwürdiger Münzen mit Loch in der Mitte in die Hand, tippte sich an die blaue Schiebermütze und brauste davon.

»He«, konnte Ronny ihm nur noch hinterherrufen. »Was ist mit meiner Quittung?«

Frustriert starrte er dem Taxi hinterher. Na wunderbar! Die ersten sauer verdienten Euro waren schon mal flöten gegangen. Mit Ausreden brauchte er einer wie der Schmieder nämlich garantiert nicht kommen.

Resigniert stopfte er sich die verdammt wertlos aussehenden verkrumpelten Scheine und Münzen in die Hosentasche, schulterte den Rucksack und sah sich um.

Das hier war also der nördlichste Punkt Europas. Angeblich. Während seines nächtlichen Aufenthalts in Oslo hatte Ronny nämlich über das kostenlose Flughafen-WLAN herausgefunden, dass das Nordkap vollkommen zu Unrecht so berühmt war. Tatsächlich war nämlich der Kinnarodden auf der Halbinsel Nordkinn der nördlichste Punkt des europäischen Festlands – nur dass dieser Ort lediglich durch eine gut zwanzig Kilometer lange Wanderung zu erreichen war. Und wenn sich Ronny eines nicht vorstellen konnte, dann wie Busladungen voller schmerbäuchiger Touristen meilenweit durch die nordnorwegische Pampa stapften. Vermutlich war daher das Nordkap zu seiner unverdienten Ehre gekommen. Es war ganz einfach besser zu erreichen *und* einfacher auszusprechen.

Ronny drehte sich einmal um die eigene Achse und ließ den Blick schweifen. Er befand sich auf einem ins Meer ragenden Felsplateau, das in südlicher Richtung von sanft geschwungenen Hügeln umgeben war. In einiger Entfernung sah er die Kuppen weiterer Hügel, auf denen sogar noch Schnee lag – und das Ende Juni. Er fröstelte und zog den Reißverschluss seiner Jacke zu. Hinter ihm lag die Straße gen Süden, während direkt vor ihm ein Bungalow stand, auf dessen Dach eine weiße Kugel auf einem Metallgestell emporragte. Das war die Nordkaphalle, Zentrum des touristischen Lebens in diesem braungrauen Einerlei. Die Umgebung war karg und kahl, nirgends auch nur ein Baum oder Strauch. Das Gras war so gelbstichig, als wäre der Schnee nach einem jahrelangen Winter gerade erst geschmolzen, was so unwahrscheinlich gar nicht war. Das Meer konnte Ronny von hier aus kaum erkennen. Ohnehin würde er erst mal einem wichtigeren Bedürfnis nachkommen müssen.

Er schulterte den großen Rucksack mit all seinem Hab und Gut und stiefelte auf die Eingangstür der Nordkaphalle zu. Im Inneren folgte er den Wegweisern zu den Toiletten und marschierte am Restaurant, an der Kapelle und einem Postamt vorbei, in dem er, wäre er zu regulären Öffnungszeiten da gewesen, ein Nordkapdiplom hätte erwerben können. Keine Ahnung, wofür einen das qualifizierte.

Als er sich erleichtert und die Hände unter einem Heißluftgebläse so lange gewärmt hatte, bis er sie wieder spüren konnte, verließ er die Halle durch den meerseitigen Ausgang. Die Kälte und der Anblick verschlugen ihm den Atem. Direkt vor ihm sah er ... nichts. Trat man durch die gläsernen Schwingtüren ins Freie, ging es noch gut dreißig Meter weiter, dann fiel das Plateau steil ab. Nachdem Ronny das Meer von hier aus immer noch nicht sehen konnte – immerhin befand er sich rund dreihundert Meter darüber –, beschlich ihn das beklemmende Gefühl, am sprichwörtlichen Ende angekommen zu sein, dem Ende, wie es sich die Menschen im Mittelalter vorgestellt hatten: an der Außenkante einer Scheibe, an deren Rändern die Wirklichkeit einfach in bodenlose Tiefe fiel.

Er trat ein Stück vor an die Felskante, vor der ein Gitter die Touristen davon abhielt, sich wie Lemminge über die Klippe zu stürzen. Das Meer war von einer weißen Schicht überzogen, die entfernt an Milchschaum auf einem Cappuccino erinnerte. Die Milchschicht lag komplett still und unbeweglich da – kein bisschen wie Wolken, eher wie eine flauschige Wolldecke, die man sich über die Beine zog, wenn es kälter wurde. Erneut musste Ronny ein Frösteln unterdrücken. Die Erinnerung an die sommerlichen Temperaturen daheim machten die Sache nicht unbedingt besser.

Was musst du dich auch fünfhundert Kilometer nördlich des verdammten Polarkreises herumtreiben?, fragte er sich in Gedanken, sah jedoch von einer Antwort ab, da er selbige schon kannte und auf vorwurfsvolle Selbstgespräche mit seinem Gewissen wahrlich keine Lust verspürte. Allerdings hatte es ihn selbst erstaunt, wie weit er von Hamburg aus gen Osten hatte reisen müssen – genau genommen befand sich das Nordkap nämlich beinahe auf demselben Längengrad wie Istanbul. Das klang fast genauso unglaublich wie die Tatsache, dass New York auf demselben Breitengrad wie Rom lag.

Er drehte sich um, durchquerte ein weiteres Mal die Nordkaphalle und fand sich kurz darauf auf dem ausladenden, geteerten Parkplatz vor dem Gebäude wieder, wo bis zum frühen Nachmittag noch scharenweise Busse gestanden hatten. Inzwischen war der Platz fast leer, wenn man von ein paar weiter hinten zusammengerotteten Wohnwagen und Campinganhängern mal absah, die garantiert nicht Norwegern gehörten – denn Norweger campten nicht. Jedenfalls nicht in Wohnwagen oder Wohnmobilen, wenn, dann nur in Zelten. Dass man freiwillig in einer Konservendose Urlaub machte, war den Einwohnern dieses Landes genauso fremd wie Ronny. Und doch: Genau da musste er hin.

Er lief los und beschleunigte unwillkürlich, als ihm eine weitere Böe eine Ladung kalter Luft ins Gesicht schleuderte. Ronny schob das Kinn tiefer unter seinen hochgestellten Jackenkragen. Er war definitiv falsch angezogen.

»Mögen Sie den Norden, Herr Lembke?«, hatte Frau Schmieder am Telefon gesäuselt. Mittlerweile wusste er: Die Frage war rhetorisch gewesen. Und: Er mochte den Norden nicht. Wenn ihm bewusst gewesen wäre, dass er allein für die Anreise so lange brauchen würde, hätte Ronny vielleicht sogar abgesagt. Aber zum einen hatte er sich nicht darum gekümmert, wie lange er unterwegs sein würde. Zum anderen hatte er sich nicht erlauben können, den Auftrag abzulehnen.

Bevor er den Job beim ADAC bekommen hatte, war er mehr als ein halbes Jahr arbeitslos gewesen, und die spärlichen Reserven, die er bei seiner letzten Stelle hatte beiseitelegen können, waren mittlerweile aufgebraucht. Er mochte seinen Job als Gelber Engel vielleicht nicht besonders, aber er bescherte ihm einen so guten Stundensatz, wie er ihn noch nie zuvor gehabt hatte. Außerdem fehlten Ronny die Lust und der Ehrgeiz, sich darüber Gedanken zu machen, was er stattdessen tun könnte, um seine Brötchen zu verdienen. Insofern hatte er ein begründetes Interesse daran, den Job beim ADAC zu behalten, selbst wenn ihm sowohl Frau Schmieder als auch die beknackten Orte, an die sie ihn schickte, mitunter tierisch auf die Nerven gingen.

Das Nordkap war der sprichwörtliche Gipfel, der am weitesten entfernte Punkt, an den er als Gelber Engel je kommen würde. Es lagen fast dreitausend Kilometer Rückweg vor ihm, die er dank Wohnwagenanhänger mit höchstens Tempo hundert würde zurücklegen dürfen. Er rechnete hoch – fünf volle Tage Fahrt. Mit einer ihm vollkommen fremden Frau. Wenn das nicht dafür sorgte, dass er bei Frau Schmieder einen gigantischen Stein im Brett hatte, dann wusste er es auch nicht.

»Kriegen Sie das hin, Herr Lembke?«, hatte sie mit leicht skeptischem Einschlag vor seiner Abreise wissen wollen.

Er hatte mit den Schultern gezuckt, wie es so seine Art war. »Klar. Warum nicht?«

»Das ist aber nicht die richtige Arbeitseinstellung, Herr Lembke!«

»Nein?«

»Nein. Nehmen Sie mal Haltung an. Und dann sagen Sie: ›Natürlich kriege ich das hin, Frau Schmieder.‹«

Und er hatte gesagt: »Natürlich kriege ich das hin, Frau Schmieder.« Diesmal hatte er das Schulterzucken sein lassen.

KAPITEL 4

Sie starrte auf die Vorderseite der Postkarte, von der ihr ein gezeichneter Elch zuzwinkerte und den Daumen entgegenreckte. In der Sprechblase vor seinem Maul stand geschrieben: »Velkommen til verdens ende!«

Ellen hatte keine Ahnung, was das heißen sollte. Aber das Motiv hatte ihr gefallen, daher hatte sie am Vormittag in dem kleinen Shop der Nordkaphalle gleich drei Postkarten gekauft.

Sie nahm den Stift zur Hand und tippte ein paarmal nachdenklich mit der Kugelschreiberspitze auf den dünnen Karton. Dann setzte sie an und schrieb in für sie typisch weit ausholenden Schwüngen, von denen Hans immer behauptet hatte, sie ließen ihm nur mehr Raum für seine Initialen: *Liebe ...*

Doch weiter kam sie nicht. Denn wenn sie ehrlich war, hatte sie keine Ahnung, wem sie schreiben sollte. Marion? Die würde jeden Moment hier sein. Erna? Mit der hatte sie gerade erst telefoniert. Verbotenerweise.

Ellen ließ den Stift wieder sinken und lehnte sich in die Kissen. Die Postkarten aus Italien waren einfacher gewesen. Da hatte sie zum einen jahrelang die gleichen Grußzeilen schreiben können: *Bei 32 Grad genießen wir Angelos leckeres Zitroneneis. Liebe Grüße, Ellen und Hans.* Zum anderen war ihrem Göttergatten immer jemand eingefallen, der sich über einen Gruß des Bürgermeisters sicher ganz besonders freute. In Zukunft, nahm sie sich vor, würde sie gar niemandem mehr Postkarten schreiben. Erna nicht, Marion nicht und Hans' potenziellem Wahlvolk schon mal gar nicht. Sie würde gleich nach dieser Reise damit aufhören. Mittlerweile ärgerte sie sich sogar, dass sie die blöden Dinger überhaupt gekauft hatte, denn jetzt waren sie da und mussten auch geschrieben werden.

Aber wenn Marion und Erna als Adressaten ausfielen ... Stine und Klaas, ihren Enkelkindern, würden die Grüße aus dem hohen Norden vermutlich nur ein müdes Schulterzucken abringen. Einzig an ihren Nachbarn Tom Blessington konnte sie noch ein paar freundliche Grüße senden. Immerhin sah der in der Zwischenzeit nach ihrem Garten.

Ellen fröstelte. Es war jetzt doch ziemlich kalt im Wohnwagen – kein Wunder bei den winterlichen Temperaturen vor der Tür. Tagsüber hatte sie es nicht gemerkt, weil sie mit dem Umräumen der Sachen beschäftigt gewesen war. Aber sobald man nur noch rumsaß, wurde es ein wenig frisch. Trotz Strickjacke. Aber gut, sie hatte es nicht anders gewollt: Mittsommer am Nordkap. Also würde sie das bisschen Gänsehaut mit Würde und Anstand tragen. Die Heizung würde sie jedenfalls nicht anmachen. Schon aus Prinzip. Außerdem wusste sie nicht, wie viel Gas das Ding verbrauchte. Ganz allein hatte sie am Morgen die Gasflasche und den Wassertank am Bug des Wohnwagens direkt hinter der Anhängerkupplung ausfindig gemacht. Das war sonst immer Hans' Aufgabe gewesen. In sein Revier hatte sich Ellen nicht gewagt. Allerdings war Hans jetzt weg, und sie würde selbst aktiv werden müssen, ob es ihr nun passte oder nicht.

Das Frisch- wie auch das Abwasser waren kein Problem, damit kam Ellen klar. Aber die Gasflasche – die flößte ihr Respekt ein. Denn leider konnte man daran nicht ablesen, ob sie noch hinreichend gefüllt war. Und das war nicht das einzige Problem. Welche Mysterien das Chemieklo bereithielt, darüber wollte sie gar nicht erst nachdenken.

Sie stand auf und machte einen halben Schritt hinüber in die kleine Küchenzeile. Wenn schon keine Heizung, dann wenigstens eine Tasse Tee. Mit geübten Griffen hob Ellen die zwei Abdeckungen an, die über Spüle und Herdplatten lagen, und ließ die seitlichen Scharniere einrasten, die die dünnen Holzplatten oben hielten. Dann drehte sie sich um und öffnete die Tür des einzigen Einbauschranks im Wohnwagen.

Der Teekessel war federleicht wie alles andere auch. Beim Camping kam es nun mal auf das richtige Gewicht an. Ellen, die so wunderbare Vorstellungen von einem Leben in freier Natur gehabt hatte, verabscheute das alles mittlerweile. Wie unpraktisch das hier doch war! Sie hasste das blöde Klo, in dem man kein Papier entsorgen durfte. Den winzigen Kühlschrank. Die unübersichtlichen Oberschränke. Die Töpfe und Pfannen, die sich allesamt einen einzigen Griff teilten, angeblich weil man so Platz sparte.

Jedes einzelne Küchengerät hatte eine spezielle Halterung, in die man einen Universalgriff einrasten lassen konnte. War man mit mehr als einem Topf zugange – was erstaunlich häufig vorkam, wenn man nicht den ganzen Urlaub lang nur Milchreis oder Dosengulaschsuppe essen wollte –, begann ein umständliches An- und Abklipsen des Griffs, bei dem sich Ellen nicht nur ein Mal so heftig die Finger verbrannt hatte, dass das Nudelwasser mitsamt Fusilli durch den ganzen Wohnwagen geflogen waren.

Und nicht nur das war nervig beim Campen. Dauernd musste man umbauen. Die Sitzecke zum Bett, das Bett zur Sitzecke und wieder retour. Das Vorzelt. Aufbauen, abbauen, wieder aufbauen. Die Sitzgruppe für draußen. Raus, rein, raus. Alles musste immer sofort weggeräumt werden, da einem im Wohnwagen nur so wenige Quadratmeter zur Verfügung standen. Und was man wegräumte, musste man umständlich und unübersichtlich in die Oberschränke stopfen, wo man es nie wiederfand.

Sie hatte sich das einst so schön vorgestellt. Campen in freier Wildbahn. Ein Leben ohne Grenzen. Und was war daraus geworden? Sie stieß sich beide Knie grün und blau, wenn sie sich auf die winzige Plastiktoilette hockte, auf der nur kleine Geschäfte erlaubt waren.

Ellen nahm einen Plastikbecher aus dem Schrank, machte im

Teekessel ein wenig Wasser heiß und überbrühte einen Beutel Hagebuttentee. Dann ließ sie sich wieder auf die Sitzbank fallen. Vorsichtig nahm sie den heißen Plastikbecher in die Hand und betrachtete ihn abschätzig, bevor sie daran schlürfte. Wenn sie ehrlich war, hatte sie auch Hagebuttentee noch nie so richtig leiden können.

Aber auch damit war jetzt Schluss. Nie mehr würde sie so Urlaub machen – nie mehr ihren Urlaub in einem Wohnwagen verbringen müssen. Nicht am Nordkap und erst recht nicht an der Mittelmeerküste. Sie hatte ihre Schuldigkeit getan. Sie hatte mit den besten Absichten Abenteuerurlaub machen wollen, und dafür war sie mit zwanzig Jahren Felicitano und einer Horrorfahrt bestraft worden, die ursprünglich ein lang gehegter Traum gewesen war. Ab sofort würde Ellen nur noch Hotelurlaub machen, und zwar in verschiedenen Städten, damit sie endlich wieder was sah von der Welt. Sie würde jeden Morgen im Bett frühstücken. Natürlich mit Zimmerservice. Und mit Aussicht auf den Eiffelturm. Oder die Sagrada Família. Sie würde trotz aller freundlich mahnenden Aufkleber neben dem Spiegel alle Handtücher nach der Benutzung auf den Boden ihres Badezimmers fallen lassen – eines Badezimmers, in dem es Dusche und Wanne plus ein Bidet und zwei Waschbecken gab. Sie würde jedes ihrer Geschäfte auf der badezimmereigenen Toilette machen und dabei so viel Klopapier in die Schüssel werfen, wie sie konnte.

Und sie würde nach Hamburg ziehen. Diese frohe Kunde würde sie ihrer Tochter noch während der Rückfahrt überbringen. Und dann würde Hans schon sehen, wo er blieb.

Na ja, genau genommen wusste sie es schon: Er würde in Ostereistedt bleiben. Hans war ein echter Niedersachse, sturmfest und erdverwachsen, wie er sich gern selbst bezeichnete. Ellen hatte da ganz andere Vokabeln im Sinn: stur, träge und unermesslich langweilig.

Wenn sie nur endlich von diesem vermaledeiten Nordkap loskäme! Doch bei aller Ungeduld und Euphorie konnte Ellen sich einfach nicht dazu durchringen, den Volvo selbst zurückzufahren.

Vor mehr als dreißig Jahren hatte sie mit dem Autofahren aufgehört. Damals hatte sie mit der kleinen Marion in der Babyschale auf dem Beifahrersitz einen Auffahrunfall gehabt und sich seither nie wieder hinters Steuer getraut. Nicht, dass sie oder Marion oder der Unfallgegner zu Schaden gekommen wäre. Der Unfallgegner war ein Hydrant der Elsdorfer Feuerwehr gewesen, und obwohl der Sachschaden an Auto und Hydrant wirklich gering gewesen war (eine neue Stoßstange und ein zu ersetzender Airbag), hatte das Erlebnis Ellen nachhaltig verstört.

Der blöde Hydrant war nämlich, obwohl sie mit maximal zehn Stundenkilometern an ihn drangefahren war, umgeknickt und hatte eine gigantische Wasserfontäne in den Himmel geschickt, die es Ellen unmöglich gemacht hatte, den kleinen VW Golf zu verlassen und fluchtartig das Weite zu suchen. Stattdessen war sie gezwungen gewesen, in dem niederprasselnden Sturzbach, der auf das Autodach trommelte, sitzen zu bleiben, bis diverse Elsdorfer Feuerwehrmänner vorbeigekommen waren, um das Wasser abzudrehen. Als die Fontäne schließlich versiegt war und Ellen einen Blick durch die Windschutzscheibe werfen konnte, hatte sich bereits eine schier unüberschaubare Menschenmenge um das Auto versammelt und der schreienden Marion sowie Ellen entgegengeblickt, deren Gesichtsfarbe allmählich der des Hydranten glich. Sie alle hatten einfach nur herumgestanden und sie und ihr Ungeschick begafft.

Dabei hasste Ellen wirklich nichts mehr, als im Mittelpunkt zu stehen oder in selbigen gezerrt zu werden – weshalb sie auch den Beruf ihres Mannes nicht nur ein Mal verflucht hatte. Denn als Bürgermeister eines Dorfes stand man quasi von Berufs wegen im Mittelpunkt. Bei sämtlichen Schützenfesten, Feuerwehrfeiern, runden Geburtstagen und Silbernen Hochzeiten wurde selbstredend immer auch der Erste Mann im Ort geladen, und Ellen waren mit der Zeit nicht mehr genügend Ausreden eingefallen, um diesen elenden Festivitäten zu entgehen, egal wie viele zeitaufwendige Hobbys sie sich zulegte.

Damals, beim Zusammenstoß mit dem Hydranten, war sie unfreiwillig in den Fokus des allgemeinen Interesses gerückt. Sogar das lokale Käseblatt war sich nicht zu schade gewesen, den Vorfall zu vermelden. Seitdem ging sie jeglicher Öffentlichkeit weiträumig aus dem Weg. Zumindest versuchte sie es – was gar nicht leicht war mit einem Mann, der jeder Gelegenheit nur so hinterherrannte wie die Kinder dem Hamelner Rattenfänger und der sogar seinen Wohnwagen mit Wahlwerbung bekleben ließ und ein Fernsehteam mit in den Urlaub nahm.

Als es an der schmalen Tür zum Wohnwagen klopfte, zuckte Ellen zusammen.

Marion! Na endlich. Hastig stand sie auf.

»Ich komme«, rief sie ihrer Tochter entgegen und sah sich noch mal prüfend um. Bis auf den Becher auf dem Tisch und den Teekessel war alles verstaut. Sie würden auf der Stelle losfahren können.

Ellen machte einen Schritt zur Tür und riss sie auf.

»Ich bin ja so froh, dass du endlich da …«

Diesen jungen Mann hatte sie noch nie gesehen. Weder hier noch in Ostereistedt und erst recht nicht bei Marion in Hamburg. Hatte ihre Tochter einen Mann erwähnt? Jemanden, der sie zu dieser abenteuerlichen Reise begleiten wollte? Ellen fiel niemand ein. Also, wer war der Kerl? Und wo war Marion?

Auf jeden Fall trug er seine Haare so lang, wie es ihrer Tochter gefallen würde, nämlich bis zum Kinn. Das sollte vermutlich verwegen wirken – in Verbindung mit dem Dreitagebartansatz sah es allerdings vielmehr unordentlich aus. Der junge Mann war hochgewachsen und schlank, trug eine enge graue Jeans und eine Lederjacke, die James Dean zur Ehre gereicht hätte. Vielleicht ein bisschen zu jung für Marion – gerade mal knapp über dreißig. Obwohl man ja immer öfter über Frauen las, die sich einen jüngeren Liebhaber angelten. Womöglich würde Ellen das auch ausprobieren. Einfach, weil sie es jetzt konnte.

»Hallo«, sagte der junge Mann freundlich, kaum dass Ellen die Tür aufgemacht hatte. »Sind Sie Frau Bornemann?«

Sie starrte ihn ausdruckslos an. »Ja. Woher ...«

»*Mit Bornemann bis ans Ende der Welt.* Schwer zu übersehen.« Der junge Mann grinste.

Diese verdammte Plakatwerbung! Sie verbiss sich jeden Kommentar, auch wenn sie sich schon wieder über Hans ärgern musste. Und auch ihr Gegenüber schwieg. Nur der Wind, der jaulend über das Plateau und den einsamsten Campingplatz aller Zeiten fegte, füllte die Stille.

Nach einer Weile ergriff Ellen das Wort. »Wie kann ich Ihnen weiterhelfen?«

Irgendwie wirkte er verwirrt. »Erwarten Sie mich nicht?« Er sah sich verunsichert um. »Sie sind doch Ellen Bornemann?«

»Ja, ja, aber ...« Sie beugte sich ein wenig aus dem Wohnwagen und bekam prompt eine weitere kühle Böe ins Gesicht geschleudert. »Erwartet habe ich Sie nicht. Wer sind Sie überhaupt?«

»Ach so ... Lembke heiß ich. Ronny Lembke.« Er verstummte und sah sie abwartend an. »Ich komm vom ADAC und soll mit Ihnen zurück nach Deutschland fahren.«

»Ach«, sagte Ellen. »Und wo ist meine Tochter?«

»Ihre Tochter?« Erneut sah Ronny Lembke sich um, als rechnete er damit, dass hinter dem Wohnwagen gleich noch jemand auftauchte. »Ich ... habe keine Ahnung.«

Merkwürdig. Hatte Marion nicht gesagt, sie würde kommen? Im Geist ging Ellen das Gespräch noch einmal durch, das sie vor noch nicht einmal vierundzwanzig Stunden mit ihrer Tochter geführt hatte. Aber je länger sie darüber nachdachte, desto weniger sicher war sie sich, dass Marion tatsächlich gesagt hatte: »Ich komme, um dich abzuholen.« In Ellens Erinnerung ploppte nur immer wieder das viel vagere »Ich kümmere mich darum« auf.

Wieder betrachtete sie den jungen Mann. Das also verstand ihre einzige Tochter darunter, der Mutter in der Not zu Hilfe zu eilen? Sie schickte einen *wildfremden Kerl?*

Empörung machte sich in Ellen breit. Sie hatte sich so auf Marion gefreut, auf die gemeinsamen dreitausend Kilometer, während derer sie Ellens neues Leben hätten planen können. Und auf all die Fragen, die Ellen hätte stellen können … Wie in aller Welt bekam man Internet aufs Handy? Wo in Hamburg lebte es sich als alleinstehende Frau nicht mehr ganz so mittleren Alters am besten? Wie machte man eine Steuererklärung? War Onlinebanking wirklich so sicher, wie alle behaupteten?

Und jetzt sollte sie diese Gespräche mit einem Typen vom ADAC führen?

Sie hatte Marion gebeten herzukommen, und ihre Tochter entsandte einen Dienstleister. Das würde sie sich merken. Das würde sie Marion so schnell nicht verzeihen.

Kurz überlegte sie, wie ihre Tochter wohl reagiert hätte, wenn sie damals, als Marion so dringend Hilfe gebraucht hatte, jemanden vom Jugendamt geschickt hätte. Oder von der Fürsorge. Oder aus den Gelben Seiten. Für einen Moment spielte sie mit dem Gedanken, Marion anzurufen und ihr mal ein paar Takte zu flüstern.

Aber dann sagte sie sich: Du bist doch eine pragmatische Frau, Ellen Bornemann. Lass dein neues Leben nicht an der ersten Hürde scheitern. Dann trat sie einen Schritt zur Seite.

»Na, dann kommen Sie mal rein in die gute Stube, junger Mann.«

KAPITEL 5

»Und Sie schleppen also Leute ab?«
Es dauerte einen Moment, ehe Ronny begriff, was die Frau gemeint hatte. Sein Mund klappte einmal auf, dann wieder zu, ohne dass er auch nur einen Ton herausgebracht hätte.

Er musste an Maja denken. Dann an Salome. Ob die Reihenfolge etwas zu bedeuten hatte? Vermutlich ja. Allerdings war jetzt nicht der richtige Zeitpunkt, um sich über sein unstetes Liebesleben Gedanken zu machen.

Verwirrt sah er sie an.

»Beim ADAC«, fügte sie erklärend hinzu. »Oder wie heißt das, was man in Ihrem Job macht?«

Er zuckte mit den Schultern. Genau genommen wusste er es nicht. Es war ja nicht so, als hätte er sich die Stelle selbst ausgesucht. Sie war ihm vom Arbeitsamt quasi zugewiesen worden, sowie er auf dem Formular Führerscheinklasse B, D sowie »flexible Arbeitszeiten« angekreuzt hatte.

»Gelber Engel?« Er blickte Ellen Bornemann ein wenig ratlos an.

Sie hatten in der Sitzecke vor dem großen Panoramafenster Platz genommen. Eigentlich ganz schön gemütlich hier drin. Wenn man mal davon absah, dass es erbärmlich kalt war. Gab es keine Heizung? Durch die alten Fugen zog es wie Hechtsuppe, und Ronny meinte, den Wind bei jedem Pfeifen draußen auch im Inneren des Wohnwagens zu spüren. Und sein Magen knurrte. Außer der langweiligen Stulle, die er sich in Oslo gekauft hatte, hatte er seit fast vierundzwanzig Stunden nichts mehr gegessen. Junge, Junge, was musste er sich eigentlich noch alles antun, um diesen Auftrag über die Bühne zu bringen? Aber er war nun mal auf diesen blöden Job angewiesen. Falls er das hier vergeigte, wurde es duster. Zappenduster.

»Vielleicht wollen Sie einen Tee?«, fragte Ellen Bornemann. »Bevor wir losfahren, können Sie doch sicher eine Stärkung vertragen.«

Ronny hob den Kopf. Er betrachtete den Plastikbecher vor ihr auf dem Tisch, aus dem dünne Dampffäden aufstiegen. Viel lieber wollte er was essen. Allerdings hatte er bei einem anderen Stichwort aufgemerkt. »Sie wollen heute noch … losfahren?«

Ellen Bornemann machte große Augen. »Äh … ja?«

»Ach so.« Viel zu fassungslos, um etwas zu entgegnen, hob er stumm die Hand, um den Becher entgegenzunehmen, den sie ihm hinhielt. Er schnupperte an der rötlichen Flüssigkeit. Hagebutte. Als wäre der Tag nicht ohnehin bescheiden verlaufen. Irgendwo in seinem Magen rumpelte es laut.

»Ist das ein Problem?«, hakte sie nach.

»Nein, nein. Kein Problem. Alles easy.« Er sah nach oben, direkt in Ellen Bornemanns Gesicht. Dafür, dass sie in einer ziemlich üblen Lage steckte, sah sie verhältnismäßig frisch aus. Blond, schlank, wenn auch nicht gerade groß, wobei das von schräg unten betrachtet schwer zu beurteilen war. Ihre Kleidung sah unspektakulär, aber praktisch aus. Ronny war kein bisschen überrascht. Genau so jemanden hatte er erwartet.

»Geht es Ihnen gut?«, wollte er wissen.

Sie sah ihn verständnislos an. »Wie meinen Sie das?«

»Na ja, das mit Ihrem Mann …« Er stockte. »… tut mir wirklich leid.«

»Ach so.« Ein mildes Lächeln breitete sich auf ihrem Gesicht aus. »Das muss Ihnen wirklich nicht leidtun.«

»Nicht?«

Jetzt war es an Ronny, große Augen zu machen. Er nahm einen Schluck Tee und verbrühte sich prompt die Zunge.

Sie klang schon gar nicht mehr so nett, als sie fortfuhr: »Nein. Das war längst überfällig.«

»Ach? War er denn ... vorbelastet?«

»Hans?« Sie setzte sich Ronny gegenüber auf die Sitzbank. »Also, ja, kann man so sagen. Es war nie einfach mit ihm. Er hat mich wirklich oft in den Wahnsinn getrieben.«

»Aha.« Merkwürdige Aussage, dachte Ronny und pustete seinen Tee kalt. »Und wie geht es jetzt mit Ihnen weiter?« Er bedachte sie mit einem hoffentlich charmanten Lächeln. »Also, wenn Sie mir die Frage gestatten. Vielleicht wollen Sie aber auch nicht darüber sprechen ...«

»Kein Problem«, sagte Ellen Bornemann kühl. »Immerhin *will* mal jemand mit mir sprechen ... und mit Ihnen ist es nicht so teuer. Wegen dem Roaming.«

Er nickte zögerlich und verstand nach wie vor nur Bahnhof.

»Zuallererst such ich mir eine Wohnung«, antwortete sie auf seine Frage – wenn auch ganz anders, als er erwartet hatte. »Ach, und dann sehen wir weiter.«

Ronny stutzte. Eine Wohnung suchen? War das nicht ein bisschen voreilig? War ihr Mann denn überhaupt schon ... Er versuchte, sich zu erinnern, was Frau Schmieder ihm am Telefon erzählt hatte. Nein, vom Ableben des Versicherten hatte sie nichts gesagt. Aber inzwischen waren fast vierundzwanzig Stunden vergangen. In denen konnte viel passiert sein. Trotzdem fand er es ein bisschen merkwürdig, dass Hans Bornemanns Ehefrau schon jetzt über eine eigene Wohnung nachdachte. Da konnte der Leichnam ihres Gatten ja noch nicht mal kalt sein.

»Wie lange waren Sie denn verheiratet?«, wollte er wissen und rief sich in Erinnerung, was Frau Schmieder über Einfühlungsvermögen gesagt hatte. »Fragen Sie die Leute!«, hatte sie ihm und den anderen Seminarteilnehmern eingebleut. »Reden Sie mit ihnen! Das ist wichtig für die gute Bewertung im QS-Bogen.«

QS, das war die Qualitätssicherung. Vor der graute es Ronny am meisten. Denn bislang waren seine Bewertungen nicht allzu gut ausgefallen. Angeblich weil er unengagiert wirkte. Pöh.

»Fünfunddreißig Jahre«, antwortete Ellen Bornemann.

Ronny wusste gar nicht, was er sagen sollte. Gratulierte man den Leuten nun, wenn sie ihr halbes Leben miteinander verbracht hatten, oder bedauerte man sie? Verdammt, warum mussten Gespräche mit Menschen immer so furchtbar kompliziert sein!

»Und dann steht man plötzlich allein da«, murmelte er und machte ein bedeutungsschwangeres Gesicht.

Sie stutzte. »Was soll das denn heißen? Ich steh doch nicht alleine da«, keifte sie. »Und überhaupt, vielleicht ist es ja genau das, was ich will? Schon mal darüber nachgedacht?« Sie verschränkte die Arme vor der Brust und sah beleidigt aus dem Panoramafenster.

Er zuckte verlegen mit den Schultern (er wusste ja selbst nicht, was er hätte sagen sollen) und sah seine mühsam ergaunerte gute Bewertung im QS-Bogen schon wieder schwinden. »Ich meine ja bloß ... fünfunddreißig Jahre zusammen ... und dann ist der andere urplötzlich ... weg.«

Mayday, mayday!, gellte sein innerer Fettnäpfchenradar, der sich sonst eigentlich nur meldete, wenn Ronny in komplett falsche Gewässer abtrieb.

Er spähte zu Ellen Bornemann hinüber, die ihn regelrecht ins Visier zu nehmen schien.

»Wovon sprechen Sie eigentlich?«, fragte sie giftig.

»Äh ...« Ronny war verwirrt. »Ihr Mann, er ist doch ... tot?«

»Ach so?« Das schien Ellen Bornemann nun doch ein bisschen zu schockieren.

»Keine Ahnung ... oder nicht?« Ronny hob entschuldigend die Hände. »Ich dachte ja nur ...«

Hastig kramte sie nach ihrem Handy, das in irgendeiner Tasche ihrer grob gestrickten Jacke steckte. Sie zog es hervor und warf einen Blick aufs Display. »Das hätte man mir doch gesagt!«

»Na sicher …« Ronny nickte und wiederholte insgeheim sein Mantra: Empathie!

»Wie kommen Sie dann darauf, dass er tot ist?«

»Puh!« Er blies die Backen auf. »Keine Ahnung, war wohl nur 'ne Schlussfolgerung …« Und im Stillen dachte er sich: Herr, an den ich nicht glaube, mach, dass dieses Gespräch alsbald vorbei ist.

»Nein.« Ellen Bornemann schüttelte entschieden den Kopf. »Er hatte nur einen Herzinfarkt und wurde ausgeflogen. Das war's. Wenn er nicht mehr am Leben wäre, wüsste ich das doch.«

»Ach so.« Ronny atmete erleichtert aus. »Na dann …« Doch worüber hatte Ellen Bornemann dann die ganze Zeit gesprochen? »Wieso wollen Sie sich dann eine eigene Wohnung nehmen? Wenn er doch gar nicht …«

»Für mich ist Hans so was von gestorben!«, verkündete Ellen Bornemann im Brustton der Überzeugung.

Darauf wusste Ronny erst mal nichts zu sagen. Tot war er also nicht, aber gestorben. Dass Ronny sprachlos war, passierte ihm höchst selten, weil er sich für die Belange anderer normalerweise eher wenig interessierte. Zu groß war die Gefahr, irgendetwas Unangemessenes zu sagen oder jemandem auf den Schlips zu treten. Aber diese Geschichte ließ auch ihn nicht unberührt. Da hatte dieser Mann einen Herzinfarkt erlitten – ausgerechnet am Nordkap! – und wurde ausgeflogen nach Deutschland, wo man ihn, genau in diesem Moment womöglich, einer Notoperation unterzog. Da brauchte man kein zwischenmenschlicher Legastheniker zu sein, um zu begreifen, dass es sich um eine ganz besonders blöde Situation handelte.

Merkwürdigerweise schien das Ellen Bornemann schnurzegal zu sein.

»Tja«, sagte er und versuchte sich erneut an einem charmanten Lächeln. »Hier sind wir also.«

Phrasen, dachte er. Phrasen! Für jede Phrase, die er in seinem Leben bereits von sich gegeben hatte, einen Euro, und er wäre ein reicher Mann.

»Nicht mehr lange«, erwiderte Ellen Bornemann trocken. »Sie trinken noch aus, und dann fahren wir los. Oder?«

Er zögerte. »Also, ich ... Na ja, wissen Sie, ich dachte eigentlich, wir würden vielleicht ... Ich bin seit zwanzig Stunden unterwegs und halte es ehrlich gesagt für ziemlich riskant, mich jetzt noch hinters Steuer zu setzen.«

Ronny sah Frau Bornemann an, die jedoch gar nicht reagierte. Sie schien geradezu durch ihn hindurchzustarren, und er meinte, die Sandkörner einzeln durch das Stundenglas rieseln zu hören. Einundzwanzig ... zweiundzwanzig ... dreiundzwanzig ... Hatte sie in den letzten Sekunden überhaupt geatmet? Hielt sie etwa die Luft an?

»Sorry«, schob er hinterher, weil er wusste, dass die Menschen es gern mochten, wenn man sich entschuldigte, selbst wenn man eigentlich gar nichts getan hatte.

Für Ellen Bornemann galt das offenbar nicht. Sie reagierte einfach gar nicht. Nicht mal den Blick wandte sie ab. Sie saß einfach nur da und starrte ihn an. Anscheinend ohne zu atmen.

Gerade als Ronny meinte, ihr Teint könnte sich ganz leicht verdunkelt haben, schnappte sie einmal kurz nach Luft und meinte dann: »Aha. Das ist natürlich eine lange Zeit. Da sind Sie sicher müde. Und Sicherheit geht natürlich vor.«

»Äh, ja«, sagte er schnell und nahm noch einen Schluck von dem rötlichen Gebräu, das so merkwürdig süß und säuerlich zugleich schmeckte und ihn unangenehm an seine Kindergartenzeit erinnerte.

Hoffentlich nahm Ellen Bornemann ihm das nicht krumm.

Aber er konnte die Augen wirklich kaum mehr offen halten. Die Vorstellung, sich jetzt hinters Steuer zu setzen ... Nein. Und wenn ihn das den Job kostete? Ronny sah Bilder vor sich aufsteigen, wie er unter einer Brücke saß, sich mit einer alten Zeitung zudeckte, die Hand zu den vorbeieilenden Passanten ausgestreckt ... Vielleicht würde er mehr Almosen bekommen, wenn er ein paar Sequenzen aus dem *König der Löwen* zum Besten gäbe. Er dürfte dabei nur nicht singen ...

Natürlich würde er zur Not bei seinen Eltern unterkriechen können. Aber zu denen hatte er seit Jahren nur noch sporadisch Kontakt, was maßgeblich damit zusammenhing, dass er sie auf ganzer Linie enttäuscht hatte. Hatte zumindest sein Vater beim letzten Mal durchblicken lassen, als sie einander getroffen hatten, aber selbst das war im Grunde so lange her, dass Pluto damals noch ein Planet gewesen war. Allein der Gedanke daran, mit all seinem Hab und Gut vor seinem Elternhaus zu stehen – den Kopf gesenkt, die Schultern hochgezogen – und dann öffnete sein Vater in einer dieser spießigen gestrickten Wollwesten über dem karierten Hemd die Tür und sagte: »Ronald. Was machst du denn hier.« Und es würde sich nicht anhören wie eine Frage, sondern wie eine Feststellung, denn natürlich wussten sie beide, was Ronny (den nur seine Eltern Ronald nannten) hier machte: auf ganzer Linie versagen und enttäuschen.

Mit einem Mal kamen ihm Brücke und Zeitung beinahe schon attraktiv vor.

»Also noch mal von vorn. Was ist denn überhaupt passiert?«, wollte er nun wissen. Vielleicht würde Frau Bornemann ihn ja besser bewerten, wenn sie sich ein bisschen anfreundeten? Auf einen Versuch konnte er es immerhin ankommen lassen.

»Das ist eine lange Geschichte«, hob sie an. »Ich hab Hans 1979 kennengelernt, während einer Reise durch Spanien. Ich war nämlich Reiseführerin, müssen Sie wissen, und Hans saß eines Tages ...«

»Also ehrlich gesagt«, fiel Ronny ihr ins Wort. Nichts war ihm unangenehmer, als wenn die Leute Dinge von sich preisgaben, die er lieber gar nicht hören wollte. Was auch ein Grund war, warum er so selten nachfragte. »Ehrlich gesagt meinte ich den Herzinfarkt. Nicht Ihre Ehe.« Doch als er sah, wie Ellen Bornemann die Gesichtszüge entglitten, fügte er hastig hinzu: »Wobei ich schon ganz gespannt darauf bin, noch viel mehr über die Beziehung zu Ihrem Ehemann zu erfahren ... auf den knapp dreitausend Kilometern.«

Sie zog die Nase hoch. Es klang beleidigt, wie Ronny fand. Vielleicht hatte sie aber auch einfach nur Schnupfen.

Sie holte noch einmal tief Luft und sah dann Ronny ins Gesicht. »Ich hab Schluss gemacht.«

»Sie haben ...« Vor Schreck nahm er noch einen Schluck von dem fürchterlichen Tee. »Vor oder nach dem Herzinfarkt?«

Sie sah mit einem Mal entrüstet aus. »Davor natürlich! Was denken Sie denn? Ich bin doch kein Unmensch.« Dann fuhr sie fort: »Ich habe ihm gesagt, dass ich die Nase voll habe von seinen Mätzchen. Mich kann er nicht veräppeln, mich nicht!« Sie sah ihm direkt in die Augen. »Er hat mir vorgemacht, dass er in Rente gehen will. Dabei hat er die ganze Zeit genau das Gegenteil geplant – eine dritte Amtszeit!«

Weil er nicht wusste, wie er darauf reagieren sollte, entschied Ronny sich für ein diplomatisch unverbindliches Lächeln. »Und dann haben Sie ihm gesagt, dass Sie ...«

»Dass ich ihn verlasse«, vervollständigte Ellen Bornemann seinen Satz. »Arrivederci. Adieu. Aus und vorbei.« Sie nahm einen Schluck Hagebuttentee, ehe sie fortfuhr: »Und da fasst er sich urplötzlich an die Brust ...«

»Hans?«

»Ja, natürlich. Wer denn sonst? Er fasst sich also an die Brust und sagt: ›Tu mir das nicht an, Ellen.‹ Und ich denke, der hat sie ja wohl nicht mehr alle, dieser alte Schmierenkomödiant.«

»Aber dann ...«

»Kippt er einfach um. Aus seinem Klappstuhl. Bumm. Einfach so.«

Ellen Bornemann nickte ruckartig in Richtung der Stelle, wo ihr Mann zu Boden gefallen war, und Ronny folgte mit dem Blick. Warum, wusste er selbst nicht.

Sie seufzte. »Und dann das Übliche. Notarzt, Helikopter, tausend Leute, die kommen und helfen wollen ... und dieses bescheuerte Niedersachsen-TV-Team. Das hat natürlich draufgehalten.« Ellen Bornemann schüttelte empört den Kopf. »Wissen Sie eigentlich, welche Nummer man in Norwegen bei einem Notfall anrufen muss?«

Er zuckte mit den Schultern. »112?«

Verblüfft sah Ellen Bornemann ihn an. »Genau, woher wissen Sie das?«

»Der 11.2. ist der Internationale Tag des Notrufs. 11. Februar. 112. Eigentlich ganz einfach zu merken.«

»Ach.« Sie starrte auf den Becher in ihrer Hand. »Das ist ja interessant.«

Er zuckte entschuldigend mit den Schultern. »Na ja. Unnützes Wissen. So was kann ich mir eben merken.«

Was ihm nicht annähernd so unangenehm war, wie er gerade vorgab. Denn die vielen Wissensschnipsel halfen ihm zuweilen, die unendlich langen Gesprächslücken zu füllen, wenn er nicht wusste, was er ansonsten sagen sollte.

»Das ist doch alles andere als unnütz!«, rief Ellen Bornemann. »Hans hat es das Leben gerettet, dass einer der Gaffer wusste, dass es die 112 war. Ich wäre damit ja vollkommen überfordert gewesen. Ich war ja in erster Linie sauer auf Hans.«

Ronny sah verunsichert zu ihr auf. »Sauer?«

»Da will ich *einmal* eine Entscheidung für mich treffen, und dann fällt der einfach um.« Sie schniefte und wischte sich etwas aus dem Gesicht. Doch nicht etwa eine Träne?

Dafür, dass sie eben noch schonungslos behauptet hatte, dass ihr Mann für sie gestorben war, klang Ellen Bornemann jetzt nicht mehr ganz so kaltherzig. Vielleicht tat sie ja nur so, vermutete Ronny. Andererseits: Was wusste er schon von den Verhaltensweisen anderer Leute?

»Wissen Sie zufälligerweise auch, in welchem Rhythmus man eine Herzmassage durchführt?«, wollte Ellen Bornemann wissen.

»Man summt am besten den Radetzkymarsch«, murmelte Ronny. »Oder man singt *Night Fever* von den Bee Gees ... aber vielleicht besser leise.«

Sie starrte ihn an. »Was Sie nicht alles wissen ...« Es klang allerdings nicht wirklich nett. Dann beugte sie sich ein Stück über den Tisch. »Und Sie haben wirklich nicht gehört, dass mein Mann ... dass er ...«

Intuitiv hatte auch Ronny sich nach vorn gebeugt. Warum eigentlich? Hm.

Als sie nicht weitersprach, vervollständigte er flüsternd ihren Satz: »... tot ist?«

»Ja«, hauchte sie furchtsam.

»Nein.«

»Wie meinen?«

»Ich habe *nicht* gehört, dass er tot ist.«

»Na, immerhin.« Sie lehnte sich wieder in die Kissen und sah mit einem Mal fast schon erleichtert aus.

Also tat sie wirklich nur so hart ... oder?

Als sie seinen musternden Blick bemerkte, sagte sie schnell: »Das hätte die ganze Angelegenheit doch nur verkompliziert.« Und dann fügte sie hinzu: »Sagen Sie, wo wollen Sie eigentlich übernachten?«

KAPITEL 6

Er wusste für einen kurzen Moment nicht, was sie meinte. Dann dämmerte es ihm. Er hatte keinen Schlafplatz. Wieso eigentlich nicht?

Ellen Bornemann sah aus dem Panoramafenster. »Ich glaube nicht, dass es hier oben ein Hotel gibt.« Demonstrativ ließ sie den Blick über den Parkplatz schweifen. »Oder haben Sie ein Zelt dabei?«

»Ein Zelt?« Ronny zog die Augenbrauen hoch. Tatsächlich hatte er sich über die Art seiner Unterbringung gar keine Gedanken gemacht. Irgendwie war er davon ausgegangen, dass der ADAC das für ihn regeln würde. Wenn er aber jetzt darüber nachdachte, konnte er sich nicht erinnern, an irgendeinem Punkt der zugegebenermaßen kurzen Vorbereitungszeit etwas von einem Hotel gelesen zu haben.

Oder hatte er da irgendetwas übersehen?

Er fing an, in seinem Rucksack nach den Unterlagen zu kramen. Er hatte alles eingepackt, was man für einen Kurztrip ans Nordkap brauchte: Zahnbürste, Rasiercreme, Shampoo. Doch als er seine Wechselklamotten in den Rucksack gestopft hatte, war ihm nicht mal der Gedanke gekommen, dass er ja auch irgendwo würde schlafen müssen.

Im selben Moment wurde ihm klar: Er war hier mitten im Nirgendwo, gestrandet am Ende der Welt. An diesem vermaledeiten Nordkap gab es wortwörtlich nichts – von einem beknackten Postamt einmal abgesehen, das zu allem Überfluss geschlossen hatte. Aber selbst wenn es offen gewesen wäre, was hätte es gebracht? Hätte er vielleicht eine Karte an Frau Schmieder schreiben und sie nach der nächsten Bleibe fragen sollen?

Vermutlich gab es eine ganze Menge Menschen, die in genau so einem Moment in heillose Panik verfallen wären. Doch Ronny Lembke war keiner davon. Er war sich sicher, dass es eine naheliegende Lösung für jedes Problem gab, und für die musste man sich oft nicht mal die Hände schmutzig machen. Ronny Lembke ging gern den Weg des geringsten Widerstands, und er war bereit, den Preis dafür zu zahlen. Er war verhältnismäßig anspruchslos, lebte in einer bescheidenen WG mit spartanischer Einrichtung und bereits, solange er denken konnte, am Existenzminimum – was aber trotzdem irgendwie klappte und nicht notwendigerweise hieß, dass man arm dran war. Man durfte nur nicht über seine Verhältnisse leben. Außerdem hatte Ronny keinen besonderen Ehrgeiz, aus seinem Leben irgendwas zu machen. Aber das würde er jemandem wie der Schmieder natürlich niemals auf die Nase binden ...

Und da war sie: die naheliegendste Lösung. Frau Schmieder. Er zog sein Handy aus der Hosentasche.

»Einen Moment«, sagte er in Ellen Bornemanns Richtung, rief das digitale Telefonbuch auf und wählte die Nummer seiner Chefin. Während er sich das Handy ans Ohr hielt und dem fernen Tuten in der Leitung lauschte, erklärte er Frau Bornemann: »Ich ruf mal eben meine Chefin an und frag sie, was in so einem Fall vorgesehen ist.«

Ellen Bornemann nickte geistesabwesend. Dann stand sie auf und schüttete ihren Hagebuttentee in den Ausguss.

Es dauerte nicht lange, bis Ronnys Vorgesetzte ans Telefon ging.

»Herr Lembke, was verschafft mir die Ehre?« Frau Schmieders Stimme klang, als würden sie durch ein Dosentelefon miteinander reden.

»Ach, hallo, Frau Schmieder«, erwiderte Ronny und fügte dann das Sätzchen hinzu, das sie während des Wochenendseminars zum

Thema Kundenpflege eingebleut bekommen hatten: »Wie schön, dass ich Sie gleich erreiche.«

»Sie haben aufgepasst bei unserer kleinen Weiterbildung«, gab Frau Schmieder honigsüß zurück. »Das ist aber erfreulich.« Dann fragte sie scharf: »Gibt es ein Problem?«

»Nein, nein, kein Problem. Gar keins«, antwortete er schnell. »Also, na ja, doch, ein kleines. Wo soll ich eigentlich übernachten?«

Es dauerte zwei Sekunden, ehe Frau Schmieder reagierte. »Ich verstehe Ihre Frage nicht.«

»Na ja, ich bin hier am Nordkap. Nach zwanzig Stunden Anreise. Ich sollte heute wirklich nicht mehr Auto fahren, aber Frau Bornemann sagt, dass es hier oben kein Hotel gibt.«

»Wer ist Frau Bornemann?«, fragte Frau Schmieder verwirrt.

»Die Verunglückte. Nein, die Unglückliche.« Er drehte sich hastig um und sah, wie Ellen Bornemann die Augenbrauen krauszog. »Also, die Frau des Mannes, der den Herzinfarkt erlitten hat.« Er legte eine kurze Pause ein. »Am Nordkap, Frau Schmieder.«

»Ja richtig!« Sie klang erleichtert, als wüsste sie endlich, wovon er redete. »Sagen Sie das doch gleich. Ich hab hundertfünfzig Gelbe Engel im Einsatz, woher soll ich wissen, wo ausgerechnet *Sie* sich gerade herumtreiben?« Sie lachte, doch dann wurde sie schlagartig wieder ernst. »Aber was meinen Sie damit, dass Sie heute nicht mehr fahren können, Herr Lembke?«

»Also ...« Er hielt kurz inne. »Schlafmangel kann zu Depressionen und Halluzinationen führen. In der Sowjetunion und in der ehemaligen DDR wurde Schlafentzug als Foltermethode eingesetzt ...«

»Ja, ja, ja, ist ja schon gut«, ging Frau Schmieder sofort dazwischen. »Was ist denn mit den Unterlagen? Steht da nichts drin?«

Ronny blätterte durch den dünnen Schnellhefter, in dem sich alle Informationen zu seinem Einsatz befanden. Aus dem Augenwinkel sah er, wie Ellen Bornemann ihn mit einem mehr als skeptischen Gesichtsausdruck anstarrte.

»Äh … nein?«

Frau Schmieder seufzte. »Haben Sie denn im Vorfeld Ihres Einsatzes Hotels für sich gebucht?«

»Ich … Was hab ich?«

»Hotels. Gebucht. Für Ihren Einsatz.«

»Muss man das selber machen?«

Frau Schmieder lachte auf. »Sehe ich vielleicht aus wie ein Reisebüro, Herr Lembke?«

»Äh …«

»Und was jetzt?«, wollte seine Vorgesetzte wissen.

Ronny rutschte unschlüssig von links nach rechts, wobei sich die Kissen, auf denen er saß, einfach mitdrehten. »Ich … Ich weiß es nicht. Mir ein Taxi nehmen und zum nächsten Hotel fahren?«

»Daraus wird leider nichts, Herr Lembke«, teilte ihm Frau Schmieder mit einer Stimme mit, die schärfer war als ein japanisches Samuraischwert. »Sie können nicht einfach in irgendein Hotel einchecken. Es ist Mittsommer, schon vergessen? Haben Sie eine Ahnung, wie viel das kostet? Nein, tut mir leid, das hätten Sie besser planen müssen. Es gibt hier und da ein paar Vertragshotels, die haben ein paar Zimmer für uns im Kontingent, aber ob Sie da so kurzfristig … und noch dazu derart weitab vom Schuss …« Sie verstummte. Dann räusperte sie sich und sagte: »Ich würde vorschlagen, Sie schlafen bei Frau … Wie heißt sie noch mal?«

Ronny schluckte. »Bornemann.«

Bei der Erwähnung ihres Namens sah Ellen Bornemann schlagartig noch skeptischer aus.

»Sie schlafen in Frau Bornemanns Auto. Oder Sie sind zur Abwechslung mal höflich und fragen sie nett, ob Sie bei ihr im Wohnwagen übernachten dürfen. Bemühen Sie sich mal, Herr Lembke! Dann wird das auch was mit dem Schlafplatz.«

»In Ordnung.« Ronny ließ unauffällig seinen Blick durch den Wohnwagen schweifen. Selbst ohne besondere Menschenkenntnis war ihm klar, dass Ellen Bornemann ihn nicht hier drinnen schlafen lassen würde. Der Wohnwagen war winzig – ein Schuhkarton auf Rädern.

»Na dann, Herr Lembke, wünsche ich Ihnen noch eine gute Reise!«

Auf einmal klang Frau Schmieder wieder freundlich-unverbindlich. Bestimmt hatte sie in einem früheren Leben mal in einem Call-Center gearbeitet. Nur so war es Menschen möglich, ihrem Gesprächspartner in einem Moment die Lebensgrundlage unter den Füßen wegzuziehen und ihm im nächsten Augenblick einen guten Tag zu wünschen. Zufällig wusste Ronny das genau. Fünf Monate in so einem Job, und er hatte den Glauben an das Gute im Menschen verloren.

»Melden Sie sich wieder, wenn Sie in Deutschland sind«, sagte Frau Schmieder zum Abschied, und dann säuselte sie: »Gute Fa-hahrt!«, und legte auf.

Ronny starrte auf sein Handy. In seinem Kopf herrschte gähnende Leere. Er hatte nicht die leiseste Ahnung, was er als Nächstes tun sollte. Und leider lag in dieser besonderen Situation überhaupt nichts nahe.

»Und? Wo werden Sie jetzt unterkommen?«, erkundigte sich Ellen Bornemann.

Zögerlich wandte er sich zu ihr um. »Ich habe leider keine Informationen dazu bekommen.« Dann sah er sich um. »Vielleicht könnte ich ja …«

Sie lachte auf, als sie begriff, worauf er hinauswollte. »Ha! Das wird ja immer besser! Nein. Also ich meine: *Nein.* Sie sind ein Mann, und ich bin ...« Sie verstummte.

»Sie sind gar nicht mein Typ«, erwiderte Ronny knapp.

»Ach so?«

»Nein, nein, so hab ich das natürlich nicht gemeint«, beeilte er sich zu sagen. So schnippisch, wie sie gerade geklungen hatte, war die Stimmung drauf und dran zu kippen. »Sie sind wirklich sehr attraktiv – besonders für Ihr Alter.«

Ellen Bornemanns Gesicht nahm schlagartig den Farbton einer Aubergine an.

»So wollte ich das nicht ausdrücken«, stammelte Ronny, um sich aus der Affäre zu ziehen. »Es ist nur so ... Es sieht nicht so aus, als würde es hier oben ein Hotel geben. Deswegen frage ich mich, ob es vielleicht möglich wäre, dass ich ausnahmsweise ... und ganz sicher nur heute!«

Ellen Bornemann starrte ihn unverwandt an, sagte jedoch keinen Ton.

Ronny legte alles in die Waagschale. »Bitte?«

Einen Augenblick später stand Ellen Bornemann auf und öffnete die Tür zum Einbauschrank gegenüber der Küchenzeile. Kurz darauf hielt sie eine zusammengefaltete Wolldecke und einen Schlüssel in der Hand. Mit dem reglosen Gesicht einer Sphinx sagte sie: »Schlafen Sie im Auto.«

Ronny drehte sich um und sah aus dem Fenster. Vor dem Wohnwagenanhänger stand ein alter Volvo.

Er schluckte schwer, bevor er den Schlüssel und die Decke entgegennahm.

»Immerhin ein Kombi«, fügte Ellen Bornemann spitz hinzu.

Sein Rücken jaulte regelrecht auf, als Ronny nur an die vergangene Nacht auf dem Flughafen-Plastiksitz dachte. Und die bevorstehende Nacht würde er in einem Auto zubringen ...

Doch für jeglichen Widerstand war er inzwischen viel zu müde –

und sowieso nicht der Typ, der lange rumdiskutierte. Er würde es schon überleben. Und im Auto zu schlafen war wirklich die einfachste Lösung von allen.

»Gute Nacht«, wünschte Ellen Bornemann ihm noch.

Mit einem Seufzer wandte Ronny sich ab und verließ schicksalergeben den Wohnwagen. Morgen würde er sich ein Hotel suchen. Also, wenn denn eines an der Strecke lag. Er war vielleicht ein Engel mit Getriebeschaden, aber alles ließ er sich auch nicht gefallen.

KAPITEL 7

Es tutete. Nach dem dritten Klingeln nahm Marion ab. »Mama?«
»Hallo, mein Schatz«, sagte Ellen, die sich vorgenommen hatte, die ganze Angelegenheit so höflich wie nur möglich anzugehen. Zwar hatte sich dieser Herr Lembke widerstandslos in den Volvo verfrachten lassen, aber die Wände des Lottchens waren quasi aus Pappe – das wusste niemand besser als Ellen. Man hörte vor dem Fenster die Regenwürmer husten. Und einen Streit mit der Tochter, den sollte dieser Herr Lembke nicht mit anhören müssen. Es lagen noch knapp dreitausend gemeinsame Kilometer vor ihnen. Da würden sie sich zwangsläufig besser kennenlernen, als es beide vielleicht gut fanden.

Sie seufzte. »Wie geht's dir, Schatz? Hattest du einen schönen Tag?«

»Ach, Mama. Ich weiß genau, dass du auf was ganz anderes hinauswillst.«

Ellen gab sich geschlagen und kam direkt zur Sache: »Ich bin ... ein bisschen überrascht.«

Ihre Tochter seufzte nun ebenfalls. Immerhin das verband die beiden, obwohl sie ansonsten wirklich sehr unterschiedlich waren.

»Ich dachte, ich hätte dich darum gebeten, mich hier abzuholen ...«

»Hast du«, erwiderte Marion ganz ruhig. »Und ich hab gesagt, dass ich mich darum kümmere.«

»Na ja ...« Ellen verstummte.

Mit einer Stimme, der keinerlei Genervtheit anzuhören war, gab Marion zurück: »Was möchtest du mir sagen, Mutter?«

Mutter? Das waren ja ganz neue Töne. Was war bloß in ihre

Tochter gefahren? War sie schon immer so ein Biest gewesen? So unterkühlt und abweisend? Oder lag das an der Situation?

Das Leben hat Marion härter werden lassen, als ihr gutgetan hätte, mutmaßte Ellen und hatte womöglich zum ersten Mal ein wenig Nachsicht mit ihrer Tochter. Der stressige Job in der Bank, die beiden Kinder und nicht zuletzt die gescheiterte Ehe mit Markus, diesem erbärmlichen Musiker und Lebemann, der sich nie so richtig mit der bürgerlichen Existenz hatte abfinden können, die Marion ihm (nebst ihrem Herzen) auf einem Silbertablett serviert hatte.

Ellen hatte schon bei ihrem ersten Aufeinandertreffen gewusst, dass der Typ nicht der Richtige für ihr einziges Kind war. Aber wie erklärte man das einer energischen jungen Frau, die zu allem Überfluss auch noch bis über beide Ohren verliebt war?

»Lass die beiden mal machen«, hatte Hans damals gesagt, der sich wie immer nicht einmischen wollte, wenn es um Marion ging. »Sie weiß schon, was sie tut.«

Einen feuchten Kehricht hatte Marion gewusst.

Ellen holte tief Luft. »Wenn deine Mutter dich anruft und dich um etwas bittet ...«

Marion schnitt ihr das Wort ab – was ungewöhnlich für sie war und dafür sprach, dass sie in den vergangenen Stunden einigem Stress ausgesetzt gewesen und wohl doch deutlich genervter war, als sie es ursprünglich hatte zeigen wollen. »Du hast mich darum gebeten, dich am Nordkap abzuholen.«

»Eine Bitte, die man seiner lieben *Mutter* nicht erfüllt?« Ellen konnte nicht umhin, sich an der Überbetonung aufzuhängen, die ihre Tochter gerade selbst benutzt hatte.

Marion schnaubte. »Weil ich den lieben langen Tag nichts anderes zu tun hab, als zum Nordkap zu fliegen und dich dann nach Deutschland zu kutschieren.« Ihre Stimme war jetzt schärfer geworden. »Ich habe einen Vollzeitjob, Mama. Und zwei Kinder.«

Ja, die Kinder. Stine und Klaas. Die ohne ihren nichtsnutzigen Papa aufwuchsen. Nach ein paar Jahren des gemeinsamen Lebens und Leidens hatte Markus nämlich das Handtuch geworfen, da war der Kleine noch nicht mal aus den Windeln raus gewesen. Ellen war damals sofort nach Hamburg aufgebrochen und mehrere Wochen geblieben, um ihrer Tochter unter die Arme zu greifen (übrigens ohne dass man sie darum hätte bitten müssen – so sah das nämlich aus!), hatte auf der unbequemen Ausziehcouch im Wohnzimmer geschlafen und war vor Tagesanbruch aufgestanden, um Stullen zu schmieren und die Kinder zu wecken.

Während es Marion mit grauem Gesicht und verweinten Augen gerade schaffte, sich die Haare zu bürsten, duschte Ellen ihre Enkel und zog sie an, setzte ihnen ein anständiges Frühstück vor und brachte Stine in den Kindergarten. Den Vormittag verbrachte sie mit Klaas, der mit riesiger Begeisterung der Oma bei der Hausarbeit zur Hand ging – was nichts anderes hieß, als dass er sich auf den Staubsauger setzte und sich johlend und quietschend von ihr durch die Wohnung ziehen ließ oder beim Ausräumen der Spülmaschine half, wobei mehr als ein Teller zu Bruch ging. Aber Scherben brachten ja bekanntlich Glück, und von dem konnte Ellens Tochter eine Menge brauchen.

Am Freitagnachmittag, wenn Marion mit noch müderem Gesicht als fünf Tage zuvor von der Arbeit nach Hause kam, waren der Gefrierschrank mit vorgekochten Mahlzeiten fürs Wochenende gefüllt, die Wohnung geputzt und die Wäsche gewaschen, und Ellen stieg in den Zug und fuhr nach Ostereistedt, wo sie zwei weitere Tage in der Küche stand, um den Gefrierschrank mit vorgekochten Mahlzeiten für Hans zu befüllen, das Haus zu putzen und Wäsche zu waschen. Am Sonntagabend ging es dann wieder nach Hamburg, wo das ganze Spiel von vorn losging. Sieben Tage lang, über fast zwei Monate. Und nie ließ Ellen auch nur ein Stöhnen verlautbaren.

Als die Sommerferien kamen, schnappte Ellen sich die beiden Kinder und fuhr mit ihnen nach Hause. Ganze fünf Wochen blieben sie in Ostereistedt. Hans, der damals gerade zum zweiten Mal zum Bürgermeister gewählt worden war, baute ihnen nach Feierabend ein Baumhaus. Ellen nähte Puppenkleider für Stine und fuhr Klaas stundenlang im Buggy durchs Dorf. Sie pulten Erbsen im Garten und aßen Erdbeeren direkt aus dem Beet, bastelten Flöße aus Stöckchen, die Klaas und Hans im Wald gefunden hatten, und planschten so lange im Kneippbecken hinter dem Marktplatz, bis kein Wasser mehr darin war und Ellen einen Anpfiff vom Ordnungsamt bekam, den sie jedoch mit einem Lächeln quittierte. An den Wochenenden kam Marion, die von Mal zu Mal besser aussah und sogar ein wenig an Gewicht zugelegt zu haben schien, und gemeinsam saßen sie auf der Terrasse und tranken literweise selbstgemachte Limonade. Es war einfach nur wunderbar. Ellen liebte es, Klaas und Stine um sich zu haben, ihre Energie, ihre Lautstärke, ihre kleinen warmen Körper, die sich an die Oma kuschelten, wenn die ihnen abends im Baumhaus Geschichten vorlas.

Doch wie alles Schöne war auch dieser Sommer irgendwann vorbei, und Marion nahm Stine und Klaas wieder mit nach Hamburg. Für Ellen fühlte es sich an, als hätte man ihr ein Bein abgeschnitten. Oder eher beide Beine. Jeden Tag Randale und Radau, von morgens bis abends Halligalli in der Bude – und mit einem Mal war wieder alles still.

Natürlich war Marion ihren Eltern unendlich dankbar für den spontanen Notfalleinsatz und die damit erkaufte Zeit, in der sie den Boden unter ihren Füßen wiederfand und Markus' Sachen aus der Wohnung schmiss – so dankbar, dass sie die Kinder fortan jedes Jahr in den Sommerferien für ein paar Wochen nach Ostereistedt schickte, wo Stine und Klaas lernten, wie man ein Pferd fütterte und ein Küken ausbrütete, wie man Tomaten zog und

Kirschkerne spuckte. Aber wie in jenem ersten Sommer, als Markus gegangen war, wurde es nie wieder.

»Irgendjemand muss sich auch um Papa kümmern«, sagte Marion in ihrer betont sachlichen Art und riss Ellen unsanft aus Limonadenträumen und Omaglück.

Sie schnappte nach Luft – weil der Traum zu Ende und die Wirklichkeit so viel weniger tröstlich war. »Also, das ist ja wohl die Höhe!«

»Mama, er hatte einen Herzinfarkt! Ist dir das so egal?«

»Natürlich ist mir das nicht egal. Trotzdem sag ich dir: Mir reicht's.«

Marion senkte die Stimme, was sie nicht minder wütend klingen ließ: »Was ist denn bitte mit dir los? Papa liegt auf der Intensivstation. Er wurde operiert. Interessiert dich gar nicht, wie es ihm geht?«

Mit einem Satz war Ellen auf den Beinen. »Mein Leben hat sich lang genug um Hans Bornemann gedreht. Damit ist jetzt Schluss!«

Mittlerweile war es ihr egal, ob dieser Herr Lembke sie hören konnte. Von ihr aus konnte ganz Norwegen mitbekommen, wie unendlich wütend sie auf diesen Hanswurst war, dem sie vor Ewigkeiten mal alles Mögliche geschworen hatte, »bis dass der Tod uns scheidet«. Von wegen!

»Mama!«, rief Marion entsetzt. »Was ist denn in dich gefahren?«

»Bleib mir bloß weg mit Mama! Ab sofort mache ich nur noch, was für mich selbst richtig ist.«

»Und dafür gehst du über Leichen.«

»Er ist doch gar nicht tot«, rief Ellen entrüstet und fügte hinzu: »Ich tue nur, was ich für richtig halte.«

»Wunderbar. Das tue ich auch«, erwiderte ihre Tochter, die ihre übliche Zenmeister-Gelassenheit wiedergefunden zu haben schien.

»Marion. Du. Kommst. Hierher.« Ellen hatte versucht, all ihre mütterliche Strenge in diesen Satz zu legen. Im Grunde war es ihr natürlich mittlerweile vollkommen schnurz, ob sie mit oder ohne Marion wieder nach Ostereistedt kam. Aber hier ging es ums Prinzip. Ellen hatte gerufen – ein Mal, ein einziges Mal! –, und Marion war bei ihrem Vater geblieben. Das war mal wieder typisch.

»Mama, red so bitte nicht mit mir«, forderte Marion. »Ich bin fünfunddreißig Jahre alt. Du musst mich nicht rumkommandieren.«

»Rumkommandieren? Ich habe dich *gebeten!*«

»Nein, du hast mir befohlen, dass ich dich abhole. Und ich hätte es vielleicht sogar gemacht – auch wenn ich deinen Ton gerade echt unmöglich finde. Aber Papa braucht mich jetzt.«

Ellens Stimme überschlug sich vor Entrüstung, als sie ins Telefon bellte: »Ich brauch dich aber *mehr!*«

»Nein«, erwiderte Marion gelassen. »Du brauchst mich nicht. Du brauchst ganz offensichtlich einen Psychiater.« Und nach einer kurzen Pause fuhr sie fort: »Was ist nur mit dir los? Wie kannst du ihm sagen, dass du dich von ihm trennen willst? Nach über dreißig Jahren Ehe?«

»Was hat das denn damit zu tun? Ich kann mich von deinem Vater trennen, wann immer ich es für richtig halte und ganz egal, wie lang ich mit ihm verheiratet bin.«

»Du verhältst dich kindisch.«

»Und du bist undankbar!«, entgegnete Ellen laut. Sie fühlte sich von Marions Gelassenheit so sehr provoziert, dass es ihr fast peinlich war.

Marion seufzte. »Du hast ihm das Herz gebrochen, Mama.«

Und das Nächste, was Ellen hörte, was das Tuten in der Leitung. Sie war sprachlos. Ihre Tochter hatte aufgelegt.

Ich hätte mehr als ein einziges Kind bekommen müssen, dachte Ellen mit Wehmut. Dann könnte ich jetzt einfach jemand anderen anrufen und Marion mit ihrem Lieblingspapa allein lassen. Sie wusste, dass da der reine Trotz aus ihr sprach, aber es war ihr schlicht nicht möglich, Marions Reaktion als etwas anderes zu verstehen als Zurückweisung.

Ein weiteres Kind. Das hätte alles verändert. Sogar die Beziehung zu Hans. Aber zu Anfang der achtziger Jahre war man von Kinderwunschkliniken in etwa so weit entfernt gewesen wie von einer Reise zum Mars, besonders in einem abgelegenen Kaff in Niedersachsen. Damals war Ellen einfach froh gewesen, dass sie so schnell mit Marion schwanger und ihr Kind so schön und klug geworden war. Das hatte sie über den Kummer hinweggetröstet, dass es danach einfach nicht mehr hatte klappen wollen mit mehr Nachwuchs. Später dann hatte Hans angefangen, sich wieder zu einem Kleinkind zurückzuentwickeln, und da war sie nicht mehr allzu unglücklich gewesen, dass Familie Bornemann nur aus drei Personen bestand. Aus drei Personen und einer Schildkröte, wenn man es genau nehmen wollte. Denn irgendwann hatte Hans ihr die geschenkt – damit sie nicht mehr so allein war.

Du lieber Gott, Odysseus! Hatte der überhaupt endlich was gefressen?

In seiner Bananenkiste in der Nasszelle hatte Odysseus sich in seinen Panzer zurückgezogen und lugte unter einem bisschen Stroh hervor. »Puttputtputt!« Ellen lupfte das Stroh ein wenig an, um die Schildkröte zu wecken. »Es gibt Futter. Hallo?«

Als Odysseus nicht zu reagieren schien, wandte sie sich wieder ab. Sie war nicht darauf aus, noch auf den letzten Metern eine besondere Beziehung mit der Schildkröte aufzubauen. Außerdem konnte sie ihr auch nicht in den Finger zwicken, solange sie sich in ihren doofen Panzer zurückgezogen hatte.

Ellen schlug die Tür hinter sich zu und stand kurz ratlos in der Mitte des Wohnwagens. Ihr rastloser Blick fiel auf das Handy auf der Küchenarbeitsplatte. Sie hatte keinen blassen Schimmer, was sie als Nächstes tun sollte. Diesen Teil der Geschichte hatte sie sich irgendwie einfacher vorgestellt. Aber gut, sie hatte natürlich auch kein Drehbuch gehabt, in dem gestanden hätte, wie man sich nach fünfunddreißig Jahren vom Ehemann trennte und noch mal komplett neu anfing.

Neben dem Handy lagen immer noch die ungeschriebenen Postkarten. Kurz entschlossen stopfte sie sie tief hinein in ihre Handtasche. Wenn schon alles auf Anfang, dann aber richtig.

KAPITEL 8

»SCHIIIIEB!«, rief Ronny und zerrte mit aller Gewalt an der Deichsel des Wohnwagens, der sich trotzdem keinen Millimeter vom Fleck bewegte. Er ließ los und richtete sich auf, kratzte sich verwirrt am Hinterkopf und sah sich um.

Seit zwanzig Minuten dokterten sie jetzt schon an dieser Anhängerkupplung herum. Die Nacht im Volvo war das nackte Grauen gewesen. Sein Rücken schmerzte von der Übernachtung auf der umgeklappten Rückbank. Er war sich vorgekommen wie eine Prinzessin auf der Erbse – ganz sicher hatte irgendwo unter den Sitzbänken ein Gegenstand gelegen, der sich ihm unsanft zwischen die Wirbel gedrillt hatte. Dreimal war Ronny in diesem elenden Dämmerlicht mitten in der Nacht aufgestanden und hatte die Sitze vor- und wieder zurückgeklappt, aber er war weder auf eine Erbse noch auf etwas anderes gestoßen und hatte sich schlussendlich mit der bitteren Erkenntnis zufriedengeben müssen, dass eine Nacht in einem alten Kombi eben kein Fünfsterneurlaub im Luxusressort war. Und immerhin: Er hatte alles in allem zehn Stunden liegen bleiben dürfen, auch wenn er nicht gerade wie ein Murmeltier und ohne wach zu werden durchgeschlafen hatte.

Jetzt war es neun Uhr dreißig, und sie waren immer noch nicht vom Fleck gekommen. Sehr zu Ellen Bornemanns Unbill. Die Frau wurde wirklich von Minute zu Minute nervöser, was auch Ronny langsam, aber sicher auf die Laune schlug. Unter Druck konnte er nicht arbeiten – erst recht nicht, wenn jemand sich direkt hinter ihm aufbaute und andauernd »Naaaaa?« fragte, als hielte er das Messer bereits in der Hand, das er ihm gleich zwischen die Rippen bohren würde. Wenn sich dieses blöde Ding nur endlich in Bewegung setzen würde!

Gerade als er nach der Deichsel griff, um das Schieb-und-Zieh-Prozedere zum gefühlt hundertsten Mal zu wiederholen, kam Ellen Bornemann um den Wohnwagen herum auf ihn zumarschiert.

»Irgendwas machen Sie falsch, Herr Lembke«, stellte sie ungehalten fest. »Strengen Sie sich überhaupt an?«

Ronny verlor für einen kurzen Moment die Kontrolle über seine Gesichtszüge. Was ihm in diesem Augenblick auf der Zunge lag, entsprach ganz sicher nicht den Verhaltensregeln des Allgemeinen Deutschen Automobil-Clubs. Er schluckte es hinunter, und in seinem Kopf blinkten Frau Schmieders Worte auf, die sie ihm und seinen Mitstreitern beim Einführungsseminar mit auf den Weg gegeben hatte: »Wir sind Dienstleister, verehrte Damen und Herren. Das heißt, wir leisten Dienst am Kunden. Persönliche Befindlichkeiten interessieren uns nur, wenn es die unserer Mitglieder sind.« Tja, jemand wie Ronny konnte sich die Mitgliedschaft im ADAC nicht einmal leisten, von einem Auto und persönlichen Befindlichkeiten ganz zu schweigen.

»Wir probieren es jetzt noch mal, ja? Und diesmal mit ein bisschen mehr Einsatz, wenn ich bitten darf.« Ellen Bornemann tippte mit dem Zeigefinger auf die Uhr. »Wir haben keine Zeit zu verlieren!« Dann lächelte sie ihm übertrieben aufmunternd zu und kehrte zurück zum hinteren Ende des Wohnwagens.

Ein weiteres Mal beugte sich Ronny über die Kupplung. Den Volvo rückwärts an den Wohnwagen dranzufahren war die leichteste Übung gewesen. Dann hatte er ein bisschen gebraucht, um das Prinzip der vier Stützbeine zu verstehen. Nachdem er nach minutenlangem Kramen unter der Sitzbank endlich die Kurbel gefunden hatte, mit der er die großen Schrauben an sämtlichen vier Seiten aufdrehen konnte, damit die Beine des Wohnwagens hochfuhren und unter den Bauch des Anhängers klappten, hätte er gerne nach der ersten Pause verlangt.

Ellen Bornemann war indes aufgekratzt um den Wohnwagen herumgesprungen und hatte Ronny angetrieben: »Los doch, Herr Lembke!« Oder: »Jetzt sollten wir aber wirklich langsam in die Pötte kommen!« Offenbar hatte sie es *wirklich* eilig – auch wenn Ronny nicht recht klar war, warum. Zu ihrem Mann ins Krankenhaus wollte sie allem Anschein nach ja nicht.

Und jetzt standen sie hier. Zur Abfahrt bereit, alles eingepackt, die Rückbank hochgeklappt, die Nerven blank – und der blöde Anhänger bewegte sich nicht.

»SCHIIIIEB!«, rief Ronny ein weiteres Mal und zog mit aller Gewalt an den silberfarbenen Griffen der Vorderseite. Er spürte, dass sich Ellen Bornemann am anderen Ende mit aller Kraft gegen den Wohnwagen stemmte – nur leider vergebens. Denn obwohl der Wagen ruckelte und zuckelte, fehlten immer noch gut dreißig Zentimeter bis zur Anhängerkupplung des Volvo.

»Ich versteh das nicht«, murmelte Ronny, ließ los, ging in die Hocke und betrachtete die Metallstange, die man an das Auto anhängte, noch mal genauer. »Ich versteh das einfach nicht.«

»Das sehe ich.« Ellen Bornemanns Gesicht, das wieder über ihm aufragte, sah inzwischen fast verzweifelt aus. Erneut warf sie einen Blick auf ihre Armbanduhr, dann sah sie sich auf dem Hochplateau um. »Hallo? Sie da!«, rief sie plötzlich und begann zu winken. »Ja, Sie da! Kommen Sie mal her!«

Als Ronny sich umdrehte, sah er einen kugelrunden Bauch mit Armen und Beinen dran und einem freundlich grinsenden Gesicht obendrüber auf sich zukommen.

»Wer, ich?«

Ellen strahlte den Kugelmann an. »Ja, genau Sie! Sie sehen so aus, als würden Sie etwas von Wohnwagen verstehen.«

Der Mann kam näher und kratzte sich am Kopf. »Ach ja?«

Sie nickte eifrig, und Ronny fühlte sich dazu aufgefordert, es ihr gleichzutun.

»Ein bisschen vielleicht ...« Der Mann hatte zwar lichtes Haupthaar, aber einen umso dichteren, buschigen Vollbart. Er grinste unsicher. Bestimmt hatte sein graues T-Shirt irgendwann einmal gepasst, aber das musste schon eine ganze Weile her sein. »Ich bin der Uwe.«

»Hallo, Uwe.« Erleichtert stand Ronny auf und klopfte sich die Hände an der Hose ab. Ein Mensch, der sich mit diesem Teufelszeug auskannte – das Schicksal meinte es doch gut mit ihm.

»Sie schickt der Himmel!«, mischte sich Ellen Bornemann mit ausgebreiteten Armen ein. »Wir haben es wirklich *sehr, sehr* eilig.« Dann hielt sie dem Mann demonstrativ das Ziffernblatt ihrer Armbanduhr hin.

Uwe betrachtete den Wohnwagen von allen Seiten. »Ein Tabbert, Modell Gouverneur, ich tippe mal auf Ende der Sechziger. Ziemlich gut erhalten, wenn ich das so sagen darf.« Er machte einen Schritt auf den Anhänger zu.

»Ja, ja«, erwiderte Ellen Bornemann ungeduldig. »Aber wie kriegen wir das Ding jetzt in die Gänge?«

Uwe strich in aller Seelenruhe mit der Hand über die Aluhülle. Und als hätte er ihre Frage schlichtweg überhört, meinte er: »Interessant, das mit dem Gesicht. *Mit Bornemann bis ans Ende der Welt,* soso.«

Ronny fing Ellen Bornemanns wütenden Blick auf. Er vermutete, dass die Plakatwerbung auf der linken Wohnwagenseite irgendwas mit dem werten Herrn Bornemann zu tun hatte, wollte aber lieber nicht fragen. Nicht in diesem Moment jedenfalls.

Ellen Bornemann kniff die Lippen zusammen und atmete tief durch. Ronny rechnete schon damit, dass sie jeden Moment in die Luft gehen könnte.

Derweil setzte Uwe ungerührt seine Inspektion fort. »Die Stützbeine sind hochgefahren, die Keile weg, das Stützrad runtergekurbelt ... Sieht doch alles gut aus. Wo klemmt's denn?«

»Das wollen wir ja von *Ihnen* wissen«, bemerkte Ellen und sah wieder auf die Uhr.

»Unter Campern duzt man sich normalerweise«, erklärte Uwe und strich sich gedankenverloren über den Bauch. »Ich bin der ...«

»Uwe. Ich weiß«, fiel Ellen Bornemann ihm hastig ins Wort. »Ich bin immer noch Frau Bornemann.«

Uwe, der trotz der arktischen Temperaturen nur das graue T-Shirt und eine kurze Hose trug und schwitzte, als hätte er gerade einen Dauerlauf hinter sich, trat an die Anhängerkupplung und betrachtete sie wie einen offenen Bauch während einer Not-OP. Dann ging er in die Hocke und untersuchte das Metallgestänge. Lange. Sehr lange. Mindestens eine Minute lang.

Gerade als Ronny meinte, dass die Situation nicht mehr absurder werden könnte, schnaufte Uwe: »Hast du die Handbremse gelöst?«

»Welche Handbremse?«, gab Ronny zurück. Die naheliegendste Lösung – wieder mal! Dann hörte er, wie sich Ellen Bornemann hinter ihm mit der flachen Hand auf die Stirn schlug. Vorwurfsvoll drehte er sich zu ihr um. »Du hättest ruhig mal erwähnen können, dass auch der Wohnwagen eine Handbremse hat.«

»Ja, woher soll ich das denn wissen? Du bist doch hier der Fachmann!«, rief sie aufgebracht und fügte dann verschnupft hinzu: »Außerdem wäre es mir wirklich lieber, wenn wir beim Sie bleiben könnten. Bei aller Eile wird das doch wohl hoffentlich noch drin sein.«

Ronny warf Uwe einen verwirrten Blick zu. »Ich dachte, unter Campern ...«

Uwe zuckte entschuldigend mit den Schultern. »Es gibt natürlich immer Ausnahmen.«

Ellen baute sich hinter den beiden Männern auf und stemmte die Hände in die Hüften. »Haben wir es dann demnächst?«

»Wie ein Feldwebel«, murmelte Uwe, zog amüsiert die Augenbrauen hoch und gluckste, dass die Wampe nur so schwabbelte. Dann schob er sich unter lautem Ächzen und knackenden Gelenken vor, stützte sich schwer auf dem Metallgestänge ab, löste die Handbremse und nickte Ronny zu.

Ellen Bornemann griff mit fast schon militärischem Ernst nach seiner Hand und schüttelte sie, als wollte sie ihm den Arm auskugeln. »Danke. Und tschüss.« Dann nickte sie Ronny auffordernd zu, rief: »Auf jetzt!«, flitzte zur Beifahrertür, riss sie auf und schob sich auf den Sitz. Sie schlug die Tür so fest zu, dass der Volvo wackelte.

»Was ist denn mit der los?«, wollte Uwe wissen.

»Ihr Mann hatte einen Herzinfarkt«, erklärte Ronny.

Uwe machte ein mitfühlendes Gesicht. »Die Arme. Kein Wunder, dass sie so schräg drauf ist.«

Ronny schluckte. Natürlich hatte Uwe recht. Ellen stand vermutlich immer noch unter Schock, selbst wenn sie partout behauptete, dass es ihr völlig egal sei, ob ihr Mann im Krankenhaus oder in Taka-Tuka-Land weilte. Er nahm sich vor, ab jetzt ein bisschen nachsichtiger mit ihr zu sein – immerhin hatte er nicht den Hauch einer Ahnung, wie es in ihr drin aussah. Vielleicht würde sie sich ja entspannen, wenn sie erst mal ein paar Kilometer gefahren wären und sie ihrem Ziel näher käme.

Uwe erklärte Ronny noch, wie er die Fangleine am Auto befestigen musste und den Wohnwagen über ein Stromkabel mit dem Volvo verband. Unter Uwes fachkundiger Anleitung kuppelte Ronny also zum ersten Mal in seinem Leben einen Anhänger an ein Auto. Dann gab er dem schwitzenden Mann die Hand und bedankte sich für dessen Hilfe.

»Gar kein Problem«, sagte Uwe breit grinsend. »Wir Camper halten doch zusammen.«

»Können wir jetzt bitte endlich losfahren!«, rief im nächsten Moment eine Stimme aus dem Volvo.

Ronny, dem die Frau immer mehr wie das weiße Kaninchen aus *Alice im Wunderland* vorkam – allerdings die Version auf LSD –, warf Uwe einen entschuldigenden Blick zu, aber der winkte nur ab.

»Na dann, mach's gut, und lass dich nicht stressen.«

Und mit diesen Worten rollte Uwe davon.

Ronny versicherte sich ein letztes Mal, dass sie abfahrbereit waren, dann zog er die Fahrertür auf und setzte sich hinters Steuer.

Ellen drehte sich genervt zu ihm um. »Na endlich!«

Ronny setzte ein freundliches Lächeln auf. Er hatte irgendwann einmal gelesen, dass es die eigene Laune steigerte, wenn man sich jeden Morgen im Spiegel drei Minuten lang anlächelte. Keine Ahnung, ob da was dran war. Aber was bei einem selbst funktionierte, sollte bei anderen doch erst recht kein Problem sein, oder? Also lächelte er sie unverwandt an.

Doch Ellen Bornemann starrte ihn nur missmutig an, und nach etwa drei Sekunden fragte sie: »Was grinsen Sie denn so? Fahren Sie!«

KAPITEL 9

Er schnallte sich an, löste die Handbremse des Volvo und ließ den Motor an. Dann drückte er vorsichtig aufs Gas, und der Wagen setzte sich langsam in Bewegung. Es fühlte sich merkwürdig an mit dem Anhänger im Schlepptau. Nicht so schwergängig, wie er es sich vorgestellt hatte, aber doch deutlich anders als ohne Wohnwagen. Zum Glück war der Volvo mit einem Automatikgetriebe ausgestattet. So würde ihm für die kommenden knapp dreitausend Kilometer zumindest das lästige Schalten und Kuppeln erspart bleiben.

Ronny gab ein wenig mehr Gas, dann steuerte er links an der kleinen Wohnwagen- und Wohnmobilkolonie vorbei und schlug den Lenker ein. In einem großen Kreis fuhr er einmal um die anderen Camper herum, vorbei an Uwe, der vor seinem eigenen winzigen Anhänger stand und Ronny den erhobenen Daumen entgegenreckte, und einem verdrossen dreinblickenden Paar, das in Decken eingemummelt vor seinem Wohnmobil saß und dem Volvo mit ausdruckslosen Gesichtern hinterherglotzte.

»Wieso fahren Sie denn im Kreis, um Himmels willen?«, wollte Ellen nach der zweiten Runde wissen. Ihre Stimme verhieß nichts Gutes.

»Ich will erst den Wagen mit dem zusätzlichen Gewicht testen«, erklärte Ronny mit der Geduld eines Kindergärtners, der seine Zöglinge gerade dabei erwischt hatte, wie sie einander Bauklötze in die Nase schoben.

»Gestatten Sie mir eine Frage«, sagte Ellen und fuhr fort, ohne Ronnys Reaktion überhaupt abzuwarten. »Sind Sie schon mal mit Anhänger gefahren?«

Ronny wandte ihr kurz den Kopf zu. »Nein. Wieso?« Dann sah

er wieder nach vorn und lenkte das Gespann in eine weitere Linkskurve. Aus dem Augenwinkel sah er, wie Ellen Bornemanns Schultern nach unten sackten.

»Aber Sie sind sicher, dass Sie das hinbekommen? Ich hab nämlich keine Lust ...«

»Natürlich bekomme ich das hin«, beeilte sich Ronny zu sagen, weil ihn im Grunde nicht interessierte, worauf Ellen Bornemann im Einzelnen keine Lust hatte. »Das fährt sich fast wie von allein. Sie werden schon sehen, in null Komma nichts sind wir in ... Wie heißt der Ort, aus dem Sie kommen?«

Als er zu ihr hinübersah, war er überrascht, dass sie lächelte.

»Lieber Herr Lembke«, sagte sie dann, ohne auf seine Frage zu antworten, und Ronny hätte vor Schreck fast eine Vollbremsung hingelegt. »Wie wäre es, wenn wir es jetzt mal mit der richtigen Straße probieren würden?« Dann sah sie hoffnungsvoll in Richtung Landstraße, die vom Parkplatz wegführte. An der Abfahrt waren sie nun schon viermal vorbeigefahren. »Wollen wir?«

Ronny nickte, und dann fuhr er vom Parkplatz, drückte das Gaspedal durch und lenkte den Volvo in Richtung Süden. Er lehnte sich im Fahrersitz zurück und atmete tief durch. Der erste Schritt war endlich getan. Ab jetzt konnte es nur noch besser werden.

Auch Ellen Bornemann schien ein riesiger Stein vom Herzen zu fallen. Sie lehnte sich ebenfalls in ihrem Sitz zurück und schloss die Augen. Gut. Wenn sie ihn jetzt weiter gestresst hätte, hätte er vermutlich die Geduld verloren. Aber sie war ganz friedlich. Schon nach drei Minuten auf der Landstraße hörte er, wie ihr Atmen ruhiger wurde. Kurz darauf fing Ellen Bornemann an zu schnarchen. Kein Altherrenschnarchen, das Tiere fernhielt, eher ein leises Röcheln.

In Ronny machte sich Zufriedenheit breit. Das war immer das beste Zeichen: wenn der Beifahrer einschlief. Das bedeutete, dass er einem vertraute. Zumindest hatte Frau Schmieder mal so was erwähnt.

»Keine laute Musik, kein Mitsingen, keine rasanten Überholmanöver und auch sonst nichts, was unsere Mitglieder in irgendeiner Form verunsichern könnte«, hatte sie im Einführungsseminar doziert.

Insofern, dachte Ronny und gab sich innerlich selbst ein High Five: Alles richtig gemacht.

Vor dem Fenster sah er die eintönige Landschaft vorüberfliegen. Braune Hügel, auf denen spärliches Gras und Moose wuchsen und die nur vom grauen Straßenasphalt zerteilt wurden. Allerdings war der Weg hier oben derart kurvenreich, dass sie beileibe keine hundert Stundenkilometer fahren konnten. Aber hieß es nicht immer, dass Entschleunigung gut sei für die Haut? Oder fürs Seelenleben oder die Verdauung ... Wann hatte er eigentlich zuletzt etwas gegessen? Seit Oslo nicht mehr.

»Rooarroaoar.«

Im selben Moment fing Ronnys Magen an zu knurren – und zwar so laut, dass Ellen Bornemann hochschreckte und die Augen aufschlug.

»Was ist los?«, fragte sie verwirrt. »Wie lang hab ich geschlafen?«

»Äh ... zwei Minuten?«, murmelte Ronny verlegen. »Rooarroar.«

Ellen Bornemann beugte sich vor und sah verwirrt auf seine Bauchregion. »Sie wollen damit aber nicht sagen, dass wir gleich wieder halten müssen.«

»Rooarroar.«

Es war eher eine Frage der Risikoabwägung als von Empathie, dass Ronny hastig und mit etwas lauterer Stimme als gewöhnlich antwortete: »Nein, nein!« Wie begeistert wäre Frau Bornemann wohl gewesen, wenn sie nach nur einer Handvoll Kilometern Pause würden machen müssen, nur weil Ronny seit Oslo nichts mehr gegessen hatte?

»Hatten Sie denn … Frühstück?«, fragte er vorsichtig.

Sie sah ihn von der Seite an. »Natürlich. Und ich hätte Ihnen auch was angeboten, aber Sie haben ja lieber geschlafen.«

»Rooarroar.«

Ellen Bornemann taxierte ihn mit dem Blick. »Wir halten *nicht* an.«

»Ich mache sowieso gerade Diät«, sagte Ronny schnell.

Sein Magen quittierte die Lüge mit einem weiteren Aufheulen.

»Sie?« Ellen Bornemann sah ihn entgeistert an. »Aber an Ihnen ist doch gar nichts dran!«

Ronny tätschelte sich verlegen den Bauch. Doch, er war ein bisschen fülliger als noch vor ein paar Monaten, als er tagaus, tagein beim *König der Löwen* über die Bühne gesprungen war, auch wenn er seinen Bauch jetzt leicht rausstrecken musste, damit Ellen Bornemann ihn sehen konnte. Die angebliche Wampe. Er zuckte verlegen mit den Schultern. »Na ja, es hat ja jeder so sein persönliches Wohlfühlgewicht.«

Seine Beifahrerin schüttelte den Kopf und starrte durch die Frontscheibe auf einen Punkt in der Landschaft, den wohl nur sie spannend fand. »Ich verstehe die Welt nicht mehr«, sagte sie mehr zu sich selbst als zu jemand Bestimmtem – am allerwenigsten zu Ronny. »Meinem Mann musste ich immer auf den Teller gucken. Der spachtelt wie ein Weltmeister, obwohl die Blutwerte ein regelrechtes Gruselkabinett sind. Auf der anderen Seite ist da meine Tochter Marion, die meinen Enkeln nur Grünkohlshakes und diese komischen Samen vorsetzt.« Sie sah ihn ratlos an. »Was ist denn eigentlich mit allen los? Kann sich denn keiner mehr normal ernähren?«

Ronny verkniff sich eine Antwort. Er selbst hatte über die Jahre so ziemlich jeden Quatsch mitgemacht, den seine jeweiligen Freundinnen ihm vorgelebt hatten: von Low Carb über Paleo bis zu veganer Kost. Am schlimmsten war es mit Maike gewesen, die eine Schwäche für diese Abnehmdrinks gehabt hatte – und Ronny hatte den Scheiß mittrinken müssen. Immerhin hatte er Maike gefallen wollen, die außer den Drinks auch Yoga praktizierte und im Bett so beweglich war wie die amtierende Weltmeisterin in Rhythmischer Sportgymnastik. Irgendwann war Maike dann nach Indien gefahren und mit der Erkenntnis heimgekehrt, dass sie sich fortan nur noch von Licht ernähren wollte, und da hatte Ronny schließlich die Reißleine gezogen. Wenn er aber eines bei Kohlsuppendiäten, Frutarismus und Steinzeiternährung gelernt hatte: Frauen mochten Männer, die darauf achteten, was sie aßen. Oder zumindest so taten. Ellen Bornemann war da sicherlich keine Ausnahme.

»Rooarroaoar.«

»Herr Lembke!«, drohte Ellen Bornemann.

»Rooar ...«

Er musste dringend an etwas anderes denken. Oder schneller fahren. Nur dass das nicht ging wegen der Kurven. Waren die hundert, mit denen der Wohnwagen dank Anti-Schlinger-Kupplung fahren durfte, eigentlich auch im Ausland erlaubt? Hm. Wie schnell durfte man in Norwegen mit Anhänger fahren? Wieso wusste Ronny das nicht? Und warum fielen ihm in diesem Moment eine Million andere Dinge ein, die nichts, aber auch wirklich gar nichts mit Tempolimits in Skandinavien zu tun hatten? Zum Beispiel, dass es Taxifahrern in London nicht erlaubt war, Leichen und tollwütige Hunde zu transportieren? Oder dass es in Cleveland, Ohio, verboten war, ein Fahrzeug in Betrieb zu nehmen, wenn man dabei auf dem Schoß einer anderen Person saß? Oder dass in Alaska gegen das Gesetz verstieß, wer aus einem Flugzeug auf einen Elch hinabschaute? Womit er wieder in Skandinavien und bei den Tempolimits war.

»Frau Bornemann, könnten Sie mal rasch im Internet nachgucken, wie schnell man in Norwegen auf Landstraßen fahren darf? Nicht, dass ich momentan schneller fahren könnte, aber nur so interessehalber ...«

Sie sah ihn mit großen Augen an. »Wissen Sie das nicht?« Dann starrte sie konsterniert durch die Windschutzscheibe auf die Straße. »Sie sind noch nie mit einem Wohnwagen gefahren und wissen nicht, wie man eine Handbremse löst ... und die Tempolimits kennen Sie auch nicht. Haben Sie überhaupt einen Führerschein?«

»Also, so kann man das ja nun auch wieder nicht sagen«, druckste Ronny herum. »Natürlich weiß ich theoretisch, wie schnell man in Norwegen fahren darf. Es ist mir nur gerade entfallen. Skandinavien ist ja so groß ... und besteht aus jeder Menge Ländern.«

»Aha.« Sie machte ein skeptisches Gesicht. »Mein Handy hat aber kein Internet. Tut mir leid.«

Er lächelte nachsichtig. »Kein Problem. Sie können meines nehmen.« Er hob den Hintern ein paar Zentimeter vom Sitz und kramte sein Smartphone aus der Gesäßtasche. Erwartungsvoll hielt er es ihr hin.

»Was soll ich damit?«

»Internet? Höchstgeschwindigkeit auf norwegischen Straßen?«

»Das kann ich nicht bedienen, dieses Ding da.« Sie wedelte in Richtung des Smartphones. »Am Ende mache ich das noch kaputt. Nein, nein, lieber nicht.«

Ronny war ratlos. Dann fiel ihm ein, wie er sie kriegen konnte. »Muss ich wirklich anhalten und selbst nachsehen?«

Ellen Bornemann wandte sich hastig zu ihm um. »Nein, nicht anhalten! Ich hab eine andere Idee.« Sie öffnete das Handschuhfach und kramte darin herum. »Ich hab hier doch irgendwo ... Wenn ich nur wüsste ... Ah, da!« Mit einem triumphierenden Lächeln zog sie eine schmale Plastikmappe im Briefformat aus dem Fach. »Das Tourenset für die nordischen Länder.«

»Das *was?*«

»Das Tourenset.« Ellen Bornemann hielt ihm das Kuvert hin, als würde das irgendwas erklären. »Mit Landkarten? Vom ADAC?«

Er schüttelte den Kopf. Landkarten. In seiner Kindheit hatte er mal eine Landkarte gesehen, ja. Aber seitdem …

Sie seufzte, dann klappte sie das Mäppchen auf und zog ein paar gefaltete Papiere aus den Seitenlaschen. »Der ADAC« – sie sah ihn an und unterbrach sich sofort selbst –, »das ist der Allgemeine Deutsche Automobil-Club, für den Sie im Übrigen angeblich arbeiten, stellt seinen Mitgliedern solche Materialien zur Verfügung. Kostenlos.«

Ronny nickte. »Google Maps ist auch kostenlos.«

Ellen sah ihn mit einem schwer zu deutenden Gesichtsausdruck an. »Also jedenfalls gibt es hier neben Landkarten auch diese Infoblätter zu den einzelnen Ländern, die man bereist. Mal sehen …« Sie fing an zu blättern. »Hier ist Finnland, Schweden, Dänemark … Ah ja. Norwegen.« Sie schlug das gefaltete Papier auf und überflog den Text. »Da steht es ja: Auf der Schnellstraße sind hundert Stundenkilometer erlaubt.«

»Wusst ich's doch.« Ronny schlug triumphierend aufs Lenkrad, und auch sein Magen meldete sich wieder zu Wort: »Rooarror.« Wenn sie erst auf einer normalen Schnellstraße und nicht mehr auf diesem kurvigen Weg durchs Nirgendwo wären, würde er auf die Tube …

»O nein!« Mit einem Mal klang sie verzweifelt. »Mit Anhänger sind es nur achtzig!«

Ronny starrte sie entsetzt an. »Machen Sie Witze?« In Windeseile versuchte er, im Kopf hochzurechnen, was diese Aussage für ihre Ankunft in Deutschland bedeutete. Nichts Gutes, so viel stand fest.

»Nein, hier steht es.« Ellen Bornemann hielt ihm den Bogen vor die Nase. Jetzt sah sie aus, als würde sie jeden Moment anfangen zu weinen.

Tatsächlich. Achtzig Stundenkilometer auf norwegischen Schnellstraßen und auf der Autobahn.

»Aber was steht denn da im Kleingedruckten?«, wollte er wissen.

Ellen Bornemann hielt sich den Zettel vors Gesicht. Dann fragte sie: »Ist der Anhänger ungebremst oder gebremst?«

Ronny blickte kurz in ihre Richtung. »Woher soll ich das wissen?«

Sie schluckte. »Ungebremste Anhänger dürfen nur sechzig Stundenkilometer fahren.«

»WAAAAS?!« Instinktiv stieg Ronny auf die Bremse.

»Nicht langsamer fahren!«, rief Ellen Bornemann panisch.

Er atmete einmal tief durch. »Also. Ich habe keine Ahnung, ob Ihr Anhänger Bremsen hat oder nicht.« Das Naheliegendste! Denk an das Naheliegendste! »Wie schnell ist denn Ihr Mann gefahren?«

Ellen Bornemann wirkte mittlerweile verzweifelt. »Das weiß ich doch nicht! Darauf hab ich doch nicht geachtet! Ich war so sauer …« Plötzlich schien sie neuen Mut zu schöpfen. »Brauchen Sie Ihren Führerschein sehr dringend, Herr Lembke?«

Ronny sah von einer Antwort ab und machte sich stattdessen am Tempomat zu schaffen. Er stellte ihn auf sechzig ein – zehn Stundenkilometer weniger, als sie bis eben noch gefahren waren.

»Wir fahren *nicht* langsamer, Herr Lembke«, drohte Frau Bornemann.

»O doch, das werden wir. Solange wir nicht wissen, ob der Wohnwagen gebremst oder ungebremst ist, halten wir uns an die Regeln.«

»Nein!«

»Jawohl.«

»Nein!«

»Dann fahren Sie gefälligst selber.«

Das ließ Ellen Bornemann verstummen.

Ronny spürte, wie der Volvo runterbremste und ein wenig langsamer weiterfuhr. Nein, nicht nur ein wenig langsamer – erschreckend langsam. Ronny kam es fast so vor, als würden sie rückwärts fahren. Selbst sein Magen hatte dem nichts mehr hinzuzufügen. Womöglich fing der aber auch inzwischen an, allmählich abzusterben.

Ellen Bornemann schlug die Hände vors Gesicht und jammerte in sich hinein.

»Der ist doch kaputt, der Tempomat«, murmelte Ronny matt. Die hügelige Landschaft flog jetzt kein bisschen mehr an ihnen vorüber, sie kroch geradezu. Völlig ausgeschlossen, dass sie so je in Deutschland ankommen würden – und lebend schon mal gleich nicht. Wie lang dauerte es, bis man verhungerte? Drei Tage? Vier?

»Dürfen wir wenigstens in Finnland schneller fahren? Oder in Schweden?«, wollte Ronny wissen. »Und wie finden wir heraus, ob dieser blöde Wohnwagen eigene Bremsen hat oder nicht?«

Ellen Bornemann schreckte aus ihrem lethargischen Gejammer auf und kramte hektisch in den Unterlagen. Nach zwei Minuten Studium der Papiere verkündete sie, dass in den anderen skandinavischen Ländern mit Anhänger ebenfalls nur achtzig Stundenkilometer zulässig seien, in Dänemark auf Schnellstraßen sogar nur siebzig – allerdings galt dies jeweils nur für Anhänger mit eigenen Bremsen.

»Wir könnten das Lottchen einfach hierlassen«, schlug sie dann vor.

»Wie meinen Sie das? Und wer ist Lottchen?«

»Der Wohnwagen.«

»Den wollen Sie hier stehen lassen?«

»Ja. Wir kuppeln das Ding ganz einfach ab.«

Was hatte Frau Schmieder bei der Engelsausbildung gleich wieder gesagt? »Sie lassen *nichts* zurück, meine Herrschaften. *Nichts.* Keine Koffer, keine Kuscheltiere und auch keine zerstrittenen Familienangehörigen.«

Obwohl er dafür nicht die Hand ins Feuer gelegt hätte, beschlich Ronny das bestimmte Gefühl, dass ein zurückgelassener Wohnwagen ebenfalls zu Problemen mit Frau Schmieder führen könnte. Selbst wenn er zugeben musste, dass den Anhänger ganz einfach abzukoppeln tatsächlich die naheliegendste Lösung wäre.

»Wir können den Wohnwagen nicht hierlassen«, entgegnete er.

»Wieso denn nicht?« Ellen Bornemann drehte sich auf dem Beifahrersitz um und warf einen Blick durch die Heckscheibe. »Er gehört mir. Ich hab ihn geschenkt bekommen. Ich kann damit tun, was ich will.«

»Frau Bornemann, das geht doch nicht!«

»Wieso denn nicht? Interessiert doch sowieso niemanden, dieses blöde Ding.«

»Doch, mich«, sagte er schnell. »Also ... meine Vorgesetzte«, korrigierte er sich dann. »Das kann ich echt nicht machen.«

»Je länger ich darüber nachdenke, umso besser finde ich die Idee«, gab Ellen Bornemann zusehends gut gelaunt zurück und widmete sich dann wieder ihren Länderbroschüren. »Und schauen Sie mal, ohne Wohnwagen darf man in Norwegen sogar hundert fahren. Hundert!« Sie war ganz aus dem Häuschen. »Wären Sie nicht auch lieber gestern als heute wieder daheim?«

»Frau Bornemann, das geht doch nicht«, wiederholte Ronny. »Frau Schmieder reißt mir den Kopf ab, wenn ich nur die Hälfte des Gespanns heimbringe.«

»Wer ist Frau Schmieder?«

»Meine Vorgesetzte.«

»Ach.« Ellen Bornemann winkte ab. »Das klär ich schon für Sie.«

Ronny dachte fieberhaft nach. Frau Bornemann hatte schon irgendwie recht: Es war ihr Wohnwagen. Er würde sie schlecht zwingen können, ihn mitzunehmen, wenn sie ihn nicht länger haben wollte. Oder doch?

Er griff nach seinem Handy, das er zuvor in der Mittelkonsole abgelegt hatte. »Gut, dann rufen Sie sie jetzt gleich an.« Ronny rief die Nummer von Frau Schmieder auf und drückte auf das grüne Hörersymbol. »Aber sagen Sie ihr unbedingt, dass es Ihre Idee war.«

»Auf jeden Fall.«

»Versprochen?«

Sie nickte grimmig und griff nach dem Telefon, das sie sich wie einen Fremdkörper ans Ohr hielt – beinahe so, als hätte Ronny ihr seinen linken Schuh in die Hand gedrückt. Eine Weile lauschte sie konzentriert, und dann hörte Ronny, dass sich am anderen Ende etwas tat.

»Hallo? Wie? Was? Nein, nicht Lembke. Bornemann am Apparat.«

Ronny seufzte. Ellen Bornemann brüllte so laut in den Hörer, dass sie das Handy vermutlich gar nicht gebraucht hätte, um mit Frau Schmieder zu kommunizieren.

»Ja, genau, Ellen Bornemann ... Spreche ich mit Frau Schmieder? ... Ja. Nein. Ach so? Also, hören Sie ... Ja?« Sie warf Ronny einen flüchtigen Blick von der Seite zu, der irgendwo zwischen genervt und verwirrt angesiedelt zu sein schien. »Nein, er macht das ganz hervorragend. Ja. Ein guter Mann, ein wirklich guter Mann.«

In Ronnys Mundwinkel stahl sich ein Lächeln. Na also.

Doch was Ellen Bornemann als Nächstes sagte, sorgte dafür, dass Ronnys Lächeln in sich zusammenfiel wie ein Kartenhaus.

»Hören Sie mal, Frau Schmieder, Herr Lembke hatte da eine Idee, und jetzt wollte ich mal fragen, was Sie davon halten.«

KAPITEL 10

Er hat vorgeschlagen, dass wir den Wohnwagen einfach hier stehen lassen ... Nein, in Norwegen.« Sie verstummte. »Ach so?«

Fassungslos starrte Ronny in Richtung Beifahrersitz. Frau Schmieders aufgeregte Stimme meckerte aus seinem Handy.

»Das hab ich ihm ja auch gesagt ... Da bin ich absolut Ihrer Meinung, Frau Schmieder.« Ellen Bornemann warf Ronny einen flüchtigen Blick zu. Wenn der entschuldigend sein sollte, dann verfehlte er eindeutig seine Wirkung. »Ich bin mir sicher, dass so was nicht noch mal ... Nein, ganz sicher nicht. Ja, wir heben sämtliche Quittungen auf. Auf Wiedersehen. Ja ... Tschüss dann!«

Dann reichte sie Ronny das Handy zurück. Der nahm es empört entgegen und drückte auf den roten Knopf. Das konnte doch nicht wahr sein – sie hatte ihn vor seiner Chefin in die Pfanne gehauen. Eiskalt. Ihm fehlten die Worte. Er war zu entrüstet, um irgendwas zu sagen. Und wenn er etwas gesagt hätte, hätte es ganz sicher nicht den ADAC-Richtlinien entsprochen.

Eine Weile rollten sie schweigend und mit Tempo sechzig weiter. Ronny fragte sich, ob er anstelle des Wohnwagens vielleicht lieber Frau Bornemann in Norwegen lassen sollte. Sie hingegen guckte angestrengt aus dem Fenster. Er trat ein bisschen auf die Bremse – einfach nur, um die blöde Kuh auf dem Beifahrersitz zu bestrafen.

»Merkwürdige Person, diese Frau Schmieder«, ergriff Ellen Bornemann nach einigen Kilometern das Wort. »Und nicht gerade sympathisch.«

»Was Sie nicht sagen. Was hielt sie denn von Ihrem Vorschlag?«, wollte Ronny wissen, obwohl er die Antwort bereits kannte. »Oder vielmehr: von *meinem*.«

Ellen Bornemann warf ihm einen vorsichtigen Blick zu. »Sie sagt, Sie sollen sich aufs Fahren konzentrieren und das Denken ihr überlassen. Und dass der Wohnwagen hierbleibt, können Sie sich aus dem Kopf schlagen.«

»Aha.«

»Tja.«

Wieder schwiegen sie. Ronny, weil er beleidigt war. Und Ellen Bornemann ... Na, irgendeinen Grund, warum sie nicht weitersprach, hatte ganz bestimmt auch sie. Hoffentlich schämte sie sich. Sie starrte weiter durch die Windschutzscheibe, als liefe davor irgendein hochspannendes Fernsehprogramm ab.

Urplötzlich zuckte sie zusammen. »Ich hab eine andere Idee!«, rief sie begeistert und drehte sich zu Ronny um. »Sie bringen mich zum Flughafen. Ich fliege heim! Und Sie können in aller Seelenruhe das Gespann nach Deutschland fahren.«

Ellen Bornemann sah ihn mit weit aufgerissenen Augen und einem hoffnungsfrohen Lächeln im Gesicht an. Ganz offensichtlich hielt sie ihren Einfall wirklich für brillant.

Ronny wandte den Kopf in ihre Richtung und musterte sie zweifelnd. »Äh ... nein.«

Ihr Lächeln zerbröselte wie alter Zwieback. »Nein?«

»Nein, Frau Bornemann.« Dann fügte er hinzu: »Und darüber hinaus denke ich, dass auch das nicht erlaubt wäre.«

»Woher wollen Sie das denn wissen?«

»Ich *weiß* es nicht«, gab er bereitwillig zu. »Aber Sie können gern noch mal Frau Schmieder anrufen und nachfragen.« Das war hoch gepokert – immerhin bestand die realistische Chance, dass Ellen Bornemann ihn beim Wort nahm.

Aber sie warf dem Handy in der Mittelkonsole lediglich einen skeptischen Blick zu, als könnte es sie jeden Moment anspringen und in die Finger zwicken. Dann sackte sie wieder in sich zusammen und sah aus dem Fenster in die nordnorwegische Ödnis, die einem schon nach drei Minuten so vertraut vorkam, als wäre man hier oben aufgewachsen.

Hügel. Gras. Mehr Hügel. Mehr Gras. Dazwischen ein paar Flecken Schnee und die schmale Asphaltstraße, die sich bis hinter den Horizont schlängelte. Immer wieder sah Ellen Bornemann auf die Uhr, als hätte sie heute noch einen wichtigen Termin, den sie unter keinen Umständen verpassen dürfte.

»Wenn wir uns beim Fahren abwechseln würden, kämen wir schneller voran«, schlug Ronny schließlich vor.

Doch anstelle einer Antwort sah Ellen Bornemann ihn bloß mit schiefgelegtem Kopf und skeptischem Blick an.

»War ja nur eine Idee«, beeilte er sich zu sagen und fügte direkt hinzu: »Haben Sie keinen Führerschein, oder mögen Sie ganz einfach nicht mehr fahren?«

Vielleicht konnte er sie ja überreden, sich ausnahmsweise doch mal hinters Steuer zu setzen. Und möglicherweise schneller zu fahren als er selbst ... Wer keinen Führerschein hatte, konnte ihn immerhin auch nicht verlieren, richtig?

Er sah in Ellens Richtung und lächelte ihr aufmunternd zu.

»Ich fahre nicht mehr, *obwohl* ich einen Führerschein habe«, erwiderte sie.

Auch gut, dachte Ronny. So musste er ihr das Fahren zumindest nicht erst beibringen. Es würde genügen, sie zu überreden, zwischendurch mal selbst zu fahren, damit er ab und an Pause machen konnte und sie mehr Kilometer am Tag hinter sich brachten. Und vielleicht würde sie ja auch ein bisschen schneller unterwegs sein wollen als die läppischen sechzig Stundenkilometer. Wenn sie erst wieder Freude am Fahren entwickelt hätte, wäre das doch durchaus denkbar.

»Autofahren verlernt man nicht«, sagte er deswegen hoffnungsvoll. »Das ist wie mit dem Fahrradfahren.«

Ellen starrte aus dem Seitenfenster. »Ist es nicht.«

»Nein, ist es nicht«, gab Ronny sofort zu. »Trotzdem könnten Sie es ja mal wieder probieren.«

»Mhm.« Sie blieb abgewandt sitzen.

»Also nur, wenn Sie das wollten, versteht sich.«

Darauf entgegnete Ellen Bornemann nichts mehr, und Ronny beschloss, seine Vorstöße in dieser Richtung erst mal ruhen zu lassen.

Puh. Er hasste es, wenn niemand sprach. Eine Weile trommelte er mit den Fingern aufs Lenkrad, bis ihm einfiel, wie er der unangenehmen Stille ein Ende setzen konnte. Er lehnte sich leicht nach vorn und drehte am Radioknopf. Sofort knisterte es aus den Lautsprechern, aber der Empfang war einfach zu schlecht. Ronny drehte ein bisschen nach links, ein bisschen nach rechts, bis er nach ein paar Augenblicken einen halbwegs hörbaren Sender gefunden hatte – nur dass das, was aus dem Radio kam, so klang, als hätte irgendwer seit Jahren davon abgesehen, seine Geige zu stimmen. Man erkannte vage eine Melodie – das mussten zwei Instrumente sein, die da spielten. Aber irgendwie klang es schräg. Und nicht besonders schön. Wie wenn sich zwei Katzen nachts im Garten anschrien. Dann vielleicht doch lieber schweigen ...

»Okay, unterhalten wir uns«, sagte Ellen Bornemann wie auf Kommando und schaltete das Radio wieder aus. »Wir haben fast dreitausend Kilometer vor uns, da werden uns doch ein paar Themen einfallen, was?«

Ronny schmunzelte in sich hinein. Na also.

»Herr Lembke«, fuhr sie dann fort und verschränkte in einer verlegen wirkenden Geste die Hände im Schoß. »Wir hatten vielleicht nicht den besten Start, wir beide. Dabei verfolgen wir dasselbe Ziel. Wir wollen doch beide zeitig wieder in Deutschland ankommen, nicht wahr?«

»Absolut.« Unwillkürlich gab Ronny ein bisschen Gas – allerdings nur ein bisschen. Denn ohne Führerschein würde es beim ADAC verflixt schwierig für ihn werden.

»Also dann ... Tut mir leid, wenn ich ein bisschen ungeduldig war.«

»Schwamm drüber«, sagte er, nahm die rechte Hand vom Lenkrad und hielt sie Ellen Bornemann hin. »Ich bin Ronny.«

Irritiert ergriff sie seine Hand. »Bornemann. Ellen Bornemann.«

»Sie können mich gern duzen«, meinte Ronny.

»Äh ...« Ellen Bornemann warf ihm einen unsicheren Blick zu. »Sie können gern weiter Frau Bornemann zu mir sagen.«

Ronny ließ ihre Hand los und seufzte in sich hinein. Also schön. Er überlegte kurz, worüber er mit ihr reden konnte, dann fiel ihm etwas ein. Das Naheliegendste.

»Haben Sie denn mittlerweile was von Ihrem Mann gehört? Geht es ihm besser?«

»Nein. Keine Ahnung, wie es ihm geht.«

Er runzelte die Stirn. »Haben Sie gar kein Handy? Ich kann Ihnen meines leihen, wenn Sie wollen.«

»Ich hab ein Handy.«

Ronny warf ihr einen mitleidigen Blick zu. »Wissen Sie nicht, wie man es bedient?«

Ellen Bornemanns Kopf wirbelte zu ihm herum. »Natürlich weiß ich, wie man es bedient! Ich habe meine Tochter damit angerufen, erinnern Sie sich noch? Ich lebe nicht hinter dem Mond, wissen Sie? Nur in Ostereistedt.«

»Das wollt ich damit doch überhaupt nicht sagen«, verteidigte er sich. »Ich dachte nur, wenn Sie bis jetzt noch nicht im Krankenhau...«

Doch weiter kam er nicht.

»Ich hab bis jetzt noch nicht im Krankenhaus angerufen, weil es mich schlicht und ergreifend nicht interessiert, wie es Hans Bornemann geht. Ende der Diskussion. Ich hab schon viel zu viel gesagt.«

Aber so leicht gab er sich nicht geschlagen. »Wenn ich mir noch eine Frage erlauben dürfte ...«

»Dürfen Sie nicht«, entgegnete sie. »Erzählen doch stattdessen Sie mal ... zum Beispiel, ob zu Hause jemand auf Sie wartet.«

Der Themenwechsel hatte ihn eiskalt erwischt, und Ronny verstärkte den Griff um das Lenkrad. »Wieso ... Ich meine, nein.«

»Gar niemand?« Ellen Bornemann beugte sich ein Stückchen zu ihm rüber. »Sind Sie sich da sicher? So ein junger, attraktiver Mann wie Sie ...«

Huch? Das war ihm jetzt aber doch etwas zu intim. War es hier nicht seine Aufgabe, Fragen zu stellen? Immerhin sollte er laut Schmieder-Regel Nummer eins für gute Stimmung sorgen.

Er wich zurück und starrte durch die Windschutzscheibe. Wider Willen dachte er an Salome, die er vor ein paar Wochen in einer Bar auf der Reeperbahn kennengelernt hatte. Und an Maja, mit der er im Frühling mal was angefangen hatte. Irgendwie waren sie nach den ersten aufregenden Wochen stecken geblieben – mal wieder, wenn Ronny genauer darüber nachdachte. Wie so oft war er an diesem kritischen Punkt angekommen, an dem er sich entscheiden musste, ob er in Richtung Beziehung marschieren oder doch lieber auf unverbindlichen Pfaden weiterwandeln sollte. Es war schon länger her, als Ronny sich erinnern konnte, dass er mal eine richtige Beziehung eingegangen war, und wenn er ehrlich war, war er nicht wirklich überzeugt davon, dass zwei Menschen für die Ewigkeit zusammenbleiben sollten. Da endete man ja doch nur so wie Ronnys Eltern, und das konnte doch niemand wirklich wollen.

Und wieso sich auch auf eine Person festlegen? Mit Salome beispielsweise konnte er die Nacht zum Tag machen, mit Maja chillen und manchmal auch bei ihr übernachten. Er bekam Streicheleinheiten, wenn er sie brauchte, und das ganz ohne Verpflichtungen. Deswegen sah er auch nicht die Notwendigkeit, mit den beiden reinen Tisch zu machen. Sie waren allesamt erwachsene Menschen und hatten einander nichts versprochen. Nicht mal dass sie monogam sein wollten ... weswegen er auch weiterhin mit Salome ins Bett ging, die sich – das hatte sie an ihrem allerersten Abend selbst gesagt – nicht binden wollte. Aber ob Ellen Bornemann, seit fünfunddreißig Jahren verheiratet, diese komplizierten Geflechte entwirren würde?

»Ganz sicher. Da ist niemand«, sagte er schnell.

»Ich glaub Ihnen kein Wort.« Ellen Bornemann grinste verschmitzt. »Sie sind doch bestimmt so ein alter Schwerenöter, der nichts anbrennen lässt. Aber wir haben ja noch ein paar Kilometer vor uns, in denen ich die Wahrheit aus Ihnen herauskitzeln kann.«

Gott bewahre, dachte Ronny und sehnte sich augenblicklich nach der Stille von zuvor zurück. Wieso hatte er nicht einfach die Klappe gehalten? Und ein bisschen Quizduell gespielt, im Kopf, gegen sich selbst?

»Haben Sie Kinder?«, legte Ellen Bornemann nach.

»Was? Ich? Wieso? Nein«, erwiderte er hastig.

»Na, Sie antworten aber schnell! Ob da nicht doch irgendwo ein kleiner Lembke rumspaziert ... womöglich ohne dass Sie es wissen?«

Ronny wurde ganz schlecht bei dem Gedanken. »Trennung hin oder her: Wieso interessiert es Sie nicht, wie es Ihrem Mann geht?«, fragte er, weil er hoffte, dass der Gegenangriff Ellen Bornemann von der Tatsache ablenken würde, wie ungern er über sein Liebesleben sprach.

Aus dem Augenwinkel konnte Ronny sehen, wie seine Mitfahrerin bockig die Arme vor der Brust verschränkte und sich dem Seitenfenster zuwandte. Die Haltung war nur allzu vielsagend. Sie hieß so viel wie: *Komm mir bloß nicht zu nahe.*

Die heftige Reaktion kam ihm – oder genauer: *sogar* ihm – spanisch vor. Klar, sie hatte Schluss gemacht mit ihrem Ehemann, aber war das ein Grund, um sich gleich gar nicht mehr für den anderen zu interessieren? Ronny argwöhnte, dass mehr hinter der ablehnenden Haltung steckte. Womöglich war es ganz einfach Frau Bornemanns Art, sich nicht anmerken zu lassen, dass sie sich Sorgen machte. Vielleicht war sie auch nicht wütend, wie er zunächst angenommen hatte, sondern hatte nackte Angst? Nur dass sich die eben nicht still und leise, sondern laut und kratzbürstig zeigte. Jeder trauerte nun mal anders. Das wusste Ronny nur zu gut. Als er vor Jahren auf der Beerdigung seiner Großtante Martha gewesen war, die er sehr gemocht und wie seine eigene Großmutter geliebt hatte, war es zu ein paar wirklich unangenehmen Szenen am Sarg gekommen. Ronny hatte zu seinem aufrichtigen Bedauern nämlich einen Lachkrampf bekommen, als er Martha hatte daliegen sehen. Und das hatte nicht nur an dem merkwürdigen Aufzug gelegen, in dem sie gesteckt hatte (ein geschmackloses gelbes Kostüm, das Martha selbst im Sarg liegend zu eng gewesen war und dessen Blazerknopf gefährlich gespannt hatte), sondern vor allem an der Tatsache, dass Ronny es einfach nicht hatte fassen können, dass Martha plötzlich tot sein sollte. Umgefallen, einfach so, beim Bäcker, keine zweihundert Meter vom Krankenhaus entfernt. Ein Blutgerinnsel im Hirn, erzählten sie ihm später, und sie versicherten ihm, dass Martha nicht gelitten habe. Trotzdem schade, dass sie nicht mehr in den Genuss der beiden Quarktaschen gekommen war, die sie sich wie jeden Tag beim Bäcker geholt und mitsamt einer großen Schale Café au Lait nach dem Mittagessen hatte einverleiben wollen (auch ein Grund für den spannenden Knopf, aber mit dreiundsiebzig irgendwie verzeihlich). Martha hatte ihre Quarktaschen geliebt und war im wahrsten Sinne des Wortes für sie gestorben.

Ronnys Familie konnte bis heute nicht verstehen, warum es ihm so schwerfiel, in bestimmten Situationen das Richtige zu tun oder zu sagen. Oder zumindest das, was sie für richtig hielten. Seine

Mutter hatte im Anschluss an Tante Marthas Beerdigung verständnislos den Kopf geschüttelt und missbilligend geseufzt, während der Vater ihm den Lachkrampf bis heute nicht verziehen hatte – dieser elende Spießer. Er hatte nicht mal wissen wollen, was seinen Sohn dermaßen durchgeschüttelt hatte, sondern ihn stattdessen einfach böse angestiert. Wie immer, wenn die beiden aufeinandertrafen. Da fühlte Ronny sich jedes Mal wie eine Warze am Fuß, die sein Vater soeben erst entdeckt hatte.

Dass er sich bis heute nicht für eine bürgerliche Existenz mit Kind und Kegel entschieden hatte, machte die Sache auch nicht besser. Aber wann immer Ronny darüber nachdachte, dass seine Eltern sich Enkel und Schwiegertochter zum Liebhaben und Knuddeln wünschten, kam er am Ende doch wieder zu dem Schluss, dass es nicht in seiner Verantwortung lag, das Verlangen seiner Erzeuger zu stillen.

»Ich würd es heute gern noch bis zur finnischen Grenze schaffen.« Ronny hoffte, dass Ellen Bornemann auf dieses neue Thema eingehen würde. Immerhin war es doch auch in ihrem Sinne, schnell nach Hause zu kommen. »In diesen Ort, der sich wie eine Nacktschnecke anhört …«

Sie bedachte ihn mit einem angewiderten Seitenblick.

»Näktälä oder so.«

»Näkkälä«, korrigierte sie und fuhr dann nahtlos fort: »Was haben Sie eigentlich gelernt, Herr Lembke?«

Ronny schluckte. Erst das Thema Beziehungen und jetzt die Ausbildung. Das wurde ja immer schlimmer. Lieber schnell noch mal das Thema wechseln. »Wissen Sie, dass diese Strecke, die wir gerade fahren, als die schönste der Welt ausgezeichnet wurde?«

Ellen Bornemann schien nicht gerade beeindruckt zu sein. »Darauf sollte man sich aber nichts einbilden. Haben Sie Abitur?«

»Ja.« Kurz war er verwirrt, dann berappelte er sich wieder.

»Wussten Sie, dass die Finnen die meisten Weltmeisterschaften überhaupt haben?«

Ellen Bornemann sah nicht mal auf. »Soso. Und was machen Ihre Eltern?«

»Gummistiefelweitwurf, Sumpffußball, Weltmeisterschaften im Luftgitarrenspiel und im Ehefrauentragen ...«

Das entlockte seiner Beifahrerin nun doch einen irritierten Gesichtsausdruck. Vermutlich stellte sie sich gerade vor, dass seine Eltern Gummistiefel warfen. Oder wie sie selbst von ihrem Mann an einem der fast zweihunderttausend finnischen Seen vorbeigetragen wurde. Keine allzu angenehme Vorstellung, schätzte Ronny.

»Außerdem haben die Finnen echt lustige Sachen erfunden«, machte er ungerührt weiter. »Was vermutlich damit zu tun hat, dass dort so lange Winter und der Alkohol zu teuer ist, um sich stattdessen einfach hemmungslos zu betrinken.«

Ellen Bornemann nickte. »Haben Sie Geschwister, Herr Lembke?«

»Nein. Schlittschuhe wurden in Finnland erfunden, außerdem die SMS und der Molotow-Cocktail. Und nicht zu vergessen die salzige Lakritze.«

»Sagen Sie mal, woher wissen Sie das alles?«

Er zuckte mit den Schultern und warf Ellen Bornemann einen kurzen Seitenblick zu. »Ich kann mir solche Sachen einfach merken.«

Es war wirklich ein Phänomen, das sich ihm selbst nicht ganz erschloss und weswegen er sogar noch heute – mehr als sechs Monate nach seinem letzten Tag beim *König der Löwen* – sämtliche Textzeilen auswendig und sich so ziemlich jeden Schnipsel Unsinn merken konnte, der ihm über den Weg lief. Aber sich bei einer Prüfung so lange zu konzentrieren, bis auch der letzte Bogen ausgefüllt war? Pustekuchen! Dazu war er nicht in der Lage. (Oder es mangelte ihm am nötigen Ehrgeiz.)

»In Finnland muss man per Gesetz immer die Scheinwerfer am Auto anhaben, egal ob es Tag oder Nacht ist«, setzte er nahtlos an – wie bei einer Art Übersprunghandlung, die ihn dazu zwang, augenblicklich einen unnützen Fakt von sich zu geben, sobald er anfing, sich unwohl zu fühlen. Wie Tourette, nur eben mit Nonsens. »Und wissen Sie, was das beliebteste Souvenir von Schwedentouris ist?«

»Erleuchten Sie mich«, erwiderte Ellen Bornemann matt.

»Die Straßenschilder mit den Elchen drauf.«

»Aha.«

Das war das Letzte, was Ronny für die nächsten Kilometer hörte. Aber immerhin stellte sie ihm keine lästigen Fragen mehr.

»Schweigen ist Gold«, murmelte er irgendwann unsicher, aber Ellen Bornemann sah nicht mal mehr in seine Richtung.

Dank Tempomat rollte der Volvo gleichmäßig dahin, immer mit sechzig unendlich langsamen Stundenkilometern. Da der Verkehr in diesen Breiten ziemlich überschaubar war, konnte Ronny hervorragend seinen Gedanken nachhängen – auch wenn die nicht gerade vielversprechend waren. Es war fast wie schlafen mit offenen Augen.

Immerhin wurde die Landschaft allmählich abwechslungsreicher. Sie fuhren nun nicht mehr durchs Landesinnere, sondern direkt am Meer entlang. Immer wieder überquerten sie Brücken, die die verschiedenen Inselchen miteinander verbanden, aus denen dieses Ende Norwegens zu bestehen schien. Rechts und links der schmalen Straße erhoben sich immer höher Hügel und Berge, deren Kuppen mit Schnee bedeckt waren, und durch die Täler rauschten immer breitere Bäche und Flüsse. Es war – auch wenn die Stimmung im Inneren des Volvo angespannt bis frostig war – durchaus pittoresk, das musste Ronny zugeben.

Nach einer Weile passierten sie die Siedlung Honningsvåg, wo Ronny tags zuvor in sein Taxi gestiegen war. Dann ging es weiter in

Richtung Süden, mal an der Küste entlang, dann durch den Nordkaptunnel, der gerade einmal sieben Kilometer lang war und trotzdem unter einem Meer hindurchführte. In weitem Bogen folgten sie der Straße um die anschließende Bucht, passierten Kåfjord und fuhren einfach weiter auf der E69. Zumindest war es hier oben unmöglich, sich zu verfahren – es ging schließlich immer geradeaus. Keine Kreuzung, keine Abzweigung. Umso mehr kam Ronny sich bei ihren sechzig Stundenkilometern wie bei einem Schildkrötenrennen vor …

»Elch!«, schrie Ellen Bornemann unvermittelt, hatte die Augen weit aufgerissen und zeigte mit der rechten Hand nach vorn.

Ronny drehte den Kopf zu ihr herum. »Wie meinen?«

»BREMS AB!«, brüllte Ellen Bornemann noch lauter.

Er trat in die Eisen, und sein Puls schoss von knapp über null in astronomische Höhen. Obwohl sie nur mit sechzig Sachen unterwegs gewesen waren, kam ihm der Bremsweg unendlich lang vor – der Wohnwagen schob von hinten an. Ronnys Herz hämmerte, Adrenalin schoss durch seine Adern, und er atmete erst wieder aus, als sie mit quietschenden Reifen vor einem riesigen behaarten Etwas zum Stehen gekommen waren.

KAPITEL 11

„Ist es das, was ich denke?« Ronny Lembke sah aus, als wäre er dem Leibhaftigen begegnet. Er hielt immer noch einen Sicherheitsabstand von gut einem Meter und traute sich offenbar nicht, dem Tier näher zu kommen.

»Das ist ein Elch«, antwortete Ellen.

»Das seh ich auch. Aber ist er ... Kann es sein, dass er ...« Er beugte sich ein Stück nach vorn. »... tot ist?«

Ellen trat beherzt einen Schritt vor. Dann streckte sie den Fuß aus und tippte mit der Spitze vorsichtig gegen eines der langen Beine dieses Ungetüms, das da vor ihnen quer auf der Straße lag. Der Elch regte sich nicht.

»Ja. Der ist hopsgegangen.«

Ronny Lembke fuhr sich nachdenklich durchs Haar. »So ein Mist! Dabei sind wir gerade erst knapp sechzig Kilometer weit gekommen.«

Ellen schluckte ihr Entsetzen hinunter. Gerade einmal sechzig Kilometer? Ach du liebes bisschen! Wenn das so weiterginge, würden sie erst im Frühling in Ostereistedt ankommen.

»Können wir nicht einfach außen rum fahren?«, schlug sie vor.

Ronny Lembke stand da und musterte die Umgebung. »Keine Chance«, sagte er mit verkniffenem Gesicht. »Die Straße ist nicht breit genug, links und rechts sind Gräben ...«

Ellen sah sich um. Tatsächlich war der Weg ausgerechnet an dieser Stelle besonders schmal, und dort, wo der Asphalt endete, fiel die Straße jäh um einen halben Meter ab. Sie würden vielleicht in den Graben hineinkommen – aber wieder raus?

Sie lief zum Auto und warf einen Blick in die Landkarte. Es half alles nichts – es gab hier oben tatsächlich nur eine einzige Straße, die sie nehmen konnten, die E69, die in verschlungenen Kurven an der Küste entlang in Richtung Süden führte. Und die war nun von einem Elch versperrt.

»Ich weiß gar nicht, was diese Viecher hier überhaupt machen«, sprach Ronny Lembke weiter. »Hier gibt es doch nirgendwo Wälder oder so. Der hat doch hier eigentlich nichts zu suchen.«

»Na, dann geht es ihm wie mir«, murmelte Ellen leise, stiefelte einmal um den Kadaver herum und betrachtete ihn von allen Seiten.

Nie im Leben hätte sie geglaubt, dass Elche dermaßen groß waren. Der Rumpf war riesig und erinnerte sie entfernt an den einer Kuh. Allerdings auf irre langen, dürren Stelzen. Es war ihr ein Rätsel, wie sich das Trumm in lebendigem Zustand auf solchen Beinen halten konnte. Und dazu noch dieser gigantisch große Kopf mit dem ausladenden Geweih daran – wie pelzige Baggerschaufeln. Je länger Ellen den Elch musterte, umso mehr erinnerte er sie an die Kastanientierchen, die Klaas und Stine mit ihr gebastelt hatten, wenn sie im Herbst in Ostereistedt zu Besuch gewesen waren. Damals, als Mobilfunknetz noch nicht Teil ihres Vokabulars gewesen war.

»Vorbei kommen wir also nicht«, stellte Ellen fest und vermaß zur Sicherheit noch mal mit langen Schritten den Abstand zwischen querliegendem Elch und Straßenrand. »Vielleicht obendrüber? Oder wir lassen den Wohnwagen doch da …«

Ronny Lembke warf ihr einen Blick zu, der – hätte man ihn in Worte gefasst – vermutlich zur Beleidigung gereicht hätte. Dann sah er sich hilfesuchend um. »Und es ist natürlich auch nicht so, als würden hier alle naselang Leute vorbeifahren …«

Ellen spitzte die Ohren. Nein, außer der Meeresbrandung und dem leichten Wind war nichts zu hören.

»Wir könnten ihn wegziehen«, schlug sie vor.

Ihr Begleiter sah sie skeptisch an. »Das Vieh wiegt mindestens fünfhundert Kilo, und ich hab's ein bisschen im Rücken. Außerdem fass ich so was nicht an.«

Ellen verdrehte die Augen – und hatte im selben Moment eine Idee. Sie lief zum Wohnwagen, schloss auf und hüpfte hinein. Aus dem Küchenoberschrank nahm sie zwei Topflappen. Derart bewaffnet kehrte sie zurück zu Ronny Lembke.

»Damit vielleicht?«

Inzwischen wirkte selbst der sonst so entspannte Ronny Lembke leicht genervt. »Fünfhundert Kilo? Da helfen nicht mal Topflappen.«

»Wir könnten es doch wenigstens versuchen«, meinte Ellen. Sie war nicht willens, so schnell die Flinte ins Korn zu werfen. O nein, sie würde sich die Chance auf einen Neuanfang doch nicht von einem toten Elch versauen lassen! Mit fünfundfünfzig war sie viel zu jung, um neben einem selbstverliebten Lokalpolitikfuzzi vor sich hin zu welken. Dann doch lieber neben einem Mann wie ...

Wie kam sie denn jetzt darauf?!

Ein Mann wie Tom Blessington, ihr Nachbar ... Auch wenn die Vorstellung natürlich komplett hypothetisch war.

Sie drückte Ronny Lembke die Topflappen in die Hand und baute sich vor dem gewaltigen Geweih des Tiers auf. Mit einem leichten Schaudern bückte sie sich und legte beide Hände um die flauschige linke Geweihgabel. Seufzend bezog Ronny neben ihr Stellung. Dann legte er die Topflappen unter seiner rechten Hand zurecht und ging ebenfalls in Position.

»Auf drei«, murmelte Ellen. »Eins, zwei ... drei!«

Mit ihrem ganzen Gewicht stemmten sie sich gegen den riesigen Schädel. Doch außer dass der Kopf ein wenig ruckelte, passierte nichts. Das Vieh wog mehr, als zwei erwachsene Menschen in Bewegung setzen konnten.

Ellen richtete sich auf. »Verdammter Mist!« Allmählich sah

selbst sie ein, dass sie beide nichts würden ausrichten können. Sie blickte zu ihrem Fahrer hinüber. »Und jetzt?«

»Wir könnten ihn zerteilen«, schlug er vor, während er sich mit leicht schmerzverzerrtem Gesicht den unteren Rücken massierte.

»Womit denn? Mit zwei Campingküchen-Dessertgabeln? Oder meinen Sie, der Pfannenwender wäre vielleicht besser geeignet? Außerdem gibt das eine Riesensauerei«, bemerkte Ellen trocken. »Waren Sie überhaupt schon mal bei einer Schlachtung dabei?«

Ronny Lembke winkte ab. »Ich kauf Fleisch ausschließlich im Supermarkt. Und da ist dann im Rinderhack angeblich Pferd drin.«

Ellen schüttelte nachdenklich den Kopf. »Ich will Sie wirklich nicht enttäuschen, aber Hackfleisch herzustellen ist wesentlich mühsamer, als nur zwei Rumpsteaks rauszuschnei…«

»ROOOAARRRRAAOOR!«, meldete sich der Magen ihres Reisegefährten zu Wort.

»Aber Köttbullar stehen doch sowieso nicht auf Ihrem Diätplan, oder?«

Ronny Lembke schüttelte immer verzweifelter den Kopf. »Nein.«

»Wären aber natürlich lecker. So mit einer feinen Preiselbeersoße, dazu ein paar Kartöffelchen anbraten …«, fantasierte Ellen weiter und warf einen prüfenden Blick auf die Uhr. Es war noch nicht mal elf, trotzdem hatte sie jetzt Lust auf etwas Herzhaftes. Etwas *richtig* Herzhaftes mit viel Butter, Sahne und mit Kalorien, damit es auch nach etwas schmeckte. Nicht wie die ganzen beknackten Diätprodukte, die sie all die Jahre gekauft und verkocht hatte, damit Hans sein Gewicht hielt und weiter in seine langweiligen Bürgermeisteranzüge passte.

Warum nur hatte sie sich jahrelang die Butter vom Brot nehmen lassen? Nur um ihrem Mann mit gutem Beispiel voranzugehen? Als hätte das etwas genützt! Denn kaum hatte sie ihm den Rücken zugekehrt, hatte er sich doch den Fettrand in den Mund geschoben, den sie zuvor von ihrem Schinken abgeschnitten hatte. Kein Wunder, dass er einen Herzinfarkt bekommen hatte. Er hatte seiner Pumpe doch einen ebensolchen Fettrand angefressen, wie ihn der Schinken hatte, den Ellen nur bei Metzger Kloppstock kaufte. Auf den Herzinfarkt hatte Hans doch lange hintrainiert – während sie ihm einen Vortrag nach dem anderen gehalten hatte über Cholesterinwerte, Kalorientabellen, Tag für Tag, Woche für Woche, Jahr für Jahr, ohne dass es auch nur ein winziges bisschen gefruchtet hätte.

Nachdem Ronny Lembkes Magen ein weiteres Mal geröhrt hatte, stellte sein Besitzer fest: »Da müssten wir aber sehr lange essen, bis wir genügend Platz zum Vorbeifahren hätten.«

Ellen lief zurück zum Auto. »Gibt es denn da keinen Notfallplan? Der ADAC muss doch auf so was vorbereitet sein.« Sie zog ihr Tourenset heraus und blätterte durch die Unterlagen. »Hm, hier steht rein gar nichts zum Thema Elch. Oh, doch, da …« Dann las sie laut vor: »*Wildunfälle müssen umgehend der Polizei gemeldet werden, auch wenn das Tier nicht verletzt wurde. Die Unfallstelle muss markiert werden.*«

»Scheiße!« Ronny Lembke fuhr sich erneut durchs Haar. Diesmal sah er wirklich verzweifelt aus. »Wenn wir die Bullen rufen müssen, reißt die Schmieder mir den Kopf ab. Die glaubt mir doch im Leben nicht, dass ich den Elch nicht über den Haufen gefahren habe.«

Ellen war hin- und hergerissen. Einerseits verlangte ihr Pflichtgefühl, umgehend das Mobiltelefon zu zücken und der Polizei den Zwischenfall zu melden. Andererseits kostete es sie ohnehin schon höchste Überwindung, den Wohnwagen nicht einfach abzukoppeln, mit dem Volvo über das tote Vieh drüberzubrettern und auf direktem Weg nach Hause zu donnern.

Ellen, ermahnte sie sich, du darfst jetzt nicht durchdrehen.

»Wir rufen trotzdem bei der Polizei an«, beschloss sie.

»Aber wir hatten doch gar keinen Wildunfall ...«

»Ähm? Der Elch liegt doch direkt vor uns.«

»Der lag doch bereits da, als wir gekommen sind!«

»Na und? Das ist doch Haarspalterei.« Ellen schnaubte.

»Außerdem wurde das Tier auch gar nicht verletzt«, gab Ronny Lembke zu bedenken.

»Und wie nennen Sie das dann?«

»Frau Bornemann, der Elch ist *tot*.«

»Tot ist doch noch viel mehr als verletzt.«

Ronny Lembke seufzte. »Wir kommen hier nie weg, wenn wir das melden. Dabei haben *Sie* es doch so eilig.« Er zog weinerlich die Augenbrauen zusammen, so dass er aussah wie einer von Beates Mopswelpen. Mit Beate war Ellen ein paar Jahre lang zur Rückengymnastik gegangen. »Wir sind doch erst so wenige Kilometer unterwegs ...«

»Tja, aber zaubern kann ich ja nun auch wieder nicht.« Nachdenklich sah sie auf den Elch hinab.

»Rooarroaoar«, rief Ronny Lembkes Magen sich erneut in Erinnerung.

»Wissen Sie was?« Auch Ellen verspürte inzwischen ein deutliches Ziehen in der Magengegend. Diese ganzen verwirrenden Gedanken von Wildgerichten mit Preiselbeersoße hatten sie ganz hungrig gemacht. »Wir können doch gerade eh nichts daran ändern. Und mit vollem Bauch denkt es sich leichter. Deswegen schlage ich vor, ich richte uns eine Kleinigkeit zu essen, und dann sehen wir weiter.«

Es war, als wäre eine Lampe hinter Ronny Lembkes Stirn angegangen. Seine Miene hatte sich derart aufgehellt, dass Ellen schon befürchtete, er würde ihr gleich in die Arme sinken. Tat er aber nicht. Stattdessen drückte er ihr die Topflappen in die Hand und sagte dankbar: »Das ist eine wunderbare Idee.«

KAPITEL 12

So gut die Idee war, so schwer war leider die Umsetzung. Denn der Kühlschrank im vermaledeiten Lottchen war gähnend leer. Kein Wunder, in das winzige Ding passt einfach nichts rein, fluchte Ellen in Gedanken, während sie das Innere des Kühlschranks musterte. Ihre Brotzeit würde aus welkem Salat, einem verschrumpelten Apfel und drei matschigen Tomaten bestehen. Vielleicht würde sie ja irgendwo noch ein paar aufgeweichte Scheiben Knäckebrot finden. Die würde der fastende Ronny Lembke bekommen – sie selbst hatte inzwischen deutlich mehr Appetit. Nur dumm, dass sie die Hälfte des Apfels und mindestens eine Tomate für Odysseus würde aufheben müssen. Bestimmt hatte der die Salatblätter vom Vortag längst aufgemümmelt und seine Bananenkiste ratzeputze leergefressen. Kein Wunder – Odysseus war ja auch Hans' Haustier.

Besser, sie würden einen Supermarkt aufsuchen, etwas zu essen einkaufen und dann entscheiden, wie es weitergehen sollte. Als Ellen Ronny von ihrem Plan in Kenntnis setzte, hatte der ausnahmsweise nichts dagegen, sondern machte sich direkt daran, Wohnwagen und Auto auf einer Schotterpiste, die vielleicht zwanzig, dreißig Meter hinter ihnen von der Hauptstraße abzweigte und kurz darauf im Nichts endete, zu wenden und dann umzukehren. Nicht gerade ein Kinderspiel für den unerfahrenen Gespannfahrer – denn irritierenderweise musste man, wenn man den Wohnwagen manövrieren wollte, das Lenkrad in die gefühlt falsche Richtung einschlagen. Ellen hatte das selbst niemals ausprobiert, aber Hans zwanzig Jahre lang dabei beobachtet.

»Sie müssen nach links kurbeln«, empfahl sie Ronny Lembke und stieg sicherheitshalber aus, um ihn auf die Schotterpiste einzuwinken.

»Aber ich muss doch rechts rum ...«

Sie seufzte. »Um den Anhänger nach rechts zu lenken, müssen Sie links einschlagen.«

Er sah sie ausdruckslos an.

»Haben Sie kein Einführungsseminar oder so was in der Art besucht?«, fragte sie ungeduldig. »Es kann doch nicht sein, dass Sie vom Anhängerfahren keine Ahnung haben!«

Jetzt sah Ronny Lembke zerknirscht aus. »Doch, so ein Seminar gab es, aber an dem Tag, als wir Anhänger geübt haben, war ich krank.«

Ellen verdrehte die Augen.

»Aber einen Busführerschein hab ich ...«

»Na, der bringt uns jetzt auch nichts. Wenn ich jetzt bitten dürfte ...« Mit einer zackigen Geste forderte sie ihn auf weiterzumachen.

Nur unter Mühen und wortreichen Anweisungen gelang es Ronny Lembke, das Gespann zu wenden. Anschließend stellte er knapp fünfzig Meter vor und hinter dem Stillleben »Toter Elch auf Straße« je ein Warndreieck auf, setzte sich hinters Steuer und fuhr los – genau in die Richtung, aus der sie zuvor gekommen waren.

Unterwegs begegnete ihnen – niemand. Offenbar schlief ganz Skandinavien kollektiv seinen Mittsommerrausch aus.

Nach einer Weile waren sie wieder in der winzigen Siedlung Kåfjord angekommen, die an einer windgeschützten Bucht lag und wie ein kanadisches Fischerdorf im Winterschlaf aussah. Am Strand lagen umgedrehte Boote, die den Kiel gen Himmel reckten. Rote Häuser mit weißen Eckbalken säumten den schmalen Küstenstreifen. Die Straßen waren leergefegt. Aber immerhin gab es in Kåfjord alles, was das Touristenherz begehrte: eine Apotheke, eine Bank, ein Postamt und einen Supermarkt ... oder vielmehr ein Supermärktchen.

Ronny Lembke stellte Volvo samt Anhänger ganz hinten auf dem Parkplatz ab, und sie stiegen aus. Zielstrebig marschierte er auf einen kleinen Unterstand zu, in dem Einkaufswagen standen.

»Das können Sie gleich vergessen, Herr Lembke«, rief Ellen ihm nach.

»Wieso?« Verwundert drehte er sich zu ihr um.

»Der Kühlschrank ist so groß wie eine Hutschachtel. Wir nehmen nur mit, was wir tragen können.« Mit diesen Worten lief sie schnurstracks durch die sich öffnenden Glastüren und angelte sich einen roten Plastikkorb aus dem Stapel neben dem Eingang.

Ronny Lembke sah enttäuscht aus, als er sich ebenfalls einen Korb nahm.

»Und Sie, Sie sind doch sowieso auf Diät«, meinte Ellen, auch wenn sie es nach wie vor merkwürdig fand, dass so ein drahtiger Kerl beim Essen nicht ordentlich zulangte. Aber wenn sie ehrlich war, wunderte sie inzwischen gar nichts mehr. Dass Marion ihren Kindern statt eines ordentlichen Frühstücks im Mixer zurechtgepanschte Säfte vorsetzte, fand sie ja auch ziemlich bedenklich. Ihre Tochter behauptete zwar immer, dass diese Schmusis aus Grünkohl und Birne eine wunderbare Mischung und ungemein förderlich für die Verdauung ihrer Kinder seien. Aber für Ellen war vollkommen klar, dass Marion sich damit bloß aus der Kochaffäre zog – und dass man Grünkohl grundsätzlich nur mit Pinkel servieren sollte. Wenn vielleicht auch nicht zum Frühstück. Die Tageszeit war aber auch egal – denn Marion konnte ganz einfach nicht kochen, vollkommen unabhängig von der Uhrzeit. Nicht mal ein vernünftiges Spiegelei bekam sie hin. Stattdessen fütterte sie die Kinder mit Sushi und Dinkel-Burgern, die sie im veganen Imbiss um die Ecke mitnahm. Kein Wunder, dass Stine und Klaas sich in letzter Zeit so merkwürdig verhielten! Wann hatten die beiden zum letzten Mal Kohlrouladen gegessen? Oder Kartoffelbrei? Oder richtig gute, handgemachte Pfannkuchen? Ellen jedenfalls hatte ihre Tochter mit all den Sachen großgezogen, die selbige heute verfluchte: Fleisch, Mehl- und Milchprodukte ... wenn auch alles *extralight*. Hans zuliebe. Trotz allem war aus Marion etwas geworden. Und aus Hans auch: ein dicker alter Mann.

Während Ellen sich durch die Gemüseabteilung schob und einen Salatkopf für Odysseus, ein Pfund Tomaten und ein paar Möhren in schwindlige Plastiktüten packte, wog und in den Korb legte, wollten ihr die Enkel einfach nicht mehr aus dem Kopf gehen. Sie vermisste sie. Es war inzwischen Ewigkeiten her, seit sie die beiden zuletzt gesehen hatte. War das an Ostern gewesen? Sie seufzte und spürte, wie ihr die Kehle eng wurde. Bestimmt waren sie jetzt gerade im Krankenhaus bei Hans. Und dachten schlecht über sie. Weil sie nicht anrief. Weil sie sich nicht bei ihrem Mann meldete. Aber wie es ihr dabei ging – das wollte niemand wissen.

»Bananen auch?«, fragte Ronny Lembke, der sich gerade in ihren leicht verschleierten Blick schob.

Sie nickte hastig und wischte sich eine Träne aus dem Augenwinkel, die dort rein gar nichts zu suchen hatte.

»Ich ... ähm ...« Ronny Lembke wirkte komplett überfordert. Demonstrativ wandte er sich in eine andere Richtung. Es war offensichtlich, dass diesem Menschen nicht wohl dabei war, wenn er die Sentimentalitäten anderer Leute mitbekam. »Alles ... okay bei Ihnen?«

Ellen hatte nicht den Eindruck, dass er eine ehrliche Antwort erwartete, und darüber war sie eigentlich ganz dankbar. »Keine Bananen für Sie«, sagte sie hastig. »Zu viel Zucker.« Dann hielt sie inne. »Was für eine Diät machen Sie überhaupt?«

»Ich?« Er sah überrascht aus. »Also, ich ...« Er verstummte.

»FDH? Kohlsuppe? Brigitte?«

»Puh ...« Er blies die Backen auf und ließ den Blick durch die Gemüseabteilung wandern. »Wenn ich ehrlich bin, gar keine. Ich hab das nur gesagt, damit wir nicht anhalten müssen und Sie sauer werden. Aber wenn wir jetzt sowieso zur Zwangspause verdonnert sind ...«

Ellen glaubte ihm kein Wort. »Und Sie sind sich sicher, dass Sie es sich in Anbetracht der vielen Lebensmittel um uns herum nicht einfach anders überlegt haben? Ich kenne das von meinem Mann, wissen Sie? Der legt auch keinerlei Disziplin an den Tag.«

»Nein, wirklich«, erwiderte Ronny Lembke schnell. »Ich mache wirklich keine Diät.«

Wie zum Beweis knurrte erneut sein Magen – als wollte er unterstreichen, dass Ronny die Wahrheit sagte.

»Gut«, meinte Ellen gewohnt pragmatisch. »Ich hab mich nämlich lang genug zurückgehalten, müssen Sie wissen. Hans zuliebe. Auf *Sie* hätte ich bestimmt keine Rücksicht genommen.«

Sie sah auf ihren Einkaufskorb hinab. Tomaten, Salat, Karotten ... Diätfraß. Wie selbstverständlich hatte sie all diese Dinge eingepackt, die sie seit Jahrzehnten ihrem Mann schmackhaft zu machen versuchte.

Sie hob den Blick. Ein paar Meter von der Gemüseabteilung entfernt, direkt dort, wo die Kühlregale standen, über denen der Schriftzug *Meieri* prangte, war ein kleiner Verkaufsstand aufgebaut worden, und dahinter stand eine lächelnde Frau neben einem gewaltigen viereckigen, braunen Brocken, auf dem ein riesiger Hobel lag, der auch als Schneeschippe hätte durchgehen können. Die lächelnde Dame trug ein Trachtengewand mit aufgestickten Ornamenten auf Oberteil und Rock, darunter eine langärmelige weiße Bluse mit Puffärmeln. Das Ganze sah ein bisschen aus wie ein bayerisches Dirndl aus den Siebzigern – in albern. Vor allem angesichts der merkwürdigen Kappe, die die Dame auf dem Kopf trug.

Sowie sie Ellens Blick auffing, winkte sie ihr zu. »Hei, har du lyst å smake på brunosten?«

Ronny starrte Ellen an. »Was will denn die?«

»Uns was zum Essen anbieten«, entgegnete sie und marschierte auf den Stand zu. Im Vorbeigehen legte sie die Plastiktüte mit den Karotten und die mit den Tomaten zurück in die Auslage. Den Salat nahm sie für Odysseus mit. Wenigstens einer, der sich noch gesund ernährte. »Und ich hoffe, dass es eine ganze Menge Kalorien hat.«

Als Ellen vor dem kleinen Stand haltmachte, fragte sie sich für einen Moment: War das Karamell? Ein riesiger viereckiger Haufen Karamell? Und das daneben, in dem dunkleren Braunton ... Schokolade? Aber wieso zum Hobeln? Und wieso sah die Frau hinter dem Stand aus wie eine norwegische Antje Pikantje? Außerdem roch es hier merkwürdig streng nach Stall. Und die Vierecke sahen auch merkwürdig aus – irgendwie unecht wie dieses Fimo, dieses Knetzeug, das man in den Ofen steckte, damit es hart wurde. Als Stine und Klaas noch klein waren, hatten sie viel mit Fimo gebastelt. Fimo, hatte sie Marion erklärt, war so was wie der Salzteig der Neunziger.

»Får jeg by på en bit av vår typiske ost fra Kåfjord?«, fuhr Frau Antje fort.

»Ich kann kein Norwegisch«, erwiderte Ellen auf Deutsch, dann wiederholte sie das Ganze auf Englisch.

»No problem«, entgegnete die Trachtenfrau mit einem noch breiteren Lächeln. »Would you maybe like to taste a bit?« Sie hielt Ellen eine zusammengerollte Scheibe von dem helleren bräunlichen Zeug hin.

Ellen nahm sie entgegen. »Und noch eine für den Herrn«, sagte sie.

»Äh, nein danke.« Ronny Lembke verzog angewidert das Gesicht. »Ich bin auch gar nicht hungrig.«

Ellen Bornemann zog die Augenbrauen hoch und blickte auf das Röllchen hinab, das Frau Antje ihm auch ohne weitreichende Deutschkenntnisse anbot. »Wird's bald? Seien Sie höflich, Herr Lembke!«

»Ich … Ich …« Dann griff er nach dem Röllchen und schnupperte daran. »Das riecht ja abartig!«

»Jetzt sagen Sie mal!«, eiferte sich Ellen. »Stellen Sie sich nicht so an! In Ihrem Alter muss man doch das Leben bei den Hörnern packen! Waren Sie noch nie in Asien und haben was von einem Straßenstand probiert? Ohne zu wissen, was es ist? Oder im Ausland etwas von einer Speisekarte bestellt, ohne eine Ahnung, was Sie gleich serviert kriegen?«

Er dachte kurz nach. »Nein. Sie etwa?«

Sie musste ebenfalls kurz nachdenken. Wenn man mal von ein paar Experimenten in Andalusien absah … Aber da war es nicht um balinesisches Streetfood, sondern lediglich um unterschiedliche Olivensorten gegangen. Was Ronny Lembke aber ja nicht wusste.

»Ich hab früher als Reiseleiterin gearbeitet«, sagte Ellen nicht ohne Stolz.

Sie wartete darauf, dass er irgendwie nachhakte. Tat er aber nicht. Stattdessen betrachtete er mit Skepsis das Käseröllchen in seiner Hand.

»Zwei Sommer lang war ich in Aix-en-Provence, Venedig, Florenz und Barcelona unterwegs und habe Busreisen begleitet«, fuhr sie fort, ohne dass er gefragt hätte. »Es war ganz einfach wunderbar – mein absoluter Traumberuf.«

»Ach«, meinte Ronny Lembke bloß und glotzte immer noch den Käse an.

Ellen seufzte. Also schön. »Auf drei. Eins, zwei … drei.«

Sie biss in das Röllchen. Erst war sie überrascht, wie süß es schmeckte. Wirklich fast wie ein Dessert. Wie brauner, in Scheiben geschnittener Nachtisch. Dann aber auch wieder ganz eindeutig käsig – mit einem leicht würzigen Nachgeschmack nach Ziege oder Schaf. Karamellkäse?

»Do you like it?«, fragte Frau Antje. Offenbar erwartete sie eine überschwängliche Reaktion.

Ellen wiegte den Kopf hin und her. »Irgendwie schon. Aber ich glaube, ich brauch noch eine B-Probe.« Sie futterte den Rest des angebissenen Käseröllchens auf. Dann fiel ihr Blick auf das von Ronny. »Was ist denn jetzt? Essen Sie das noch?«

Er schnupperte noch mal, dann leckte er daran – und verzog wieder das Gesicht. »Igitt!«

»Probieren geht über Studieren«, spottete Ellen und ließ sich von Frau Antje eine Kante von dem dunkelbraunen Viereck abschneiden.

»It's a typical Norwegian cheese«, erklärte die nebenbei. »It's called *brunost*. We eat it a lot.«

»Das erklärt so einiges«, stöhnte Ronny Lembke, der das stinkende Käseröllchen mit der zuckersüßen Optik so weit wie möglich von sich weghielt. »Mir wird schlecht.«

»Nun seien Sie mal nicht so ein Waschlappen!«, rief Ellen. Dann fragte sie die Käsefrau: »Haben Sie auch ein bisschen Brot dazu?« Und als die nichts verstand: »Bread?«

Das Lächeln wurde noch breiter, und keine zehn Sekunden später war Ellen im Besitz eines dick mit zwei dunkelbraunen Käsescheiben belegten Knäckebrots, in das sie krachend hineinbiss.

»We call that *smørbrød* here in Norway«, dozierte Frau Antje weiter. »The three most important types of brunost are Gudbrandsdalsost, Ekte Geitost and Fløtemysost.« Sie zeigte auf die Seite des viereckigen Käsewürfels in der Größe eines Brotbackautomaten, von dem sie die zwei Röllchen abgehobelt hatte. Dort stand in Schönschrift »Fløtemysost« auf orangefarbenem Grund. »We also have it spreadable.« Sie griff nach einer Tube. »That's called Prim. Very famous here in Norway. We produce more than twelve thousand tons of brunost per year.«

Ellen hustete. Käse, der wie Karamell in Scheiben aussah, war das eine. Käse zum Streichen aber war noch mal was ganz anderes. Man musste immerhin nicht jeden Quatsch mitmachen.

»Ob die vom norwegischen Tourismusverband kommt?«, murmelte Ronny Lembke leise.

»Jetzt essen Sie doch endlich Ihren Käse«, meckerte Ellen. »Ansonsten nehm ich ihn.«

Ronny Lembke starrte erst sie, dann die Käserolle an. »Ich hab ihn angeleckt.«

Ellen verdrehte die Augen, seufzte und hielt ihm das Käsebrot hin. Er legte mit angewidertem Gesichtsausdruck seine Scheibe darauf.

»Das ist aber nun wirklich keine Diätkost«, meinte er noch. »Drei Scheiben Käse auf dem Brot ...«

Ellen, die gerade von ihrer Stulle hatte abbeißen wollen, hielt inne. »Ich werd Ihnen jetzt mal was sagen. Ich hab lang genug immer nur die Hälfte von allem gegessen, was ich vertragen hätte. Aber damit ist jetzt Schluss. Statt FDH gilt für mich ab jetzt FDD: Friss das Doppelte.«

Als sie den fassungslosen Blick von Ronny Lembke auf sich ruhen sah, machte sich auf ihrem Gesicht ein Grinsen breit. Dann biss sie beherzt in ihr Käsebrot. Frau Antje hinter dem Käselaib freute sich allem Anschein nach darüber, dass es ihr so gut schmeckte. Vermutlich witterte sie das Geschäft ihres Lebens.

»Iff fag eff Ihnen ganf ehrliff«, fuhr Ellen mit vollem Mund fort, kaute und schluckte. »Ich hab dieses ganze Diätfutter ja so was von satt.« Dann sah sie sich an dem Stand um. »Sie haben nicht zufällig noch eine kleines Portiönchen Senf für mich, nein?«

Die Käsefrau hob entschuldigend die Schultern und breitete die Hände zu einer Geste aus, die wohl so viel heißen sollte wie: Kein Senf. Oder: Nix verstehen.

»Ach, egal«, meinte Ellen. »Dreißig Jahre Disziplin, und alles nur, damit Hans Bornemann nicht zunimmt. Haha.« Sie winkte ab.

Ronny Lembke machte ein pseudoverständnisvolles Gesicht,

das an ihm wirkte wie bei einem Sozialarbeiter. »Ich kann mir vorstellen«, sagte er lahm, »wie schwer das für Sie gewesen sein muss.«

In Ellens Ohren klang das wie ein auswendig gelernter Satz – nicht wie eine echte Mitleidsbekundung. Und überhaupt – was wusste dieser Grünschnabel denn schon? »Ach ja?« Sie ließ die Hand mit dem Käsebrot sinken. »Und warum können Sie sich das vorstellen?«

»Äh ... nur so ...«

»Leben Sie etwa in einer Beziehung?«

»Nicht direkt.«

»Sind Sie seit fünfunddreißig Jahren mit ein und derselben Person verheiratet?«

Er schluckte sichtbar. »Nein.«

»Wie können Sie sich dann vorstellen, wie schwer das für mich gewesen sein muss? Vielleicht war es ja auch gar nicht schwer. Vielleicht war das für mich eher ein döseliger Sonntagsspaziergang! Haben Sie schon mal daran gedacht? Vielleicht genieße ich es ja, endlich allein zu sein?«

Ellen hatte sich richtig in Fahrt geredet. Dieses bescheuerte Pseudomitleid, das er ihr die ganze Zeit entgegenbrachte, ging ihr schon seit ihrem Kennenlernen auf den Keks. Von wegen, es fiel ihr schwer – sie fühlte sich vielmehr erleichtert ohne Hans, als wäre sie einen hundert Kilo schweren Zementsack losgeworden, der ihr Leben dauerhaft nach unten gezogen hatte.

»More cheese?«, fragte Fräulein Antje, doch niemand nahm von ihr Notiz.

Ronny Lembke sah jetzt verlegen aus. »Ich wollte Ihnen wirklich nicht zu nahe ...«, setzte er zu einer Entschuldigung an, doch weiter ließ Ellen ihn nicht kommen.

»Sie hören mir jetzt mal genau zu«, sagte sie ruhig und beugte sich ein Stück nach vorn. Das Käsebrot lag wie eine Drohung in ihrer Hand. »Mein Mann hat das mit Absicht gemacht. Da treff ich ein Mal eine Entscheidung, die nur für mich und für niemanden sonst gut ist, und dann macht er *das*.«

»Was, *das*?«

Sie biss erneut von ihrem Brot ab und sagte mit vollen Backen: »Den Herpfimfarkt.«

Er schüttelte den Kopf. »Ich kann Ihnen, glaub ich, nicht mehr folgen.«

Sie seufzte tief. Dann verputzte sie die Reste ihres Brotes, wischte sich die Krümel vom Mund und sagte: »Sie haben doch das Gesicht gesehen? Das auf der linken Seite des Wohnwagens?«

Ronny Lembke hüstelte verlegen. »Ja. Ich hab mich schon gefragt, was ...«

»Damit hat alles angefangen. Ich war ja so blöd!«

Ellen hätte bereits ein paar Tage vor ihrer Abfahrt in den Norden stutzig werden müssen, als Hans das Lottchen zu einer Generalüberholung in die Werkstatt vom Leidstätter-Wilfried gebracht hatte.

»Normalerweise dauert es keinen halben Tag, den Anhänger für die Reise fit zu machen. Aber diesmal war der Wohnwagen eine ganze Woche weg. Merkwürdig kam mir das schon vor.«

Das Lottchen war zwar eine alte Dame, aber immer noch sehr rüstig, und weil sie fast nur aus Holz und Aluminium bestand und den ganzen Winter über in der wohltemperierten Halle von Nachbar Jürgen stand, hatte das Lottchen auch kaum die Gelegenheit, sich Rost oder andere gemeine Oldtimerkrankheiten einzufangen.

Doch Hans hatte auf einen ordentlichen Komplettcheck Wert gelegt, und Ellen hatte ihr Bauchgefühl überhört und ihn machen lassen – wie so oft. Auch wie damals, beim ersten Felicitano-Besuch. Und wie das ausgegangen war, wusste man ja.

Als der Wohnwagen dann sieben Tage später wieder unter dem Carport stand, fiel ihr auf, dass Hans den Wagen viel zu nah an der Mauer zum Nachbargrundstück geparkt hatte – so nah, dass man gar nicht mehr zwischen Lottchen und Wand hindurchgehen konnte. Glücklicherweise befand sich die Tür auf der anderen Seite des Wohnwagens, so dass Ellen sich nicht weiter daran störte und sogar vergaß, ihren Mann für das nachlässige Parkmanöver zu rügen.

»Tja, und als wir dann in Dänemark ankamen ... da hat mich fast der Schlag getroffen«, murmelte sie gedankenverloren.

Die Fahrt bis dorthin war Ellen schon sehr merkwürdig vorgekommen. Leute hatten ihnen zugewinkt wie bei einem Karnevalsumzug. Hatten am Straßenrand gestanden, ihre Begleiter angestoßen oder mit dem ausgestreckten Finger die eisverschmierten Kinder im Buggy auf Volvo samt Lottchen hingewiesen.

»Was ist denn mit denen los?«, hatte Ellen nachdenklich gefragt, als sie eine Gruppe Radfahrer bemerkt hatte, die fast von ihren Drahteseln gefallen wären, weil sie sich die Hälse nach dem Wohnwagen verrenkt hatten.

»Unser Lottchen ist halt eine Sensation«, hatte Hans lapidar behauptet und mit einem breiten Grinsen im Gesicht zweimal zum Gruß gehupt.

Ellen hatte das merkwürdige Verhalten der anderen Straßenverkehrsteilnehmer in ihrem Gehirn unter »Menschen sind sonderbar« abgelegt. Als sie jedoch in Dänemark am Campingplatz Østersøparken ankamen, wurde sie stutzig.

»Das ist aber komisch«, sagte sie nachdenklich, während sie den weißen Lieferwagen mit der Aufschrift *Niedersachsen TV – Mobil am Mann* beobachtete, von dem ein Reporter mitsamt Kameramann auf ihren Wohnwagen zustürmte. »Was machen die denn hier?«

Hans nickte nur beifällig und stieg aus, um die Medienleute mit großem Hallo zu begrüßen. Es folgte ein kurzes Interview, in dem es um den Grund der Reise (der lieben Gattin einen lang gehegten Wunsch erfüllen) und die weiteren Etappen in Hans' politischem

Werdegang ging (einen größeren Spielplatz für Ostereistedt, mehr Gelder vom Land Niedersachsen für die Förderung lokaler Besonderheiten, vorrangig des Schützenvereins – und die Straße in Richtung Rhade müsste auch mal wieder neu geteert werden, das war ja eine Sauerei mit diesen ganzen Schlaglöchern).

»Und jetzt würden wir den Herrn Bürgermeister und die Frau Gemahlin gern noch vor dem Wohnwagen aufnehmen«, rief der Mann vom Fernsehen, der Ellen an diesen Schwiegermutterliebling erinnerte, der eine Zeitlang ein Ratequiz im Ersten moderiert hatte. Hans zog sie hinter sich her zur Rückseite des Wagens.

Erst da sah Ellen, was hier eigentlich gespielt wurde. Und jetzt dämmerte ihr auch, warum ihr Gatte den Wohnwagen so nah an der Mauer geparkt und weshalb das Lottchen so lange bei der »Generalüberholung« gewesen war. Die gesamte linke Seite des Anhängers – also die Seite, auf der sich keine Tür, sondern nur die beiden großen Fenster vor den zwei Sitzgruppen befanden – war von oben bis unten mit Hans' Konterfei beklebt. Wie auf einem überdimensionierten Wahlplakat lächelte Ellens Mann auf seine Frau hinab, die mit offenem Mund ihr Unglück zu erfassen versuchte. Neben dem grinsenden Hans stand: *Mit Bornemann bis ans Ende der Welt.* Deswegen die Lichthupen! Die winkenden Menschen auf den Brücken! Wie hatte ihr das bitte schön entgehen können?

Ellen kochte vor Wut. Nicht mal, dass anstelle von Hans' rechtem Auge das Toilettenfenster prangte und die auf dem Dach geöffnete Luke wie ein schiefer gelber Hut aussah, den Ostereistedts Erster Mann auf dem Scheitel trug, konnte sie besänftigen.

»Wollen sich die Herrschaften vor dem Wohnwagen aufstellen? Am besten direkt vor dem Gesicht«, dirigierte sie der Medienfritze aus ein paar Metern Entfernung seitwärts, und Hans legte seinen Arm um Ellens Schulter.

»Ich weiß, was du jetzt sagen willst«, murmelte er leise, ohne die

Lippen zu bewegen, die zu seinem typischen Gewinnerlächeln verzerrt waren. »Aber es ist für einen guten Zweck. Und sieh mal, das ist doch die beste PR, die wir kriegen konnten. Und völlig kostenlos!«

Ellen, die seit mehr als einer halben Minute die Luft angehalten hatte, schwieg, merkte aber, dass ihr Kopf langsam begann, rot anzulaufen, und ihr wurde zusehends warm im Gesicht.

»Schatz?« Hans drehte seinen Kopf ein klein bisschen in ihre Richtung. »Sei nicht böse, Schatz.«

Ellen schnappte nach Luft.

»Und bitte recht freundlich!«, rief der Mann vom Fernsehen.

KAPITEL 13

»Okay. Das war nicht besonders nett von ihm«, gab Ronny zu und hielt Ellen Bornemann ein weiteres Käseröllchen hin, das Frau Antje für ihn abgehobelt hatte. »Hinter Ihrem Rücken. Aber vielleicht hat er's ja nur gut gemeint?«

Sie starrte ihn an und riss ihm den Käse aus der Hand. »Ganz bestimmt! Es war schließlich für einen guten Zweck!« Sie schob sich das Röllchen in den Mund. »*Mit Bornemann bis ans Ende der Welt*«, sagte sie grimmig. »Und dabei war es abgemacht, dass er nur zweimal kandidieren würde. Das war sogar die Bedingung, dass ich die zweite Amtszeit überhaupt mitgemacht habe.«

»Und jetzt wollte er sich nicht mehr daran halten?«, hakte Ronny nach, obwohl er sich die Antwort bereits denken konnte.

Sie erzählte ihm, wie es nach dem Zwischenfall in Dänemark weitergegangen war. Eskortiert vom Fernsehteam waren die Bornemanns in Richtung Norden weitergefahren. Immer wieder hatten sie angehalten und Interviews geben müssen. In der Astrid-Lindgren-Welt in Vimmerby. In Uppsala, wo Hans Bornemann auf dem Marktplatz das Lied vom Studenten gesungen hatte. In Luleå, wo sie das Kirchendorf Gammelstad besichtigt hatten, das Ellen Bornemann zufolge so aufregend wie eingeschlafene Käsefüße war. Und immer die Kameraleute im Schlepptau.

»Nicht *ein einziges Mal* können wir wie normale Leute in den Urlaub fahren«, regte sie sich erneut auf. »Entweder fahren wir zwanzig Jahre lang zum selben Campingplatz, oder mein Mann macht aus unserem Urlaub eine Werbeveranstaltung. Dabei war das Nordkap *mein* Wunsch, meiner ganz allein! Und er hat sich meinen Traum einfach geklaut und seine blöde Hansversion daraus gemacht. Das ist doch scheiße!« Sie wandte sich der Käsefrau zu. »Zweihundert Gramm von dem und dann noch hundert Gramm von dem da«, sagte sie barsch und zeigte abwechselnd auf die beiden Käseblöcke.

Während die junge Frau eingeschüchtert zwei Stücke von den großen Käseblocks abschnitt, betrachtete Ronny den Inhalt seines Einkaufskorbs. Er war leer. Doch das änderte sich in den folgenden Minuten. Während Ellen Bornemann weiter von den unglaublichen Taten ihres Mannes erzählte, lief sie emsig durch die Gänge und lud Ronnys Einkaufskorb mit Köstlichkeiten voll. Puddingbecher, Marmeladengläser, Orangensaftflaschen – alles landete in Ronnys Korb, und der wurde immer schwerer. Nachdem sein Magen aber immer noch knurrte, legte er keinen Widerspruch ein. Vielmehr lief ihm das Wasser im Mund zusammen.

»Und das Kamerateam hat Sie und Ihren Mann wirklich die ganze Zeit begleitet?«, wollte er wissen, während Ellen Bornemann vor dem riesigen Regal mit siebenhundertfünfzig Sorten Knäckebrot stand und ehrfürchtig die Auslage betrachtete.

Sie nickte. »Die ganze Zeit. Selbst nachdem wir dann am Nordkap angekommen waren.«

An jenem Tag, an dem alles seinen Anfang genommen hatte – oder sein Ende gefunden, wie man's nahm. Sie und ihr Mann waren gerade angekommen, hatten den Wohnwagen abgestellt, die Stützen heruntergekurbelt, die Keile unter die Räder geschoben, die Klappstühle im stürmischen Wind vor der Wohnwagentür aufgebaut. Für ein weiteres Interview mit dem Niedersachsen-TV-Team.

»Wir sitzen kaum auf unseren Klappstühlen, da geht die Tür von diesem blöden Übertragungswagen auf, und die Fernsehfritzen kommen auf uns zu«, grollte Ellen Bornemann und griff nach einer großen, kreisrunden Packung Knäckebrot. »Nicht mal eine Minute hatten wir für uns.«

Sie schüttelte den Kopf und marschierte weiter, und Ronny

schlurfte hinterher. Mittlerweile war sein Arm so lang, dass er schon meinte, er reiche bis auf den Fußboden.

Ellen Bornemann steuerte die Kasse an. Während sie die Lebensmittel aus dem Einkaufskorb an Ronnys Arm aufs Band legte, erzählte sie weiter: »Auf jeden Fall sitzen wir da, diese Medienfritzen kommen auf uns zu, um uns mal wieder zu interviewen, und da sagt Hans auf einmal: ›Wenn ich nächstes Jahr die Wahl gewinne, bin ich der Mann, der Ostereistedt am längsten regiert hat.‹ Da ist mir dann die Sicherung durchgebrannt.« Ellen Bornemann beförderte einige Puddingbecher aufs Band. »Ich bin aufgestanden und hab gesagt: ›Ich werde dich verlassen, Hans. Ich hab genug von diesem blöden Ostereistedt, aber vor allem habe ich genug von dir. Ich habe dir die besten Jahre meines Lebens geschenkt, und du hast es nie zu würdigen gewusst. Aber jetzt, jetzt hole ich mir mein Leben zurück.‹«

Ronny starrte sie an, ohne einen Mucks zu sagen, während Ellen einfach weitersprach und gleichzeitig Lebensmittel aufs Band verfrachtete.

»Hans hat mich angeguckt wie das achte Weltwunder. Und dann fasst er sich plötzlich an die Brust und keucht: ›Tu mir das nicht an, Ellen.‹ Eine Sekunde später krümmt er sich zusammen und wimmert und kippt eingeklemmt in seinen Klappstuhl und immer noch mit der Hand über dem Herzen zur Seite. Ist das zu fassen?«

Die Kassiererin, die allem Anschein nach nicht mitbekommen hatte, dass weder Ellen Bornemann noch Ronny des Norwegischen mächtig waren, nannte eine Zahl, die keiner von beiden verstand. Dann zeigte sie auf die grünen Ziffern auf dem Display. Ungerührt zückte Ellen Bornemann den Geldbeutel und zahlte.

»Und dann?«

»Erst kam das Kamerateam. Das war ja eh schon auf dem Weg

zu uns. Die haben natürlich erst mal nur gefilmt und nicht geholfen. Dann kamen ein paar andere Camper. Einer von denen kannte sich anscheinend mit den Bee Gees und mit Herzmassage aus.«

»Und … Und Sie?« Ronny stand mittlerweile am Ende des Kassenbands und lud die Einkäufe in eine große Papiertüte.

Ellen Bornemann sah ihn bedröppelt an. »Ich konnte nichts tun. Ich war zu geschockt.«

»Vom Herzinfarkt.«

»Nein, von der dritten Amtszeit natürlich!« Sie schüttelte den Kopf, während sie das Wechselgeld entgegennahm. »Das war doch kein Zufall! Fünfunddreißig Jahre stehe ich Gewehr bei Fuß, egal was Hans von mir will. Ich wasche seine Wäsche, koche sein Essen, putze sein Haus, ziehe sein Kind groß – und dann will ich *ein Mal* was für mich, und er nibbelt fast ab.« Sie beugte sich zu Ronny vor und flüsterte: »Und erzählen Sie mir jetzt nicht, dass er das nicht provoziert hätte. Sein ganzes ungesundes Leben mit all den Schnäpsen, Bieren und stibitzten Wurstscheiben kommt mir mittlerweile vor wie eine bald vierzigjährige Vorbereitung auf den einen entscheidenden Moment – genau als ich beschließe, dass ich die Schnauze voll habe.«

»Frau Bornemann.« Ronny Lembke machte ein ernstes Gesicht und hob die Papiertüte hoch. Sie war schwer. Aber das war gut. Nahrung! »Ellen …«

»Frau Bornemann wäre mir lieber«, erwiderte sie unterkühlt, während sie den Geldbeutel zurück in ihre Tasche stopfte und der Kassiererin zunickte.

»Also gut. Frau Bornemann. Ich glaube ehrlich gesagt nicht, dass Ihr Mann in der Lage wäre, einen Herzinfarkt zu bekommen, wenn er … äh … will.«

»Pff! Wenn Sie wüssten, mit welchen Mitteln der zum Ziel kommt!« Mit diesen Worten stapfte sie an Ronny vorbei nach draußen.

Hastig lief er ihr hinterher. Die Papiertüte rutschte in seinen Händen langsam nach unten. Er griff um, packte anders zu und hievte sie ein Stück nach oben. Irgendein Karton im Inneren der Tüte bohrte sich ihm unangenehm in die Magengegend, in der immer noch gähnende Leere herrschte.

Ronnys Blick fiel auf den Wohnwagen, der ganz hinten auf dem Parkplatz stand. »Und wäre eine dritte Amtszeit denn wirklich so schlimm?«

»Wissen Sie, wie lang die dauert?!« Ellen Bornemann wartete nicht mal auf seine Antwort, sondern marschierte einfach weiter. »Acht Jahre! Acht lange Jahre!«

In einem halben Meter Abstand lief er hinter ihr her. »Das heißt, er ist jetzt seit sage und schreibe sechzehn Jahren Bürgermeister? Mein lieber Scholli!«

»Im Gegensatz zu den meisten anderen deutschen Gemeinden kann man in Niedersachsen Bürgermeister für fast eine Dekade wählen – und dann auch noch so oft man will«, erklärte Ellen Bornemann mit zitternder Stimme. Vor Wut, wie Ronny hoffte. Denn auf weinende Frauen reagierte er allergisch. »In Ehestorf hatten sie ganze fünfundfünfzig Jahre lang ein und denselben Bürgermeister. Fünfundfünfzig Jahre! So alt bin ich gerade mal!« Sie schniefte.

Ronny brach der kalte Schweiß aus. Nein, nein, nein, bitte keine Tränen, beschwor er Ellen Bornemann in Gedanken. Die Tüte in seinen Armen wurde schwerer und immer schwerer, aber das war ihm egal. Er war nur froh, dass er sie halten musste, so hatte er wenigstens keine Hand mehr frei, die er in einer unter Umständen peinlich-verzweifelten Geste Ellen Bornemann hätte reichen können.

»Dabei hatte Hans es mir versprochen ...« Sie zog die Nase hoch.

Jetzt war Ronny sich sicher: Ellen Bornemann steuerte geradewegs auf einen Nervenzusammenbruch zu. Mit Tränen. Ihm wurde schlecht. Wie sollte er denn da reagieren?

Doch seine Begleiterin hatte offensichtlich gar keinen Zuspruch nötig. Denn anders, als Ronny angenommen hatte, brach sie nicht in Tränen aus, sondern gab sich einen Ruck, lief dann zackig auf den Wohnwagen zu und baute sich vor dem riesigen Konterfei ihres Mannes auf, der mit mildem Blick auf sie hinabsah.

»Dir will ich jetzt mal was sagen, du ... du ...«, fing sie an zu schimpfen und stemmte sogar eine Faust in die Hüfte. Die andere Hand hatte sie zu einer Drohgebärde erhoben. »Du bist ein *Niemand*, Hans Bornemann!«, rief sie laut. »Ein *Niemand*! Außerhalb von Ostereistedt kennt dich keine Sau! Und mir allein hast du es zu verdanken, dass du dieses Leben geführt hast. Diese Karriere machen konntest. Wenn ich dir nicht den Rücken freigehalten hätte ... Du wärst ja noch verhungert ohne mich!«

Ein paar Meter weiter packte eine Frau Einkäufe aus ihrem Einkaufswagen in ihr Auto, hielt dann aber inne und starrte zu ihnen herüber. Ronny lächelte ihr gequält zu und nickte zum Gruß.

Im selben Moment wandte Ellen Bornemann sich um und stapfte auf Ronny zu, der so sehr erschrak, dass ihm fast die Tüte aus den Armen gefallen wäre.

»Wissen Sie, was er gemacht hat? Am Sankt-Hans-Fest vor ein paar Tagen?«, geiferte Ellen Bornemann. »Wir waren gerade in Hjemmeluft. Das ist so ein ... so ein *Pupsdorf* in Nordnorwegen. Der Bürgermeister von diesem Kaff bot Hans an, wir könnten doch gemeinsam Mittsommer feiern. Hans hat so getan, als wäre das alles ein riesiger Zufall ... Pah, dass ich nicht lache! Und ich blöde Kuh hab es geglaubt!«

Sie schniefte und wischte sich mit dem Ärmel über die Nase, und Ronny hatte auf einmal ein merkwürdiges Gefühl. War das Mitgefühl? Oder Mitleid? Was war da eigentlich der Unterschied?

»Und *rein zufällig*« – ihre Stimme troff inzwischen vor Sarkasmus, während ihr Blick vollends in Tränen schwamm – »ist dieses bescheuerte Fernsehteam da und zeichnet alles auf. Na klar!« Sie schlug sich mit der flachen Hand gegen die Stirn. »Ich war ja so dämlich! Dass ich nicht da schon kapiert habe, dass Hans noch mal kandidieren will!«

»Hm.« Mehr wusste Ronny darauf auch nicht zu sagen. Im Inneren der Tüte knackte es. O nein, bitte nicht die Eier!

»Hans hat sich das alles schön zurechtgelegt. Auch seine angeblich spontane Rede. Pah! Von Ostereistedt hat er schwadroniert, von seiner blöden letzten Amtszeit. Und das Fernsehteam hat draufgehalten, als gäb's kein Morgen.« Sie schniefte wieder. Dann lächelte sie urplötzlich selbstvergessen. »Aber wissen Sie was? Dieser Sankt-Hans-Tag heißt auf Norwegisch *Sankthansaften.* Das hat mir direkt gefallen.« Sie blickte Ronny an. »Müssen Sie dabei nicht auch an ›des Heiligen Hansens Arschloch‹ denken?«

Ronny verschluckte sich und fing an zu husten. Was bitte schön war denn in diese Frau gefahren?

Sie schnaufte entnervt, dann schloss sie die Augen, streckte den Zeigefinger der linken Hand in die Luft und sagte langsam und sehr deutlich: »Das alles war von langer Hand geplant. Das Fernsehteam und sein blödes Gesicht auf dem Wohnwagen – auf *meinem* Wohnwagen! Den ich noch nicht mal haben wollte! *Mit Bornemann bis ans Ende der Welt* – pah!«

Ronny sah, wie sich eine Träne aus ihrem Augenwinkel stahl. Mit einer verärgerten Geste wischte Ellen Bornemann sie weg. »Das war nicht *meine* Reise«, erklärte sie. »Das war Hans' Wahlkampftournee, und zwar mit allem Pipapo, weil nächstes Jahr schon wieder Wahlen sind. Und mir hat er es auf meine Frage hin als Imagekampagne verkauft, die man ja ach so wunderbar mit einer Nordkapreise verbinden könnte. Image! Wen interessiert denn Hans Bornemanns Image?«

Sie war inzwischen richtig laut geworden, und mittlerweile stand nicht mehr nur eine Frau mit Einkäufen ganz in der Nähe. Jetzt war es schon ein halbes Dutzend. Peinlich!

»Frau Bornemann, wollen wir uns vielleicht ins Auto setzen? Hm? Sie können ja weitererzählen, während wir langsam ...«

»Und dann rückt er so ganz nebenbei damit heraus, dass er noch einmal kandidieren will«, fuhr sie vollkommen unbeeindruckt fort. »In aller Öffentlichkeit. Wo ich nichts sagen kann.« Sie schüttelte fassungslos den Kopf und drehte sich dann zum Wohnwagen um. »Das hast du dir schön ausgedacht, du falscher Fuffziger, du!«, drohte sie dem Konterfei ihres Mannes mit der geballten Faust. »Es ging dir nie um mich! Immer nur um deine Wähler! Oder um Marion! Ich war dir doch immer egal!«

Ronny stöhnte. Die Lebensmittel in der Einkaufstüte hatten sich in Wackersteine verwandelt. Trotzdem fand er neben all der Anstrengung und Selbstbeherrschung noch ein Krümelchen Einfühlungsvermögen, das er vor Ellen Bornemann ausstreute.

»Also, das glaub ich nicht, Frau Bornemann. Sie sind ihm bestimmt nicht egal. Und rein anatomisch wäre es schon möglich, dass Sie ihm das Herz gebrochen haben, wissen Sie? Starke emotionale Belastungen können zum Broken-Heart-Syndrom führen.«

Sie wirbelte zu ihm herum. »Was *reden* Sie denn da?«

»Das gibt es wirklich.«

»Das haben Sie sich doch nur ausgedacht!«

»Nein, ich sag die Wahrheit.«

Ellen Bornemann schnaufte wütend. »Sie quasseln so viel Nonsens, Herr Lembke, mit Verlaub, da nehm ich Ihnen diesen Quatsch nicht ab.«

Er nickte aufgeregt. »Aber das stimmt! Ich hab das mal gelesen irgendwo ... Aber worauf ich eigentlich hinauswill: Wenn ein Patient einer enormen psychischen Belastung ausgesetzt ist – das kann ein Todesfall in der Familie sein, aber auch Stress am Arbeitsplatz ...«

Er redete wie ein Wasserfall, während Ellen Bornemann mit den Gedanken schon wieder ganz woanders zu sein schien. Nach einer halben Minute Medizinvorlesung ohne Zuhörer verstummte er abrupt. »Frau Bornemann? Frau Bornemann?«

Wieder starrte sie ihn an. »Um sein Herz ist ein so dicker Schinkenfettrand, dass ich da nie mehr durchgekommen wäre.« Sie schüttelte entschieden den Kopf.

»Und ...« Ronny zögerte. Jetzt betrat er eindeutig vermintes Gebiet. »Wenn es doch was Hormonelles wäre?«

»Was meinen Sie damit? Was haben Hans' Hormone denn damit zu tun?«

»Na ja, nicht die Hormone Ihres Mannes ... *Sie* sind ja jetzt in einem ...« Er wand sich, suchte nach den richtigen Worten. »In einem gewissen Alter, in dem man ... unter Umständen ... das eine oder andere entscheidet ... womöglich unbedacht und nur ... weil man sich anders fühlt als sonst und sich vielleicht selbst nicht mehr richtig versteht?«

Sie schnappte nach Luft, und Ronny befürchtete schon, dass sie ihm im nächsten Moment eine saftige Ohrfeige verpassen könnte. Er hätte nicht mal eine Hand frei, um sich zu verteidigen.

»Sie glauben, dass ich in den Wechseljahren bin? Dass ich deswegen so reagiere? Sie ... Sie ... Was erlauben Sie ...«

Ihr fehlten die Worte. Auch weil sie offenbar Schwierigkeiten hatte zu atmen. Hielt sie schon wieder die Luft an?

»Meinen Sie denn, Sie finden noch mal jemanden?«, fragte Ronny, dem zwar klar war, dass das Gespräch in eine falsche Richtung abdriftete, der sich aber nicht so genau erklären konnte, ob das an ihm oder am Thema lag. »Ich meine, einen Besseren? So auf den letzten Metern?«

Jetzt fielen Ellen Bornemann fast die Augen aus dem Kopf. »Jemand *Besseren?* Als *Hans?* Sie kennen ihn ja noch nicht mal!«, schnauzte sie Ronny an, der heftig zusammenzuckte. »Und außerdem, wer sagt denn, dass ich überhaupt jemanden finden *will?*« Sie verzog das Gesicht. »In meinem Alter … Vielleicht möchte ich ja allein bleiben für den Rest meines Lebens.«

Ronny sah sie zweifelnd an. »Aber in Ihrer Generation geht es doch immer nur um Topf und Deckel …«

Für ihn selbst galt das natürlich nicht. Und zwar nicht allein deshalb, weil er zwanzig Jahre jünger war als Ellen Bornemann. Er fand die Vorstellung, für immer mit ein und derselben Frau zusammen zu sein, beängstigend. Wie oft hatte er sich schon über diese sogenannten Liebesschlösser an diversen Brücken aufgeregt – es war doch ein ganz furchtbarer Gedanke, für immer an einen Partner gekettet zu sein! Was, wenn man nach einer Weile feststellte, dass man ganz einfach nicht mehr klarkam? Und der Schlüssel zu dem Liebesschloss am Grund der Elbe lag? War da ein Schloss nicht gleichzusetzen mit Handschellen? Wie begehrenswert war das denn bitte schön?

»Verschonen Sie mich mit Ihren Weisheiten!«, fauchte Ellen Bornemann ihn an. »Sie haben doch gar keine Ahnung, wovon Sie reden!«

Allem Anschein nach erschrocken über ihren eigenen Ausbruch hielt sie inne und starrte Ronny nur mehr schweigend an wie bei einem Duell. So ging das vielleicht eine halbe Minute, und irgendwann machte es ihn schier wahnsinnig. Von wegen, Schweigen war Gold! Diese Ruhe vor dem Sturm, die fast schon greifbar war und beinahe so präsent wie die Anwesenheit einer weiteren Person – wie unangenehm und peinlich! Irgendetwas in ihm wand sich wie ein Aal, der an Land gezogen wurde. Er würde irgendetwas sagen müssen. Sich entschuldigen. Ihr zustimmen. Sie anbrüllen. Was immer nötig wäre. Nur irgendwie die Leere zwischen ihnen füllen.

Irgendetwas hineinstopfen, um Ellen Bornemann nicht länger ins wütende Gesicht sehen zu müssen.

Er wandte den Blick ab. Und dann passierte es.

Inmitten der unerträglichen Stille zwischen ihnen riss Ronnys Papiertüte. Drei Sekunden später fielen die ersten von zehn frischen Eiern auf den grauen Asphalt und zerschellten mit einem satten Klatschen auf dem Boden.

KAPITEL 14

»Hören Sie endlich auf, die beleidigte Leberwurst zu spielen«, knurrte Ellen und starrte Ronny Lembke an.

Sie waren wieder auf der Straße in Richtung Süden unterwegs. Auf derselben Straße wie zuvor. Eine andere gab es nicht. Hoffentlich hatte sich inzwischen jemand anderes um die tierische Straßenblockade gekümmert.

Ronny hatte sie nicht eines Blickes mehr gewürdigt, seitdem sie ihn angeschrien und er daraufhin diverse Eier eingebüßt hatte. Obwohl sie ihm als Friedensangebot im Wohnwagen sogar ein paar Brote geschmiert hatte, die er binnen weniger Sekunden verputzt hatte. Bei Hans hatte diese Art der Entschuldigung Wunder gewirkt. Aber mehr als ein knappes Nicken vonseiten Ronny Lembkes hatten ihr die Stullen nicht eingebracht. So langsam, aber sicher reichte es ihr. Also nahm sie Anlauf, sprang über ihren Schatten und entschuldigte sich bei ihm – die erste Entschuldigung, seit sie sich vorgenommen hatte, nur noch an sich selbst zu denken.

»Herrje. Es tut mir leid. Ich hätte Sie nicht so angehen dürfen. Und jetzt hören Sie endlich, endlich auf zu schmollen!«

Er drehte sich halb zu ihr um. »Ich schmolle doch gar nicht.«

»Dann sagen Sie was, meine Güte«, entgegnete sie genervt. »Dieses vorwurfsvolle Schweigen ist ja kaum auszuhalten.«

»Finde ich auch. Nur dass es gar nicht vorwurfsvoll ist. Ich … Ich …« Er verstummte.

»Ja?«

»Ich wusste einfach nicht, was ich noch sagen sollte.«

Das wurde ja immer besser. Nicht nur, dass Ronny Lembke in etwa so emotionslos auf Ellen wirkte wie ein alter Gummistiefel – der Mann hatte zwischenmenschlich offenbar gewaltige Defizite.

»Was halten Sie davon, wenn wir das Thema Hans ab jetzt ganz einfach aussparen? Es gibt doch so viele andere Dinge, über die wir reden könnten ...« Sie beugte sich nach links und warf einen Blick auf den Tacho. »... auf den verbleibenden zweitausendneunhundertvierzig Kilometern.«

O Gott.

»Na, meinetwegen.«

»Von wegen Topf und Deckel – haben Sie denn eine Freundin, Herr Lembke?«

O bitte, nicht schon wieder! Er hustete gekünstelt.

»Also ja?«, hakte Ellen nach.

»Ich weiß nicht ... Also, Freundin würde ich es vielleicht nicht nennen ...«

»Es ist noch in einem frühen Stadium? Meinen Sie das?«

Wieso stellte sich dieser Herr Lembke eigentlich so an? Sie breitete ihr Herz vor ihm aus wie ein Fotoalbum, und er wollte nicht mal Auskunft über seinen Beziehungsstatus geben.

»Wie heißt sie denn?«

»Salom ... Maja.«

»Salomaja? Was ist denn das für ein Name?«

Vielleicht war die Frau ja Ausländerin, und Ronny Lembke war das unangenehm? Aber doch nicht vor ihr!

»Nein. Ich hab keine Freundin«, schob er schließlich nach.

»Und warum nicht?«

»Weil ... Weil ... Ich will mich vielleicht einfach noch nicht festlegen.«

»Das ist mir auch schon aufgefallen«, meinte Ellen. Dann winkte sie ab. »Womöglich war die Richtige ja auch noch nicht dabei.«

»Die Richtige?« Ronny Lembke verzog das Gesicht. »Glauben Sie echt an diesen Hollywood- und Märchenquatsch?«

Ellen war entrüstet. »Was heißt hier Quatsch? Glauben Sie vielleicht nicht daran?«

Er schüttelte den Kopf. »Sie denken doch nicht allen Ernstes, dass es nur *einen* Menschen gibt, der perfekt zu einem passt?« Abschätzig verzog er das Gesicht. »Das ist so was von letztes Jahrhundert – wenn's reicht!«

Und da waren sie wieder, die Bilder der Schlösser an den Brücken. Ketten, Kerker, Keuschheitsgürtel. Finsterstes Mittelalter.

Ellen zuckte mit den Schultern. Bis vor ein paar Monaten hätte sie an dieser Stelle vermutlich vehement widersprochen. Und jetzt? Heutzutage war das alles tatsächlich nicht mehr so einfach. Wenn sie ehrlich zu sich war, hoffte sie insgeheim, dass es nicht nur einen Menschen gab, der zu einem passte – ansonsten sah es nämlich ganz schön duster aus für ihre Zukunft. Es sei denn, sie redete sich ein, dass Hans ohnehin niemals zu ihr gepasst hätte. Aber das wäre dann wohl auch nicht gerade eine Bescheinigung der eigenen Lebenstüchtigkeit.

»Sagen wir es doch mal so«, hob sie an, genau wie sie es in den letzten fünfzehn Jahren Bürgermeisteramt bei Hans hatte beobachten können, »ich glaube daran, dass es da draußen mehr als nur eine Person gibt, die Sie ergänzt. Die zu Ihnen passt wie ... wie eben Deckel auf Topf.«

»Ach? Und wenn man diese Person findet, dann merkt man das sofort? Dann trifft einen der Blitz, und man ist sich sicher: Die ist es?«

Ellen machte eine vage Geste. »Das weiß ich jetzt natürlich auch nicht so genau ...«

»Das ist doch kompletter Unsinn«, meinte Ronny Lembke.

Sie sah ihn schräg von der Seite an. »Haben Sie denn noch nie so eine Art Magie des ersten Moments erlebt? Dass man sich ansieht und ... alles gerät in Flammen?«

Ellen biss sich auf die Lippen. Fast hätte sie grinsen müssen. Magie des ersten Moments? Nach fünfunddreißig Jahren Ehe kam es doch schon einem magischen Moment gleich, wenn der Ehemann die Kaffeetasse *in* und nicht nur *auf* die Spülmaschine stellte. Magie des ersten Moments ... So ein Blödsinn! Und auch in Flammen hatte nie etwas gestanden. Weder bei Hans noch bei sonst irgendwem. Da konnte ein Tom Blessington oder wer auch immer einen noch so charmanten Akzent haben.

Trotzdem ging ihr die Kaltschnäuzigkeit dieses jungen Kerls an ihrer Seite allmählich gehörig auf den Keks. Glaubte der denn an gar nichts?

»Sie glauben also an die Liebe auf den ersten Blick?«, kam von Ronny prompt die Gegenfrage. »Dann sind Sie nicht nur hoffnungslos, dann sind Sie komplett weltfremd.«

Sie seufzte ermattet. Wenn der wüsste!

Ronny versuchte es mit einem Themenwechsel. »Sie haben doch bestimmt Enkel, oder?«

»Wie kommen Sie denn jetzt darauf? Was haben die denn mit Ihnen und der Liebe auf den ersten Blick zu tun?«, fragte Ellen verwirrt.

»Und wie heißen sie?«, hakte Ronny Lembke nach, ohne auf Ellens Einwurf einzugehen.

»Stine und Klaas.«

»Und wo wohnen sie?«

»In Hamburg.«

»Wie schön! Wo denn genau?«

»In Eimsbüttel. Aber jetzt sagen Sie mir mal, warum Sie das alles so genau wissen wollen.«

»Ich betreibe nur Konversation«, erklärte Ronny Lembke.

»Aha.«

»Wie oft sehen Sie Ihre Enkel denn?«, fuhr er fort.

Ellen knetete die Hände in ihrem Schoß. »Seltener, als ich es mir wünschen würde. Deshalb will ich auch nach Hamburg ziehen.«

»Sie wollen ...« Ronny Lembke sah sie entgeistert an. »Sie wollen sich also nicht nur von Ihrem Mann trennen, sondern auch gleich in eine neue Stadt ziehen?« Er seufzte tief. »Und was versprechen Sie sich davon?«

Sie schwieg und musste an den letzten Besuch ihrer Enkel bei ihr daheim in Ostereistedt denken. Das war im vergangenen Sommer gewesen, Stine war gerade elf geworden, Klaas acht. Und zum ersten Mal hatte Ellen das Gefühl gehabt, dass ihre Enkel sie nicht mehr allzu gern besuchten. Stine war zwar noch nicht mal in der Pubertät, trotzdem hatte sie drei Tage lang geschmollt, als Marion sie bei den Großeltern abgesetzt hatte.

»Die anderen gehen ins Feriencamp, und wir müssen ins langweilige Ostereistedt!«, hatte sie gekreischt und wutentbrannt die Tür zum Kinderzimmer zugeknallt, in dem immer noch Marions altes Hochbett stand.

Marion hatte damals nur entschuldigend mit den Schultern gezuckt und erklärt: »Sie ist in einer schwierigen Phase. Sie meint das nicht so, wie sie es sagt.«

Ellen hatte ihre Enttäuschung runtergeschluckt und dann mit Klaas Milchreis gekocht. Aber irgendwie hatte auch das nicht die gleichen Begeisterungsstürme ausgelöst wie sonst. Im Laufe des Sommers war Ellen immer wieder aufgefallen, wie mühsam es war, die beiden Kinder vor die Haustür zu bekommen. Stine daddelte ununterbrochen auf ihrem Handy herum – Ellen hatte keine Ahnung, wieso Marion ihr das erlaubte –, und Klaas wollte bloß fernsehen oder mit der Spielekonsole spielen. Wie oft hatte sie die zwei ins Freie gelockt und ihnen sogar versprochen, sie dürften in ihrem alten Baumhaus übernachten, was sie früher nie gedurft hatten. Sie schleppte sie sogar zu der verlassenen Windmühle vom Steever-Bauern und las ihnen dort Geistergeschichten vor. Doch am Ende des Tages war es das Ping von Stines Handy, das ihren Enkeln Freudenschreie entlockte.

Einmal – Stine hatte sich wohl unbeobachtet gefühlt – bekam

Ellen mit, wie ihre Enkelin mit einer Freundin telefonierte. »Ist schon ganz okay hier bei Oma und Opa«, murmelte die Kleine in den kleinen rosafarbenen Apparat und zwirbelte gedankenverloren an dem Zopf, den besagte Oma ihr am Morgen – nicht ganz ohne Proteste – geflochten hatte. »Aber irgendwie auch voll lahm. Wenn wir wenigstens mal was richtig Cooles machen würden! Oma hat echt keine Ahnung, was cool ist.«

Ellens Magen fühlte sich an, als hätte sich eine Faust darum gelegt und mit aller Macht zugepackt. Für ein paar Sekunden hielt sie die Luft an – ausnahmsweise nicht aus Wut, sondern weil sie Angst hatte, dass Stine hören könnte, wie ihr Herz in tausend Stücke zersprang.

Als die Kinder kurze Zeit später mit Hans in den Wald fuhren, rief Ellen Bianca an, ihre Friseurin, die zwei Töchter ungefähr in Stines Alter hatte. »Bianca, was macht man mit einer Elf- und einem Achtjährigen hier in der Region? Irgendetwas Cooles, bitte.«

Bianca lachte. »Da fällt mir wirklich nur der Heidepark ein. Der ist etwa eine Stunde von Ostereistedt entfernt. Da können sich Kinder mal so richtig austoben.«

Tags darauf packte Ellen die ganze Mischpoke ein und dirigierte Hans nach Soltau. Stine und Klaas machten große Augen, als ihnen dämmerte, was ihre Oma mit ihnen vorhatte. Und wie groß war der Jubel, als sie den Plan mit sämtlichen Attraktionen des Vergnügungsparks in Händen hielten! Ihre Stimmen überschlugen sich fast vor Glück.

»Ich will den Big Loop fahren«, rief Klaas begeistert, »und den Flug der Dämonen!«

»Und ich den Scream!«, verkündete Stine.

Einen Tag lang bestieg Ellen mit den beiden jedes noch so grauenhafte Fahrgeschäft, ließ sich von oben nach unten fallen, von links nach rechts schleudern, auf den Kopf drehen und durchschütteln. Es war der anstrengendste Tag ihres Lebens, und am Abend tat ihr jeder einzelne Knochen weh. Am schlimmsten aber traf sie die Erkenntnis, dass die Kindheit ihrer beiden Enkel vorbei zu sein schien. Denn selbst Klaas, in dem sie immer noch den kleinen Jungen sah, interessierte sich ganz einfach nicht mehr für Baumhäuser und Steinschleudern. Was immer nicht rasant war und von tausend Lichtern erleuchtet, laut und »cool«, war schlicht und ergreifend nichts mehr wert. Schon merkwürdig, da lechzten immer alle nach Entschleunigung. Aber dass man heutzutage als Kind keine Zeit mehr hatte, richtig Kind zu sein, und mit elf schon erwachsen wurde, schien niemanden zu stören.

Am selben Tag begriff Ellen, dass Klaas und Stine sich von ihr entfernt hatten und dass sie einen gigantischen Aufwand würde betreiben müssen, um ihre Enkel bei Laune zu halten, wenn sie das nächste Mal nach Ostereistedt kämen. Sie durfte nicht länger die Limonadenoma sein, wie Klaas sie noch bis vor kurzem genannt hatte. Im Handumdrehen würde sie die Hunderteurooma sein – eine Pflichtveranstaltung, die Marion ihren Kindern auferlegte und die man schlussendlich nur besuchte, um sich ein Taschengeldscheinchen abzuholen.

»Frau Bornemann? Ellen? Hallo?«

Sie drehte den Kopf in Ronnys Richtung. Er sah sie mit großen Augen an.

»Alles okay bei Ihnen?«

»Ähm ... ja«, sagte sie müde und rieb sich die Augen. »Ich war nur gerade in Gedanken. Haben Sie mich was gefragt?«

»Ich wollte nur wissen, ob Sie in Hamburg dann bei Ihrer Tochter einziehen.«

»Um Gottes willen!« Eilig schüttelte Ellen auch die letzten Gedankenschnipsel an die Limonadensommer mit Stine und Klaas ab. »Und wenn, dann nur vorübergehend. Ich würde mir langfristig natürlich eine eigene Wohnung suchen.«

So ein kleines, feines Zweizimmerapartment mit einer gut ausgestatteten Küche und einem Bad mit Fußbodenheizung.

»Haben Sie denn schon mal in einer Großstadt gelebt, Ellen?«

»Ellen? Seit wann sind wir denn so vertraulich?« Sie sah Ronny Lembke pikiert an. »Bornemann wäre mir nach wie vor lieber, wenn ich ehrlich bin.«

Er verdrehte die Augen und seufzte. »Das ist ja auch so was, was ich an Ihrer Generation nicht verstehe. Wieso Sie so versessen darauf sind, sich bis in alle Ewigkeit zu siezen. Wussten Sie, dass in Schweden quasi nur der König gesiezt wird?«

»Na also«, meinte Ellen lakonisch. »Dann passt es doch. In Schweden sind wir ja demnächst.« Sie sah wieder durch die Windschutzscheibe. »Was ich im Übrigen an Ihrer Generation nicht verstehe, ist, warum Sie so versessen darauf sind, einander zu duzen.«

Ronny Lembke sah kurz in ihre Richtung. »Weil es praktisch ist?«

Sie stöhnte. »Als ob es unpraktisch wäre, sich zu siezen! Außerdem ist so ein schnödes Du ganz einfach unhöflich«, ereiferte sich Ellen. »Zum Beispiel in diesem schwedischen Möbelhaus. Da find ich es auch immer ganz schrecklich, dass ich einfach so geduzt werde.«

»Aber Sie gehen weiter hin. Dann kann ich Sie also jetzt Ellen nennen.« Er grinste frech.

»Bornemann!«

»Auch recht. Bornemann.« Er grinste noch frecher. »Also, Bornemann, haben Sie schon mal in einer Großstadt wie Hamburg gelebt?«

»Ja, stellen Sie sich das mal vor! Ich hab zwei Jahre lang in Hamburg gelebt und dort meine Ausbildung gemacht, bevor ich meinen Mann geheiratet habe und wir aufs Land gezogen sind.«

Ronny Lembke spitzte nachdenklich die Lippen. »Und das war dann ... 1954?«

»Ich muss doch sehr bitten!«, rief Ellen und richtete sich kerzengerade auf. »Ich bin 1961 geboren. Nach Hamburg kam ich mit sechzehn, um meine Ausbildung als Reiseverkehrskauffrau anzutreten. Dann hab ich Hans kennengelernt. 1980 haben wir geheiratet.«

Er nickte verständnisvoll. »Nur dass ich es richtig verstehe – Sie haben also Ende der Siebziger für zwei Jahre in Hamburg gelebt. Und die vergangenen fünfunddreißig Jahre wo genau?«

»In Ostereistedt.«

»Und wie viele Einwohner hat das?«

»Knapp neunhundert«, erwiderte Ellen, und ohne zu wissen, warum, war sie beleidigt, weil Ronny Lembke sie behandelte, als käme sie aus Posemuckel. »Und ich will Ihnen noch mal was sagen. Ostereistedt ist ganz sicher nicht der Nabel der Welt, da stimme ich Ihnen natürlich zu. Aber von gestern sind wir dort auch wieder nicht! Bei uns in der Nachbarschaft gibt's dieses schnelle Internet. Jaha, da staunen Sie, was?« Sie sah ihn abschätzig an. »Das hätten Sie jetzt nicht gedacht, dass wir Internet haben. Und *Mobiltelefone.*«

»Kein Mensch sagt mehr Mobiltelefon«, warf Ronny Lembke ein, ohne den Blick von der Straße zu wenden.

»Papperlapapp«, unterbrach Ellen ihn ungeduldig. »Glauben Sie im Ernst, ich werd in Hamburg nicht verstanden, nur weil ich Mobiltelefon sage und nicht Handy? Von Tom weiß ich zum Beispiel, dass kein Mensch in England Handy sagt. Gar keiner. Da heißt das *mobile.*«

»Und wer ist Tom?«

»Tom Blessington, mein Nachbar.«

»Ach, und den nennen Sie beim Vornamen?«

»Nein, wir siezen uns natürlich!«

»Aber Sie sagen Tom.«

»Also ... Nein. Ja. Manchmal.«

Ronny Lembke warf ihr einen skeptischen Seitenblick zu. Dann sagte er nur: »Aha«, und starrte wieder auf die Straße.

Was sollte das denn? Wieso war es so merkwürdig, dass sie Tom beim Vornamen nannte? Er war immerhin ihr Nachbar! Und außerdem ein feiner Mensch. Hoffentlich kümmerte er sich gut um ihre Rosen. Wobei sie sich da keine Sorgen machte. Im Gegensatz zu ihrem Gatten konnte man Tom Blessington nämlich Haustiere und erst recht Pflanzen zur Pflege anvertrauen.

Beinahe zehn Jahre war es her, dass das Haus links neben Erna und Jürgen frei geworden war. Klaus Kümmerfeldt, der pensionierte Schuldirektor der Ostereistedter Grundschule, war an einem herrlichen Tag im August in seinem Garten verunglückt. Beim Reinigen des Teichs war der Sechsundsiebzigjährige im Schlick am Ufer ausgerutscht und derart unglücklich ins Wasser gefallen, dass er mit dem Fuß die elektrisch betriebene Tauchpumpe umgestoßen hatte. Dadurch war das Stromkabel, das die Pumpe antrieb, herausgerissen, und der arme Klaus hatte einen tödlichen Stromschlag erlitten. Tja.

Erna hatte den Toten damals gefunden. Erst hatte sie angenommen, Klaus würde ihr einen Streich spielen wollen, immerhin war der Teich gerade mal so groß wie eine Badewanne, und der große, hagere Mann lag auf der Wiese. Bloß Unterschenkel und Füße ragten ins Wasser.

»Ich hab gedacht, der will sich nur abkühlen«, schluchzte Erna später unter Tränen, und Ellen war hin- und hergerissen zwischen dem Gefühl, gleich platzen zu müssen vor Lachen, und der beklemmenden Erkenntnis, dass das Leben mitunter viel kürzer war, als einem die meiste Zeit bewusst war.

Auf jeden Fall war Klaus verwitwet gewesen. Seine zwei erwachsenen Kinder konnten sich jahrelang nicht einigen, was mit dem Haus im Klinkerstil passieren sollte. Annemarie wollte verkaufen, Thomas bestand darauf, das Elternhaus in der Familie zu behalten, obwohl er selbst schon längst in Übersee lebte. Erst nach sieben Jahren, in denen der Beethenweg 7 verwaist dagelegen und sich die Nachbarschaft die Kehr- und Schneeschippdienste für diesen Straßenabschnitt geteilt hatte, ging dann plötzlich alles rasend schnell: Thomas verlor im Zuge der Wirtschaftskrise seinen Job in Amerika und war plötzlich sehr viel mehr an Barem als an Erinnerungen interessiert, und Annemarie konnte endlich den Notar bestellen.

Der neue Besitzer war Engländer und hieß Tom Blessington. Er war ein drahtiger Mann mit grauem Haar und wirkte auf Ellen vollkommen alterslos. Er hätte ebenso gut Anfang fünfzig wie schon Mitte siebzig sein können – es war ihr schlichtweg nicht möglich, sein Alter zu schätzen, und danach zu fragen traute sie sich nicht. So innig war ihre Beziehung nicht. Wenn man das, was sie hatten, überhaupt als Beziehung bezeichnen konnte.

Genauso wenig wusste sie, weshalb es ihn ausgerechnet in diesen abgelegenen und, wenn man ehrlich war, stinklangweiligen Landstrich Deutschlands verschlagen hatte. Aber im Grunde war das Ellen auch egal. Denn Tom Blessington züchtete die schönsten Rosen, die sie je gesehen hatte. Sein Garten – ausgerechnet der Ort, an dem sein Vorgänger ins Gras gebissen hatte – war ein regelrechtes Paradies: farbenprächtig, üppig, satt, mit Hunderten von Bienen und dicken Hummeln, deren Summen und Brummen von April bis September die Luft erfüllte. Tom errichtete eine Pergola, von der lange Ranken mit pfirsichfarbenen Blüten herunterhingen, stellte ein weiß lackiertes Bänkchen unter dem Kirschbaum auf, dessen Zweige sich unter der Last der Früchte bogen, und schnitt so kunstvoll seine Büsche, dass es Ellen ein ums andere Mal die Sprache verschlug.

Als sie Tom kennenlernte, nahm sie ihn nur als alleinstehenden Mann wahr, der sie ganz entfernt an Peter Lustig erinnerte – ohne die alberne runde Brille – und dessen britischer Akzent wohl eine Wirkung auf gewisse Singlefrauen im Ort hatte, namentlich Irene

Müller, nur dass die sich nach Größerem sehnte und Tom Blessington deswegen zunächst nicht mal zur Kenntnis nahm. Ob er attraktiv war? Hätte Ellen nicht sagen können. Er war ihr Nachbar. Nicht mehr und nicht weniger. Ob er gut aussah, war in etwa genauso wichtig wie die Frage, ob Jürgen stricken konnte.

»Tom Blessington also«, holte Ronny Lembkes Murmeln sie wieder in die Gegenwart zurück.

»Wie, wie, wie? Was meinen Sie denn jetzt damit? Ich sag Ihnen jetzt mal was ...«

Doch im selben Moment stieg Ronny Lembke so hart in die Eisen, dass Ellen nach vorne geschleudert wurde. Der Bremsgurt zog sie wieder zurück in den Sitz, und als der Wagen nach unendlichen fünfzig Metern stehen blieb, war sie nicht mehr in der Lage, auch nur einen Ton von sich zu geben.

Ronny Lembke starrte reglos durch die Windschutzscheibe. »Ellen ...«

»*Frau Bornemann*, Herrgott noch mal! Wie oft muss ich Ihnen das eigentlich noch sagen?« Sie sortierte erst sich, dann den Gurt vor ihrer Brust und schließlich die Frisur, die durch das unerwartete Bremsmanöver leicht durcheinandergeraten war. »Warum haben Sie denn abgebremst?« Sie sah nach vorn. Die Straße war komplett verwaist. »Sehen Sie Gespenster? Da ist doch nichts!«

»Ellen ...«

»Für Sie immer noch Bornemann!«

»Ellen ...«

»WAS IST DENN?«

»Der Elch ist weg!«

KAPITEL 15

»Vielleicht hat er nur geschlafen?«
Ronny stand genau an der Stelle, wo vor einer guten Stunde noch ein augenscheinlich toter Elch gelegen hatte, und starrte auf das leere Stück Straße. Nur ihre beiden Warndreiecke standen noch da wie bestellt und nicht abgeholt. Aber dazwischen: nichts. Kein Elch, nirgends.

»Sie meinen, der Elch ist nach einer langen Wanderung von Schweden bis hier herauf müde geworden, hat sich mal eben für ein Nickerchen auf den Asphalt gelegt und ist dann weitergezogen?«, fragte Ellen Bornemann mit nicht zu überhörender Skepsis in der Stimme.

»Klingt merkwürdig, ich weiß, aber irgendwo muss er ja hin sein.« Dann kam ihm ein Gedanke. »Wussten Sie, dass Ameisen das Hundertfache ihres eigenen Körpergewichts tragen können?«

»Sie wollen mir jetzt aber nicht erzählen, Ameisen hätten den Elch weggetragen.«

»Nein, das nicht.« Ronny grübelte. »Ich habe mal von einer Ziege gehört ...«

»Es war ein *Elch,* Herr Lembke«, fiel Ellen Bornemann ihm ins Wort und wandte sich dann ab. »Und im Grunde ist mir auch egal, was mit Ihrer Ziege oder diesem Elch war. Nachdem das Vieh jetzt nicht mehr da ist, sind wir unser größtes Problem losgeworden. Wir können endlich weiterfahren.« Sie tippte mit dem Finger auf die Armbanduhr. »Hopp, hopp!«

»Ja, bin gleich so weit«, murmelte Ronny gedankenversunken. »Also auf jeden Fall, diese besondere Ziegenart lebt in den Vereinigten Staaten ...«

»Wenn Sie das so sagen, hört es sich an, als wär sie ausgewandert«, rief Ellen Bornemann amüsiert und lief zum Volvo zurück.

»Und sie verfällt bei Gefahr in eine Art Schreckstarre. Ich hab da mal ein Video gesehen, da fällt die Ziege einfach um, wenn Gefahr droht, mit ausgestreckten steifen Beinen.«

Ellen Bornemanns Kopf, der sich eben noch auf der Beifahrerseite in den Wagen gebeugt hatte, kam wieder zum Vorschein. »Aber es drohte dem Elch doch gar keine Gefahr! Zumindest nicht von uns. Und er hatte die Beine auch nicht ausgestreckt, wenn ich mich recht erinnere.« Sie sah nachdenklich zu ihm zurück. »Wissen Sie denn zufälligerweise auch, warum diese amerikanischen Ziegen so was tun?«

»Irgendeine Erbkrankheit.« Ronny seufzte, dann wandte er den Blick von der leeren Straße ab, bückte sich und sammelte die beiden Warndreiecke wieder ein, während er vor sich hin murmelte: »Trotzdem, ich versteh das einfach nicht ...«

»Herr Lembke, nicht einschlafen!«, rief Ellen Bornemann. »Wir müssen heute noch nach Finnland kommen. Ist doch eigentlich auch völlig wumpe, was mit dem Elch passiert ist.«

Sekunden später saß Ronny wieder hinterm Steuer.

»Ihnen ist ja offensichtlich so einiges egal«, brummelte er.

Ellen Bornemann machte große Augen. »Wie meinen Sie *das* denn jetzt schon wieder?«

Er hätte es besser wissen müssen – aber er konnte sich den nächsten Kommentar einfach nicht verkneifen. »Wo Ihr Mann ist, ist Ihnen egal, und wo der Elch ist, ebenfalls. Alle husch, husch dorthin, wo der Pfeffer wächst. Was entweder Madagaskar oder Indien bedeutet, aber so viel nur am Rande. Interessieren Sie sich überhaupt noch ehrlich und aufrichtig für das Leben anderer Leute – über einen banalen Smalltalk hinaus? Von Ihren Enkeln und Ihrer Tochter einmal abgesehen, denen Sie demnächst auf die Pelle rücken wollen?«

Wortlos starrte Ellen Bornemann ihn an, während ihr Gesicht langsam die Farbe wechselte.

»Halten Sie gerade die Luft an?«

»Nein, *Sie* halten jetzt mal die Luft an!«, donnerte sie zurück. »Ich finde es eine *Frechheit,* wie Sie mich hier vorverurteilen! Nach allem, was ich Ihnen von mir offenbart habe! Und jetzt fahren Sie endlich los!«

»Frau Bornemann«, setzte Ronny an – und das nicht mal, weil ihm gerade wieder Frau Schmieders QS-Bogen eingefallen war. »Ellen ... Ich wollte nicht ...«

Doch Frau Bornemann wandte sich demonstrativ ab und würdigte ihn keines Blicks.

Ronny seufzte, startete den Wagen und fuhr los. Das Schweigen im Auto nahm nach einigen Kilometern so viel Platz ein, dass man ihm geradezu die Rückbank hätte frei räumen müssen. Ronny traute sich nicht mal, das Radio anzuschalten. Ob Summen erlaubt war? Wohl eher nicht. Außerdem wusste er selbst, dass er nicht gerade der begnadetste Sänger auf dem Planeten war. Okay, das war eine maßlose Untertreibung: Er war nicht imstande, einen Ton zu halten. Umso erstaunlicher, dass ausgerechnet er beim Musical gelandet war – nach all den Stationen dazwischen ...

»Ihr Lebenslauf liest sich wie ein Abenteuerroman«, hatte seine Arbeitsvermittlerin festgestellt, als Ronny ihr erstmals gegenübersaß. »Gibt es irgendeinen Job, den Sie noch nicht gemacht haben?«

Zur großen Empörung seiner Eltern hatte Ronny sich gleich nach dem Abi und der Zeit beim Bund mit den abstrusesten Jobs über Wasser gehalten, aber in den vergangenen Jahren keine wirklichen Anstalten gemacht, einen richtigen Beruf zu ergreifen. »Was Ordentliches«, wie sein Vater sagen würde, was Ronny automatisch mit »langweilig« gleichsetzte. Deswegen hatte er auch alles ausprobiert, was ihm potenziell hätte Spaß machen können. Als Animateur in einem Freizeitpark war er direkt nach dem Bund einen Sommer lang als Tausendfüßler unterwegs gewesen, danach hatte er gekellnert und im Kino an der Kasse gejobbt, Stadtführungen in Hamburg gegeben, in einem Call-Center gearbeitet und sogar ein paar Wochen lang in Heimarbeit Kugelschreiber zusammengedreht. Aber auch nur, weil er unbedingt hatte wissen wollen, ob der Job wirklich so beschissen war, wie er ihn sich vorgestellt hatte. (Die Antwort lautete selbstredend Ja.) Dann hatte er zwei ziemlich gute Jahre als Dogsitter verlebt, bis ihn Pullmann, diese dämliche Deutsche Dogge, in die Wade gebissen hatte. Seitdem hatte Ronny einen zu großen Respekt vor Hunden, und natürlich hatte er sich danach eine andere Einnahmequelle suchen müssen. Er war bei einer Burger-Braterei eingestellt worden, aber wie der Teufel wollte, war der Laden pleitegegangen, und Ronny hatte wieder von vorn anfangen dürfen. Dem alten Frittenfett, das sich erst nach dreimaligem Haarewaschen verflüchtigte, hatte er allerdings keine Sekunde nachgetrauert.

»Haben Sie nie darüber nachgedacht, mal eine Ausbildung zu machen?«, hatte die Arbeitsvermittlerin gefragt, aber Ronny hatte bloß den Kopf geschüttelt.

»Ich hab's mal mit 'nem Studium versucht. Zwei Semester Kunstgeschichte. Aber ich bin nicht so der Typ fürs eigenverantwortliche Lernen.«

Eine nette Umschreibung von: faul ohne Ende. Und unentschlossen. Eine fiese Kombination. Also wartete er seit geraumer Zeit auf eine Eingebung, die ihm bestenfalls in den Schoß fiel und Abwechslungsreichtum versprach, so dass er sich auch dreißig Jahre später nicht langweilen müsste.

»Aber wie sieht's mit einem Ausbildungsberuf aus? Es gibt doch wirklich schöne Sachen. Fleischer werden gerade händeringend gesucht.«

Mal ganz im Ernst: Wer träumte davon, ein Leben lang Tierkadaver zu zerlegen?

»Musicaldarsteller etwa nicht?«, hatte er mit einem schiefen Lächeln gefragt, aber die Arbeitsvermittlerin hatte noch nicht mal von seinen Unterlagen hochgesehen.

Ja, auch Musicaldarsteller war er gewesen. Da war er mehr oder weniger reingerutscht. Ganz aus Versehen.

Alles hatte mit Andreas angefangen, der im *König der Löwen* in Hamburg irgendeine Nebenrolle gespielt hatte. Ronny hatte dort zufällig gerade als Platzanweiser gejobbt, hatte die Show schon hundertmal gesehen und für ausgesprochen bescheuert befunden. Doch an einem Abend – Ronny, Andreas und ein paar andere waren nach der Show noch auf der Reeperbahn versackt – vertraute Andreas in Bierlaune Ronny ein Geheimnis an: »Mein Job ist echt was für Idioten. Den könnte jeder machen.«

»Frag mich mal«, erwiderte Ronny. »Meine gefragteste Kernkompetenz ist gerade, dass ich das Alphabet und die Zahlen von eins bis hundert kenne.«

»Dann ist deine Aufgabe noch anspruchsvoller als meine«, lallte Andreas. »Ein bisschen mit dem Hintern wackeln hier, ein bisschen lala da, und schon passt du ins Ensemble.«

Ronny schüttelte den Kopf. »So ein Quatsch! Ihr müsst doch eine sauteure und ziemlich lange Ausbildung absolvieren – natürlich würde man da den Unterschied zwischen einem Laien und einem Profi erkennen!«

Aber Andreas lächelte nur. »Wenn ich dir sage, dass wir manchmal untereinander die Rollen tauschen, nur so zum Spaß, und keiner merkt es ...«

Ronny nahm einen Schluck Bier. »Ich glaub dir kein Wort.«

Andreas hob die Hand zum Schwur. »Ehrenwort! So eine blöde Antilope im Musical zu spielen, das kann wirklich jeder, der ein bisschen Taktgefühl hat. Mitsingen muss man ja auch nicht, es reicht schon, wenn man den Mund an den richtigen Stellen aufreißt.«

»Du verarschst mich doch«, meinte Ronny und orderte noch eine Runde.

»Wetten, dass? Du wirst schon sehen. Du hast eine ganz ähnliche Statur wie ich. Ich wette, dass ich dir innerhalb einer Woche meine Rolle beibringe und niemand merkt, wer von uns beiden auf der Bühne rumspringt.«

Es hatte wirklich niemand bemerkt. Bei seinem ersten Auftritt als Antilope war Ronny so nervös gewesen, dass er zweimal seinen Einsatz verpatzt hatte. Aber nicht mal das war aufgefallen bei dem ganzen Gekreuch und Gefleuch.

Andreas jedenfalls bereitete die Vorstellung zusehends Spaß, nicht mehr selbst bei allen Vorführungen anwesend sein zu müssen und von Zeit zu Zeit mit Ronny die Rollen zu tauschen. Außerdem hatte sich Andreas gerade einen neuen Freund angelacht, der als Flugbegleiter arbeitete, und die gemeinsame Zeit war knapp bemessen. Ronny hingegen fand es aufregend und spannend: das Lampenfieber, die aufgekratzte Stimmung hinter der Bühne und nicht zuletzt den frenetischen Applaus am Ende, der in seiner Vorstellung einzig und allein ihm galt.

Als dann etwa einen Monat, nachdem sie zum ersten Mal getauscht hatten, Andreas den Flugbegleiter in die Wüste geschickt hatte und seiner neuen Flamme (einem Sänger) auf das Kreuzfahrtschiff folgen wollte, auf dem Letzterer vier Monate lang auftreten würde, war der Rest eigentlich nur noch Formsache. Andreas bewarb sich auf dem Schiff als Tänzer, auch wenn er genau genommen durch seinen Arbeitsvertrag an den *König der Löwen* gebunden war.

»Meinst du«, druckste er herum, als er und Ronny eines Abends zu einem Feierabendbier zusammensaßen, »also, ich meine, könntest du dir vorstellen, die Antilope dauerhaft zu spielen? Das wär doch eine super Gelegenheit für dich, so was mal auszuprobieren, ich meine, für die Zukunft. Du bist als Antilope immerhin wirklich talentiert.«

»Warum eigentlich nicht«, antwortete Ronny, kündigte seinen Job als Platzanweiser und nahm Andreas' Rolle ein, während dieser seinen Seesack packte und an Bord des Kreuzfahrtschiffs ging. Und keiner Menschenseele fiel der Betrug auf.

Es ging drei Monate gut. Dann allerdings platzte die Bombe, und zwar auf die denkbar schlechteste Weise. Denn an einem wunderbaren Sonntag im November, es war noch früh am Vormittag, bekam Ronny einen Anruf aus der Regie, der ihm den Atem verschlug.

»Hi, Andreas«, flötete Kalle, der Assistent der künstlerischen Leitung, »du darfst dich freuen! Heute ist dein großer Tag! Du darfst endlich den Simba spielen! Ist das nicht geil?«

Während Ronny noch nach Worten rang und hektisch die Mobilnummer des echten Andreas heraussuchte, quasselte Kalle einfach weiter. Am Vorabend waren die erste und die zweite Besetzung der Musical-Hauptfigur allem Anschein nach zusammen auf dem Kiez abgestürzt. Deswegen brauchte man nun die Drittbesetzung.

»Sei in zwei Stunden da, dann gehen wir den Ablauf noch mal durch. Sicher ist sicher«, sagte Kalle und legte auf, während Ronnys Puls sich zusehends aus dem Bereich des Messbaren entfernte.

Irgendwann gelang es ihm, mit zitternden Fingern Andreas' Nummer zu wählen. Wie durch ein Wunder befand sich der gerade an Land und hatte Handyempfang.

»Die *Drittbesetzung?*«, rief er entsetzt. »Ach du heilige Scheiße! Das hab ich ja total vergessen!«

»Du hast es *vergessen?!*«, keuchte Ronny.

»Hör mal«, druckste Andreas, »es ist so dermaßen unwahrscheinlich, dass die erste *und* die zweite Besetzung ausfallen, dass kein Mensch je davon ausgeht, dass man als Drittbesetzung echt mal einspringen muss.«

»Aha«, gab Ronny konsterniert zurück. So langsam dämmerte

ihm, dass die Sache für ihn wesentlich schlimmer ausgehen würde als für Andreas. Immerhin hätte der im Falle einer Kündigung immer noch das Engagement auf dem Kreuzfahrtschiff – Ronny indes wieder mal gar nichts. »Ich glaube, der unwahrscheinliche Fall ist gerade eingetreten. Und was machen wir jetzt?«

»Keine Ahnung«, erwiderte Andreas. »Ich kann jedenfalls nicht einfach mal so vorbeikommen.«

»Wieso, wo bist du denn gerade?«

»In Johannesburg.«

»Oh.«

»Ja, oh.«

Sie schwiegen. Dann atmete Andreas einmal kurz durch. »Alter, du musst es wenigstens versuchen. Denkst du, du kriegst das hin?«

Und weil Ronny eben Ronny war, sagte er: »Klar. Warum nicht?« Bislang hatte er zwar keine großen Erfolge im Leben vorzuweisen, aber er schlief auch immer noch nicht unter einer Brücke. Aus den meisten mistigen Situationen hatte er sich immer irgendwie hinauslaviert – aus dem Abi beispielsweise, das er allen Ernstes bestanden hatte, ohne selbst zu wissen, wie oder warum. Die Zeit beim Bund, wo er nur reingerutscht war, weil er nach der Musterung vergessen hatte, den Kriegsdienstverweigererwisch an die Bundeswehr zu schicken, wie die meisten anderen es getan hatten. Selbst die Monate, als er als tanzende Wurst in der Fußgängerzone von Buxtehude aufgetreten war – in seiner vegetarischen Phase. »Immerhin kenne ich jedes Wort auswendig. Die Show hab ich mittlerweile hundertmal gesehen.«

»Super«, sagte Andreas erleichtert. »Dann ruf mich danach an und erzähl, wie es war, okay?«

Leider kam Ronny an diesem Abend nicht mehr dazu, Andreas anzurufen und ihm vom Verlauf der Aufführung zu berichten. Die ganze Sache ging nämlich so was von nach hinten los, dass er am Ende froh sein konnte, nicht hinter Gittern zu landen. Er hatte nicht gelogen: Er konnte jedes Wort des Musicals auswendig, von allen Figuren, er kannte alle Einsätze und wusste genau, wann welches Lied gespielt wurde.

Nur leider war Ronny Lembke, obwohl er mit diversen Talenten gesegnet war, die er allesamt mit Füßen trat, der am wenigsten begabte Sänger der westlichen Hemisphäre. Er konnte keinen Ton halten, nicht mal die schiefen. Und so fehlte auch nicht viel, bis den Verantwortlichen vom *König der Löwen* auffiel, dass sich ein Hochstapler in ihre Reihen geschlichen hatte. Ronny wurde aufgefordert, noch vor der Abendvorstellung seinen Spind zu räumen – beziehungsweise den von Andreas, der tags darauf ganz einfach auflegte, sobald Ronny ihm von dem Malheur berichten wollte, und von dem er seit jenem Tag nie wieder gehört hatte.

Als falsche Antilope auf der Bühne, das war Ronny Lembkes letzte richtige Arbeit vor der Sache beim ADAC gewesen. Jetzt musste er nur noch diese Fahrt überstehen, dann hätte er zumindest die Probezeit hinter sich gebracht. Und das war doch was. Das war mehr als gar nichts. Selbst wenn er nicht wusste, ob er den Job wirklich wollte.

Aber selbst Ronny war vor ein paar Wochen klargeworden, dass es bei ihm mittlerweile gar nicht mehr um *wollen* oder *können*, sondern um *müssen* ging. An dem Tag nämlich, als seine Arbeitsvermittlerin ihn über ihre randlose Brille hinweg streng angesehen und gemurmelt hatte: »Herr Lembke, Herr Lembke. Was machen wir denn nur mit Ihnen? Nicht dass wir Ihnen am Ende noch die Bezüge streichen müssen …«

Er warf einen Blick auf den Beifahrersitz. Ellen Bornemann musste ihm im Anschluss an diese Fahrt Bestnoten auf dem QS-Bogen geben, kostete es, was es wollte.

KAPITEL 16

»Reden Sie immer noch nicht mit mir?«, versuchte er, das Gespräch wieder in Schwung zu bringen. Doch Ellen Bornemann war in Schweigestarre verfallen.

Mist. Er sah auf den Tacho. Okay, bei dem Tempo und der vor ihnen liegenden Strecke hatte er noch eine Menge Zeit, sich wieder bei ihr einzuschleimen. Da musste er jetzt nichts übers Knie brechen.

Doch ihm war langweilig. Nachdem die Straße ein Stück weiter nördlich hinter Kåfjord, kurz nachdem sie stehen geblieben waren, einen Knick gemacht und fürs Erste ins Landesinnere geführt hatte, sah Ronny seit beinahe achtzig Kilometern links von sich nichts anderes als Meer, Meer und noch mehr Meer. Rechts breiteten sich die nicht enden wollenden Hügelketten der nordnorwegischen Landschaft aus, die in etwa so aussahen, wie Ronny sich aus irgendeinem Grund die Mongolei vorstellte.

Einige Kilometer zuvor hatten sie Olderfjord passiert, nicht mehr als eine kleine Ansammlung von Häuschen entlang einer Hauptstraße, an der Postamt, Bank und Apotheke wie Perlen auf einer Kette nebeneinanderlagen.

Er musste wieder an den Elch denken, der einfach so von der Straße verschwunden war. Was war dafür wohl die naheliegendste Erklärung? Wenn sie sich den Elch nicht eingebildet hatten (was Ronny ausschloss) und das Tier nicht abtransportiert worden war (zum Beispiel von Ameisen), konnte es doch nur selbständig davonmarschiert oder von der Straße gekrochen sein. Und das wiederum bedeutete, dass der Elch gar nicht tot gewesen war, sondern vielleicht nur im Koma gelegen hatte – während sie ihn mit Topflappen bewaffnet von der Straße hatten schieben wollen.

Hoffentlich stand so was hier oben nicht auf der Tagesordnung. Wenn sie weiterhin so langsam vorankämen, würde er im Herbst gerade mal Finnland erreicht haben. Die Finnen feierten am 13. Oktober den Tag des Versagens. Vielleicht würde er dort ja zum neuen Nationalhelden werden, wenn er bis dahin durchhielte? Eine halbwegs hoffnungsfrohe Vorstellung angesichts seiner derzeitigen Lage.

Denn hier in Norwegen wüssten sie mit seinem Sinn für Unsinn und unnütze Fakten ganz bestimmt nichts anzufangen. Nicht, dass er überhaupt hier oben leben wollte. In diesem kargen Land ohne … alles. Dafür mit komischem Käse. In Deutschland gab es auch keine Verwendung für Leute wie ihn. Er war sich ziemlich sicher, dass seine fragwürdige Begabung auch seine Arbeitsvermittlerin nicht vom Stuhl gerissen hätte, dabei war die grundsätzlich für so einiges zu begeistern gewesen.

Wobei … Er hatte ihr so ziemlich alles zugetraut. Am Ende hätte sie vielleicht sogar einen Job für ihn gefunden, bei dem er seine Kernkompetenz hätte einsetzen können. Aber dann hätte er so richtig in der Patsche gesessen.

Ronny gruselte die Vorstellung, einen Beruf zu ergreifen, den er dann bis in alle Ewigkeit ausführen müsste. Es war ihm unbegreiflich, wie seine Eltern das ertragen hatten, ihr gesamtes Berufsleben lang – und das war immerhin noch wesentlich länger gewesen als das Berufsleben, das Ronny bestenfalls bevorstand. Die beiden hatten bereits mit sechzehn und achtzehn mit ihren Ausbildungen zum Steuerfachangestellten und zur Krankenschwester begonnen – um dann fortan immer dasselbe zu tun. Natürlich, ja, sie waren aufgestiegen. Sein Vater war irgendwann zur rechten Hand des Steuerprüfers, bei dem er die längste Zeit gearbeitet hatte, und seine Mutter zur leitenden Stationsschwester befördert worden. Aber ihre Aufgaben hatten sich nicht wesentlich verändert – also all die Dinge, mit denen sie sich Tag für Tag beschäftigt hatten.

Allein die Vorstellung erfüllte Ronny mit einer tiefen Unzufriedenheit.

Vielleicht war er ja ganz einfach nicht für den normalen Arbeitsmarkt geschaffen. Er vermutete, dass ihm das Musical deshalb so viel Spaß gemacht hatte, weil jeder Abend auf seine Weise anders gewesen war. Frenetisch applaudierende Junggesellinnenabschiede in der ersten Reihe. Verpatzte Stichwörter, Pannen auf der Bühne. Streiche, die man sich unter Kollegen gespielt hatte. Natürlich hatte es auch dort Routinen gegeben, aber die hatten Ronny irgendwie nicht eingeengt. Womöglich, glaubte er, weil dort immer noch genügend Raum fürs Unerwartete geblieben war. Obwohl es ihn, wenn er ganz ehrlich war, nicht sonderlich überrascht hatte, dass Andreas' und sein Rollentausch irgendwann aufgeflogen war. Er hätte sich bloß gewünscht, dass es eher später passiert wäre … selbst wenn er insgeheim vermutete, dass es ihm eines Tages sogar auf der Showbühne zu eintönig geworden wäre.

Ein Rascheln riss ihn aus seinen Gedanken, und Ronny sah nach rechts. Dort beugte Ellen Bornemann sich gerade über ihre Tasche und kramte darin herum. Eine Sekunde später zog sie einen Stift und Postkarten aus der Tasche. Wie sie jetzt die Ruhe hatte, Karten zu schreiben … Na ja. Die Frau war sowieso suspekt. Auch weil sie offenbar seit viel zu langer Zeit in diesem komischen Ostereierdorf wohnte.

Er schmunzelte. Nach Hamburg wollte sie jetzt ziehen. Haha! Hatte sie überhaupt eine Ahnung, was dort seit Ende der Siebziger passiert war? In der Stadt explodierten die Mieten, Normalsterbliche konnten sich kaum noch eine bezahlbare Bleibe leisten – erst recht nicht ohne Job. Gut, sie würde, wenn sie die Scheidung tatsächlich durchzöge, Unterhalt von ihrem Mann beziehen, und der war immerhin ja Bürgermeister, nagte vermutlich also nicht am Hungertuch. Aber so einfach, wie Ellen Bornemann es sich vorstellte, würde es ganz sicher nicht.

Und mal davon abgesehen: Was würde ihre Tochter dazu sagen? Mit einem Frösteln überlegte Ronny, wie er selbst reagieren würde, wenn seine Mutter mitsamt Koffer unangemeldet vor seiner Tür stünde und verkündete: »Ronald, stell dir vor, wir sind jetzt Nachbarn.«

Er warf einen Blick auf die Uhr. Zwei Stunden waren seit ihrem letzten Stopp vergangen. Wie weit waren sie seither gekommen? Er machte sich am Navi zu schaffen, das mit Hilfe eines Saugnapfes an der Scheibe klebte. Bislang hatten sie es nicht gebraucht – es war ja doch nur immer geradeaus gegangen –, aber er hatte das Gefühl, dass sich die lange Fahrt weniger hinziehen würde, wenn sie wüssten, was sie schon alles hinter sich gebracht hatten.

Er schaltete das Navigationsgerät an, dann gab er ihren Zielort ein: Ostereistedt. Das Gerät rechnete und kalkulierte für eine gefühlte Ewigkeit, und dann erschien auf dem Display die erwartete Ankunftszeit. Ronny rutschte das Herz in die Hose. Noch siebenundzwanzig Stunden?! Sofern sie durchführen und keine Pause machten, wohlgemerkt. Womöglich rechnete das Ding auch noch mit mehr als Tempo sechzig. Ach du Scheiße!

Ronny hatte das Gefühl, sofort einen Kaffee zu brauchen. Aber wie sollte er Ellen Bornemann von einem weiteren Stopp überzeugen? Vor allem jetzt, da sie nicht mehr mit ihm redete?

Sein Blick fiel auf die Postkarte, die sie mit hektischen Bewegungen vollkritzelte. Im selben Moment hatte er eine Idee.

»Wo haben Sie denn die Postkarte her?«, fragte er betont freundlich, erntete jedoch keine Reaktion. »Wollen Sie die gleich einwerfen?«

Ellen Bornemann hob den Kopf nicht einen Zentimeter. »Mhm«, brummte sie nur.

Immerhin.

»Schreiben Sie immer Postkarten, wenn Sie im Urlaub sind?«

Sie sah genervt auf. »Eigentlich wollte ich gar niemandem schreiben, aber dann hab ich mich umentschieden.«

»An wen geht die Karte denn?«

»An meinen Mann«, knurrte sie.

Ronny sah überrascht zu ihr hinüber. Hatte sie nicht die ganze Zeit nur Hasstiraden für ihren Mann übrig gehabt? »Das ist aber nett von Ihnen!«

Sie sah ihn reglos an. »Wenn Sie wüssten, was ich ihm schreibe, würden Sie das nicht sagen.«

Nach einem trockenen Schlucken fragte er: »Wieso, was schreiben Sie denn?«

»Dass ich ihn nie wiedersehen will.«

»Ellen ...«

»Frau Bornemann!«

»Dann eben Frau Bornemann. So was können Sie doch nicht auf eine Postkarte schreiben!«

Wie eine Canasta-Spielerin ihr Gewinnerblatt aufdeckte, präsentierte Ellen Bornemann jetzt ihre Postkarte – nein: ihre Postkarten. Es waren drei. Zwei hatte sie schon vollgekritzelt, die dritte hatte sie sich gerade vornehmen wollen.

»Ich bin wirklich kein Fachmann, was Beziehungen angeht«, hob Ronny erneut an, »aber ...«

Sie warf ihm einen Blick zu, der sich giftig wie ein Spinnenbiss anfühlte, und er verstummte augenblicklich.

»Herr Lembke ...«

»Ja, ja, ja, ich weiß. Ich misch mich nicht ein.« Und dann: »Vielleicht sollten wir kurz anhalten.«

Sie sah auf. »Wieso?«

»Na, damit Sie die Postkarten einwerfen können.«

In einiger Entfernung hatte Ronny ein Schild entdeckt – nur noch drei Kilometer bis zur nächsten Ortschaft. Und diese Ortschaft entpuppte sich als hübsches Städtchen am südlichen Zipfel eines lang gestreckten Fjords. Der Marktplatz war von bunten, schmalen Häuschen gesäumt, die entfernt an die kleineren Hansestädte im Norden Deutschlands erinnerten. Auf der Mitte des Marktplatzes stand ein Reiterdenkmal – Karl der Viertelvorzwölfte von Irgendwas. Dahinter sah Ronny eine gelb-weiß gestreifte Markise, auf der in geschwungenen Lettern *Kafé* stand. Na also!

»Wo sind wir?«, fragte Ellen Bornemann, die im selben Moment aufsah, als Ronny den Motor ausschaltete und die Fahrertür aufschob.

»Keine Ahnung, wie der Ort heißt, darauf hab ich nicht geachtet.« Er griff nach seinem Handy. »Aber mit Google Maps hab ich das sofort rausgefunden. Moment …« Er entsperrte sein Handy und rief die entsprechende App auf, dann drückte er auf eine Taste und verkündete: »Wir sind in …«

»Hjemmeluft!«, keuchte Ellen Bornemann und schlug die Hand vor den Mund, und wie auf Kommando gellte es quer über den Marktplatz: »Huhuuuu! Fru Bornemann!«

Ronny stieg aus und sah sich verwirrt um. Sein Blick blieb an einem geöffneten Fenster in einem der umstehenden Häuser hängen. Ein rundlicher, älterer Herr winkte ihnen zu. Er wirkte irgendwie nervös. Halbglatze, schlecht sitzendes Jackett, soweit es Ronny auf die Entfernung beurteilen konnte. Dann winkte er wieder und rief in einem merkwürdigen Singsang: »God dag, god dag, Fru Bornemann! Da sind Sie wieder!«

Unwillkürlich hob Ronny die Hand und winkte zurück. Wer war das? Dann war der Mann auf einmal aus dem Fenster verschwunden.

»Steigen Sie ein!«, kläffte Ellen Bornemann vom Beifahrersitz. »Sofort!«

Er beugte sich ins Wageninnere. »Wieso denn das? Wer war das?«

»Herr Lembke, das ist jetzt kein Spaß mehr!«

Ronny konnte sich ein Grinsen nicht verkneifen. Seine Beifahrerin derart hektisch zu sehen, hob irgendwie die Laune. Und auch wenn sie sich mal wieder im Ton vergriffen hatte: Sie redete wieder mit ihm. Hurra!

»Fahren Sie los!«, rief sie nun und klang fast eine Spur verzweifelt.

»Sehr gern.« Er war die Ruhe selbst. So leicht würde er seinen einzigen Trumpf nämlich nicht ausspielen. »Unter einer Bedingung.«

Im nächsten Moment krachte die Tür des Hauses auf, aus dem der Mann ihnen gerade noch zugewinkt hatte. Über dem Eingang stand *Rådhus* – klang eindeutig nach Rathaus.

In Begleitung einer spargeldünnen Frau und zwei weiteren Gestalten trabte der dicke Glatzkopf über den Marktplatz auf sie zu. »Fru Bornemann! Ellen!«, jubelte er. Das Trüppchen war vielleicht noch hundert Meter von ihnen entfernt.

»Herr Lembke, bitte!«, flehte Ellen Bornemann jetzt und beugte sich über den Fahrersitz zu ihm hinüber.

»Wir fahren ja gleich, aber erst sagen Sie mir, wer diese Leute sind.«

»Das ist der Bürgermeister von Hjemmeluft, bei dem Hans und ich eingeladen waren, am Sankt-Hans-Tag, erinnern Sie sich?«

»Fru Booooornemann!«, krakeelte der Rundliche wieder, und jetzt konnte Ronny erkennen, dass sein Hemd mindestens zwei Größen zu klein oder der Bauch eine Nummer zu groß war.

»Steigen. Sie. Jetzt. Bitte. Ein«, bat Ellen Bornemann mit geschlossenen Augen und zitternder Stimme.

»Wie schon gesagt, unter einer Bedingung.«

»Die da wäre?«

»Ich darf heute Nacht im Wohnwagen schlafen.«

Ellen Bornemann riss fassungslos die Augen auf. »Nein!«

»Tja, dann ...« Er stellte sich gerade hin, hob die Hand und winkte dem Hjemmelufter Begrüßungskommando entgegen, das inzwischen auf knapp fünfzig Meter herangekommen war.

»Ja, ja, JA! Sie können im Wohnwagen schlafen!«, versprach Ellen Bornemann hastig.

»Und ich darf Sie Ellen nennen. Und duzen.«

»Aber das sind ja drei Bedingungen! Und eine schlimmer als die andere!«

Ronny wandte sich um und breitete die Arme aus. »Herr Bürgermeister!«, rief er dem Trupp entgegen.

Ellen Bornemann zögerte eine Sekunde, dann stammelte sie: »Ja doch, nennen Sie mich, wie Sie wollen – aber steigen Sie endlich ein!«

Das genügte Ronny. In Windeseile ließ er sich auf den Fahrersitz gleiten, drehte den Schlüssel im Schloss, und noch während er die Tür zuzog, drückte er das Gaspedal durch, so dass der Volvo einen Satz nach vorn machte. Der Hjemmelufter Bürgermeister und seine Eskorte, die nur mehr zwanzig Meter von ihnen entfernt waren, blieben verdutzt stehen. Die dürre Frau lief in den Bürgermeister hinein. Mit offenen Mündern verfolgten die vier Gestalten, wie sich das Gespann mit quietschenden Reifen in eine Linkskurve legte und dann in einem Affenzahn über den zum Glück nur spärlich beparkten Marktplatz davonfuhr.

KAPITEL 17

Eine halbe Stunde später hatte Ellen sich halbwegs von ihrem Schreck erholt. Das hätte ihr jetzt gerade noch gefehlt – dem Bürgermeister von Hjemmeluft Auskunft über Hans geben zu müssen! Es fiel ihr ja schon schwer, an Hans zu *denken*, ohne die Beherrschung zu verlieren. Über ihn zu sprechen, vor allem mit Wildfremden, war nicht eben angenehmer.

»Also ...«, unterbrach Ronny ihre düsteren Gedanken – und schon wieder konnte er sich ein Grinsen nicht verkneifen, als er fortfuhr: »Ellen.«

Sie musterte ihn scharf. »Sie sind ein Erpresser!«

Er zuckte mit den Schultern. »Das kann man halten, wie man will. Bist du jetzt wieder geistig anwesend und ansprechbar?«

»Können wir nicht einfach weiter schweigen?«, erwiderte sie entnervt.

»Och nö«, meinte Ronny Lembke. »Das hatten wir die letzte Stunde schon. Und ich mag die Stille nicht besonders.«

»Na dann, bitte. Sprechen Sie sich aus.«

Er sah sie irritiert an. »Wollen nicht lieber Sie ... ich meine, *du* ...«

Ellen atmete tief aus. »Ich würde gern mehr über *Sie* erfahren, Herr Lembke.«

»Ronny. Wir hatten uns doch auf das Du geeinigt.«

Ellen schüttelte den Kopf. »Nein, Sie haben mich dazu gezwungen, mich von Ihnen duzen zu lassen, *Herr Lembke*.«

»Ronny.«

Sie sah ihn an und seufzte tief. »Also schön. Kommst du eigentlich aus dem Osten?«

»Nein, wieso?«

»Ronny. Wer heißt denn so?«

»Ich heiße eigentlich Ronald. Keine Ahnung, was meine Eltern dabei geritten hat.« Er schwieg kurz, dann sagte er: »Ich glaub dir nicht, dass du mehr über mich erfahren willst. Ich glaube eher, dass du von dir selbst ablenken möchtest.«

Sie schwieg.

»Aha, ich liege also richtig.«

»O nein, das war die ganze Zeit *deine* Taktik«, fauchte Ellen. »Du fragst mir Löcher in den Bauch, damit du nicht über dich selbst sprechen musst. Glaub ja nicht, dass ich das nicht bemerkt habe.«

Ronny Lembke ging nicht weiter darauf ein, sondern fragte mit einem Schmunzeln im Mundwinkel: »Wie hast du deinen Hans eigentlich kennengelernt?«

Puh. Das war jetzt wirklich das allerletzte Thema, mit dem Ellen sich beschäftigen wollte. Hjemmeluft und den herantrabenden Bürgermeister hatte sie zwar einigermaßen abgeschüttelt, aber richtig wohl war ihr bei dem Gedanken immer noch nicht.

»Ein Vorschlag zur Güte«, meinte sie. »Erst darf ich eine Frage stellen, die du beantwortest. Dann darfst du fragen.«

Ronny dachte kurz darüber nach. »Wieso nicht umgekehrt?«

»Also willst du jetzt reden oder nicht?«, brauste Ellen auf.

»Ja, ja, ist ja gut«, lenkte er ein. »Dann frag.«

Wo sollte sie anfangen? Dieser Ronny Lembke war ein Buch mit sieben Siegeln. Ein merkwürdiger Kerl, ungreifbar, beinahe wie ein Fisch. Immer wenn sie dachte, sie könnte ihn greifen, flitschte er ihr durch die Finger.

»Du bist also nicht aus dem Osten«, hob sie an, und er nickte bestätigend. »Wo bist du dann aufgewachsen?«

»Im Umland von Hannover. Hildesheim, die Ecke.«

»Hast du Geschwister?«

»Nein.«

»Also bist du Einzelkind.«

Er nickte wieder.

Herrje, dem musste man ja jeden Spaghetto einzeln aus der Nase ziehen! Ellen sah ihn auffordernd an. »Und?«

»Was, und?«

»Na, hast du denn nicht sonst noch etwas zu erzählen? Wir sind hier doch nicht in einem Kreuzverhör.«

Ronny seufzte tief und blickte einen Moment lang aus dem Fenster. Dann riss er sich zusammen und sagte: »Als ich kleiner war, fand ich es immer klasse, keine Geschwister zu haben. Mein Vater und meine Mutter waren nur für mich da, und ich hatte vier Großeltern, die mich mit Aufmerksamkeit, Geschenken und Liebe überschüttet haben.«

Ellen wartete auf ein Aber. Nach einer solchen Einleitung kam eigentlich immer eins.

»In der Pubertät wurde mir das dann alles zu viel. Die haben alles auf mich projiziert – den Familiennamen sollte ich weiterführen, einen sinnvollen Beruf ergreifen, mich um meine Großeltern und Eltern kümmern, alles richtig machen ... Da stand ich echt unter Dauerbeobachtung.«

Ellen schwieg. Ob es Marion ähnlich gegangen war? Und ob sie deswegen heute in Hamburg lebte und den Kontakt zu ihren Eltern nur zweimal im Jahr aktiv suchte?

»Ich bin zweimal sitzengeblieben in dieser Zeit. Die Zehnte und die Zwölfte musste ich wiederholen.«

Ronny sah stumpf geradeaus. Mittlerweile sprach er gar nicht mehr mit Ellen, sondern eindeutig nur noch mit sich selbst. Oder mit einem imaginären Therapeuten.

»Vielleicht war das ja eine Art Revolte. Wenn alle an einem ziehen, wirft man irgendwann das Handtuch.«

Er griff nach seinem Handy, das wieder in der Mittelkonsole lag, und warf einen Blick darauf. Offenbar stimmte ihn der Anblick nicht gerade glücklich, denn nur eine Sekunde später legte er es wieder zurück und griff bedächtig ums Lenkrad. Dann versuchte er, den linken Arm gemütlich auf der Türverkleidung abzulegen – vergebens.

»Ich hab mir echt die allergrößte Mühe gegeben, all diese Erwartungen, die an mich herangetragen wurden, bloß nicht zu erfüllen. In der Schule war ich nur noch körperlich anwesend. Ich hab blaugemacht, rumgehangen, gekifft ... Und trotzdem hab ich irgendwie das Abi gepackt, ohne einen Strich dafür zu tun. Mit einem Schnitt von 3,7.« Er lächelte freudlos. »Damit hatte ich es dann geschafft. Endlich waren meine Eltern mal so richtig enttäuscht. Und weil ich im Enttäuschen gerade einen Lauf hatte, hab ich es gleich noch ein bisschen weiter praktiziert. Im Prinzip bis heute.«

Als Ronny in düsteres Schweigen verfiel, beschloss Ellen, dass er ihr vorerst genug erzählt hatte. Mit einem Seelenstriptease dieser Art hatte sie nicht wirklich gerechnet. Bislang war Ronny Lembke ja eher der schweigsame Typ gewesen, besonders wenn es um ihn selbst gegangen war. Dass er jetzt so auspackte ... Aber das konnte doch nicht nur damit zusammenhängen, dass er sie jetzt duzte. Oder doch?

»Du bist dran«, meinte Ronny knapp und sah zu ihr hinüber. »Wie hast du Hans kennengelernt?«

Sie seufzte. »Also gut. Ich hab ja schon erwähnt, dass ich als Reiseleiterin gearbeitet habe.«

Das war Ende der Siebziger gewesen, als sie nach der Ausbildung in den Süden Europas verschickt worden war. Die große Zeit des *dolce vita* war zwar schon vorbei gewesen, aber die Deutschen hatten sich immer noch danach verzehrt, eine Messerspitze spanischen Flairs, eine Prise französischer Gelassenheit und eben ein Stück vom Kuchen italienischer Eleganz in ihr Leben zu lassen, das sie dann zumeist in hässlichen grauen Bettenburgen an der Costa

Brava oder der Küste von Amalfi suchten. Manchmal verliefen sie sich aber auch in die weißen Dörfer Andalusiens, in die Lavendelfelder der Provence oder die sanft geschwungenen Hügel der Toskana, und immer dann war Ellen zur Stelle und marschierte mit einem hochgereckten Regenschirm in der Hand vor ihren weißwadigen Landsleuten her, um ihnen erklärbar zu machen, was man genau genommen nicht erklären konnte. *Savoir-vivre. Dolce far niente. Olé.* Geradezu unübersetzbar für die staunenden Busreisenden.

Während zweier Sommer in Pastell lernte Ellen eine Menge über den Menschen als solches. Und neben all den wichtigen Erkenntnissen – warum manche Leute im Bus lieber hinten, andere lieber vorne saßen, weshalb einem französische Männer immer, spanische nie auf den Hintern guckten und aus welchem Grund es schlauer war, erst den Grappa und dann erst die »frischen« Austern zu essen – bescherte ihr der Job auch einen Ehemann.

»Bei meiner letzten Fahrt vor der Winterpause ist Hans einfach neben mir auf den Sitz geplumpst«, erzählte sie.

»Hat er dich ... angebaggert?«

»Nein, nein!« Ellen lachte. »So einer ist Hans nicht. Er ist kein Aufreißer. Eher der Charmeur. Und sehr, sehr höflich.«

Ronnys Kopf ruckte nach rechts. Überrascht sah er sie von der Seite an. »Das ist das Netteste, was du seit unserer Abfahrt über deinen Mann gesagt hast.«

Sie runzelte die Stirn. »Ist das so?«

Er nickte.

»Ach. Tja. Na dann.«

Sie sah es immer noch vor sich. Wie er neben ihr auf dem Doppelsitz im Bus Platz nahm. Er kam ihr irre aufregend vor. Keine Frage, ein echter Sympathieträger – damals wie heute. So nahbar und verbindlich. Es hatte Ellen nie gewundert, dass er in die Politik gegangen war.

Und er war auch nicht mehr von ihrer Seite gewichen, bis die einwöchige Tour durch Südspanien vorbei gewesen war. Selbst im Flugzeug nach Hamburg hatte er sich neben sie gesetzt, und weil sie sich in jener Woche so gut aneinander gewöhnt hatten, war es Ellen auch nicht merkwürdig vorgekommen, dass Hans sie nach ihrer Ankunft in Deutschland gefragt hatte: »Möchtest du mit mir weiterreisen?«

»Wohin denn?«, hatte Ellen wissen wollen und an Copacabana, Panamakanal und Popocatépetl gedacht.

»Nach Ostereistedt. Dort wohn ich im Mansardenzimmer bei meinen Eltern. Aber in meinem Leben und meinem Herzen ist noch ein Plätzchen frei für dich.«

Vermutlich hatte er das gar nicht *exakt so* gesagt. Nur leider wusste Ellen mittlerweile nicht mehr, wie der genaue Wortlaut gewesen war. Trotzdem erzählte Hans Bornemann seit fünfunddreißig Jahren ihre Geschichte auf diese Art. So war das wohl mit Wahrnehmung und Wirklichkeit – die Wahrheit lag vermutlich irgendwo dazwischen.

Was Ellen allerdings mit Sicherheit wusste: Von dem Beifahrersitz aus, auf den Hans sie damals im Spätherbst 1979 eingeladen hatte, war sie nie wieder heruntergekommen. Nur drei Monate später war sie schwanger geworden. Im darauffolgenden Sommer hatten sie geheiratet, und dann waren Andalusien, Südfrankreich und der italienische Stiefel für eine ganze Weile in Vergessenheit geraten.

Warum eigentlich? Und warum, zum Teufel, waren sie, sobald Italien wieder Thema war, ausgerechnet in Felicitano gelandet – und das dann gleich für zwanzig Jahre? Sie war doch ein ganz anderer Typ als Hans, der sich mit festen Routinen am pudelwohlsten fühlte. Sie hatte das Neue, das Unbekannte immer geliebt. Genau deswegen war sie nach der Ausbildung zur Reiseverkehrskauffrau ursprünglich Reiseleiterin geworden. Woche für Woche eine neue Stadt, eine neue Gruppe, neue Menschen, neue Begegnungen. Zumindest in der Theorie und laut Stellenbeschreibung hatte das ganz hervorragend geklungen. Dass auch hier nicht alles Gold gewesen war, was glänzte, hatte Ellen natürlich schon im ersten Sommer begriffen, als ihr die venezianischen Gondolieri beim zweiten Besuch in der stinkenden Stadt die immer gleichen platten Sprüche hinterherriefen und sie die immer gleichen dunklen Prophezeiungen der Bettlerinnen hörte, die vor der Alhambra in Granada den Touristen auflauerten.

»Warum willst du ihn dann loswerden, wenn er doch eigentlich ein netter Kerl ist?«

Ellen wusste im ersten Moment nicht, ob sie die Frage an sich selbst gestellt hatte, in Gedanken, oder ob Ronny es gewesen war.

Sie sah nach links. Er guckte sie an.

Als sie noch jünger war, hatte sie immer die Blicke der anderen Frauen verfolgt, die Hans so aufmerksam gemustert hatten. Genau genommen sah er selbst heute noch gut aus – trotz Pausbäckchen, flusigem Haar und Bäuchlein. Vor ein paar Wochen erst hatte Irene Müller ihr beim Aufstellen des Maibaums zugeraunt: »Ich hoffe, du weißt, was für ein Glück du hast! Hans ist ein richtiger Prachtkerl!«

Das hatte Ellen aus zwei Gründen nicht gefallen. Erstens war Irene Müller die allerletzte Person, von der sie ein Kompliment annehmen wollte. Zweitens wollte sie keine Komplimente annehmen, die etwas mit Hans zu tun hatten. Ein Prachtkerl? Ja, bestimmt. Wo Hans war, eroberte er Herzen.

Doch genau wie mit der warmen Sommersonne konnte es ziemlich ungemütlich und kalt werden, sobald Wolken aufzogen oder Hans seine Aufmerksamkeit jemand oder etwas anderem zuwandte. Ellen hatte das erst spät gemerkt, so verliebt war sie anfangs in diesen kontaktfreudigen, lustigen Mann gewesen. Seine Zuneigung hatte sie leuchten lassen, und für ein paar Jahre war sich Ellen ganz sicher gewesen, die glücklichste Frau der Welt zu sein. Deswegen hatte es sie auch nicht gestört, als er sie bat, zumindest zu Beginn daheim bei Marion zu bleiben, bis die aus dem Gröbsten raus wäre. Und dann ... hatte sich die Sache irgendwann einfach verselbständigt.

Hans hatte in der Zevener Stadtverwaltung Karriere gemacht, und Ellen hatte nach ein paar Jahren einen Nebenjob im Reisebüro *Bellavista* angenommen. Obwohl sie doch so viel mehr konnte, als sich den Hintern platt zu sitzen und irgendwelchen in Rentnerbeige gekleideten Senioren Kururlaube auf der polnischen Seite Usedoms aufzuschwatzen.

Als *Bellavista Reisen* irgendwann von einem größeren Reiseunternehmen geschluckt und Ellens mickrige Stelle ersatzlos gestrichen wurde, hatte sie sich eigentlich etwas Neues suchen wollen. Dann aber hatte Hans beschlossen, für das Amt des Bürgermeisters von Ostereistedt zu kandidieren, und irgendwer hatte schließlich all die Osterlämmer backen und die falschen Hasen zubereiten müssen, die er fortan auf Wählerfang in die Wohnungen von Ostereistedt schleppte.

Ein Handyklingeln holte sie zurück in die Gegenwart. Ronny griff nach seinem Mobiltelefon in der Mittelkonsole, sagte dann aber verwundert: »Muss deins sein.«

Überrascht stellte sie fest, dass es tatsächlich ihr Telefon war, das klingelte. Sie wühlte in ihrer Handtasche und zog es heraus, warf einen Blick auf das Display, wobei sie das Ding ein Stück von sich weghalten musste, um die winzigen Buchstaben entziffern zu können. Was stand da? *Marion?*

»Meine Tochter«, erklärte sie überflüssigerweise.

»Willst du nicht rangehen?«, fragte Ronny.

In Ellens Hand bimmelte das Telefon weiter. Nein, sie hatte ehrlich gesagt keine Lust ranzugehen. Was, wenn sie wieder in Streit gerieten? Oder Marion das Telefon an Hans weiterreichte? Sicher waren sie und die Kinder bei ihm im Krankenhaus. Bei dem Gedanken wurde Ellen ganz anders, und sie entschied sich dafür, dass Angriff die beste Verteidigung war.

Sie drückte auf das grüne Hörersymbol. »Ja?«

»Hallo, Mama«, sagte Marion. Und dann, nach einer Sekunde Pause: »Na, wie geht's?«

»Gut, danke.«

»Bist du schon unterwegs?«

»Schon? Du bist gut. Ich warte seit Montag darauf, von diesem blöden Nordkap wegzukommen. Wärst du gleich am Montag gekommen ...«

»Lass uns nicht wieder streiten, Mama.«

»Nein.« Ellen seufzte. »Wie geht's den Kindern?«

»Gut«, antwortete Marion nach kurzem Zögern. »Und deinen Rosen auch, falls du das wissen wolltest. Ich hab gerade diesen Tom Dingsda angerufen, diesen Engländer. Er kümmert sich um alles, du musst dir keine Sorgen machen.«

»Und woher hast du Toms Nummer?«

Bei der Erwähnung seines Namens spürte sie Ronnys Blick auf sich.

»Von Papa.«

»Ah.«

»Wie geht's Odysseus?«

»Ganz gut«, antwortete Ellen schnell. Dabei hatte sie die Schildkröte komplett vergessen! So was kam also dabei heraus, wenn man nur noch an sich selbst dachte ...

Wieder entstand eine Gesprächspause. Ellen erwiderte Ronnys Blick und lächelte.

Dann sagte Marion plötzlich: »Willst du gar nicht wissen, wie es Papa geht?«

»Ach so. Doch. Klar«, sagte Ellen schnell. »Wie geht es ihm denn?«

»Er hat die OP gut überstanden. In ein paar Tagen wird er entlassen. Wie lang braucht ihr denn noch bis hier runter? Ist dein Fahrer nett?«

»Ja. Ein bisschen merkwürdig, aber nett.« Ellen nahm das Telefon vom Ohr und fragte Ronny, der offenbar nicht mitgekriegt hatte, dass sie gerade über ihn gesprochen hatte: »Was meinst du, wie lange brauchen wir noch?«

»Vielleicht vier Tage?«

»Hast du gehört?«, wandte Ellen sich wieder an Marion. »Vier Tage.«

Mit ein bisschen Glück würden sie in Ostereistedt ankommen, noch ehe Hans entlassen würde. Dann könnte sie in aller Eile ihre Sachen packen und dann ab durch die Mitte.

»Vielleicht setzt ihr euch dann mal zusammen«, meinte Marion.

Ellen verzog das Gesicht, was ihre Tochter aber natürlich nicht sehen konnte.

»Er würde wirklich gern noch einmal mit dir reden, Mama.«

»Mhm.«

»Überleg es dir.«

Ellen sagte nichts.

»Das kann doch irgendwie nicht alles gewesen sein, oder?«

Sie seufzte, was Marion aber völlig fehlinterpretierte.

»Mama! Er ist dein Mann!«

»Marion ...«

»Ich versteh dich einfach nicht«, legte Marion nach. »Du kannst ihn doch nicht einfach so verlassen.«

»Warum denn nicht?«, meinte Ellen ganz ruhig.

»Weil ihr seit mehr als dreißig Jahren verheiratet seid!«

»Ist das in deinen Augen ein Grund, warum man zwingend beieinanderbleiben sollte?«

»Er hat dir doch gar nichts getan ...«

Doch da war Ellen ehrlich gesagt anderer Meinung.

»Und überhaupt, wo willst du denn hin? Das Haus hat schließlich er bezahlt.«

Ellen seufzte. Dieses Gespräch hätte ganz anders verlaufen müssen. Ursprünglich hatte sie die Unterhaltung mit Marion während der gemeinsamen Rückfahrt führen wollen, nicht am Telefon, mit Ronny neben ihr auf dem Fahrersitz.

»Nach Hamburg.«

Prompt schüttelte Ronny den Kopf. Und offenbar fand auch Marion die Idee nicht prickelnd.

»Nach Hamburg? Zu *mir*? Also echt, Mama! Das kannst du so was von vergessen!«

Ellen schlug verletzt den Blick nieder. Wie konnte Marion nur so was sagen? Warum unterstützte sie ihre eigene Mutter nicht? Sie wollte ja noch nicht mal wissen, was Ellen zu diesem Schritt bewogen hatte.

»Meld dich wieder bei mir, wenn du normal geworden bist«, giftete Marion im nächsten Moment. »Vielleicht fragst du dann auch mal von dir aus, wie es Papa geht. Tschüss.«

Dann hatte sie aufgelegt. Ellen ließ das Handy sinken und starrte aufs Display.

»Das lief wohl nicht so gut«, mutmaßte Ronny.

Ellen drehte sich zum Fenster. Das Handy hatte sie zurück in die Tasche fallen lassen und dann ganz nach unten gestopft, damit sie es so bald nicht wieder hören musste. Dann holte sie tief Luft, bevor sie sich zu Ronny umwandte.

»Du willst wissen, wie es mit Hans so weit kommen konnte? Gut. Nach ein paar Jahren Ehe hab ich irgendwie gemerkt, dass er sich nicht mehr richtig für mich interessierte. Oder – schlimmer noch – dass ihm gewisse Dinge an mir plötzlich nicht mehr passten. Zum Beispiel meine Kleidung.«

Ronny sah sie nachdenklich an, und auch Ellen blickte an sich hinunter. Jeans, T-Shirt, Fleece-Jacke. Nicht unbedingt eine modische Sensation.

»Was kann einem daran nicht passen?«, fragte er trotzdem.

»Nein, nein – das Vorher passte ihm nicht«, erklärte Ellen. »Früher sah ich noch ein bisschen anders aus.«

»Ach ja? Wie denn?«

»Bunter. Unkonventioneller.«

Ihr fielen die alten Urlaubsfotos aus den ersten Jahren ihrer Ehe wieder ein. Ellen hatte Wallekleider in kreischbunten Farben getragen, sich lange Ketten um den Hals geschlungen, die sie auf den Märkten entlang des Mittelmeers gekauft hatte, Muscheln an den Stränden Spaniens gesammelt und ihre Korbtasche damit beklebt, und Hans, der in seinem Karohemd und der leicht unvorteilhaft geschnittenen Jeans so spießig wie nur was ausgesehen hatte, hatte sie genau für diesen Wagemut geliebt – zumindest hatte er das damals noch behauptet.

Erst als er anfing, Karriere zu machen, schien ihm allmählich nicht mehr zu behagen, wie Ellen sich kleidete. Immer häufiger lud er sie ein, sich im Modekaufhaus Warenbeek in Zeven »mal was richtig Hübsches« auszusuchen, und irgendwann tat Ellen ihm den Gefallen und legte sich ihr erstes Twinset zu. Das war der Anfang vom Ende. Denn auf mysteriöse Weise verschwanden mit der Zeit all die wallenden und bunten und unkonventionellen Kleider aus ihrem Schrank. War sie das selbst gewesen? Oder hatte ihr Mann nachgeholfen? Bis heute wusste sie nicht, ob Hans ihren Kleiderschrank absichtlich umgekrempelt hatte oder ob es ein ganz normaler Vorgang gewesen war, dass man sich irgendwann praktischere, erwachsenere Kleidung zulegte, wenn man Mutter einer dreijährigen Tochter war.

»Ich war anders früher«, murmelte sie. »Mutiger. Hans hat mich verändert.«

»Und du ihn nicht?«

»Wie meinst du das?« Ellen fühlte sich ein bisschen ertappt. Natürlich hatte sie versucht, Hans zu verändern. Welche Ehefrau tat das nicht? Und das hatte doch auch bitte gute Gründe gehabt.

»Hast du ihm denn mal gesagt, dass du unzufrieden bist?«, hakte Ronny nach.

»Also hör mal! Du brauchst mir jetzt echt nicht so psychomäßig zu kommen. Wie viele Beziehungen hast du denn schon gehabt? Was weißt du überhaupt über Beziehungen?«

»Ich, äh ... Aber das ist doch jetzt gar nicht das Thema.« Er schien sich kurz sortieren zu müssen. »Es klingt jedenfalls nicht so, als würdest du es dir noch mal überlegen wollen.«

Sie schüttelte den Kopf. »Unter keinen Umständen. Alles hat sich immer nur um ihn gedreht, mein Leben lang. Und jetzt bin ich mal an der Reihe. Ich hab mich immer hinten angestellt. Aber damit ist jetzt Schluss.«

»Selbst wenn er sich ändert?«

Ellen lachte. Eine absurde Vorstellung, nachdem sie jahrelang umsonst auf eine noch so geringfügige Veränderung gehofft hatte. Jemand wie Hans, der änderte sich nicht mehr. Wieso auch? Er kam mit seiner charmanten Art ja wunderbar durch. Vielleicht, dachte Ellen in diesem Moment, ist es ja genau das, was mich so rasend an ihm macht: dass er nichts dafür tun muss, um geliebt zu werden, während ich mich dafür auf den Kopf stellen und mit den Ohren wackeln muss.

»Aber vielleicht tut es ihm so leid, dass er es wenigstens versuchen will«, gab Ronny zu bedenken. »Magst du deinem Hans nicht doch noch einmal eine Chance geben?«

»Wieso eigentlich immer ›dein‹ Hans?«, wollte Ellen wissen. »Er gehört mir nicht, und ich will ihn auch gar nicht mehr haben.«

»Aber du hast ihn geheiratet.«

»Deswegen ist er doch nicht mein Eigentum!«, erwiderte sie.

»Und ich nicht seins. Die Welt kann ihn gern wiederhaben. Ich bin fertig mit ihm.«

»Du recycelst ihn also?«

Sie nickte entschlossen. »Ich gebe ihn an den Kreislauf des Lebens zurück. Jetzt darf ihn eine andere haben.«

In diesem Moment fiel Ellen ein, dass es nur eine gab, die ihn vielleicht lieber nicht haben sollte – nämlich Irene Müller. Aber das einem Typen wie Ronny Lembke zu erklären, ließ sie dann doch lieber bleiben.

KAPITEL 18

»Wieso hört sich hier auf einmal alles finnisch an? Sind wir hier wirklich richtig?«

Ronny sah zur Seite. Ellen beugte sich über die Karte und fuhr mit dem Finger die Straße entlang. Sie hatte recht. Obwohl sie seit fast dreihundert Kilometern durch Schweden fuhren, sah hier immer noch alles nach Finnland aus und hörte sich auch so an. Oder umgekehrt.

Er gähnte und dachte an die vergangene Nacht im Wohnwagen zurück. Ellen hatte ihm die vordere Sitzecke zum Bett umgebaut, sie selbst hatte im hinteren Teil geschlafen, den man durch zwei dünne Holztüren zu einem Alkoven abtrennen konnte. Leider waren die hölzernen Wände nicht ansatzweise dick genug gewesen, um das infernalische Schnarchen abzufangen, mit dem sie Ronny die halbe Nacht terrorisiert hatte. Aus ein paar angefeuchteten Taschentüchern hatte er sich improvisierte Ohropax gebastelt und an seine kleine Einzimmerwohnung im Portugiesenviertel gedacht. Da war es auch nie leise, weil irgendjemand alle naselang etwas zu feiern hatte, vorzugsweise vor Ronnys Wohnungstür.

Was Salome wohl gerade trieb? Sicher war sie gestern Abend um die Häuser gezogen. Eine Frau wie sie verbrachte den Mittwochabend garantiert nicht auf dem Sofa und war mit den Gedanken bei Ronny. Und Maja? Keine der beiden hatte sich gemeldet. Seit Tagen nicht. War er ihnen wirklich so egal? Aber wenn Ronny ehrlich war, war es lediglich sein gekränktes Ego, das sich gerade beschwerte. Denn keine der beiden hatte Funkenregen und Konfettigewitter in ihm ausgelöst. So was gab es sowieso nur bei *Schlag den Raab* und nicht im echten Leben.

Immerhin hatten Ellen und er mittlerweile eine gute Strecke

hinter sich gebracht, und das ganz ohne Diskussionen, Streit oder Theater. Am späten Nachmittag des Vortags hatten sie die norwegisch-finnische Grenze überquert. Ein weißblonder Mann in blauer Uniform hatte im Halbschlaf neben dem geöffneten Schlagbaum gestanden und mit mondsüchtiger Geste Autos durchgewinkt. Wenig später hatten sie dann Schweden erreicht. Nach weiteren hundert Kilometern auf der Höhe von Vittangi hatte Ellen vorgeschlagen, einen Campingplatz anzusteuern.

»Weißt du, Wildcampen hat schon viel für sich. Aber ab und an Haare waschen ist auch nicht zu verachten. Man muss nur die Spießer ausblenden.«

Ronny, der zu diesem Zeitpunkt schon darüber nachgedacht hatte, sich im Straßenstaub zu wälzen, weil er irgendwo einmal gelesen hatte, dass irgendein afrikanisches Volk sich auf diese Weise wusch, hätte sie beinahe geküsst. Aber nur beinahe.

Der Campingplatz war trotz der prominenten Jahreszeit nur spärlich besucht. Sie fanden einen ruhigen Stellplatz in einem Birkenhain und stellten den Wohnwagen ab. Gemeinsam schlossen sie den Strom an und füllten die Wasserkanister auf, die bei den Gasflaschen in einem Verschlag direkt hinter der Deichsel lagerten.

Dann klappte Ellen den Tisch zusammen, so dass er über den beiden Sitzbänken zu liegen kam, und breitete die Polster darauf aus, spendierte Ronny eine richtige Zudecke sowie Hans' Kissen und machte dann zwei Dosen Ravioli auf, die sie auf kleiner Flamme in der Campingküche erhitzte. Gierig schaufelten sie ihre Mahlzeit in sich rein und fielen anschließend todmüde in ihre Betten.

Und dann, tja, dann erfuhr Ronny live, welche abartigen Geräusche eine gekrümmte Nasenscheidewand erzeugen konnte.

Am nächsten Morgen wurden sie beide früh wach, und Ronny sah endlich wieder eine Dusche von innen. Die Dusche war zwar so dreckig, dass es ihn schüttelte (in diesen elenden Breiten wurde es im Sommer leider nie so dunkel, dass bestimmte Dinge der gnädigen Dämmerung anheimfielen). Ronny gab sich einen Ruck und betrachtete den vollständig gekachelten Raum mit den drei verrosteten Duschbrausen, die mit traurig hängenden Köpfen aus den Wänden ragten, einfach im wohlwollendsten Licht – wenn auch nur auf Zehenspitzen.

Inzwischen waren sie schon wieder einen halben Tag unterwegs, und Ronny hätte sich gerne die Beine vertreten. Er überschlug die Strecke kurz im Kopf. Ein gutes Drittel ihrer Tagesroute hatten sie hinter sich gebracht. Eigentlich sprach nichts dagegen, einen kleinen Kaffee- und Pipistopp einzulegen.

Er räusperte sich. »Ellen?«

Sie sah von ihrer dritten Postkarte auf, die sie noch immer nicht geschrieben hatte. »Hm?«

»Wollen wir vielleicht zwischendurch einen Kaffee trinken gehen? Ich kann so langsam nicht mehr sitzen. Mein Rücken bringt mich noch um.«

Sie streckte sich wie eine Katze, die gerade aus dem Mittagsschlaf erwacht war. Dann nickte sie und stopfte die Karte weg.

Eine Viertelstunde später saßen die beiden einander im beschaulichen Örtchen Jokkmokk im Café *Eppelmuorat* gegenüber, in das sich allem Anschein nach kein ausländischer Tourist je verirrte. Die Speisekarte, die ihnen ein vorbeieilender Kellner in die Hand gedrückt hatte, schien ausschließlich finnische Vokabeln zu enthalten, was angeblich die zweitschwierigste Sprache der Welt war. Anscheinend war die schwierigste von allen Ungarisch, aber vermutlich war es kein Zufall, dass beide Sprachen miteinander verwandt waren. Elende Familienbande. Jedenfalls hatte Finnisch keinerlei Ähnlichkeit mit allem, was Ronny je gesehen hatte. Verwundert und mit wachsender Verzweiflung starrte er auf die augenscheinlich komplett willkürlich aneinandergereihten Konsonanten und Vokale, darunter überproportional viele Ös und Äs.

Waren sie nicht raus aus Finnland? Wieso dann eine finnische Speisekarte? Verfluchter hoher Norden!

Ronny zog sein Handy heraus und googelte »Jokkmokk«. Na also! Sie befanden sich in Schweden. Genau genommen allerdings in Lappland, wo die Samen lebten. Und die samischen Sprachen gehörten zur Familie der uralischen Sprachen, genau wie das vermaledeite Finnisch – und das Ungarische.

Er ließ seinen Blick durch den kleinen Laden schweifen. Das *Eppelmuorat* sah in etwa so aus, wie Ronny sich ein alteingesessenes, aber in die Jahre gekommenes Kaffeehaus in einem verschnarchten Kurort im Harz vorstellte: vergilbte Wände, an denen hässliche Ölschinken hingen, davor Sitzgruppen mit denkwürdig gemusterten Polstern und durchsichtige Wachstuchtischdecken über polierten Tischen. In der Mitte ein gehäkeltes Deckchen, darauf eine kleine Vase mit einer ewig blühenden, verblichenen Plastikrose.

Er klappte die Karte wieder zu. Diese Hieroglyphen würde er doch ohnehin niemals entziffern. Dann sah er Ellen an. »Und?«, fragte er munter. »Wie steht es um dein Finnisch?«

Auch sie hatte mit zusammengekniffenen Augen die Karte gemustert. Vielleicht hatte sie aber auch nur ihre Lesebrille im Auto vergessen.

Ronny hob die Hand und winkte den Kellner heran. Dann räusperte er sich und fragte in bestem Oxford-Englisch: »Could I have the menu card in English, please?«

Der überraschend dunkelhaarige Mann mit der fahlen Haut starrte ihn an, als hätte er Kisuaheli gesprochen. Ronny lächelte unsicher in Ellens Richtung, dann wiederholte er seine Bitte.

Der Kellner verzog das Gesicht zu einem schiefen Grinsen. »En ymmärrä ... Puhutteko te suomea?«

Ellen guckte erst den Kellner, dann Ronny an. »Er versteht dich nicht.«

Er kratzte sich nachdenklich am Kopf. »Den Eindruck hab ich auch.«

»Talar ni svenska?«, fragte der Kellner, und als keine Antwort kam, wuselte er davon und kam kurz darauf mit einer anderen Speisekarte wieder.

Ronny nahm sie erleichtert entgegen, schlug sie auf und direkt wieder zu. »Die ist auf Schwedisch, glaub ich.«

Ellen nahm ihm die Karte ab und warf einen Blick hinein. »Das ist doch schon mal was.«

Er seufzte. »Und was machen wir jetzt?«

Er betrachtete die beiden fremdländischen Speisekarten auf dem Tisch. Herrje, in diesen Sprachen konnte man sich ja gar nichts ableiten. Was zur Hölle verbarg sich hinter *aamiainen?* Und wie in aller Welt sprach man das aus? Und was würde kommen, wenn er *puuro* bestellte? *Kahvi?* Oder gar *kakku?* Und auf Schwedisch war es auch nicht viel besser. *Sylt? Välling? Gröt?* Wer bitte schön wollte etwas essen, was *gröt* hieß? Er hasste es, irgendwas bestellen zu müssen, wovon er nicht wusste, was es war.

Ellen schlug die Karte wieder zu und sah den bleichen Kellner an, der immer noch erwartungsvoll neben dem Tisch stand und unverwandt lächelte. »Ha-ben Sie Kaf-fee?«, fragte sie übertrieben betont, was Ronny ein Kopfschütteln entlockte.

»Wenn er kein Englisch spricht, wird er Deutsch erst recht nicht verstehen.«

»Hast du eine bessere Idee?«, erwiderte sie schnippisch.

In der Tat, die hatte er. Ronny zog erneut sein Handy aus der Hosentasche. »Ha, das Wissen der Welt in einem Elektrogerät. Da gibt's doch sicher auch ein schwedisches Wörterbuch.«

Ellen zog die Augenbrauen hoch. »Ach.«

Er nickte. Mit leichtem Druck auf den runden Knopf am unteren Ende des Displays erweckte er das Ding zum Leben und öffnete den Browser. Dann googelte er den Begriff »Übersetzer« und gab in den linken weißen Kasten ein: *Wir hätten gerne zwei Kaffee.* Sofort spuckte der Übersetzer die schwedische Version des Satzes aus. Ronny drückte auf den kleinen Lautsprecher rechts und hielt dem Kellner das Handy hin. Eine Frauenstimme sagte: »Vi skulle vilja två kaffe.«

Der dunkelhaarige Mann nickte glücklich, dann fragte er etwas, was aber weder Ellen noch Ronny verstehen konnten. Ronny hielt dem Kellner das Handy hin, und er tippte etwas in die Suchmaske. Kurz darauf fragte die Frauenstimme: »Möchten Sie Kuchen mögen?«

Ellen, die mit wachsender Begeisterung der Simultanübersetzung beigewohnt hatte, sagte: »Ja, Kuchen möchte ich. Äh ... zwei Stück, bitte.« Sie hob zwei Finger in die Luft.

Der Kellner sagte: »Tack!«, dann schnappte er sich die Karten und lief davon, offenbar erleichtert, weil die Kuh vom Eis war.

Ellen beugte sich über Ronnys Handy, das wieder auf dem Tisch lag. »So was will ich auch haben. Ein Handy, das übersetzen kann.« Sie kramte in ihrer Handtasche und legte ihren dunkelgrauen kastigen Apparat auf den Tisch. »Kann mein Handy auch übersetzen?«

Nur mit Mühe konnte Ronny einen hysterischen Lachanfall verhindern. »Machst du Witze?«, fragte er. »Damit überlebst du übrigens in Hamburg keinen Tag.«

Ellen starrte auf das Handy hinab. »Wieso denn nicht?« Mit spitzen Fingern nahm sie es wieder zur Hand. »Man kann damit telefonieren ... aber na ja, vermutlich nicht übersetzen, nein.«

Ronny wandte sich um, weil sich der Kellner mit zwei Tassen auf einem Tablett näherte. Immerhin das mit dem Kaffee hatte funktioniert. »Ich bitte dich, von wann ist denn dieses Teil? Das ist doch ein Nachkriegsmodell.«

Der Kellner murmelte irgendwas (auf Finnisch, Schwedisch oder vielleicht Samisch – kein Wunder, dass er bei dem babylonischen Sprachwirrwarr hier oben nicht auch noch Englisch sprechen konnte) und stellte die Tassen auf den Tisch.

Ellen starrte immer noch auf ihr Handy hinab. »Gut, dann kauf ich mir ein neues. Kannst du mir eins empfehlen? Es soll auf jeden Fall übersetzen können.«

O Gott. Er stellte sich gerade vor, wie Ellen Bornemann mit einem Smartphone rumhantierte.

Der Kellner kam zurück und stellte zwei sehr appetitlich aussehende Kuchenstücke vor ihnen auf den Tisch. Als wollte es den Kuchen mit einem kräftigen Tusch quittieren, begann im selben Moment Ronnys Telefon zu klingeln. Direkt vor Ellens Nase. Und auf dem Display – *Salome*.

»Wer ist denn Salome?«, wollte Ellen wissen, und mit einem Mal schien sie der Kuchen nicht mehr annähernd zu interessieren. »Du hast doch gesagt, du hättest keine Freundin.«

»Hab ich auch nicht«, murmelte Ronny, während er nach dem Telefon griff und den Anruf entgegennahm. »Hallo, Salome«, flötete er.

»Ronny! Na, wie geht's? Wo steckst du?«

Er mochte Salomes Stimme. Sie war dunkel und rauchig, was vermutlich daher rührte, dass die Frau quarzte wie ein Schlot und an einem Abend mehr trank, als Ronny in einer ganzen Woche unterbrachte.

»Ich bin in Jokkmokk, in Nordschweden.«

Salome lachte wie eine heisere Katze. »Wie bedauerlich. Und dabei dachte ich, wir könnten uns heute Abend treffen.«

O Mann. Das konnte doch nur eines heißen. Salome wollte Sex. Hin und wieder rief sie an, manchmal mitten in der Nacht (Ronny argwöhnte, dass sie an diesen Abenden niemand Neuen kennengelernt und keine Lust hatte, allein nach Hause zu gehen), oder sie schrieb ihm zu nachtschlafender Zeit Nachrichten: *Was machst du gerade?* Dann wusste Ronny immer, worauf es hinauslief ... und ein ganz kleines bisschen fühlte er sich ausgebeutet deswegen. Denn Salome blieb nie zum Frühstück. Vermutlich frühstückte sie gar nicht – mal abgesehen von einem schwarzen Kaffee und einer filterlosen Zigarette.

Ihm wurde warm, als er an Salomes kurze schwarze Haare dachte, das Tattoo zweier nackter Burlesque-Tänzerinnen auf ihrer Schulter, die Rundung ihres Hinterns ...

Dann fing er Ellens Blick auf, die ihm alarmierend nah gekommen war, wohl um zu lauschen, worüber gesprochen wurde. Unwillkürlich senkte er die Stimme.

»Tja, tolle Idee, aber leider ... Ich werd noch ein paar Tage brauchen, bis ich zurück in Hamburg bin.«

»Ach so.« Es klang, als wäre sie in Gedanken schon wieder ganz woanders.

Verdammt, Ronny ahnte – oder, nein, er wusste –, dass er nicht der einzige Name in ihrem Telefonbuch war.

»Meld dich, wenn du wieder in Hamburg bist«, schlug Salome vor, und Ronny meinte, regelrecht zu hören, wie sie im Kopf bereits den nächsten Namen aus ihrer Kontakteliste aufrief. Ob Salome sich alphabetisch vorarbeitete? Um ihretwillen hoffte er, dass sie das nicht tat. Denn Ronny kam schon ziemlich weit hinten im ABC.

Er beendete das Gespräch und legte das Handy neben sich auf den Tisch.

Ellen sah ihn mit einem breiten Grinsen an. »Naaaa?«

Er zuckte mit den Schultern. »Nix naaaa. Das war bloß Salome. Und sie ist nicht meine Freundin.«

»Was ist sie dann?« Ellen griff nach dem Zuckerdöschen und schaufelte zwei Löffel Zucker in ihren Kaffee.

»Sie ist ... eine Bekannte.«

Ellen nickte weise mit dem Kopf. »Du gehst ins Bett mit ihr.«

Ronny stöhnte. »Ich möchte mein Liebesleben lieber nicht kommentieren.« Und vor dir auswalzen, fügte er im Geist hinzu.

»Ach, komm schon!«, rief Ellen und stopfte sich ein gewaltiges Stück Kuchen in den Mund. »Iff muff doff wiffen, wie man fo waff heupfutage mafft.«

»Wie man was macht?«

Sie schluckte den Bissen hinunter. »Na, flirten! Männer kennenlernen! Oder Frauen. Da bist du doch Profi.«

Herrje! Ronny begann zu schwitzen. Mit Ellen über Dating zu sprechen war in etwa so angenehm wie Eltern, die sich zu ihren pubertierenden Kindern setzten und sich über Geschlechtsverkehr unterhalten wollten.

»Also, da bin ich nun wirklich kein Fachmann.« Er hob bedauernd die Hände. »Nicht meine Baustelle.«

»Das ist doch Unsinn. Hast du dich wirklich noch nie verliebt?«

Er seufzte. »Ellen …«

Sie stopfte sich eine weitere Gabelvoll Kuchen in den Mund. »Alfo doch. Und wann war daff?«

Es war aussichtslos, der Frau irgendwas vorzumachen. Sie würde sowieso so lange bohren, bis er nachgäbe.

»Vor zehn Jahren etwa.«

Ellen machte riesengroße Augen. »Ach du liebes bisschen! Und was ist passiert?«

Er war damals oft im *Kanapee* gewesen, einer Studentenkneipe um die Ecke. An einem Abend im Dezember – es war ein paar Wochen vor Weihnachten gewesen – hatte er dort Annika kennengelernt, die auf Besuch bei ihrer Cousine in Hamburg gewesen war. Annika kam aus Berlin, und Ronny hatte bei ihrem Anblick all die wunderbaren Dinge empfunden, die er später nie wieder empfunden hatte. Natürlich hatte er auch vorher schon Frauen gehabt – aber keine hatte je diesen Waldbrand in ihm entzündet. Eine Nacht verbrachten er, Annika und die Cousine miteinander, die wie eine zickige Anstandsdame um sie herumscharwenzelte. Bis in die frühen Morgenstunden zogen sie von Kneipe zu Kneipe. Bei

Tagesanbruch war er bis über beide Ohren in Annika verliebt. Er traute sich sogar, sie nach ihrer Nummer zu fragen, und sie gab sie ihm. Nur um zwei Tage später damit rauszurücken, dass sie gerade erst eine Beziehung hinter sich habe und noch nicht bereit für etwas Neues sei.

Ronny wartete. Ein halbes Jahr lang meldete er sich regelmäßig bei Annika, hörte sich von Abschiedsschmerz bis Zoff mit dem Ex alles an – Liebeskummer, Sorgen und Nöte. Und dann erzählte sie ihm eines Tages, sie habe einen neuen Freund und fände es besser, wenn sie sich nicht mehr ganz so oft hörten, weil ihr Neuer ziemlich eifersüchtig sei.

So etwas würde ihm nie mehr passieren. Er hatte einen dicken, fetten Haken hinter die Liebe gemacht, und was immer er von den Beziehungen anderer Leute mitbekam (oder bei seinen Eltern hatte miterleben müssen), hatte ihn in dieser Einschätzung bestätigt. Mit Herzensangelegenheiten war er ein für alle Mal durch.

»Da ist nie wirklich was passiert ...« Dass er sich trotzdem gefühlt hatte wie bei einer existenziellen Pleite und dass ihn diese Erfahrung wohl bis heute prägte, wollte er Ellen lieber nicht sagen. »Es hat sich damals einfach nicht ergeben.«

Ellen wollte gerade etwas erwidern, als wieder ein Tusch ertönte. Wieder ein Anruf für Ronny. Und auf dem Display – *Maja*.

Ellen, die den Namen ebenfalls gelesen hatte, grinste. »Na, jetzt wird's aber interessant. Vielleicht ist das ja die Richtige.«

Ronny überlegte einen Moment. Sollte er einfach nicht rangehen? Er würde Maja ja später zurückrufen können. Wenn Ellen nicht dabei wäre. Aber wann sollte das sein? Sie hingen ja quasi Tag und Nacht miteinander ab.

Als er schon auf das Symbol mit dem roten Hörer drücken wollte, streckte Ellen wieselflink den Arm aus und schnappte sich das Handy. Schneller, als Ronny gucken konnte, hielt sie sich den Apparat ans Ohr. »Ja, hallo? Maja? Ja, der ist hier. Einen kleinen

Moment bitte.« Mit einem süffisanten Lächeln reichte sie das Handy an Ronny weiter. »Für dich.«

Er nahm es an sich und starrte Ellen böse an, die sich mit sichtlichem Appetit die nächste Gabel mit Kuchen belud. Dann sagte er: »Hallo? Maja?«

»Hey, hallo, Ronny«, flötete sie.

Maja war ganz anders als Salome. Nicht nur äußerlich war sie mit ihren blonden Locken das genaue Gegenteil. Maja war wie eine kleine Fee – so leicht und schwerelos flatterte sie durchs Leben. Schwerelos, aber eben auch ohne jede Bodenhaftung. Kein Wunder, dass es zwischen ihnen nie so richtig ernst geworden war. Und noch viel weniger wunderte es Ronny, dass keiner von ihnen den Mumm hatte, der Sache endlich ein Ende zu setzen.

»Wo bist du gerade? Von dir hab ich ja schon seit Ewigkeiten nichts gehört«, sagte sie mit ihrer melodischen Stimme, und merkwürdigerweise klang es kein bisschen vorwurfsvoll.

»Ich bin in Jokkmokk, in Nordschweden.«

Hatte er gerade dieselben Worte verwendet wie im Gespräch mit Salome? Ellens Gesichtsausdruck zufolge schon.

»Lass dir wenigstens eine andere Formulierung einfallen«, raunte sie ihm postwendend zu.

»Ach, wie schön! Schweden? Aber das ist ja … schaaaade«, säuselte Maja jetzt. »Ich würd dich wirklich gerne wiedersehen. Sonja ist die ganze Woche auf Borkum, und irgendwie fühlt sich die Wohnung so echt leer an.«

Ronny konnte selbst auf zweitausend Kilometer Entfernung hören, wie sie lächelte.

»Wie bedauerlich«, meinte er mit einem Seitenblick auf Ellen, die sich das Grinsen nicht länger verkneifen konnte. »Ich komme erst in ein paar Tagen wieder heim.«

»Mensch, dann meld dich doch mal, wenn du magst. Tschüssi«, rief sie noch und legte auf.

Ronny räusperte sich, während er das Handy wieder auf den Tisch legte (diesmal links vom Teller, damit Ellen nicht wieder rangehen konnte) und sich seinem Kuchen zuwandte. Jetzt galt es, beschäftigt auszusehen. Aber bestimmt würde sie trotzdem gleich auf den Anrufen herumhacken.

»Willst du Zucker?«, fragte sie mit scheinheiliger Gleichgültigkeit.

Er schüttelte den Kopf und schnitt sich mit der Gabelkante ein gewaltiges Stück Kuchen ab, das er sich schleunigst in den Mund stopfte.

»Maja also«, sagte sie und rührte in ihrem Kaffee. »Und Salome.« Sie schwieg. Nur das Geräusch des in der Tasse kreiselnden Löffels war zu hören.

Ronny schob sich hastig ein weiteres Stück Kuchen in den Mund.

»Bandelst du beide gleichzeitig an? Das ist aber nicht die feine englische Art«, meinte Ellen. »Oder wissen sie voneinander? Vielleicht hast du ja auch eine offene Beziehung. Davon hat mir Marion mal erzählt. Ist das was für dich? Aber wie soll das funktionieren? Mit beiden gleichzeitig?«

Ronny stöhnte. O Gott, und als Nächstes würde sie ihm raten, dass er immer ordentlich verhüten sollte.

»Na ja, musst du wissen«, plapperte Ellen munter weiter. »Ich mein ja nur, wenn du dich nicht binden willst ... Aber ich sag's dir gleich: Das geht nicht ewig gut. Irgendwann mal tickt sogar bei dir die innere Uhr.«

Mist! Er hatte fast das ganze Kuchenstück verdrückt. Ein letzter großer Happs. Dann schielte er auf Ellens Teller.

»Sag doch auch mal was dazu!«, forderte sie ihn auf und zog ihren Teller demonstrativ zu sich heran.

»Was soll ich denn dazu sagen? Ich bin jung, und ich kann machen, was ich will.«

»Noch, mein Lieber. Noch. Aber nicht ewig. Und irgendwann hast du den Anschluss verpasst.« Sie nickte geschäftig und kratzte die letzten Kuchenkrümel mit der Gabelkante zusammen.

»Was soll das denn wieder heißen? Männer können theoretisch auch noch mit siebzig Kinder kriegen.«

Sie lächelte milde. »Reiche Männer. Arme Schlucker nicht. Die will niemand mehr haben, wenn die Geheimratsecken größer werden als die Löcher in den Taschen.«

Unwillkürlich fasste Ronny sich an den Haaransatz. War der zurückgegangen?

»Und wenn der Bauch dann erst dick wird« – Ellen winkte ab –, »dann ist es sowieso gelaufen. Glaub mir, ich weiß, wovon ich spreche.«

Er schwieg betreten, denn mit einem Mal war er sich sicher, dass Ellen nicht mehr nur von den Männern im Allgemeinen, sondern von ihrem im Speziellen sprach.

»Ich würde dir ja empfehlen, dich mal zu binden«, quasselte sie weiter und nahm einen großen Schluck Kaffee. »Du musst ja nicht gleich einen auf Familie machen. Aber wenn du ewig wartest, sind die guten Frauen weg, und dann musst du dir eine aus zweiter Reihe nehmen – oder die Geschiedenen. Überleg's dir.« Dann hob sie die Hand und winkte dem vorbeieilenden Kellner zu. »Hallo, Monsieur? Noch ein Stück Kuchen. Aber bitte mit Sahne!«

KAPITEL 19

Die zwei Stücke Apfelkuchen lagen Ellen schwer im Magen, nur hätte sie das niemals zugegeben, nicht vor sich selbst und erst recht nicht vor Ronny, der ihren Appetit mit einem ungläubigen Blick quittiert hatte.

Sie saßen wieder im Volvo. Fuhren schnurgerade durch Nordschweden. Um sie herum Birkenwäldchen, hoch und still, ein schwarz-weißer Stamm neben dem anderen. Mittlerweile hatte Ellen das Gefühl, dass ihr Hintern eine Kuhle in den Sitz gebohrt hatte. Und auch Ronny suchte offenbar nach einer bequemeren Position. »Mein Rücken fühlt sich an, als hätte ich auf einem Nagelbrett übernachtet«, stöhnte er. »Ich glaub, ich hab mir irgendwas verrenkt, als wir den Elch von der Straße schubsen wollten.«

Oh, diese verweichlichten jungen Männer! Was war mit denen nur los? Nichts konnte man denen mehr zumuten. Ein Tom Blessington hatte bestimmt in seinem ganzen Leben noch keine Rückenschmerzen gehabt. Der zerrte ganze Baumstämme quer durch den Garten und lächelte dabei.

Ellen schüttelte den Kopf, als ihre Gedanken zu Markus wanderten, den taugenichtsen Schwiegersohn, den sich Marion als Vater ihrer Kinder ausgesucht hatte. Wenn der nicht gerade in einer Lebenskrise gesteckt hatte, hatte dem auch immer etwas weh getan. Meistens der Rücken, aber auch mit der Verdauung hatte er immer wieder zu kämpfen gehabt. »Mir schlägt der ganze Druck sofort auf den Magen«, pflegte er zu sagen, und mit Druck meinte er wohl die Tatsache, dass er sich irgendwie auch an der Miete und den Lebenshaltungskosten einer vierköpfigen Familie beteiligen sollte, selbst wenn er als freischaffender Musiker kein festes Einkommen hatte.

Diese Flitzpiepe hatte es doch zu gar nichts gebracht. Nicht mal als er das Angebot bekommen hatte, mit seiner Musik wirklich Geld zu machen. Melodien für Werbejingles hätte er schreiben sollen, einmal im Monat für eine Agentur. Ein bombensicheres Geschäft, Werbung würde es schließlich auch noch in fünfzig Jahren geben. Aber Markus hatte nach acht Wochen hingeworfen. »Mein künstlerisches Ich verkümmert unter der Last des Konsums«, faselte er, als Ellen ihn kurz darauf bei einem ihrer Besuche in Hamburg zur Rede stellte. Dann fasste er sich mit einer dramatischen Geste in den Nacken. »Und die Verantwortung, die auf meinen Schultern lastet …«

Marion saß daneben und machte ein genervtes Gesicht, aber Ellen wusste, dass ihre Tochter an ihm festhalten würde, egal was sie tief im Inneren über ihren Ehemann dachte. Immerhin hatte sie selbst sich schon jahrzehntelang im Luftanhalten geübt – da erkannte sie natürlich hundert Meter gegen den Wind, wenn jemand gute Miene zum bösen Spiel machte.

»Ich bin früher zweimal in der Woche zur Rückengymnastik gegangen. In meinem alten Leben«, murmelte Ellen, um sich auf andere Gedanken zu bringen. Markus im Kopf zu haben war nicht gerade erbaulich – wo sie doch so froh war, dass er endlich nicht mehr von Marion durchgefüttert werden musste, sondern zum Scheitern nach Berlin gezogen war.

»Und jetzt nicht mehr?«, hakte Ronny nach.

Sie grinste. »Nein. Ich mach ab jetzt nur noch die Dinge, die mir Spaß machen. Und die Rückengymnastik hat nie Spaß gemacht.« Ihr Grinsen wurde breiter. »Bestimmt setze ich Hüftspeck an und werde rund, und vielleicht fang ich sogar an zu rauchen. Einfach so, weil ich es kann.«

Ronny sah sie irritiert an. »Man kann es auch übertreiben mit dem neuen Leben.«

»Niemals. Es kann nie genug vom neuen Leben geben.«

»Wir können ja mal zusammen ein Work-out machen. Beim *König der Löwen* hatten wir zweimal die Woche Training.«

Ellen sah ihn verschmitzt an. »Von mir aus – solange es nicht so was wie Zumba ist.«

Das hatte sie noch mehr gehasst als die Rückengymnastik. Einen ganzen Kurs hatte sie über sich ergehen lassen müssen, weil Erna, ihre Nachbarin, nicht allein nach Elsdorf hatte fahren wollen. Ellen hatte Zumba vom ersten Ton an gehasst. Vermutlich auch deswegen, weil sie im Gegensatz zu allen anderen – sogar im Gegensatz zu Erna – keine neonfarbenen, knalligen Fitnessklamotten angehabt hatte, sondern ihren guten alten Jogginganzug mit den drei Streifen, in dem sie sich schon nach zwei Minuten wie ein Eisbär auf der Tanzfläche gefühlt hatte. Die Musik war ihr zu laut gewesen, das Dauerlachen der Trainerin zu aufgesetzt, die Choreografie zu kompliziert. Ständig war sie durcheinandergekommen und hatte Takt, Anschluss und Selbstachtung verloren, und als der Kurs nach zehn langen Wochen endlich vorbei war, hatte Ellen kurzerhand ein Stoßgebet zum Himmel geschickt und sich geschworen, nie wieder bei einem solchen Quatsch mitzumachen.

Sie sah aus dem Fenster. Hier sah wirklich alles gleich aus. Baum an Baum an Baum. Und die zweispurige asphaltierte Straße schnurgerade mittendurch. Außer einer Handvoll Motorradcliquen und den obligatorischen Wohnwagen mit deutschem Kennzeichen kam ihnen kaum Verkehr entgegen. Immerhin lagen die tausendundeins Brücken, die den zerklüfteten Norden Norwegens und seine irrwitzig vielen Inselchen miteinander verbanden, ein für alle Mal hinter ihnen. Nach dem Meer waren endlose graue Steinlandschaften gefolgt, kilometerweit, beinahe unendlich. Seit Finnland gab es wenigstens Laubbäume. Erst ein paar magere Haine und mittlerweile Wälder, so weit das Auge reichte.

»Kommen wir doch noch mal auf deine beiden Damen zu sprechen«, nahm Ellen den Faden wieder auf.

Ronny stöhnte. »Nein, wir haben jetzt wirklich genug über mein Liebesleben gesprochen.«

»Also gibst du zu, dass du was mit den beiden hast?«

»Ellen!«

»Ja, Ronny?«

»Ich möchte nicht darüber sprechen.«

»Dann willst du lieber schweigen?« Sie grinste fies.

Er schluckte. Dann fiel ihm etwas ein. »Bin ich nicht dran, eine Frage zu stellen?«

Sie war sich nicht sicher, sagte aber vorsichtshalber: »Nein?«

»O doch, ich glaube schon.« Er überlegte kurz. Sowie er sich nicht mehr in der Defensive sah und Auskünfte über sich geben musste, wurde Ronny Lembke geradezu lebhaft. »Wer ist eigentlich dieser Tom?«, fragte er wie aus dem Nichts.

»Niemand«, antwortete Ellen schnell.

Zu schnell.

Er sah sie vielsagend an, und sie wandte schnell den Blick ab.

Tom Blessington. Der jetzt seit Jahren neben ihr wohnte und von dem sie immer noch kaum etwas wusste. Außer vielleicht, dass er einen charmanten Akzent hatte und sie manchmal anguckte … dass sie nicht hätte schwören können, ob er tatsächlich nur über die Aufzucht von Heidenröslein mit ihr sprechen wollte.

Sie wusste noch genau, wie sie im ersten Frühling, nachdem er nach Ostereistedt gezogen war, mit wachsendem Staunen mit angesehen hatte, welche Wunder er in Klaus' altem Garten vollbrachte. Immer häufiger hatte sie damals bei ihm vorbeigeschaut. Und nie hatten sie von etwas anderem als vom Gärtnern gesprochen, zu keiner einzigen Gelegenheit hatten sie das sichere Fahrwasser der freundlich-platonisch aneinander interessierten Nachbarn verlassen.

Doch während sie durch die nordschwedische Pampa fuhren und Ellen die ganze Zeit nur Wald vor Augen gehabt hatte, sah sie mit einem Mal die Bäume. Kein Wunder, dass sie Toms Blicke nicht zu deuten gewusst hatte – das war ja gerade der Witz an der Sache gewesen! Er hatte mit ihr *geflirtet!* Diese Sekunde, die er zu lang in ihre Richtung sah ... dieser Moment, in dem seine Hand etwas zu lang gleich neben ihrer auf dem Gartentisch geruht hatte ... Da hatte er ihr den Schneckenstopp gezeigt, mit dem er seinen Salat gegen die glitschigen Viecher wappnete.

Ellen versuchte, die Aufregung hinunterzuschlucken. Sie war so was von blind gewesen! Aber es war schlichtweg nicht von der Hand zu weisen. Sie hatte einen Flirt. Einen echten, wahrhaftigen. Wenn auch einen, der sich gern hinter Buchsbäumchen wegduckte.

Als sie diesen Gedanken zum ersten Mal in ihrem Leben zuließ, begannen ihre Wangen zu glühen. Angestrengt glotzte sie aus dem Seitenfenster, damit Ronny bloß nicht mitbekam, wie sehr die Gedanken an den grauhaarigen Engländer sie umtrieben – Gedanken an einen Menschen, der in der Lage war, mit Blumen zu sprechen, und einen derart schönen Garten errichtet hatte ... So einer musste doch einen wunderbaren Charakter haben! Da war Ellen sich sicher. Bezeichnenderweise hatte Hans nicht mal das Laub auf dem Rasen zusammenkehren können, ohne sich dabei Schwielen an den Händen zu holen.

»Ellen?«

Sie sah überrascht nach links. Ronny schmunzelte sie an.

»Du bist rot wie eine Tomate.«

»*Iiich?*« Sie verschluckte sich und musste husten. »So ein Quatsch!«

»Wer ist denn nun dieser Tom?«

»Mein Nachbar.«

»Und, gefällt er dir?«

»Also bitte!« Sie musste wieder husten. Mist, Ronny hatte ihre Reaktion also mitbekommen.

»Warum zickst du denn jetzt so?«, wollte er wissen. »Du hast doch darauf bestanden, jetzt eine starke alleinstehende Frau zu sein. Und wenn dir dieser Tom gefällt ...«

Sie verschränkte die Arme vor der Brust. »Er ist mein Nachbar, das ... das geht doch nicht!«

»Ach, und wieso nicht? Du bist doch wieder solo. Außerdem sollte dir das Gerede der anderen egal sein.«

Sie seufzte. Das sagte sich so leicht, wenn man in Hamburg lebte. In Ostereistedt war das etwas anderes.

Allerdings ... Da wollte sie ja gar nicht bleiben. Und wer wusste schon, was sich aus einem Flirt mit Tom entwickeln würde, wenn sie es erst richtig darauf anlegte? Immerhin war sie eine attraktive Frau, die sich ziemlich gut gehalten hatte für ihr Alter.

Aber wie flirtete man eigentlich? Wie machte man einem gestandenen Mann Avancen? Ellen war so dermaßen aus der Übung ... Vielleicht würde Ronny ihr ja ein paar Tipps geben können?

Sie sah ihn nicht mal an.

»Also gut ... Ich erzähle dir von Tom.« Ihr Blick saugte sich an einem unsichtbaren Punkt vor der Frontscheibe fest, als sie anhob: »Er hat die schönsten Pfingstrosen, die ich jemals gesehen habe.«

Ronny wirkte verwirrt. »Ist das ein Synonym für irgendwas?«

Ellen ging gar nicht auf seine Frage ein. »Ihm könnte ich die dritte Postkarte schreiben!« Im Geiste ging sie schon die Formulierung durch. *Lieber Tom ...* Äh, nein. Das funktionierte schon mal nicht. Immerhin hatten sie sich nie geduzt, da konnte sie jetzt nicht so mit der Tür ins Haus fallen. Also noch mal von vorn. *Sehr geehrter Herr Blessington ...* Auch doof. Sie schickte ihm immerhin keinen Steuerbescheid. Vielleicht eine Mischung aus beidem? *Lieber Herr Blessington ...* Oder: *Sehr geehrter Tom ...* Oder nur: *Tom!* Nein, zu aufdringlich.

Ellen seufzte und legte sich vorsorglich die Fingerspitzen an die

Wange, die immerhin nicht mehr so heiß war. Wenn sie schon nicht in der Lage war, eine angemessene Anrede zu finden, sollte sie das mit der Postkarte vielleicht ganz bleiben lassen.

Was sollte sie ihm auch schreiben? Dass Hans einen Herzinfarkt gehabt hatte? Das wusste er sicherlich schon, immerhin hatte Marion mit ihm gesprochen. Dass sie sich auf ihre Heimkehr und ihr Wiedersehen freute? Was würde Tom Blessington da von ihr denken? Interessierte er sich überhaupt für sie? Oder waren das nur Fantasien einer unglücklichen Hausfrau?

»Erzähl doch mal«, fing Ronny wieder an. »Seid ihr euch schon ... nähergekommen?«

»Wo denkst du hin?« Sie sah ihn entsetzt an. »Ich bin doch verheiratet!« Ellen zögerte. »War.«

Er zog die Augenbrauen hoch, was vermutlich so viel heißen sollte wie: *Andere hält so was nicht davon ab, mit dem Nachbarn über ein bisschen mehr als nur über die Pfingstrosen zu sprechen.*

Ellen sah ihn mit wachsender Verzweiflung an. »Aber unabhängig davon – woher soll ich denn wissen, ob er sich für mich interessiert?«

»Schaut er häufiger bei dir vorbei? Sucht er nach Gründen, dich zu sehen? Hast du den Eindruck, dass er sich gern in deiner Nähe aufhält?«

»Nein. Aber ...« Mit Entsetzen nahm Ellen zur Kenntnis, dass all diese Attribute auf sie selbst zutrafen. Sie interessierte sich für Tom Blessington und offenbar sehr viel mehr, als sie sich bis jetzt eingestanden hatte. Denn sie hatte tatsächlich kaum eine Gelegenheit ausgelassen, bei ihm vorbeizuschauen. Manchmal sogar mit den fadenscheinigsten Gründen. Etwa als sie in der jüngsten Ausgabe der *Landlust* gelesen hatte, wie man ein Kräuterbeet überwinterte.

»O mein Gott ...« Sie konnte nur hoffen, dass das noch niemandem im Dorf aufgefallen war! Vermutlich zerrissen sich dort hinter ihrem Rücken alle schon das Maul, weil sie ihrem Nachbarn wie eine läufige Hündin auflauerte ...

»Und er? Hat er mal irgendwas gesagt?«

Sie schüttelte fassungslos den Kopf. »Aber manchmal kommt es mir so vor, als würd er mich ...« Sie zögerte. »... etwas zu lange ansehen.«

Ronny grinste breit. »Na also. Das ist doch schon mal was. Vielleicht ist er ja bloß schüchtern?«

Na, weniger schüchtern als vielmehr sehr höflich, auf eine ziemlich britische Art. Aber war es ihr nicht insgeheim von Zeit zu Zeit so vorgekommen, dass Tom sich anders verhielt, wenn er sie nicht allein, sondern in Begleitung ihres Mannes traf? Der Engländer gab sich immer ausgesprochen viel Mühe, einen halben Meter Abstand zwischen sich und Ellen zu bringen. Das war ihr nie merkwürdig vorgekommen, immerhin war sie eine verheiratete Frau, da machte man sich über so was keine Gedanken.

Aber jetzt ...

Panisch drehte sie sich zu Ronny um. »Ich weiß überhaupt nicht, was ich diesbezüglich machen soll.«

Er wirkte etwas überrascht. »Wie, machen? Was meinst du?«

»Na, ich bin doch total aus der Übung! Woher weiß ich denn, wie man einen Mann wie Tom ...«

»Anbaggert?«

Sie nickte verlegen.

»Ist er denn alleinstehend?«

Wieder nickte sie.

»Wo ist dann das Problem? Er wohnt seit Jahren neben dir. Nach deinem Urlaub gehst du mal bei ihm vorbei und erzählst ihm von der Reise. Und dann lässt du ganz nebenbei fallen, dass du dich von Hans getrennt hast.«

»Und dann?«

Ronny zuckte mit den Schultern. »Das kann ich dir nicht sagen.

Aber wenn er kein totaler Volltrottel ist, wird er die Zeichen richtig deuten.«

Ellen ließ sich in ihren Sitz zurücksinken. Vielleicht sollte sie sich erst mal Gedanken darüber machen, ob sie überhaupt schon bereit war für eine neue Beziehung. Sie war noch nie mit einem anderen Mann als Hans zusammen gewesen ... vielleicht mal abgesehen von Giancarlo, dem Reiseführer aus Genua, mit dem Ellen sich im ersten Sommer ihres Berufslebens vergnügt hatte.

Ihr Blick wanderte zurück zu Ronny, der beide Hände am Steuer hatte und stumpf geradeaus fuhr, weil die Landschaft hier oben nicht viel mehr von ihm verlangte. Sie musste an Salome und Maja denken. Junge Menschen waren offenbar gar nicht so scharf darauf, sich schnell zu binden ... sich überhaupt auf einen einzigen Menschen einzulassen. Die Liebe des Lebens? Vermutlich war das wirklich ein Relikt aus einem längst vergangenen Jahrhundert. Warum in aller Welt sollte sich Ellen da verrückt machen und sich den Kopf darüber zermartern, ob sie für etwas Neues bereit war?

»Ronny, darf ich dich mal etwas fragen? Was Indiskretes?«

Er schluckte sichtbar. »Jetzt krieg ich Angst.«

»Du bist mit keiner dieser beiden Damen *befreundet*, also weder mit Salome noch Maja, hab ich das richtig verstanden?«

»Äh ... befreundet?«

»Liiert.«

»Nein.«

»Aber du bist mit beiden ... intim?«

Er schnaufte. Und nickte. Herrje.

»Und das ist in Ordnung? Für beide Parteien, meine ich? Oder ... für alle drei?«

Ronny seufzte. Dann erklärte er: »Heutzutage kann man durchaus mit jemandem schlafen, ohne dass man ihn gleich heiraten muss.«

»Ich weiß«, zischte Ellen. »Ich bin ja nicht von vorgestern. Ich frag mich nur, ob man das auch so kommunizieren muss. Trifft man da eine Absprache beim ersten Rendezvous, oder wie läuft das ab?«

Er schüttelte den Kopf. »Nein, so läuft das eigentlich nicht. Man lässt es einfach auf sich zukommen. Man kann doch wohl die Vorteile einer Beziehung nutzen, ohne die Beziehung selbst zu führen. Und man muss nicht exklusiv für einen da sein. Das ist man erst, wenn man es miteinander vereinbart.«

»Aha«, meinte Ellen nachdenklich. »Also, man trifft sich in der Freizeit, geht miteinander aus, verbringt die ... die Nacht miteinander, frühstückt zusammen ... aber man ist kein Paar.«

»Ja. So in etwa.«

Vermutlich machte sie sich wirklich viel zu viele Gedanken. Wen interessierte denn schon eine Beziehung? Möglicherweise war das Knistern zwischen Tom und ihr – wenn es nicht ohnehin eingebildet war – ja lediglich sexueller Natur?

Ellen spürte regelrecht, wie es in ihr vor Aufregung loderte. Sie könnte eine Affäre mit ihm anfangen. Nur Sex, ganz ohne Gefühle. Und ohne herumliegende Socken. Ohne schmutziges Geschirr auf der Spülmaschine. Das wurde ja immer besser!

»Kannst du nicht ein kleines bisschen schneller fahren?« Sie beugte sich nach links und warf einen Blick auf das Armaturenbrett.

Ronny schüttelte bedauernd den Kopf. »Tut mir leid. Aber mach dir keinen Stress. Wenn sich die letzten Jahre keiner für deinen Tom interessiert hat, wird dir jetzt doch wohl auf den letzten Metern keiner mehr dazwischenkommen, oder?«

Fieberhaft dachte sie nach. Da war etwas – irgendwo in ihrer Erinnerung, ein Fetzen, an dem sie jetzt zupfte. Da! Ellen hatte in den Tagen vor ihrer Abreise ans Nordkap immer mal wieder Irene Müller in der Nachbarschaft rumstreunern sehen. Damals war sie davon ausgegangen, dass Irene versucht hatte, sich an Hans ranzuwerfen, der immerhin die beste Partie im Ort war ... und genau Irenes Kragenweite: verheiratet und trinkfest.

Aber je länger sie darüber nachdachte, umso sicherer war sie sich: Irene hatte Tom Blessington aufgelauert. Er war der einzige Junggeselle in der kleinen Ortschaft, seitdem sich Manfred Bäumler eine Spanierin aus dem Urlaub mitgebracht hatte und Fietje wieder mit Beate zusammengekommen war, die in der Metzgerei Kloppstock an der Kasse bediente und nebenberuflich eine Hundezucht betrieb. Ein schwerer Schlag für Irene, immerhin hatte sie zwei Jahre ihres Lebens an Fietje verschwendet, obwohl der über all die Zeit immer noch mit Beate und ihren Möpsen geliebäugelt hatte. Aber natürlich war die Affäre absolut top secret gewesen. Obwohl jeder in Ostereistedt wusste, dass Fietje der Wurstverkäuferin nicht treu gewesen war und Irene in seiner Freizeit ein paar überaus private Trainingsstunden auf dem Tennisplatz gegeben hatte.

Sobald Irenes Wut verraucht war, hatte sie angefangen, sich im Dorf weiter umzuschauen. Die örtlichen Ehefrauen hatten unisono die Luft angehalten aus Sorge, dass diese männermordende Füchsin als Nächstes in ihrem Gänsestall auf Jagd ging, aber bislang war Ellen nichts zu Ohren gekommen. Schlecht für sie – und für Tom Blessington. So wie Ellen ihren Nachbarn kennengelernt hatte, wäre er einfach zu höflich, um Irenes nicht ganz so subtile Annäherungsversuche abzuwehren.

»Vielleicht sollte ich Tom anrufen?«, schlug sie mit wachsender Nervosität vor, zog ihre Tasche auf den Schoß und fing an, darin zu kramen. »Und ihn warnen. Wenn Irene erst mal loslegt ...«

Sie erntete einen irritierten Seitenblick von Ronny. »Wer war gleich wieder Irene?«

Ellen zog ihr Telefon aus der Tasche und drückte auf einen der Knöpfe. Ein Anruf in Abwesenheit? Wer war das? Bitte nicht schon wieder Marion! Oder gar Hans! Mit keinem von beiden würde sie jetzt sprechen können – vor allem nachdem sie sich gerade eingestanden hatte, dass sie einen anderen Mann begehrte.

Verpasster Anruf: Unbekannte Nummer.

Merkwürdig. Wer um alles in der Welt hatte versucht, sie zu erreichen? Eigentlich hatte sie doch sämtliche Leute gespeichert, die sie kannte. Sie sah sich die Ziffernfolge an. Aber ... das war doch die Vorwahl von Ostereistedt?! Wer aus ihrem Heimatdorf wollte mit ihr sprechen? Ernas Nummer hatte sie abgespeichert. Auch die von Beate und Regina.

Ellen spürte, wie sich ihr Herzschlag beschleunigte. Wenn irgendwer aus Ostereistedt angerufen hatte, dessen Nummer sie nicht kannte, dann konnte das nur eines bedeuten.

Tom Blessington hatte Kontakt zu ihr aufnehmen wollen.

KAPITEL 20

»O Gott!«, stieß Ellen hervor. »Er hat mich angerufen!«
Warum kam sie ihm mit einem Mal vor wie eine Siebzehnjährige?

»Hans?«

»Nein, Tom!«

»Ach.« Ronny nickte zufrieden. »Na, da siehst du doch, dass er sich auch für dich interessiert. Vielleicht hat er ja gehört, dass dein Mann … und jetzt sieht er seine Chance.«

Ein bisschen morbide wär das aber schon, schoss es ihm durch den Kopf. Doch dann verwarf er den Gedanken wieder. Was wusste er schon vom Flirtverhalten von Quasi-Senioren? Vielleicht war ein bisschen Morbidität da ja das Salz, das die Suppe noch etwas schmackhafter machte?

»Und was jetzt?«, fragte Ellen, die immer noch das Handy in der Hand hielt.

»Zurückrufen wär eine Option …«

»Nein.« Sie schüttelte den Kopf. »Also, das gehört sich doch nicht!«

»So ein Quatsch. Es wäre unhöflich, *nicht* zurückzurufen.«

»Und was soll ich ihm erzählen? Ich meine, was, wenn er mich fragt … ob … ob …«

In ihrem Herzen endlich ein Fleckchen für ihn frei ist?, mutmaßte Ronny im Stillen. Unwahrscheinlich. Aber vielleicht im Bettchen?

»Am Ende will er doch nur wissen, wie oft er die Rosen wässern soll.«

Sie sah ihn entrüstet an, und Ronny dämmerte, dass Tom Blessington auf so eine blöde Frage wohl nie kommen würde. Er war schließlich der Rosenflüsterer.

»Ruf ihn an, dann weißt du, was er von dir will«, schlug er vor.

Ellen stopfte das Handy wieder in die Tasche. »Gut Ding will Weile haben«, sagte sie bestimmt.

Er schüttelte den Kopf. »Ich versteh dich einfach nicht. Vor drei Minuten konnte es dir noch nicht schnell genug gehen, aber seinen Anruf zu erwidern, das traust du dich nicht.«

»Sei du mal so lange wie ich verheiratet, dann ...«

»Dahinter wirst du dich nicht ewig verstecken können.« Als sie nicht antwortete, fügte er hinzu: »Wusstest du, dass die durchschnittliche Ehedauer bei 14,7 Jahren liegt?«

Ellen stöhnte und schloss die Augen. »O nein, fang jetzt bitte nicht schon wieder mit deinem unnützen Wissen an.«

»Rund 43 Prozent aller Ehen in Deutschland werden wieder geschieden. Was mich in meiner Theorie bestätigt, dass die Ehe kein erstrebenswertes Ziel ist.«

Seufzend sah sie aus dem Fenster.

»In Kempten ist die Wahrscheinlichkeit übrigens am größten, lange verheiratet zu sein. Wenn du Hans noch mal eine Chance geben willst, solltet ihr vielleicht dort hinziehen.« Ronny grinste. »Da wird er bestimmt auch nicht Bürgermeister werden ... und das würde die Lebensdauer eurer Ehe ebenfalls drastisch verlängern.«

Sie schnaubte. »Können wir über was anderes reden?«

»Nach Emden solltet ihr jedenfalls nicht gehen. Da ist die Scheidungsrate deutschlandweit am höchsten. Wenn ihr wirklich auf Nummer sicher gehen wollt, zieht nach Chile. Dort werden nur drei Prozent der Ehen geschieden.«

Ellen machte ein Geräusch, das irgendwo zwischen entnervt und verzweifelt angesiedelt war. Ronny wollte gerade wieder Luft holen und etwas über das Land sagen, in dem die meisten alleinstehenden Männer lebten, als eine Kontrollleuchte neben dem Tacho aufleuchtete. Was war denn das? War das Benzin alle? Sie hatten doch in Finnland erst getankt, wo der Liter Super zum Glück fast dreißig Cent billiger gewesen war als in der Apotheke Norwegen. Er kniff die Augen zusammen und starrte auf das Symbol.

»Wann habt ihr eigentlich zum letzten Mal Öl aufgefüllt?«

Ellen guckte ihn an, als hätte er sie nach ihrer bevorzugten Stellung beim Geschlechtsverkehr befragt. »Woher soll ich das wissen? Das ist Hans' Aufgabe.« Sie beugte sich zu ihm rüber und runzelte die Stirn. »Sicher, dass es das Öl ist?«

Ja, Ronny war sich sicher. Und das Allerletzte, was er jetzt brauchen konnte, war ein Motorschaden. Frau Schmieder würde ihn teeren und federn und bei der nächsten Mitarbeitertagung post= hum vor allen Kollegen bloßstellen.

Also fuhr er nach weiteren vierzig Kilometern an einer Tankstelle raus und hielt mit Volvo samt Anhänger auf der offenen Fläche, wo ansonsten nur Lkws parkten.

Er kramte seinen Geldbeutel aus der hinteren Hosentasche und klappte ihn auf. Gähnende Leere.

»Hast du noch Bargeld?«

Ellen nickte. »Aber bring die Quittung mit, sonst krieg ich Ärger mit …« Sie hielt abrupt inne. »Egal, vergiss die Quittung.«

Das würde er natürlich nicht tun. Denn selbst wenn Ellen nichts mit dem Beleg anzufangen wusste: Er würde sich die Kosten für das Öl von Frau Schmieder erstatten lassen, auch wenn Ellen es bezahlt hätte. So bekäme er zumindest einen Teil der Taxikosten vom Nordkap wieder.

Ronny nahm den Fünfhundertkronenschein entgegen, den Ellen ihm hinhielt, schob die Fahrertür auf und stieg aus. Mit langen Schritten eilte er auf das Tankstellenhäuschen zu. Es war maximal fünfzehn Grad warm, und es lag Regen in der Luft. Ein Wunder, dass sie die Fahrt bislang ohne einen Tropfen von oben überstanden hatten.

Die Tür des Tankstellenhäuschens stand offen. Ronny trat ein und sah sich um. Die rechte Wand war mit schwedischsprachigen Zeitschriften übersät. In der Mitte des leicht schäbig wirkenden Ladens standen schräg einige Süßigkeitenregale, auf denen zahlreiche Plüschelche thronten und ihn anschielten. Er musste wieder an den toten Elch denken, der einfach so verschwunden war. Wo war das verdammte Vieh nur hin? Unwillkürlich schüttelte er den Kopf und machte sich dann auf die Suche nach den Kanistern mit Motoröl.

Als er den gesamten Laden einmal gesichtet und außer Getränken und Knabberkram jeglicher Couleur nirgends Motoröl gefunden hatte, ging er zur Kasse und wandte sich an einen jungen Typen hinter dem Tresen, der gelangweilt in einer Zeitschrift blätterte, in der es sich hauptsächlich um Autos und nackte Frauen auf Motorhauben zu drehen schien.

»Hello«, sprach er den Kerl an. »Do you speak English?«

Der junge Mann sah müde von seiner Zeitschrift auf und wackelte träge mit dem Kopf. »Bara lite.«

Ronny stöhnte innerlich auf. Hieß es nicht immer, dass die Skandinavier alle perfekt Englisch sprachen? Davon hatte er bislang noch nicht besonders viel gemerkt.

»I'm looking for oil«, erklärte Ronny.

Der Typ hinter der Kasse sah ihn ausdruckslos an.

»Oil?«, wiederholte Ronny. »Öl?«

»Jaha!« Das Gesicht des anderen hellte sich auf. Dann rutschte er von seinem Hocker, schlurfte hinterm Tresen hervor und auf das Getränkeregal zu.

Ronny lief ihm hinterher. Der Tankwart zeigte auf die Bierdosen. »Öl.«

»Nein, nein, das meine ich nicht«, sagte Ronny. Im Augenwinkel sah er, dass eine weitere Person den kleinen Laden betrat, eine junge Frau mit großem Travellerrucksack. »Öl. For the car.«

Der junge Mann nickte. »Visst ja. Det här är lättöl. Om du vill köpa riktig öl, måste du gå på bolaget.«

Ronny starrte den Kerl an, der sich im selben Augenblick von ihm abwandte und wieder hinter den Tresen schlappte. Dort nickte er der jungen Frau zu und fragte: »Vilken pump?«

Die junge Frau entgegnete etwas auf Schwedisch, was Ronny nicht verstand und was ihn auch nicht interessierte. Ein wenig ratlos stand er vor dem Bierregal und fragte sich, was er als Nächstes tun sollte.

»Verdammte Axt ...«, murmelte er gedankenverloren.

»Du suchst Öl?«

Als er sich umdrehte, stand die junge Frau mit dem Travellerrucksack neben ihm. Sie war hübsch, fiel Ronny auf. Sehr hübsch. Das blonde Haar hatte sie sich zu einem hohen Dutt gebunden und um den Hals ein buntes Tuch geschlungen. Sie trug einen kakigrünen Parka, eine enge Röhrenjeans, die ihre schlanken Beine betonte, und Turnschuhe. Und Herrgott, waren diese Augen blau! Es fühlte sich wie eine halbe Ewigkeit an, ehe er begriff, dass sie ihn auf Deutsch angesprochen hatte.

»Äh ... ja?«

»Du hast gerade nach Bier gefragt. *Öl* heißt auf Schwedisch Bier.« Sie nickte in Richtung des Getränkeregals. »Öl für das Auto heißt *olja*.«

»Ach. Danke.«

»Kein Problem. Fährst du vielleicht in den Süden?« Sie sah ihn mit weit aufgerissenen knallblauen Augen an und lächelte breit.

Er nickte. »Ja ... in den Süden.«

»Kann ich mit dir liften?«

»Wie bitte? Was?«

»Heißt das nicht so?« Die Blondine wirkte verunsichert. »In Schweden sagt man *lifta*, wenn man zu jemandem ins Auto steigt.«

»Ah. Per Anhalter fahren«, schlussfolgerte Ronny.

»Ja, genau.« Sie strahlte ihn entwaffnend an.

Er druckste herum. »Ähm ... bestimmt, klar. Wieso nicht? Es ist nur ...«

Doch sie streckte ihm bereits die Hand hin. »Ich heiße Ida.«

»Ida«, murmelte Ronny und ergriff die Hand, ohne Ida auch nur für eine Sekunde aus den Augen zu lassen.

»Und wie heißt du?«

Ihr Akzent war wirklich niedlich. Sie ließ die harten Endungen der Wörter weg, so dass ihre Frage eher wie ein »Unn wie heiß du?« geklungen hatte – melodisch wie eine sanfte Brise. Ihm war überhaupt nicht klar gewesen, dass die deutsche Sprache auch so nett klingen konnte.

Er räusperte sich und antwortete mit leicht belegter Stimme: »Ronny.«

»Hej, Ronny«, meinte Ida und schüttelte ihm die Hand. »Schön, dich zu treffen.«

Hastig wandte Ronny den Blick ab und starrte auf seine Schuhspitzen. Wie sollte er aus dieser Nummer wieder rauskommen? Immerhin war es Ellens Auto – und wenn er ganz ehrlich zu sich war, wollte er nicht, dass diese Ida mit ihnen mitfuhr. Keinen Zentimeter. Sie machte ihn nervös, ein beängstigendes, ungutes Gefühl, das sich wie ein Kilo Waldmeisterbrause im Bauch anfühlte. Außerdem hatte er mit zwei Frauen auf einen Streich, die ihm keine Ruhe lassen würden, schon mal schlechte Erfahrungen gemacht.

Gleichzeitig konnte er sich nicht vorstellen, sie *nicht* mitzunehmen und dieses Brausegefühl gleich wieder loszulassen, das sie in ihm ausgelöst hatte.

»Also, ich weiß ehrlich gesagt gar nicht, ob wir dich mitnehmen können. Es ist nämlich nicht mein Auto«, stammelte er. »Ich fahre ... mit einer Frau.«

»Kein Problem. Ich will mich nicht auf dich tragen.«

»Aufdrängen«, hüstelte Ronny verlegen, »es heißt ›sich jemandem aufdrängen‹.«

Dann sah er, wie Ida den Blick nach draußen wandte, wo gerade ein weiteres Auto an einer Zapfsäule angehalten hatte. O nein! Unter keinen Umständen durfte sie mit jemand anderem mitfahren!

»Wir können die Frau ja mal fragen«, schlug er eilig vor.

»Okay«, sagte Ida und lächelte wieder breit. »Das ist sehr nett von dir.«

Ronny hätte sich in diesem wunderbaren weichen Akzent suhlen können. Der Art, wie sie die Wörter mit der Zunge anfasste, formte, weicher machte, als sie eigentlich waren ...

»Aber du brauchst noch Öl, oder?«, meinte Ida.

Ronny nickte, und Ida wandte sich an den Tankstellentypen, der schon wieder vollends in sein Schmuddelheftchen versunken war. Sie sagte irgendwas auf Schwedisch, der junge Kerl stand auf und schlurfte in einen Nebenraum. Als er zurückkam, hatte er zwei Flaschen Motoröl in der Hand, die er Ronny zu einem Wucherpreis verkaufte.

Mit den beiden Flaschen in der Hand und Ida im Schlepptau lief Ronny auf Volvo und Wohnwagen zu.

»Damit fährst du?«, fragte Ida erstaunt.

»Äh, ja«, meinte Ronny. »Ist eine lange Geschichte.«

Ida sah ihn von der Seite an. »Vielleicht haben wir ein bisschen Zeit, und du kannst mir die Geschichte erzählen.«

Ronny war irgendwie die Spucke im Mund abhandengekommen. Er fragte sich, was er mehr wollte: dass Ellen mit Nachdruck nein sagte oder begeistert einwilligte, Ida mitzunehmen.

Im selben Moment ging auch schon die Beifahrertür auf, und Ellen stieg aus. Ihr Blick wanderte von Ronny zu Ida und wieder zurück. Dann sagte sie: »Na hallo, wen hast du uns denn da mitgebracht?«

»Ich bin Ida«, stellte die Schwedin sich vor, bevor Ronny auch nur Luft holen konnte. »Ich wollte fragen, ob ich vielleicht ein Stück mit euch fahren darf. Aber nur, wenn es kein Problem ist.«

Ronny starrte wieder auf seine Schuhspitzen hinab – das kam ihm für den Moment wie die beste Lösung vor. Dann spürte er Ellens Blick auf sich. Bitte, sag nein, flehte er sie stumm an.

Doch ohne ihn aus den Augen zu lassen, rief Ellen: »Das ist ja eine großartige Idee! Oder, Ronny? Wir freuen uns doch über Gesellschaft. Besonders, wenn sie so hübsch ist. Oder, Ronny?«

Ronny schluckte seine Selbstachtung hinunter und schnappte nach Luft. »Ja«, sagte er schnell, dann wandte er sich dem Wagen zu und öffnete die Tür hinter dem Fahrersitz. Nur in Bewegung bleiben! Nur was zu tun haben!

Er räumte seinen Plunder von der Rückbank in den Kofferraum, während Ida und Ellen es sich im Wagen bequem machten, Ida hinten und Ellen vorn auf ihrem Stammplatz auf dem Beifahrersitz.

Unterdessen plapperte Ellen weiter: »Als ich jung war, war ich auch immer viel unterwegs, aber eher in Bussen. Ich war Reiseleiterin und bin oft Trampern begegnet. Einmal, in Andalusien, haben wir sogar ein Pärchen aus Spitzbergen mitgenommen, das war vielleicht was ...«

Als Ronny den Kofferraumdeckel zuschlug, schlug sein Herz schneller als sonst. Was ist denn bitte los mit dir, Alter?, rügte er sich in Gedanken. Dann atmete er einmal tief durch, ging um den Wagen herum und öffnete die Motorhaube, füllte Öl nach, wischte sich die Hände mit ein paar Papiertüchern aus dem Spender an der Zapfsäule sauber, atmete ein weiteres Mal tief durch und ließ sich schließlich auf den Fahrersitz fallen.

Erst als er sich angeschnallt und den Zündschlüssel im Schloss herumgedreht hatte, bemerkte er, dass niemand etwas sagte. Er spähte vorsichtig nach rechts. Ellen grinste ihn breit wie ein Honigkuchenpferd an.

»W-w-was?«, stammelte er.

»Ida hat mich gerade gefragt, ob wir ein Paar sind. Ist das nicht witzig?«

KAPITEL 21

»Sag mal, Ida, wie ist das denn in Schweden mit den Männern? Die wollen doch sicher der Boss in der Beziehung sein, oder?«

Ellen hatte es sich auf dem Beifahrersitz gemütlich gemacht. Ihre Hand steckte in einer Tüte schwedischer Lakritze, die sie von Zeit zu Zeit herumreichte. Während Ida ordentlich zulangte, hatte Ronny die Lippen zusammengepresst und schüttelte jedes Mal nur leicht den Kopf, wenn Ellen ihm die Tüte hinhielt.

»Aber nein«, sagte Ida Lakritze kauend. »In Schweden führen wir gleichgestellte Beziehungen.«

»Ah?« Ellen machte große Augen und sah Ronny an, der jedoch nicht reagierte. Er tat so, als müsste er sich schwer aufs Autofahren konzentrieren. Dabei war die Strecke nach wie vor so unaufregend, dass man aufpassen musste, beim Blick durch die Windschutzscheibe nicht einzuschlafen.

»Wenn ein Mann und eine Frau ein Date haben, teilen sie sich zum Beispiel die Rechnung.«

»Nein!« Ellen drehte sich begeistert zur Rückbank um. »Das ist ja toll! Und wenn sie zusammenleben, räumen sie dann auch beide die Spülmaschine ein?«

Ida nickte. »Natürlich, ja. Schwedinnen sind sehr emanzipiert und ihre Männer auch.« Sie warf Ronny einen belustigten Blick zu. »Ein schwedischer Mann würde nie auf die Idee kommen, beim ersten Date die Rechnung zu übernehmen. Das fände er unartig der Frau gegenüber.«

»So ein Quatsch«, murmelte Ronny.

Vermutlich, weil er selbst notorisch pleite war, dachte Ellen. Der wäre doch froh, wenn die Frau selbst bezahlte. Wie der faule Markus, den Marion sich einst geangelt hatte.

Doch zu ihrer großen Überraschung wandte Ronny ein: »Man darf eine Frau sehr wohl einladen. Das ist doch eine nette Geste, kein Zeichen von mangelnder Emanzipation.« Dann verfiel er wieder in Schweigen.

Was ist denn mit dem los?, fragte sich Ellen. Der legte doch normalerweise großen Wert darauf, alles genau anders zu machen, als es die normale Welt und das gute Benehmen forderten. Ob da gerade sein spießiges Elternhaus durchkam?

Ida lächelte. »Ich will auch nicht behaupten, dass wir alles richtig machen in Schweden.«

»Also, ich finde das toll«, sagte Ellen in Ronnys Richtung, doch der reagierte nur mit einem vagen Nicken. »Wenn dir ein Mann also gefällt, dann schnappst du ihn dir?«, wandte sie sich wieder an Ida, die vielsagend grinste.

»Ich warte sicher nicht, bis er aus dem … Wie sagt man auf Deutsch? Joghurt kommt?«

»Quark«, murmelte Ronny. »Es heißt ›aus dem Quark kommen‹.«

»Papperlapapp«, meinte Ellen. »Wir wissen doch, was Ida sagen will. Sie nimmt sich, was sie will, und das ist doch die Hauptsache.« Sie sah Ronny an. »Oder?«

Er ruckte mit dem Kopf – irgendwas zwischen Nicken und Kopfschütteln.

»Wie habt ihr zwei euch eigentlich kennengelernt?«, wollte Ida nun wissen.

»Ach, das ist gar keine große Sache«, meinte Ellen lapidar. »Ich hab jemanden gebraucht, der mich vom Nordkap wieder heim nach Deutschland bringt, und meine Tochter Marion konnte nicht kommen. Stattdessen hat sie mir einen Gelben Engel geschickt.«

Ida runzelte die Stirn. »Einen Gelben Engel?«

Ellen nickte. »Ja.« Dann tätschelte sie Ronny mütterlich den Arm. »Und er macht das ganz großartig, unser Ronny.«

Er lächelte gequält, aber das war Ellen egal.

»Jetzt müssen wir nur noch eine Frau für ihn finden. Seinen Topf. Oder Deckel.«

Ronny stöhnte auf.

»In Schweden sagen wir *Kaka söker maka*. Das heißt ›Kuchen sucht Ehefrau‹.«

»Ach, wie lustig«, meinte Ellen. »Dann ist Ronny also der Kuchen.«

»Ist er Single?«, wollte Ida von der Rückbank wissen.

Ellen nickte. »Ja, ist er.«

»Und er ist anwesend«, knurrte Ronny ungehalten. »Es ist wirklich nicht notwendig, in der dritten Person über ihn zu reden.«

Ellen wandte sich zu ihm um. »Aber es stimmt doch, Ronny, oder? Du hast doch selbst gesagt, dass Maja und Salome nicht deine Freundinnen sind.«

Er enthielt sich einer Reaktion.

»Und du, Ellen?«, fragte Ida von hinten. »Bist du aufgetagt?«

Ellen sah verwirrt nach hinten, dann zu Ronny. »Weißt du, was sie meint?«

»*Upptagen* ... vergeben«, korrigierte Ida sich schnell.

»Ach so.« Dann holte Ellen tief Luft und erzählte im Zeitraffer von ihren letzten fünfunddreißig Jahren, hielt sich dabei aber zu Ronnys Erleichterung tatsächlich an die wichtigsten Eckpfeiler: Felicitano, Nordkap, Herzinfarkt – und natürlich Tom Blessington.

Als sie fertig war, schaute sie nachdenklich auf ihre Hände hinab. »Vielleicht sollte ich ihn wirklich mal anrufen«, murmelte sie. »Was meinst du, Ida? Du bist doch so eine emanzipierte Frau.«

»Magst du ihn denn?«, hakte Ida nach.

»Ich glaube schon, ja«, antwortete Ellen. »Ich müsste ihn natürlich erst mal besser kennenlernen. Er ist ja bisher nur mein Nachbar.«

Die junge Frau grinste breit. »Das wird bestimmt aufregend. Der zweite Sommer. Sagt man das nicht so auf Deutsch?« Dann drehte sie den Kopf, und Ellen sah, dass sie Ronny im Rückspiegel einen langen Blick zuwarf. Dem schien es urplötzlich zu warm im Auto zu werden, denn er kurbelte eilig sein Fenster runter.

»Frühling«, meinte er knapp. »Es heißt ›der zweite Frühling‹.«

Ellen schmunzelte. Wenn sie gerade nicht Tomaten auf den Augen hatte, dann war Ronny Lembke so nervös, weil Ida ihm gefiel. Kein Wunder, die Schwedin war ein richtiger Hingucker. Und sie war die Richtige für ihn, das hatte Ellen im selben Moment gewusst, als sie die junge Schwedin an der Tankstelle auf den Volvo hatte zukommen sehen. Wie sie ihn aus der Fassung brachte – das war einfach ganz wunderbar! Das konnte doch nur jener magische Moment sein, an den der ach so coole Ronny Lembke eigentlich nicht glaubte. Kriegte er deswegen die Zähne nicht auseinander? Weil der Blitz gerade bei ihm eingeschlagen hatte?

»Ida, sag mal, warum sprichst du eigentlich so gut Deutsch?«, wollte Ellen jetzt wissen.

»Meine Mutter ist Deutsche.«

»Wirklich? Aber sie lebt inzwischen in Schweden? Wie Königin Silvia?«

Ida nickte. »Ja. Meine Eltern haben sich in Bochum kennengelernt, da hat meine Mutter ein Jahr studiert. Dort bin ich auch geboren. Aber mein Deutsch ist nicht so gut, zu Hause sprechen wir immer Schwedisch.«

»Ich finde, du sprichst ganz fantastisch Deutsch. Oder, Ronny?«

»Was?« Er schreckte auf. War er eingeschlafen? Unwahrscheinlich. »Ja. Ganz fantastisch.«

»Bis wohin können wir dich denn mitnehmen?«, setzte Ellen ihr freundliches Verhör fort. Insgeheim hoffte sie, dass ihnen noch eine lange gemeinsame Reise bevorstand. Ronny hatte sich zwar als nicht halb so übel entpuppt wie befürchtet, aber mit Ida war es noch viel netter.

»Also, wenn ich darf, würde ich gerne bis nach Malmö mitkommen. Aber müsst ihr da überhaupt hin?«

»Ja«, sagte Ellen, während Ronny ein bisschen zu laut im selben Moment »Nein!« rief.

Ellen sah ihn überrascht an. »Aber da fahren wir doch dran vorbei?«

Er nickte verzweifelt. »Sicher, aber wir sind noch nicht einmal in Umeå. Wir brauchen bestimmt noch zwei Tage bis Malmö.«

»Das macht nichts«, meinte Ida. »Ich hab Zeit und eine Isomatte dabei. Und die Uni geht erst in einigen Wochen wieder los.«

Ronny sah Ellen mit flehentlichem Blick an. »Aber wo soll sie denn schlafen?«, raunte er ihr zu, und Ellen glaubte, einen Anflug von Panik in seiner Stimme zu vernehmen.

»Das entscheiden wir noch«, gab sie gut gelaunt zurück und fasste im selben Moment den Entschluss, die hübsche Ida immer dort unterzubringen, wo Ronny nächtigte. Wenn selbst der liebeslahme Herr Lembke in diesem Leben noch mal sein Glück fände, dann stünden die Sterne für ein Happy End bei Ellen Bornemann doch hoffentlich auch nicht komplett schlecht.

»Also studierst du?«, fragte sie Ida.

»Ich bin schon fertig.«

»Ah. Und was hast du studiert?«

»Der Studiengang heißt Human Rights.«

Ronny stöhnte auf.

»Gerade schreibe ich meine Promotionsarbeit«, fuhr Ida nahtlos fort. »Und danach will ich nach Afrika gehen, um bei Amnesty International zu arbeiten.«

Ellen sah, wie Ronny für einen kurzen Moment die Augen schloss und tief durchatmete. Was stellte der sich eigentlich so an? Das klang doch alles wunderbar. Das Mädel sprach fließend

Deutsch, wohnte in einem der schönsten und lebenswertesten Ländern der Welt, hatte offenbar ein Herz aus Gold, einen Studienabschluss und garnierte das Ganze jetzt auch noch mit einem Doktortitel. Ida war perfekt. Schön, schlau und trotzdem keine überkandidelte Thusnelda.

»Und was hast du so weit oben in Schweden gemacht?«, hakte Ellen nach und hielt Ida wieder die Lakritztüte hin. Ida griff zu und erklärte, ehe sie sich die schwarze Köstlichkeit in den Mund schob: »Meine Familie hat in Norrland eine Hütte. Wir haben dort Mittsommer gefeiert, meine Eltern, meine Geschwister und ich. Die anderen bleiben noch ein bisschen, aber ich wollte zurück nach Malmö. Eine Woche mit der Familie ist dann doch genug.«

Fast hätte Ellen sich vor lauter Begeisterung auf die Oberschenkel geschlagen. Sie warf Ronny einen enthusiastischen Blick zu. Das wurde ja immer besser! Jetzt hatten die Eltern auch noch ein Ferienhaus! In Schweden! Vermutlich sogar mit Elch! Mit einem lebenden!

Doch Ronny war mehr oder minder hinter dem Lenkrad in sich zusammengesunken und starrte stumpf geradeaus. Ellen hielt ihm die Lakritztüte hin, doch auch diesmal nahm er sich nichts.

Warum war er denn nicht genauso begeistert von Ida wie sie? Dachte er womöglich, dass er zu alt für sie war? Ida war vielleicht Ende zwanzig, Ronny Mitte dreißig. Das ging doch wohl in Ordnung? Oder war die Entfernung ein Problem? Hamburg, Malmö – aber damit könnte man doch umgehen? Vor allem wenn man ungebunden war wie Ronny. Warum also stellte er sich so an?

Andererseits: Warum traute sie sich noch nicht mal, Tom Blessington zurückzurufen?

Tom ... Und wenn doch alles nur ein Hirngespinst war?

Je länger Ellen darüber nachdachte, umso mehr befürchtete sie, dass sie sich, was ihren Nachbarn anging, gerade in etwas verrannte. Womöglich waren all die langen Blicke und freundlichen Gesten nichts als Einbildung und Wunschvorstellungen einer gelangweilten Landfrau gewesen, deren Ehe in etwa so aufregend war wie das Wort zum Sonntag. Oder aber sie hatte sich das alles ganz und gar nicht eingebildet und beförderte sich trotzdem sofort in die nächste Sackgasse. Denn wer wusste schon, wie der nette Mr. Blessington war, sobald Heckenschere und Schneckenstopp verräumt waren? Vielleicht war er ja ein ebenso unselbständiger, unsensibler, egoistischer Trampel wie ihr Hans? Womöglich war er ja auch nur deshalb alleinstehend, weil seine letzte Liaison ihm wegen Faulheit den Laufpass gegeben hatte?

Ach was. Alles Unsinn. Sie hatte einfach nur wahnsinnigen Bammel, erstmals im Leben unter anderen Vorzeichen über die Buchsbaumhecke hinweg zu kommunizieren. Und das war doch wirklich mehr als verständlich.

Ellen musste gähnen. Diese verfluchte Helligkeit hier oben machte ihr viel mehr zu schaffen, als sie es sich eingestehen wollte. Es wurde einfach nie so richtig dunkel, maximal setzte die Dämmerung ein. Seit sie das Nordkap hinter sich gelassen hatten, hielt die Dämmerung immerhin ein paar Stündchen an. Aber gegen drei Uhr in der Nacht ging dann auch schon wieder das Licht an. Ihr Biorhythmus war vollkommen durcheinander.

»Wie lang sind wir eigentlich schon unterwegs?«, wollte sie von Ronny wissen. Er sah ebenfalls ein wenig matt aus – was aber auch an Ida statt am Schlafmangel oder am Dauertageslicht liegen mochte.

»Gut fünfhundert Kilometer«, meinte er und gähnte nun ebenfalls wie auf Kommando. »Bis nach Umeå will ich es heute noch schaffen, aber dann ist Schluss.«

Ellen warf einen Blick nach hinten. »Ida, kannst du eigentlich Auto fahren?«

Sie schüttelte den Kopf. »Ich hab nicht mal eine Fahrkarte.«

»Wie bitte?«, fragte Ronny.

»*Körkort* ... äh, Führerschein.«

»Schade«, meinte Ellen. »Sonst hättest du weiterfahren können. Da wären wir schneller daheim. Aber warum hast du denn keinen Führerschein?«

»Hat sich nie ergeben«, sagte sie mit einem Schulterzucken. »In der Stadt kommt man mit Bussen wunderbar überall hin, da braucht man gar kein Auto. Wenn ich verreise, nehme ich den Zug oder ...« Sie zögerte kurz. »Den Anhalter«, meinte sie stolz.

Wieder sah sie zu Ronny. Der rieb sich die Augen, offenbar war er wirklich müde. Verdammter Mist. Nicht dass Ronny Lembke noch die Frau seines Lebens verschlief! Das wäre wirklich mehr als ärgerlich! So langsam hatte Ellen den Verdacht, dass Ronnys Liebesleben allein schon daran krankte, dass er nie richtig hinsah. Diesen Kerl könnte man sogar an einen weiß gedeckten Tisch ketten, Kerzen anzünden und Geigenmusik laufen lassen, und er würde immer noch nicht schalten ...

Moment. Kerzenlicht? Geigenmusik? Ein tiefer Blick aus blauen Augen ... Au ja, das war genau das Richtige!

»Sag mal, Ida, wir haben uns doch vorhin über Gleichberechtigung unterhalten. Wenn du mit einem Mann ausgehen willst, wartest du dann darauf, dass er dich fragt?«

Ida schüttelte den Kopf. »Nicht unbedingt. Wenn ich spüre, dass er mich mag, dann frag ich selbst, ob er sich mit mir treffen will.«

»Das ist wirklich emanzipiert«, meinte Ellen und sah Ronny auffordernd an. Jetzt musste dieses Faultier nur noch die Augen aufmachen und Interesse bekunden. Dann ging alles seinen Gang. »Oder, Ronny?«

Mit einem Mal wirkte er, als hätte Ellen ihn gezwickt. »Wie bitte?«

Sie sah von ihm zu Ida und wieder zurück. Ida lächelte sie freundlich an, aber Ronny sah aus, als hätte ihn gerade ein Elch getreten. Herrje, war dieser Mann schwer von Kapee!

»Also gut. Ich spendier euch ein Abendessen in einem Restaurant eurer Wahl«, verkündete Ellen, die sich dazu berufen fühlte, dem begriffsstutzigen Ronny auf die Sprünge zu helfen. Ansonsten würde der ja noch in dreitausend Jahren durch die Pampa gurken und irgendwelche ADAC-Mitglieder einsammeln, statt zu Hause die Windeln seiner Nachkommen zu wechseln.

»Das klingt fantastisch«, meinte Ida, beugte sich nach vorn und legte die Hand auf Ronnys Schulter. »Oder?«

Ronny zuckte zusammen.

»Ich interpretiere deine Reaktion als Ja«, meinte Ellen fröhlich. »Schön, dann wäre das geklärt.«

Sie freute sich. Wenn sie diese jungen Leute mit einem kleinen Schubs in die richtige Richtung zusammenbringen könnte, würde sie das für sich selbst als positives Zeichen werten. Sie wusste immerhin noch, was zusammengehörte und was nicht. Sie war lediglich ein bisschen aus der Übung, vor allem was ihr eigenes verwirrtes Liebesleben anging. Aber wenn es ihr gelänge, den störrischen Herrn Lembke an diese entzückende Ida aus Malmö zu vermitteln, dann stünde ihrer eigenen romantischen Karriere doch nichts mehr im Weg.

Nur leider beteiligte sich Ronny auf den verbleibenden Kilometern bis nach Umeå gar nicht mehr am Gespräch. Er schien zu tief in seine augenscheinlich düsteren Gedanken versunken zu sein, und ein bisschen ärgerte es Ellen, dass er sich gerade von seiner schlechtesten Seite präsentierte. Ausgerechnet jetzt, da ihm das Schicksal Ida ins Auto gesetzt hatte.

Immerhin schien die sich von seiner Grummeligkeit nicht beeindrucken zu lassen. Vermutlich waren schwedische Männer auch ein bisschen maulfaul. Ida quatschte dafür umso lieber, vor allem mit Ellen. Sie erzählte ihr von ihrer Kindheit und Jugend, die sie in der Nähe von Gävle verbracht hatte, davon, dass sie auf dem Land aufgewachsen war, von langen Sommertagen, an denen sie gemeinsam mit ihrer Oma Heidelbeeren im Wald gepflückt und anschließend in dicke Pfannkuchen eingebacken hatte. Ellen fühlte sich an ihre Enkel erinnert. Genau so hatte sie für die beiden immer sein wollen – eine Bullerbü-Oma.

Dass die Zeiten von Waldspaziergängen und Kakaokochen vorbei waren, versetzte ihr erneut einen Stich. Aber es würde etwas anderes kommen, wenn sie erst mal in ihrem Leben aufgeräumt hätte und nach Hamburg gezogen wäre, in Stines und Klaas' Nähe. Es würde etwas kommen, was die Kinder und sie selbst glücklich machen könnte. Vielleicht Stine bei ihrem ersten Liebeskummer trösten. Klaas davon abhalten, sein Leben vor der Spielekonsole zu verbringen. Und Marion würde sie das Kochen beibringen, kostete es, was es wollte.

Mit Idas Hilfe lotste sie Ronny über mehrere Umgehungsstraßen an Umeå vorbei. Im Süden der Stadt fuhren sie ab. Ellen hatte im großen Campingführer Skandinavien einen Campingplatz ganz in der Nähe entdeckt, der echt gute Bewertungen hatte. Ida schlug zwar vor, vom Allemansrätten Gebrauch zu machen und einfach irgendwo im Grünen anzuhalten, aber Ellen hatte früher am Tag die Dusche viel zu sehr behagt, und sosehr sie der Gedanke an Wildcamping reizte, so verlockend war die Vorstellung, die Haare nicht mit Trockenshampoo einsprühen zu müssen.

Sie steuerten den Campingplatz an, und während Ellen eincheckte und die Standgebühr entrichtete, überließ sie es Ida und Ronny, den Wohnwagen zu parken. Als sie wieder zu ihnen stieß, waren bereits alle vier Stützbeine runtergekurbelt, Strom und Wasser angeschlossen, der Volvo stand neben dem Lottchen, und die Fenster waren gekippt. Genau wie Ellen es Ronny am Vorabend erklärt hatte. Nur war sie leider gar nicht gewohnt, dass jemand genau das tat, was sie von ihm verlangte. Vermutlich konnte sie Ronny gegenüber deshalb auch nicht ihre Begeisterung zum Ausdruck bringen. Sie war schlicht und ergreifend zu überwältigt.

Ida tippte derweil auf ihrem Handy herum. »Ich hab ein nettes Restaurant gefunden. Soll ich dort anrufen und fragen, ob ein Tisch für uns frei ist?«

Ronny zuckte unbestimmt mit der Schulter und grunzte unverständlich in sich hinein.

Während Ida sich abwandte, um zu telefonieren, stupste Ellen ihn an. »Hast du noch was anderes zum Anziehen dabei?«

Er sah an sich herab. »Wieso?«

»Der Pulli ist total zerknittert.«

»Na und? Ist doch egal …«

»Ist es nicht!«

»Mir schon.«

»Aber Ida nicht.«

Ida, die ihren Namen gehört hatte, sah zu ihnen rüber. Dann telefonierte sie auf Schwedisch munter weiter.

Ronny wirkte verärgert. »Und du weißt, was Ida gefällt, ja?«

Ellen seufzte. Herrgott, war sie froh, dass man sie nur mit einer Tochter und nicht auch noch mit einem so halsstarrigen Sohn bestraft hatte. »Ronny … Ich will doch wirklich nur das Best…«

Aber weiter kam sie nicht, denn Ida gesellte sich wieder zu ihnen. »Ich habe einen Tisch reserviert, in einer halben Stunde.« Sie sah auf ihr Handy. »Zu Fuß von hier bis in die Stadt dauert es ein bisschen, deswegen sollten wir bald los«, meinte sie zu Ronny.

»Aber es ist doch gerade erst halb sechs?«

»Die Schweden essen früh zu Abend«, belehrte Ida ihn.

»Ich hab aber noch keinen Hunger.«

Ellen trat ihm auf den Fuß, und er funkelte sie böse an. Um seinem Blick auszuweichen (der Ida natürlich nicht entgangen war), kramte Ellen in ihrer Handtasche und zog den Geldbeutel heraus.

»Wie viel wird denn so ein Abendessen kosten, Ida?« Sie zog ein paar Scheine heraus. »Tausend Kronen vielleicht?«

Die Schwedin machte große Augen. »Willst du wirklich für die Geigen stehen?« Ellen und Ronny zogen synchron die Augenbrauen hoch, so dass sie nachsetzte: »Ich meinte ... für alles bezahlen?«

Ellen nickte. »Hab ich doch gesagt.«

»Dann befürchte ich ...«

Ellen und Ronny starrten Ida an.

»Für drei Personen reicht das nicht«, erklärte Ida.

»Für drei?«, hauchte Ronny.

»Wieso denn für drei?«, fragte auch Ellen. »Ihr geht doch ohne mich. Es ist doch ein Rendezvous.«

Ida machte ein fassungsloses Gesicht. »Aber nein, das geht doch nicht! Wir können dich doch nicht allein hierlassen und dein Geld wegwerfen!«

»Doch!«, rief Ronny mit wachsender Verzweiflung.

Ellen schnaufte laut vernehmbar. »Es heißt ›zum Fenster hinauswerfen‹. Aber das wäre hier zum einen nicht der Fall, und zum anderen kommt, dabei zu sein, für mich nicht in die Tüte.«

»Ich weiß überhaupt nicht, was ihr habt«, hielt sie dagegen. »In Schweden ist es gar kein Problem, wenn die Eltern des Freundes mit zum Essen kommen. Wir sind doch alle eine große Familie. Komm schon, Ellen. Das wird lustig!«

Damit drehte sie sich um und marschierte davon.

Ellen fing Ronnys Blick auf. Er öffnete den Mund, klappte ihn wieder zu, rührte sich jedoch nicht von der Stelle.

»Dich kann man offensichtlich nicht allein auf Frauen loslassen«, sagte Ellen und schulterte ihre Handtasche.

KAPITEL 22

»Also, nur um das mal klarzustellen: Ich würde niemals meine Mutter mit zu einem Date nehmen«, sagte er, sobald sie sich an ihren Tisch gesetzt hatten.

Ida kicherte. »Ich finde es eigentlich ganz lustig.«

»Und sie ist noch nicht mal meine Mutter!«, legte Ronny nach.

»Ja, das habe ich verstanden«, sagte Ida.

Er kam sich einfach nur deplaziert vor. Wie das fünfte Rad am Wagen. Und überhaupt: Was war das denn bitte für eine bescheuerte Idee? Ein Date mit Anstandsdame – und dann ausgerechnet Ellen! Das konnte doch nur in die Hose gehen.

Natürlich hatte Ellen keinen blassen Schimmer, warum Ronny der Arsch dermaßen auf Grundeis ging. Ida hatte nämlich nicht nur einen hinreißenden Akzent, sondern sie war darüber hinaus auch berauschend schön – und eine Heilige. Studierte Menschenrechtsaktivistin, Mannometer. Und bald auch noch mit Doktortitel!

Ronny selbst hatte noch nicht mal eine abgeschlossene Berufsausbildung vorzuweisen. Das war doch … Eine ganz große Scheiße war das! Das würde doch niemals was werden! Was sollte jemand wie Ida an einem Loser wie Ronny denn auch finden?

Ja, zugegeben: Ida war nett. Und sie sah wirklich gut aus. Ronny konnte sich inzwischen kaum was Angenehmeres mehr vorstellen, als Ida und Ellen beim Palaver zuzuhören … Dieser Akzent! Dieser melodische Singsang!

Aber was sollte Ronny mit einer Schwedin anfangen? Die in Malmö lebte und vorhatte, alsbald nach Afrika zu gehen? Und überhaupt – eine Beziehung?! Das war ganz einfach nichts für ihn. Er war, wenn überhaupt, eher der Typ für Affären und Bettgeschichten.

Er musste wieder daran denken, was Ellen über Hans' und ihre Ehe erzählt hatte. Da war doch deutlich geworden, dass auch sie nicht gerade die größte Fürsprecherin monogamer Paarbeziehungen war. Und dann auf einmal machte sie auf Kuppelkönigin? Was war denn in sie gefahren?

»Ich hab es immer noch nicht so richtig verstanden, glaube ich«, nahm Ida den Faden von vor einer Weile wieder auf und lächelte Ronny an. »Du bist also Ellens Fahrer? Ihr Chauffeur? Wie bei Miss Daisy?«

Er schüttelte den Kopf. »Nein. Ich arbeite beim ADAC. Dem Allgemeinen Deutschen Automobil-Club. Ich sammle Menschen ein, die liegen geblieben sind.«

»Liegen geblieben?«, hakte Ida nach. Der Ausdruck sagte ihr offenbar nichts.

»Er *rettet* sie«, sprang Ellen in die Bresche, die sich allem Anschein nach vorgenommen hatte, Ronny ins bestmögliche Licht zu rücken. Was sich in der Realität eher so anfühlte, als würde sie ihm mit dem befeuchteten Finger Krümel von der Wange reiben.

Ida blickte beeindruckt drein. »Du *rettest* Menschen? Also machst du ja was Ähnliches wie ich.«

Ronny verzog freudlos das Gesicht. Human Rights, Menschenrechte – schon klar. »In etwa.« Das war alles so dermaßen erbärmlich ...

»Erzähl doch mal«, schlug Ellen vor. Allerdings sah sie dabei ihn und nicht etwa Ida an.

»Was soll ich denn erzählen?«, fragte er erschrocken. »Du weißt doch schon alles.«

»Du sollst es auch nicht mir erzählen, sondern Ida«, stellte Ellen richtig. »Alter, Hobbys, Werdegang ...«

Ronny musste sich zusammenreißen, um sich nicht von seinem Stuhl zu stürzen und dann wimmernd und auf allen vieren aus dem Restaurant zu kriechen. Wenn dieses »Date« in diesem Stil weiterginge, bräuchte er mehr Alkohol.

Hastig griff er nach der Karte. Gott, war das teuer! Selbst wenn Ellen darauf bestehen würde, die Rechnung zu begleichen, sorgten die Preise in der Karte bei Ronny für Schwindel. Würde er selbst bezahlen müssen, wären maximal ein Espresso und ein Leitungswasser drin.

Der Kellner kam, um ihre Bestellung aufzunehmen. Während Ida für sie alle drei in ihrem herrlichen, wenngleich unverständlichen Singsang typisch schwedische Gerichte bestellte, durchforstete Ronny die Karte nach etwas Trinkbarem mit möglichst vielen Promille und wenigen Nullen im Preis. Erschreckenderweise würde er sich in diesem Fall zwischen Apfelwein und Wodka entscheiden müssen. Da ihm Wodka selbst für ein erstes Date mit Ellen zu heftig vorkam, entschied er sich für den Apfelwein, der prompt von drei Gläsern flankiert gebracht wurde – obwohl Ronny keine drei bestellt hatte. Die Schweden teilten offenbar tatsächlich alles.

Kaum waren die Gläser gefüllt, hob Ellen ihr Glas. »Worauf trinken wir?«

»Auf die Liebe«, schlug Ida vor.

»Ganz sicher nicht«, platzte es aus Ronny heraus.

»Dann auf das Leben?«, legte Ida nach.

»Auf Schweden vielleicht?« Doch Ellen wischte ihren eigenen Vorschlag sogleich wieder vom Tisch.

»Auf neue Möglichkeiten«, meinte Ida dann.

Ellen lächelte. »Auf neue Möglichkeiten.«

»Hmpf«, meinte Ronny, dem Idas Zwinkern nicht entgangen war.

Sie stießen an. Ronny konzentrierte sich auf die blubbernden Apfelweinbläschen.

»Wie geht es denn nun für dich weiter, Ronny?«, riss Ellen ihn kurze Zeit später aus der alkoholischen Betrachtung.

Er sah schockiert zu ihr auf. Wollte sie jetzt allen Ernstes über ihn reden? »Wie meinst du das?«

»Na, beruflich. Du kannst doch nicht ewig als ADAC-Fahrer arbeiten. Was bist du gleich wieder von Haus aus?«

»Von Haus aus? Was soll das heißen? Was meine Eltern machen?«

»Nein, was *du* gelernt hast.«

»Ah so.« Er warf Ida einen peinlich berührten Blick zu. Ida, der quasi fertig promovierten Menschenretterin. »Äh … nichts.«

Ellen sah ihn reglos an. »Nichts.«

Auch Ida schwieg, hatte aber ihren schönen Mund mit den geschwungenen Lippen zu einem feinen Lächeln verzogen. Ronny wurde ganz schwummrig, wenn er ihr ins Gesicht blickte. Schnell sah er weg und murmelte: »Ich hab mal studiert, aber das war nichts für mich.«

»Aha. Und ansonsten?«, bohrte Ellen weiter. »Mit einer Ausbildung hast du es wohl gar nicht erst probiert?«

»Nein.«

»Und warum nicht?«

»Weiß nicht. War nie das Richtige dabei.«

Ellen schwieg. Es war offensichtlich, dass ihr seine Antwort nicht gefiel. »Was wäre denn das Richtige?«

Er zuckte mit den Schultern. »Keine Ahnung. Hab ich noch nicht herausgefunden.«

»Was sagst du dazu, Ida?«

Jetzt holte Ellen sich schon Schützenhilfe von Ida … die allerdings bloß mit der Achsel zuckte und Ronny weiter ansah.

»Es wird doch wohl Zeit, dass unser Ronny sich eine Aufgabe im Leben sucht. Sich niederlässt und sesshaft wird. Oder meinst du etwa nicht?«

»Wieso denn?« Inzwischen fühlte er sich in die Enge getrieben.

Ellen seufzte. »Wie alt bist du, Ronny? Wenn ich das in meinem Alter überhaupt fragen darf.«

Ronny hatte allmählich das Gefühl, als miesestes Date in die Geschichte einzugehen. Er räusperte sich pikiert. »Dreiunddreißig.«

»Aha. Fast wie meine Marion«, meinte Ellen. »Nur dass die einen Beruf hat.«

Er nickte und kippte den Rest seines Apfelweins hinunter, der nach zu wenigen Promille schmeckte, so dass er sein Glas direkt wieder auffüllte.

Im selben Moment brachte der Kellner die Vorspeisen, und Ida machte sich beherzt über ihren Salat her.

»Hast du denn keine Lust, endlich auf eigenen Füßen zu stehen?«, fragte Ellen.

»Ich *stehe* auf eigenen Füßen.« Ronny funkelte sie wütend an. »Von meinen Eltern nehm ich keinen Cent.«

Na ja ... mal abgesehen von einigen milden Gaben zu Geburtstagen und zu Weihnachten, die seine Mutter ihm ohne das Wissen ihres Gatten zukommen ließ.

»Aber wenn du noch nicht lang beim ADAC bist, was hast du denn davor gemacht?«, wollte Ellen wissen.

Ronny dachte kurz darüber nach, ob er aus lauter Trotz die Fischbude am Hamburger Hafen erwähnen sollte, in der er sage und schreibe für drei Tage gejobbt hatte, entschied sich dann aber dagegen. »Ich war beim Musical.«

»Ach?«

»Bist du Sänger?« Ida riss die blauen Augen auf.

Sie hatte ja keine Ahnung ... Ob er ihr erzählen sollte, dass er dort zunächst nur Sitzplätze angewiesen hatte – und gefeuert worden war, sowie er einer Anstellung als Sänger – wenn auch nur durch einen fiesen Trick – näher gekommen war, als er es sich je hätte vorstellen können? Und das, obwohl er nicht mal singen konnte?

Nein, das würde ihn nur noch viel blöder dastehen lassen, als er sich ohnehin schon vorkam.

»Na ja«, sagte er deswegen ausweichend, »kein richtiger.« Nur keine falschen Hoffnungen wecken. Am Ende müsste er den beiden noch vorsingen. Dann wäre alles vorbei. Vor allem mit Ida.

Sie wirkte nachdenklich, als sie nachhakte: »Gibt es falsche Musicalsänger?«

»O ja.« Er gab sich einen Ruck und fasste nun doch mit wenigen Worten die Verkettung unglücklicher Ereignisse zusammen, die dazu geführt hatte, dass Andreas auf dem Kreuzfahrtschiff gelandet war und Ronny auf der Bühne.

Als er fertig war, starrte Ellen ihn einen Moment lang an. Dann warf sie Ida einen Blick zu. Die beiden fingen an zu grinsen, und in Idas Augen flackerte irgendwas auf. War das Neugier? Oder Spott? Ronny hatte keine Ahnung. Aber irgendwie hatte ihr Blick sich verändert, seitdem er die Geschichte mit der Antilope erzählt hatte. Na toll. Hätte er besser mal die Klappe gehalten. Immer noch grinsten beide Frauen ihn breit an.

»Was ist denn jetzt wieder so witzig?« Ronny war jetzt wirklich angepisst.

»Man sollte den Hund nie nach dem Fell beurteilen«, murmelte Ida und fing dann an, unkontrolliert zu prusten.

»Und die Antilope ebenso wenig«, gackerte Ellen und konnte nun ihrerseits den bevorstehenden Lachanfall nicht mehr zurückhalten.

»Was gibt es da zu lachen?«, rief Ronny erbost, aber weder Ida noch Ellen waren mehr in der Lage, ihm eine Antwort auf die Frage zu geben. Während Ellen immer weiter in sich hineinkicherte und dabei zusehends rot anlief, hatte die Schwedin mittlerweile den Kopf in den Nacken gelegt und lachte aus vollem Hals.

Ronny spürte, wie sein linker Mundwinkel anfing zu zucken. Dann konnte auch er ein Grinsen nicht mehr unterdrücken, und als er sah, dass Ida sich die ersten Lachtränen aus den Augenwinkeln tupfte, weitergluckste und nach Luft schnappte, begann er ebenfalls zu kichern.

»Puh!« Ellen stöhnte, nahm einen großen Schluck Wasser und atmete zweimal tief durch. »Ich kann nicht glauben, dass das niemand gemerkt hat«, meinte sie.

»Gibt es für Antilopen keine Eignungstests?«, wollte Ida wissen, grinste, und erneut wurden sie alle drei von einem Lachflash überrollt.

Endlich hatte auch Ronny die Komik des Ganzen für sich entdeckt. Merkwürdig. In seiner Version war es immer nur eine Geschichte des Scheiterns gewesen. Aber jetzt, mit Ellen und Ida, wurde daraus eine verdammt gute Story, mit der man sein Gegenüber unterhalten konnte. Warum war er da nie selbst draufgekommen?

»Am Anfang hat das echt niemand gemerkt«, erklärte er. »Erst als ich den Simba spielen musste, flog die Sache auf.«

Erneut brachen die beiden Damen in Gelächter aus. Diesmal drehten sich sogar die Leute an den Nachbartischen um. Nicht verärgert, sondern eher interessiert und neugierig. Vielleicht sogar ein bisschen neidisch.

»Du hast den *Simba* spielen dürfen und hast es versaut«, kicherte Ellen und tupfte sich mit der Serviette die Augenwinkel trocken.

»Dass es aber auch so gar nicht geklappt hat ... Das ist doch der Wahnsinn!« Ida sah ihn mit leuchtenden Augen an.

»Tja ...«

»Aber Improvisationstalent hast du, das muss man dir lassen.«

»Kannst du nicht daraus irgendwas machen?«, schlug Ellen vor.

»Nee, nee, nee«, sagte Ronny schnell. »Erstens bringt einem das Improvisationstalent beim Musical rein gar nichts, sofern man nicht zusätzlich auch halbwegs gut singen kann. Und zweitens: Was sollte ich eurer Meinung nach denn aus diesem ›Talent‹ machen?« Mit den Fingern zeichnete er Anführungszeichen in die Luft.

»Ich weiß auch nicht ... Was machst du denn gern?«

Wie oft hatte Ronny sich darüber den Kopf zerbrochen? Über einen Beruf – und keinen *Job* –, der ihm Spaß machen könnte. Der ihn erfüllen würde. Der ihm Zufriedenheit bescherte. Eine nicht unerhebliche Zeit in seinem Leben hatte er darauf spekuliert, mitten in der Nacht von einer genialen Idee für eine vollautomatische Kartoffelreibemaschine für den Hausgebrauch oder ein selbstreinigendes Fenster heimgesucht zu werden, mit der er Millionen scheffeln könnte. Doch in Ronny steckte so viel Entdeckergeist wie Ehrgeiz – nämlich null. Er war kein Tüftler, der sich in der Freizeit in einen Hobbyraum einschloss, um irrsinnigen Erfindungen nachzujagen. Da blieb ihm nur mehr, darauf zu warten, dass er spontan und ohne eigenes Zutun von der Muse geküsst wurde.

Anstatt also etwas zu unternehmen, hatte er diverse Dinge so lange im Kopf kaputtgedacht, bis am Ende nichts mehr übrig gewesen war, für das es sich zu kämpfen gelohnt hätte.

Er zuckte mit den Schultern. »Ich hab keine Talente, aus denen man was machen könnte. Und ich hab auch keine Berufung. Seht es endlich ein.«

Die Stimmung hatte sich verändert. Wie so oft nach einem Lachanfall senkte sich eine eigenartige Stille auf sie herab.

»Und du glaubst, man kann nur arbeiten, wenn man eine Berufung hat?«, wollte Ellen plötzlich gar nicht mehr so heiter wissen.

»Ich weiß auch nicht ...« Er fixierte sein Apfelweinglas und verstummte.

»Glaubst du denn allen Ernstes, dass ein Müllmann irgendwann seine Berufung zum Herumschubsen von Mülltonnen entdeckt hätte?«, fragte Ellen jetzt schon etwas ungeduldiger.

Sie konnte es aber auch wirklich nicht lassen.

»Das ist doch wohl eine rhetorische Frage, oder?«

»Oder dass ein Pathologe zum Aufschneiden von Leichen berufen wäre?«

»Zumindest hat er ein grundlegendes morbides Interesse«, wandte Ronny ein.

»Und ein Bäcker? Was für eine Berufung hat der? Oder welches Talent, wenn es schon nicht um die Berufung geht?«

Ronny dachte nach. »Er steht gerne früh auf?«

Ellen seufzte, nahm noch einen Schluck Apfelwein und schüttelte den Kopf. »Du bist echt einer von denen, die immer noch daran glauben, dass man einen Beruf nur dann ergreifen sollte, wenn man sich damit selbst verwirklichen kann. Aber kann man so auch Geld verdienen?«

Ronny wiegte den Kopf hin und her. »Das stimmt schon irgendwie. Ich will nämlich wirklich nicht nur arbeiten, um Geld zu verdienen.«

»Und warum nicht?«, ereiferte sich Ellen. »Was wäre daran so verkehrt? Wer Geld verdient, ist frei. Und kann sich von seinem Mann trennen, wann er will – ganz ohne Angst haben zu müssen, irgendwann ohne einen Cent dazustehen.«

Ach, daher wehte der Wind!

»Isst du das noch?«, fragte Ida und deutete mit ihrer Gabel auf Ronnys Salatteller, den er bislang nicht einmal angerührt hatte. Kommentarlos schob er ihn ihr hin.

»Hättest du dich eigentlich schon früher von Hans getrennt, wenn du berufstätig gewesen wärst?«, wollte er von Ellen wissen.

Sie zuckte mit den Schultern. »Vielleicht. Zumindest hätte ich mir nicht so lange Zeit damit gelassen.« Sie schwieg, dann fuhr sie fort: »In welchem Musical hast du noch mal gespielt?«

»*König der Löwen.*«

Ellen sah ihn mit leerem Gesicht an. »Ist das das mit den Katzen?«

»Du nimmst mich auf den Arm!«

»Von Andrew Lloyd Webber?«

»Ach du liebe Güte, nein! Von Elton John.«

»Ah, der von *Grease*.«

Ronny schüttelte den Kopf.

»Sing doch mal was!«, forderte Ida ihn auf.

Er riss die Augen auf. »Äh, nein?!«

»Doch«, meinte auch Ellen ungehalten. »Sing!«

»Wie bereits erwähnt: Ich kann überhaupt nicht singen.«

»Jetzt sei kein Frosch«, meinte Ellen, während sie sich ihre Gabel belud und ein großes Salatblatt in den Mund stopfte. »Lass dich doch nicht immer bitten, Herrgott! Du bist manchmal echt ein Jammerlappen.«

»Biiiitte, lieber, lieber Ronny«, flötete Ida, die inzwischen den zweiten Vorspeiseteller geleert hatte, und klimperte mit den Wimpern.

Was war jetzt schlimmer? Wie die Lusche des Universums dazustehen, zu der Ellen ihn gerade degradierte, oder Ida mit seinem unterirdischen Gesangstalent in die Flucht zu schlagen?

Ronny holte tief Luft, und dann intonierte er – gaaanz leise – die ersten Töne des Introsongs: »Naaa …« An den afrikanischen Text des berühmten Eröffnungsrufs konnte er sich – natürlich – Wort für Wort erinnern.

Ellen und Ida sahen ihn an, als hätte er den Verstand verloren. Okay. Er wusste, dass er nicht gut singen konnte. Aber sie hatten doch wohl hoffentlich zumindest die Melodie erkannt?

Spielen konnte er besser als singen. Also griff Ronny nach dem Brotkorb und hielt ihn sich über den Kopf – genau wie in der ersten Szene des Stücks der Affe Rafiki das Löwenbaby Simba in die Luft gehoben hatte. »Naaa …«, wiederholte er den Ruf des Affen noch ein bisschen lauter.

»Was zum Himmel ist das?«, stammelte Ida, und ihr blieb der Mund offen stehen.

»Das ist Zulu.«

»Das meine ich nicht, ich meine deinen … *Gesang*.« Sie lachte kurz auf und schlug sich die Hand vor den Mund. »Das ist ja ... fürchterlich! Das klingt wie eine ... Wie sagt man? Gießkanne mit Rost.«

Ronny war für einen Moment sprachlos. Einerseits, weil er wieder einmal den Beweis erbracht hatte, dass er der mit Abstand schlechteste Sänger nördlich des Äquators war. Andererseits hatte er das ausgerechnet vor Ida beweisen müssen, und jetzt stand er da wie eine Lusche, ein Vollidiot und ein talentfreier Depp. Na wunderbar.

»Hast du es wenigstens wiedererkannt?«, wollte er wissen, doch Ida schüttelte bloß stumm den Kopf. Allerdings schien sie ihm ansehen zu können, wie geknickt er war.

»Aber wir in Schweden hören ja auch ganz andere Sachen als ihr«, fügte sie schnell hinzu. Dann räusperte sie sich und winkte vage durch den Speisesaal.

Alarmiert sah Ronny sich um. Es hatten sich so ziemlich alle Köpfe in seine Richtung gedreht – und das Restaurant war nicht gerade schlecht besucht. Es war sonnenklar, dass er sich nicht nur an seinem Tisch zum Vollidioten gemacht hatte ... Hatte er gerade wirklich das Intro aus dem Musical gesungen? Mit einem Brotkorb in der Hand? Und alles nur, um nicht wie ein komplettes Weichei dazustehen? Um Ida zu imponieren? Ausgerechnet mit seinem *Gesang?!* Es wäre tatsächlich lustig, wenn es nicht zum Heulen gewesen wäre ...

Ida sah ihn an. Ihr Blick war immer noch offen. Aber meinte er nicht, auch eine Spur Mitleid in ihrem Gesichtsausdruck zu erkennen? Und wieso war es eigentlich um ihn herum mucksmäuschenstill?

Dann nahte Rettung – ausgerechnet in Gestalt von Ellen. »Hör mal, Ida, wir hatten da gestern so eine Begegnung mit einem Elch ...« Sie erzählte Ida von dem riesigen, vermeintlich toten Tier, das auf der Straße gelegen hatte, und Ronny entspannte sich wieder ein wenig. Solange Ellen redete, hatte er Pause und konnte versuchen, das Gefühl abzuschütteln, sich bis auf die Knochen blamiert zu haben.

Ellen war gerade dabei zu erzählen, wie sie versucht hatten, den Elch von der Straße zu schieben. Ida schien die Geschichte zu gefallen, vor allem als Ellen erwähnte, dass sie sich mit Topflappen bewaffnet am Elchgeweih zu schaffen gemacht hatten.

»Irgendwann mussten wir einsehen, dass wir ihn nicht von der Straße kriegen würden, und sind stattdessen einkaufen gefahren«, fuhr sie fort. »Und jetzt stell dir vor: Als wir wiederkommen, ist der Elch verschwunden. Weit und breit nicht die geringste Spur von ihm. Als hätte es ihn nie gegeben.«

Ida grinste breit. »Und was, denkt ihr, ist passiert?«

Ronny zuckte mit den Schultern. »Ich glaube ja, er war nicht tot. Er hat sich nur tot gestellt. Wie diese Ziegen aus Amerika.«

»Unsinn«, meinte Ellen. »Ein Elch, der sich tot stellt.« Sie schüttelte den Kopf. »Wie doof ist das denn?«

»Ich glaube, da kann ich Licht im Dunkel verteilen«, meinte Ida und lehnte sich über den Tisch. »Eigentlich ist das verboten, aber es passiert gar nicht so selten. Es sterben relativ viele Elche bei Trafikunglücken. Sie werden angefahren, und eigentlich muss man in so einem Fall die Polizei rufen.«

Ronny wusste noch, dass so etwas in Ellens Reiseunterlagen gestanden hatte.

»Die meisten haben aber keine Lust, auf die Polizei zu warten. Das kann so weit oben im Norden auch ganz schön lange dauern. Also rufen sie nicht an, sondern fahren einfach weiter.«

»Und was passiert mit dem Elch?«, hakte Ronny nach.

»Der wird von irgendjemandem abgeholt … meistens von einem Restaurantbesitzer oder Schlachter oder so.«

»Heißt das …« Ronny schüttelte sich. »Der tote Elch wird zu Essen verarbeitet?!«

Ida zuckte mit den Schultern. »Ja.«

»Besser, als den lebenden Elch zu Essen verarbeiten, oder?«, meinte Ellen augenzwinkernd.

»Aber der lag doch da ... seit Stunden womöglich«, wandte Ronny ein. »Ist das nicht total ... unhygienisch?«

»Ach was, gar kein Problem.« Ida winkte ab.

»Also esst ihr wirklich Elchfleisch?« Ronny war fassungslos. »Das ist ja ekelhaft.«

»Wieso? Was soll an Elch anders sein als an einer Kuh?«, entgegnete Ida. »Oder an Reh oder Hirsch ...«

»Oder Ziege?«, warf Ellen ein.

»Ein Elch ist doch nichts anderes als ein Pferd mit Hörnern«, meinte Ida.

»Oder eine Antilope.«

»Ich weiß nicht«, stammelte Ronny und musste wieder an die niedlichen Plüschtiere von der Tankstelle denken, die auf den Süßigkeitenregalen gesessen hatten. »Man kann doch nicht ausgerechnet Elch ...«

»Klar kann man«, sagte Ida und nickte in Richtung der Speisekarten, die neben ihnen auf dem Tisch lagen. »Die Hälfte der Gerichte da drin können aus Elch zubereitet werden. Gulasch, Ragout, Köttbullar ...« Dann riss sie erschrocken die Augen auf. »Du bist aber kein Vegetarier, oder?«

Er schüttelte den Kopf. »Nein.« Obwohl er beim Gedanken an ein Wildunfallragout zu gern einer geworden wäre.

Ida sah ihn nachdenklich an, und langsam kam er sich wirklich wie der Depp vom Dienst vor. Dabei war Ellen doch das Landei! Wieso musste er dann ständig wie ein Spießer klingen? Daran waren doch bestimmt wieder seine Eltern schuld, die all ihre Borniertheit in ihn hineinerzogen hatten.

Er wich Idas Blick aus, aber auch die anderen im Raum schienen ihn immer noch zu beäugen. Sein Herzschlag wurde schneller, seine Hände wurden feucht, und im geradezu absurden Gegensatz dazu hatte sich aller Speichel aus seinem Mund verabschiedet. Er griff nach seinem Apfelweinglas und leerte es in einem Zug. Dann sagte er zu niemand Bestimmtem: »Wusstet ihr, dass Friedrich Schiller immer eine Handvoll fauler Äpfel in seiner Schreibtischschublade aufbewahrt hat? Der Geruch hat ihn angeblich zu seinen Stücken inspiriert.«

Ellen stöhnte. »Jetzt geht *das* wieder los.« Sie warf ihre Serviette auf den Tisch, beugte sich zu Ida und flüsterte so laut, dass Ronny es hören konnte: »Er fängt immer an, schwachsinniges Zeug von sich zu geben, wenn er nicht weiterweiß. Er kann die Stille nicht ertragen.«

»Aber nett, was er alles weiß«, meinte Ida und warf Ronny einen schelmischen Blick zu.

Er sah weg. »Die menschliche DNA stimmt übrigens zu fünfundfünfzig Prozent mit der von Bananen überein.« Und dann, beinahe ohne es kontrollieren zu können, fügte er hinzu: »Und Erdbeeren, Himbeeren und Brombeeren sind in Wahrheit auch gar keine Beeren.«

Ellen goss sich und Ida noch Apfelwein nach und gluckste: »Das kann jetzt eine Weile dauern, Ida. Der hört so schnell nicht wieder auf. Prost. Oder wie sagt man bei euch?«

»Skål«, meinte Ida, prostete Ellen zu, und beide kicherten.

»Ananas enthält stimmungsaufhellende Substanzen und kann gegen Depressionen helfen.«

Ida sagte lachend: »Also wir brauchen jedenfalls keine Ananasser hier am Tisch!«

Ellen fing wieder an, lauthals zu wiehern, und schlug mit der flachen Hand auf den Tisch. »Ananasser!«

»Der Plural von Ananas lautet Ananas oder Ananasse«, korrigierte Ronny kurzatmig und fügte nahtlos an: »Laut einer amerikanischen Studie gelten Zitronen als unsympathisch, Zwiebeln als dumm, und Pilze werden für Streber gehalten.«

Auch Ida bog sich von Neuem vor Lachen und beugte sich über den Tisch, ihre Schultern bebten, während Ellen sich inzwischen nicht mal mehr die Mühe gab, ihren hysterischen Lachanfall zu verbergen.

»Du dumme Zwiebel!«, japste sie, während ihr Tränen über die Wangen kullerten und sie ungläubig den Kopf schüttelte.

Ronny hatte nun vollends die Kontrolle über sein Sprachzentrum verloren. Erneut spürte er die Blicke der anderen Gäste auf sich – nur fühlten sie sich nicht mehr wohlwollend an. Die unerwünschte Aufmerksamkeit war ihm so unangenehm, dass es ihn zusehends rasend machte. In seinem Kopf schwirrten Fakten hin und her, vorwärts, rückwärts, diagonal … Es war wie in einem verdammten Kreuzworträtsel im dreidimensionalen Raum – und er war im Epizentrum gefangen und fühlte sich dazu gezwungen, alle Kästchen auszufüllen. Und zwar lauthals.

»In Japan werden eckige Melonen gezüchtet, damit man sie besser transportieren kann. Die Apfelsine stammt eigentlich aus China. Serbien produziert ein Drittel der Himbeeren weltweit, und der größte Spargelexporteur der Welt ist Peru«, hastete er weiter durch das Lexikon der Absonderlichkeiten, das in seinem Gehirn in rasender Geschwindigkeit eine Seite nach der anderen umschlug.

»Ronny.« Ida lehnte sich grinsend nach vorn und legte die Hand auf sein Bein, was ihn allerdings nur noch nervöser machte. Dort, wo ihre Hand lag, fing es sofort an zu kribbeln. »Beruhige dich mal«, meinte sie, konnte sich aber ein breites Grinsen nicht verkneifen.

»›Kartoffel‹ ist in den USA eine Bezeichnung für Deutsche«, japste er, ohne Idas Hand auf seinem Bein aus den Augen zu lassen. »Die Kreuzung zwischen Kartoffel und Tomate heißt Tomoffel.«

»Tomoffel!«, brüllte Ellen und schlug sich auf die Schenkel.

»Tomaten sind Beerenfrüchte.« Er redete immer schneller, und bald würde ihm die Puste ausgehen. Die Ränder seines Sichtfelds dunkelten bereits ein. »Artischocken sind Disteln. Hagebutten erhalten am meisten Vitamin C. Avocado bedeutet übersetzt ›Hoden‹ ...« Er hielt erschrocken inne. O Gott. Hatte er Hoden gesagt? In Idas Gegenwart? Er verstummte schlagartig und schlug sich die Hand vor den Mund.

Ellen und Ida starrten ihn verdutzt an. Niemand sagte mehr ein Wort, alle hielten die Luft an.

Ronny zählte langsam mit: Einundzwanzig, zweiundzwanzig, dreiundzwanzig ...

Gerade als er meinte, jeden Moment vom Stuhl zu kippen, tauchte der Kellner neben ihrem Tisch auf, in der Hand zwei Teller, auf denen in einem See dampfender brauner Soße kleine Fleischklöpse schwammen, flankiert von einem dicken Klatscher Kartoffelbrei und einem Berg grüner Erbsen. »Varsågoda, era köttbullar.«

Ida zog ihre Hand weg. Ronnys Puls raste, sein Atem war abgehackt. Er hätte nicht mehr sagen können, ob es wegen all der unausgesprochenen Fakten war, die sich in seinem Kopf stauten wie die Autos zur Rushhour am Elbtunnel ... War Hamburg nicht die Stauhauptstadt Deutschlands? Möglicherweise hatte er auch nur zu lange die Luft angehalten ... oder aber Idas Hand auf seinem Bein hatte ihm vollends den Atem verschlagen.

Auch seine Begleiterinnen schwiegen, allerdings immer noch breit grinsend. Der Kellner wackelte auffordernd mit den Tellern und sagte irgendwas auf Schwedisch, doch keiner reagierte.

Stattdessen beugte Ida sich zum schockstarren Ronny vor und fragte: »Weißt du, was wir in meiner Familie noch *köttbullar* nennen?«

Ronny blickte auf, sah aber an ihr vorbei in die Tiefe des Raums. Er wünschte sich weit, weit weg. »Nein ...«

»Ich weiß es!« Ellen beugte sich kichernd nach vorn, während in Ronnys Kopf nach wie vor nur gähnende Leere herrschte.

Ida rückte noch ein bisschen näher. »Es sind immerhin Fleischkugeln … Kommst du jetzt drauf?«

»Nein, ich …«

»Du hast es eben schon gesagt.«

Im Geiste ging Ronny den Nonsens durch, den er in den letzten Sekunden von sich gegeben hatte. »Ananas? Wassermelone?«

Ida und Ellen schüttelten einträchtig den Kopf, und der Kellner, der immer noch neben dem Tisch stand, seufzte.

»Denk mal an die Avocados«, forderte Ellen ihn auf.

Da fiel auch bei Ronny endlich der Groschen, und er rief: »Hoden!«

Sämtliche Gäste im Restaurant blickten in seine Richtung.

»Very good«, sagte der Kellner auf Englisch. Dann wackelte er wieder mit den Tellern. »Your *köttbullar*, Sir.«

KAPITEL 23

Mit der zusammengerollten Decke in der Hand stand Ronny vorm Wohnwagen. Ellen ragte vor ihm in der Eingangstür auf und hatte die Arme vor der Brust verschränkt.

»Das ist mein letztes Wort.«

»Aber Ellen«, flehte Ronny, »das kannst du doch nicht machen! Der Wohnwagen ist groß genug für zwei ... Du kannst mich doch nicht einfach aussperren – nach allem, was ich für dich ...«

Sie schloss betont langsam die Augen und schüttelte den Kopf. »Tut mir leid. Es ist zu deinem Besten.«

»Dann lass wenigstens Ida bei dir schlafen!«

Ida, die mit einer Zahnbürste im Mund gerade an ihnen vorbeilief und sich einen Zopf band, rief nuschelig herüber: »Ich schlaf gern im Auto. Kein Problem.«

Ronny fluchte in sich hinein. Warum musste diese Schwedin so entspannt und unkompliziert sein? Das mochte er nicht an Frauen. Oder doch, natürlich mochte er es, er liebte es sogar – denn im Gegensatz zu all den komplizierten Großstadtweibern haftete Ida etwas Natürliches an, so dass es ihm fast weh tat beim Hinsehen. Egal ob Ronny an die männermordende Salome dachte oder an die ätherisch-verplante Maja, die einen Hauptgewinn noch nicht mal dann erkannte, wenn er sich ihr auf den Bauch band: Ida hielt jedem Vergleich stand – und mehr als das. Jetzt gerade spazierte sie zähneputzend um den Volvo herum, der mit geöffneter Heckklappe neben dem Wohnwagen stand. Die Rücksitze waren umgeklappt, und auf der Ladefläche hatte Ida ohne viel Federlesen ihre Isomatte und ihren Schlafsack ausgerollt. Links daneben war noch Platz – und Ronny ging mal wieder der Arsch auf Grundeis.

Eine Nacht mit Ida. Im Auto. Auf engstem Raum nebeneinander. Er würde kein Auge zutun. Er wollte zu Ellen in den Wohnwagen!

Aber die stellte sich stur. »Du kommst hier nicht rein«, meinte sie gerade und schüttelte den Kopf. Dann zwinkerte sie ihm zu. »Ich glaub nämlich, sie hat ein Auge auf dich geworfen«, zischte sie.

»Psst!«, gab Ronny alarmiert zurück, denn gerade war Ida wieder an ihnen vorbeigelaufen und hatte ihm von der Seite einen Blick zugeworfen.

Sie war wirklich nett. Lustig. Hübsch. Klug. Und absolut unerreichbar für ihn. Niemals würde sich eine wie Ida in jemanden wie ihn verlieben, niemals. Und das war auch gut so. Die Natur wusste, was zusammengehörte. Topf und Deckel. Sie beide waren eher wie Ziseliermesser und Nudelsieb. Er würde es gar nicht erst versuchen. Die Gewissheit, ihr im Handumdrehen nicht mehr zu genügen, erst sie und dann auch sich selbst zu enttäuschen, war zu niederschmetternd, als dass Ronny es auch nur hätte darauf ankommen lassen wollen.

Er musste an Annika denken, der er ein halbes Jahr lang sein Herz in einem Einmachglas hinterhergetragen hatte. Am Ende hatte er allein mit seinem Eingekochten in der Küche gesessen und dem Ticken der Wanduhr gelauscht. Ansonsten war da nichts in ihm gewesen. Nichts außer einem großen, fetten Schmerz.

»Gute Nacht, ihr beiden«, sagte Ellen noch mit einem vieldeutigen Lächeln. Dann klopfte sie Ronny aufmunternd auf die Schulter. »Schnapp sie dir, Tiger.« Sie hielt inne. »Ach nein. Du warst ja eine Antilope.« Damit wandte sie sich kichernd ab und schloss die Tür des Wohnwagens von innen.

Ronny stand wie vom Donner gerührt da. Das war's. Damit war sein Untergang besiegelt. Langsam drehte er sich zum Volvo um, wo Ida im Kapuzenpullover auf der Kofferraumkante saß und neugierig zu ihm herübersah.

»Fertig diskutiert?«, fragte sie. »Mach dir keine Gedanken. Ich kann wirklich auf der Isomatte schlafen, das macht mir nichts aus. Aber lieb von dir, dass du dich so für mich in das Geschirr legst.«

Um Himmels willen, sie dachte wirklich, er hätte mit Ellen über *ihren* Schlafplatz diskutiert. Ihren! Nicht seinen. Er war so ein Versager. Und sie war ...

»Wollen wir jetzt miteinander ins Bett gehen?«, fragte sie.

Ronny blieb für einen kurzen Moment die Spucke weg. »Ich ... Du ... Also, das ist ...«

»Hab ich schon wieder etwas Falsches gesagt?«

Er wand sich ein bisschen. »Das ... kommt darauf an. Wolltest du wissen, ob wir uns schlafen legen?«

Sie nickte. »Ja.«

»Dann musst du das ›miteinander‹ weglassen«, erklärte er mit einer gewissen Erleichterung, die sich merkwürdigerweise aber auch ein wenig nach Enttäuschung anfühlte.

»Ach so. Was hab ich denn gesagt?«

»Äh ... was anderes.«

Ida grinste, und Ronny rang nach Luft. Er war wirklich eine Antilope. Und Ida die hungrige Löwin ...

Ronny machte ein paar Schritte aufs Auto zu. Seine Knie waren so weich wie Wackelpudding.

Sie klopfte auf die freie Stelle neben sich. »Komm schon her. Ich beiße nicht.«

Er unterdrückte ein unsicheres Lächeln, weil er das Bild der Löwin immer noch nicht aus dem Kopf bekam. Dann ließ er sich in gebührendem Abstand neben ihr auf die Kofferraumkante sinken.

»Ich finde, du machst einen tollen Job«, erklärte Ida freiheraus.

»Ach ja?« Ronny starrte ins Leere. »Da bist du aber die Einzige.«

»Das stimmt nicht«, entgegnete Ida.

In der Nähe schrie ein Käuzchen. Es war verwirrend – es war immer noch taghell, obwohl es beinahe Mitternacht war. An

Wohnwagen und Volvo liefen immer wieder Leute mit Handtüchern und Kulturbeuteln unterm Arm vorbei, die auf dem Weg zum Toilettenhäuschen waren. Schlafenszeit auf dem Campingplatz.

»Ellen findet das auch.«

Ronny zog die Augenbrauen hoch. »Das halte ich für ein Gerücht.«

»Doch«, sagte Ida mit Nachdruck. »Sie hat es mir gesagt. Vorhin, als du weg warst. Im Restaurant.«

Ronny hatte sich nach seiner unfreiwilligen peinlichen Einlage zwanzig Minuten lang auf der Toilette eingesperrt – bis ihm gedämmert hatte, dass Ida damit nicht nur denken würde, dass er ein absoluter Volltrottel war, sondern auch noch ein Volltrottel mit überempfindlichem Magen.

Als er zurückgekommen war, hatten Ellen und Ida bereits die zweite Apfelweinflasche zur Hälfte geleert und waren beim Dessert angekommen. Ronnys Köttbullar – die abstruse Vorstellung, dass es sich dabei um Elchhoden handelte, hatte sich in sein Gehirn eingebrannt – hatten erkaltet auf dem Teller auf ihn gewartet – der im wahrsten Sinne des Wortes fleischgewordene Vorwurf. Er hatte keinen Bissen hinuntergekommen und war froh gewesen, als die Damen nach einer schwesterlich geteilten Portion Schokoladenkuchens endlich zum Abmarsch geblasen hatten.

»Du redest nicht so gern über dich, oder?«, wollte Ida wissen. Sie hatte sich die Ärmel ihres Pullovers über die Hände gezogen und betrachtete ihre nackten Zehen. Selbst die waren perfekt.

»Nicht sehr, nein.« Er seufzte.

»Warum?«

»Ich finde einfach, dass ich ... nicht unbedingt ... viele tolle Sachen zu erzählen habe.«

Sie sah ihn ungläubig an. »Aber du weißt doch so viele Dinge!«

Er hüstelte. »Ja. Unnützes Wissen. Das kein Mensch braucht.«

»Das stimmt nicht. Das ist doch ein ganz gutes *pompekunskap*.«
»Was?!«
»Kennst du Karl XII.?«
Ronny schüttelte den Kopf. »Bedaure.«
»Das war ein schwedischer König. Er hatte viele Hunde.«
Ronny kniff den Mund zusammen und versuchte, irgendeinen Sinn in Idas Aussage zu erkennen. Leider ergebnislos.
»Und alle hießen Pompe. Pompe I, Pompe II, Pompe III ...«
Ronny nickte. Ein irrer König, der seine Hunde samt und sonders Pompe nannte. Ja, das klang ganz nach seiner Kragenweite.
»In Deutschland heißt das unnützes Wissen«, erklärte er.
»In Schweden *pompekunskap*. Pompewissen, übersetzt.« Ida lächelte. »Sachen, die vielleicht nicht wichtig, aber unterhaltsam sind.«
Dieses Pompeding klang auf jeden Fall besser als unnützes Wissen, fand Ronny und schwieg.
»Außerdem hast du in einem Musical mitgespielt«, fuhr Ida fort.
Sah sie beeindruckt aus, oder bildete er sich das nur ein?
»Na ja ...« Er winkte ab.
Sie zog die Beine an. Offenbar war ihr kalt. Ronny ahnte, dass dies *die* Gelegenheit wäre, ihr seine wärmenden Arme und sein Herz anzubieten. Aber er unterließ jeden Versuch.
»Mach dich nicht so klein«, meinte sie und schlang die Arme um die Knie. »Du bist doch ein cooler Typ.«
Darauf wusste Ronny nichts zu sagen. Nicht mal ein Danke brachte er noch über die Lippen.
Ida gähnte. »Komm, wir schlafen.« Sie drehte sich von ihm weg, überkreuzte die Arme vor dem Bauch und zog ihren Pullover über den Kopf.
Fassungslos saß Ronny da und glotzte sie an. Ida trug keinen BH. Mit einem Mal hatte er einen so trockenen Mund, dass er husten musste.

Ida indes schien von seiner Schockstarre nichts mehr mitzubekommen. Sie warf ihren Pullover in den Kofferraum des Wagens, kletterte ins Innere und schlüpfte in den Schlafsack. Dann machte sie es sich auf der Isomatte bequem.

Ronny saß immer noch an der Kofferraumkante und starrte geradeaus. Erst als er nach einer Weile ein Klopfen hörte – es klang irgendwie nach Plastik –, blickte er sich um. Ellen stand hinterm Wohnwagen-Küchenfenster und gestikulierte wütend in seine Richtung. Es sah aus, als wollte sie einen Vogel verscheuchen.

Er ergab sich seinem Schicksal und stand auf, um sich bettfertig zu machen. Obwohl er extralang im Toilettenhäuschen rumtrödelte, minutenlang jeden Zahn einzeln putzte und sogar sämtliche Zahnzwischenräume mit Zahnseide bearbeitete, was er sonst nie tat, war Ida noch wach, als er wieder zum Volvo zurückkam. Mit einem Stöhnen krabbelte er in den Kofferraum und zog die Heckklappe hinter sich zu. Es war erstaunlich eng zu zweit hier drin. Ida schien das nichts auszumachen. Sie hatte den Kopf auf ihren zusammengerollten Kapuzenpullover gebettet, die Haare wie einen Heiligenschein drum herum ausgebreitet und sah ihn an. Ein Lächeln umspielte ihre Mundwinkel.

»In Schweden haben wir einen Brauch«, sagte sie mit leiser Stimme. »In der Nacht vom Mittsommerfest sammeln unverheiratete Mädchen sieben verschiedene Blumen und legen sie sich unters Kopfkissen. Den Mann, von dem sie in dieser Nacht träumen, werden sie heiraten.«

Ronny drehte den Kopf in ihre Richtung. Immer noch konnte er nicht begreifen, wie er in diese Situation hineingeraten war. In dieses Auto. Mit dieser wunderschönen Frau, der er im Leben nicht das Wasser reichen konnte. Und die sich aus Gründen, die sich ihm nicht erschließen wollten, entschieden hatte, ihn für einen coolen Typen zu halten.

»Weißt du, wovon ich geträumt hab in der Mittsommernacht?«

Er schüttelte den Kopf, halb betäubt von Idas Anblick, halb in Angst, dass sie ihm gleich von einem Wikingertypen erzählen würde, der groß wie ein Haus und stark war wie sechs Mann. Es gab schließlich einen Grund, warum man ihm die Antilope und nicht etwa den Bullen abgekauft hatte ... zumindest vorübergehend.

»Ich hab von keinem Mann geträumt, sondern von einer Antilope. Ich dachte die ganze Zeit, das soll heißen, ich muss aufhören, mir einen Freund zu suchen, und stattdessen nach Afrika gehen.« Sie beugte sich vor und drückte ihm einen Kuss auf den Mund. »Gute Nacht, Ronny.«

Es dauerte Stunden, bis er in dieser Nacht einschlief. Und das lag ausnahmsweise einmal nicht an der Helligkeit vor dem Wagenfenster.

KAPITEL 24

Sie waren seit Stunden unterwegs, und so langsam, aber sicher tat Ellen der Hintern weh. Es regnete. Als sie am Morgen nach diesem höchst amüsanten Abend zu dritt aufgewacht war, hatte sie als Erstes das gleichmäßige Prasseln der Regentropfen auf dem Wohnwagendach gehört und geseufzt. Regen und Camping, das war keine gute Kombination. Nie. Und dabei war es egal, ob man sich gerade in Felicitano oder südlich von Umeå befand.

Ellen sah den Scheibenwischern hinterher, die träge von links nach rechts und wieder zurück wischten und dabei Abertausende winziger Tröpfchen von der Windschutzscheibe schoben. Sie fröstelte.

Aus Ida und Ronny hatte sie kein Sterbenswort darüber herausbekommen, was in der Nacht geschehen war. Nachdem Ida aber ziemlich ausgeruht aussah und Ronny wie immer zerknautscht, ging sie davon aus, dass sie die Hände voneinander gelassen hatten – was fast ein bisschen schade war. Immerhin hatte Ellen umgerechnet fast einhundertzwanzig Euro für ihr romantisches Abendessen ausgegeben. Aber ihnen blieb ja noch eine Nacht, bis sie in Malmö ankamen, und wenn Ronny sich nicht total bescheuert anstellte, würde er bis dahin Idas Herz erobert haben.

Sie gähnte. Vor ungefähr zweihundert Kilometern waren ihnen die Gesprächsthemen ausgegangen. Ihr und Ida, wohlgemerkt – Ronny hatte seit dem Morgen überhaupt erst maximal drei Worte von sich gegeben. Ida hörte über Kopfhörer Musik, Ronny starrte stumpf hinaus auf die Straße, und Ellen hing ihren Gedanken nach.

Bald würden sie Gävle erreichen, Idas Heimatort. Von dort wäre es dann noch ein Katzensprung bis Stockholm, wo sie wieder Rast machen würden. Und dann dauerte es nur noch anderthalb Tage bis Ostereistedt. Bis Ostereistedt ... und zu Tom Blessington. Ellen hatte seit geraumer Zeit nicht mehr an ihn gedacht. Warum eigentlich nicht? Vermutlich weil sie viel zu sehr mit Ronny und Ida beschäftigt gewesen war. Was sich da zwischen den beiden anbahnte, war wirklich eine Inspiration. Sie hoffte nur, dass Ronny es nicht versaubeutelte. Allerdings hielt er ihr mit seiner Art auch ziemlich unverhohlen den Spiegel vor und zeigte ihr, dass man sich in Liebesdingen schon ganz schön blöd aufführen konnte. Aber gut, davon hatte Ellen auch zuvor schon ein Lied singen können. Hatte sie nicht selbst in aller Seelenruhe dabei zugesehen, wie Hans ihre Beziehung an die Wand gefahren hatte? Und währenddessen hatte sie Tom Blessingtons dezente Avancen nicht einmal bemerkt.

Auf der Rückbank fummelte Ida sich die Kopfhörer aus den Ohren, streckte sich und gähnte. »Wollen wir zur Abwechslung mal fiken?«

Ellen und Ronny wirbelten quasi synchron herum. Dann starrten sie einander an. Junge, Junge, dachte Ellen, die Frau geht aber ran. Dann fragte sie sich, ob Ronny wirklich Hilfe brauchte – die resolute Ida wuppte das Ding doch auch allein.

»Wie bitte?«

Ronnys Stimme zitterte. Oder bildete sich Ellen das nur ein?

»Ach, wie heißt das auf Deutsch ...« Ida runzelte die Stirn. »Kaffeepause machen?«

»Ihr nennt eine Kaffeepause machen ›fiken‹?!«

Ronny war deutlich anzumerken, dass er die schwedische Sprache immer merkwürdiger fand – und alle, die sie sprachen.

»Ja. *Fika* heißt ›zusammen Kaffee trinken‹. Auf Schwedisch sagt man: *Ska vi fika?*, wenn man eine Kaffeepause machen will.«

Ronny schwieg, während Ellen wortlos ihre Landkarte aus dem Handschuhfach kramte. »Vor ein paar Kilometern hab ich doch ein Schild für einen Autohof gesehen ...« Sie fuhr mit dem Finger die Straße entlang. »Ach, da. In etwa zehn Kilometern.«

Der Regen wurde stärker. Ronny seufzte genervt und stellte den Scheibenwischer höher. Nach einer Weile setzte er den Blinker und fuhr ab in Richtung Autohof. Er stellte den Volvo samt Wohnwagen auf einem dieser extralangen Parkplätze ab, die in Schweden gang und gäbe waren.

Er zog den Schlüssel aus dem Zündschloss und gähnte. Dann stieß er die Tür auf, stieg aus, und Ellen und Ida folgten ihm. Mit hochgezogenen Schultern liefen sie zur Raststätte, wo Ida für sie drei riesige Pott Kaffee und drei herrlich duftende Zimtschnecken bestellte.

»Von dem Kaffee dürft ihr so viel trinken, wie ihr wollt«, erklärte sie. »Der ist zum Auffüllen.« Sie zeigte auf zwei große Behälter, die rechter Hand auf dem Tresen standen und wohl noch mehr Kaffee bereithielten.

Ellen biss in ihre Zimtschnecke und schloss genüsslich die Augen. Mit dem Mund voll süßem Teig, der nach Butter, Zimt und Kardamom schmeckte, erinnerte sie sich daran, wie sie sich auf der Hinfahrt derlei Leckereien noch versagt hatte. Natürlich nur, um Hans dazu zu bewegen, ebenfalls zu verzichten – was ein aussichtsloses Unterfangen gewesen war. Mittlerweile fragte sie sich, wie blöd sie eigentlich gewesen war. So eine echte schwedische Zimtschnecke war doch einfach unschlagbar.

»Das ist also eine *fika?*«, wandte sie sich an Ida und ließ den Blick durch den Raum schweifen. An nahezu jedem Tisch saßen Leute und genehmigten sich einen Kaffee und ein süßes Teilchen. Die Schweden hatten augenscheinlich einen gesegneten Stoffwechsel, anders konnte Ellen es sich nicht erklären, wie man täglich solche Kalorienbomben vertilgen konnte und trotzdem nicht aufging wie Hefeteig. »So was sollten wir viel öfter tun«, meinte sie in Ronnys Richtung. »Fiken.«

Und auch Ida kaute mit Appetit. »Die schwedische Küche wird im Ausland unterschätzt.« Dann stupste sie Ronny an. »Genau wie manche Menschen.«

Er nickte stumm und stopfte sich den Rest seiner Zimtschnecke in den Mund.

Zwanzig Minuten später machten sie sich satt und zufrieden wieder auf den Weg zum Auto.

»Also dann«, sagte Ronny, der während ihrer Pause vor sich hin geschwiegen hatte, als hätte er ein Gelübde abgelegt. Er lehnte sich ganz leicht nach vorn, drehte den Schlüssel herum und …

Nichts.

Irritiert hielt er inne und drehte den Schlüssel ein weiteres Mal herum.

Wieder nichts. Nicht mal ein Klappern aus dem Motorraum.

»Hast du das Licht angelassen? Vielleicht ist ja die Batterie leer«, mutmaßte Ellen, der die Tatsache, dass das Auto nicht anspringen wollte, leichtes Unbehagen bereitete.

»Nein, hab ich nicht«, erwiderte Ronny irritiert. »Das müsste doch …« Er versuchte es erneut, wieder ohne Erfolg. »Das versteh ich nicht …«

Ellen drehte sich nach hinten. »Hast du eine Idee?«

Doch Ida machte nur große Augen und hob bedauernd die Schultern. »Wie gesagt, ich hab noch nicht mal eine Fahrkarte.«

Ronny sackte schwer in den Sitz zurück. »So eine Scheiße!«

»Und jetzt?« Ellen hörte sich beinahe ein wenig panisch an. »Was machen wir denn jetzt?«

Ronny zuckte mit den Schultern. »Keine Ahnung.« Dann zog er sein Telefon aus der Tasche, dieses weiße, glänzende Ding, das aussah, als würde es kaputtgehen, sobald Ellen ihm auch nur zu nahe kam. »Ich ruf beim ADAC an. Vielleicht haben die ja eine Idee, was wir … Ach verdammt!«

»Was ist denn?«

»Kein Netz.« Ronny drückte mehrere Tasten – vergebens. »Das darf doch echt nicht wahr sein. Wieso hab ich denn kein Netz?« Er sah Ida im Spiegel an. »Hast du Netz?«

»Moment ... mein Ficktelefon ...«

»Waaaas?!« Ronnys Stimme klang inzwischen hysterisch, und selbst Ellen war für einen Moment sprachlos.

»Äh ... ein Telefon ... für die Tasche?« Ida zog ein altes, aufklappbares Gerät aus ihrem Rucksack. »Leider nein, meins geht auch nicht.«

»Wieso kommt in diesem Land in jedem zweiten Satz das Wort ›ficken‹ vor?« Ronny war immer noch fassungslos.

»Was? Ach, das heißt bei uns was anderes. *Knulla* oder *jucka* ... *pippa* ...«

»Okay, okay, ich hab verstanden«, meinte Ronny konsterniert und murmelte in sich hinein: »Die spinnen doch, die Schweden.« Dann wandte er sich an Ellen: »Wo ist denn dein Telefon?«

Sie sah verdutzt an sich hinunter. »In meiner Tasche ...«

»Darf ich mal ...?«

Sie zuckte mit den Schultern. »Klar.« Dann bückte sie sich, griff in den Fußraum und angelte ihr Handy hervor. »Hier, bitte schön.«

Er starrte auf das Display. »Komisch, du hast Netz ... und drei Anrufe in Abwesenheit.«

»Ja und?«

Er seufzte entnervt. »Du solltest vielleicht mal zurückrufen, Ellen. Womöglich ist es ja was Wichtiges. Dein Mann liegt immerhin im Krankenhaus. Nach einer Herzoperation.«

Oder es war wieder Tom Blessington gewesen. Aber den wollte Ellen immer noch nicht anrufen. Ihr war nach wie vor nichts eingefallen, was sie zu ihm würde sagen können. »Wollen wir fiken« vielleicht? Na, ganz bestimmt nicht.

Ronny schob die Beifahrertür auf. »Ruf zurück«, befahl er ihr. »Ich mach in der Zwischenzeit die Motorhaube auf und schau mal, was ich tun kann. Wenn wir dann immer noch nicht weiterkommen, rufst du den ADAC an.«

Damit hielt er ihr das Telefon hin und drückte auf den Knopf, der die Motorhaube entriegelte.

Ellen starrte auf das kleine graue Gerät in ihrer Hand hinab. Dann gab sie sich einen Ruck und scrollte die Anrufliste durch. Da war nicht nur wieder diese unbekannte Nummer aus Ostereistedt – es hatte noch ein weiterer Anrufer versucht, sie zu erreichen. War das die Vorwahl von Buxtehude? Dann war das vermutlich das Krankenhaus. Ob mit Hans wirklich alles in Ordnung war?

Wenn die Zimtschnecken bei ihrer Kaffeepause nicht gewesen wären, hätte sie schon seit einer gefühlten Ewigkeit nicht mehr an Hans gedacht. Der Gedanke erleichterte sie insgeheim. Es gab ein Leben ohne Ehemann, eine Ellen danach, in verbesserter Version womöglich, die obendrein so viele Zimtschnecken essen durfte, wie sie wollte. Doch dann dämmerte ihr, dass es Hans – ihren verfluchten Hans – vielleicht gar nicht mehr gab. Warum sonst hätte das Krankenhaus anrufen sollen?

Sie spürte, wie sich ihr Herz zusammenkrampfte. Wie oft hatte sie ihn auf den Mond geschossen und sich ihn dorthin gewünscht, wo der Pfeffer wuchs? Und doch ... die Vorstellung, nie wieder mit ihm sprechen zu können ... nie mehr seine verdammten Ausreden zu hören, warum er heute nicht mitkonnte zum Walken ... und wo der Schinkenrand hingekommen war, den Ellen gerade noch abgeschnitten und zur Seite gelegt hatte ... sein beknacktes Werbegesicht auf dem Wohnwagen ...

Fast hätte Ellen das Handy fallen lassen, als es urplötzlich in ihrer Hand anfing zu klingeln.

Schon wieder die unbekannte Nummer aus Ostereistedt.

»Ist das Tom?«, wollte Ida von der Rückbank aus wissen. Sie legte ihr die Hand auf die Schulter. »Ellen. Geh ran!«

»Ich ... Ich weiß nicht«, stammelte Ellen.

Ida verstärkte den Druck ihrer Finger. »Du musst dem Glück schon einen Stuhl hinstellen, sonst bleibt es nicht sitzen.«

Idas Worte hallten in Ellens Kopf nach. Dann traf sie eine Entscheidung. Mit zitternden Fingern drückte sie auf den kleinen Knopf mit dem grünen Hörer und hielt sich das Handy ans Ohr. Ihr Herz schlug so schnell, dass ihr schier schlecht davon wurde. Tom! Sie sah sich schon wie in Zeitlupe auf ihn zulaufen, eine dicke Schicht Weichzeichner, Geigenklänge ...

»Hallo?«, sagte sie so lasziv wie nur möglich.

»Hallo? Spreche ich mit Ellen Bornemann?«

Die Stimme kannte sie doch? Und sie gehörte nicht Tom Blessington. Was erst mal ein wenig enttäuschend war. Aber wem gehörte sie dann? Irgendwie kam sie sich vor wie eine Draisine, die neben einem ICE hertuckerte. Es dauerte und dauerte, ehe in Ellens Gehirn ein Bild Gestalt annahm.

»Ellen? Ich bin's, Irene.«

Irene Müller! Das gab's ja nicht! Wieso rief ausgerechnet die sie an? Mit jedem anderen hätte Ellen ja gerechnet – Marion, Klaas und Stine, Erna, Jürgen ... Aber Irene Müller? Die männerverschlingende Venusfliegenfalle von Ostereistedt?

Und das wiederum bedeutete ... dass Tom Blessington sie niemals angerufen hatte.

Ellen wurde ganz anders. Die Geigen klangen mittlerweile so wie die Geräusche, die in Norwegen aus dem Autoradio gekommen waren. Wie Katzenjammer im nächtlichen Garten.

»Endlich erreiche ich dich mal«, sagte Irene. »Wieso gehst du denn nie an dein Telefon?«

»Äh ...« Ellen war viel zu verblüfft, um souverän zu reagieren, und entschied sich dann für eine halbe Lüge: »Wir ... Wir haben hier ziemlich schlechten Empfang ...«

»Ach so? Wie lustig! Dabei heißt es doch immer, die Skandinavier wären uns in Sachen Technologie so weit voraus.« Irene lachte gackernd. »Du, ich ruf eigentlich nur an, weil ich was wissen muss. Wo hat Hans denn frische Unterhosen?«

Ellen blieb die Spucke weg. Was zum Teufel wollte Irene mit Hans' Unterhosen? Und wieso rief sie ausgerechnet Ellen an, um sich nach dem Verbleib weiterer Schlüpfer zu erkundigen?

»In der Kommode. In der Schublade ganz unten«, stammelte sie. »Im Schlafzimmer.«

»Wunderbar! Und find ich da auch Schlafanzüge?«, wollte Irene wissen.

»Ich ... Ja.« Dann riss sie sich zusammen. »Irene, was willst du mit den Unterhosen meines Mannes?«

»Na ja«, säuselte Irene, »du bist nicht da, weil du immer noch diesen Wohnwagen nach Hause fahren musst, und da hab ich Hans mal im Krankenhaus besucht, in Buxtehude, weißt du? Es geht ihm auch schon wieder viiiel besser. Trotzdem bleibt er noch mindestens einen Tag zur Beobachtung, und deine Tochter hat gerade keine Zeit, um ihm frische Wäsche zu bringen. Und ich als Wählerin der ersten Stunde und besorgte Bürgerin von Ostereistedt ...« Sie machte eine dramaturgische Pause. »Ich werd doch wohl das Oberhaupt von Ostereistedt nicht ohne Unterhosen durchs Krankenhaus laufen lassen!«

Ellen war zu sprachlos, um das Entsetzen in Worte fassen zu können, das sie in diesem Moment überfiel. Wie blind sie doch gewesen war! Nicht ihrem Nachbarn hatte Irene aufgelauert – sondern Hans! *Ihrem* Hans! Das war doch wieder typisch für die listige Schlange: sich an einen verheirateten Mann ranzumachen, während er mit gebrochenem Herzen und viel zu hohem Blutdruck darniederlag und von seinen Lieben getrennt war. Und dann Irene Müller! Ellen war kurz davor zu explodieren.

»Du ...«, stöhnte sie unter Aufbringung all ihrer Selbstdisziplin. »Du ... fasst meinen Mann ... nicht an!«

»Aber Ellen!« Irene tat ganz unbescholten. »Was willst du mir denn damit sagen? Ich bring ihm doch nur frische Wäsche.« Wieder hielt sie kurz inne und fügte noch hinzu: »Auf Wiedersehen, meine Liebe! Fahr vorsichtig!«

Dann war die Leitung tot.

Ellen schnappte nach Luft.

»Alles in Ordnung?«, fragte Ida von hinten, doch Ellen konnte nicht mal mehr antworten. Das war ja wohl die Höhe! Diese infame Person ... Was die sich erlaubte!

»Ronny!«, brüllte Ellen und versuchte, sich abzuschnallen, verheddderte sich dabei aber im Gurt und brauchte ein paar Sekunden, bis sie sich befreit und aus dem Wagen gekämpft hatte. Sie donnerte die Tür auf und marschierte durch den mittlerweile strömenden Regen vor zur Motorhaube. »Ronny, wir müssen sofort los! Diese furchtbare Irene Müller ist drauf und dran ...« Doch als sie Ronnys Gesicht sah, der wie ein begossener Pudel vor der Motorhaube stand und sie mit großen Augen anblickte, hielt sie inne. »Was ... Was ist denn los?«

Er zuckte mit den Schultern. »Es tut mir leid, Ellen, aber dein Wagen ... ist nicht mehr zu retten.«

Sie machte einen energischen Schritt nach vorn. Und dann passierte es. Ellen Bornemann verlor zum ersten Mal in ihrem Leben und für sie selbst vollkommen unerwartet den Boden unter den Füßen.

KAPITEL 25

Ronny hechtete auf sie zu und fing Ellen auf, bevor sie zu Boden gehen konnte.

Fiel sie jetzt in Ohnmacht oder was? Ausgerechnet Ellen? Wie in einem verfluchten Jane-Austen-Roman?

»Verdammter Mist!«, fluchte sie ungehalten. »Dieser Boden ist so scheißglitschig! Wann hört es endlich auf zu regnen?«

Also keine Ohnmacht.

Nichtsdestotrotz hätte sie sich fast der Länge nach auf den Asphalt gelegt. Jetzt hielt er sie ziemlich ungelenk in den Armen und stützte sich auf einem Knie ab, um nicht selbst das Gleichgewicht zu verlieren. Verdammter Mist, er hatte seine einzige lange Hose an ... und mit der kniete er jetzt im Matsch. Ida war inzwischen ebenfalls aus dem Auto gesprungen und hastig neben ihm in die Hocke gegangen. Sie tätschelte Ellen mit der Hand vorsichtig die aschfahle Wange.

»Ellen! Geht es dir gut?«

Ronny stöhnte. Ellen war nicht gerade leicht.

»Ja, ja, ja, mir geht es gut«, knurrte sie, schüttelte Idas Hand ab und rappelte sich wieder hoch. Sie sah verärgert aus.

»Gott sei Dank, du hast nur eine Rübe gesetzt.«

»Hä?!«

»*Sätta en rova*«, murmelte Ida nachdenklich und meinte dann: »Du bist auf dem Popo gelandet ...«

»Herr im Himmel«, stöhnte Ronny. Ida war wirklich entzückend, wenn sie diese ganzen merkwürdigen Dinge sagte, die er nicht mal ansatzweise verstand.

»Jetzt geht es auch schon wieder«, brummte Ellen und befreite sich aus Ronnys Griff.

»Das ist aber auch das Einzige, was geht«, wandte der leise ein. Er kämpfte sich wieder auf die Beine und ächzte, weil sein Rücken seit der Rettungsaktion noch viel schlimmer weh tat als in den vergangenen Tagen. Verdammt, bei dem Manöver hatte er sich offenbar etwas gezerrt. Erst der Elch und jetzt Ellen ... Mist. Dann blickte er an sich hinab. »Na bravo.« Doch weder Ida noch Ellen nahmen Notiz von seiner vollkommen durchnässten Hose.

»Was ist denn mit dem Auto?«, wollte Ellen stattdessen wissen.

Er zuckte mit den Schultern und rieb sich nachdenklich den Nacken. »Keine Ahnung. Der Motor macht jedenfalls keinen Mucks mehr.«

»Was? Aber wie kommen wir denn ...« Sie sah sich um. »Hilfe!«

»Hva er det som skjer?«, grollte plötzlich eine tiefe Stimme, und als Ronny sich umdrehte, sah er einen großen Mann mit weit ausholenden Schritten aus Richtung eines kanariengelben Lkws auf sie zukommen. Er hatte eine Halbglatze und die Figur eines Preisboxers. »Kan jeg hjelpe?«

»Er will wissen, ob er helfen kann«, übersetzte Ida. Dann antwortete sie irgendwas, was weder Ronny noch Ellen verstanden.

»Å!«, erwiderte der Mann daraufhin. »Ihr snackt kein Norwegiss, nein?«

»Er ist Norweger? Und du sprichst Norwegisch?«

»Ist nicht sehr viel anders als Schwedisch.« Ida zuckte mit den Schultern, während Ellen sich an den Hünen wandte: »Nein, leider. Bedaure.«

»Kein Problem«, singsangte der Mann halb Deutsch, halb Norwegisch. »Iss sspresse kleines Deutss.«

»Das ist ja wunderbar!«

»Iss heiß Leif«, sagte der Preisboxer. »Wie heiß du?«

»Ich bin Ellen«, erwiderte selbige. »Ellen Bornemann.«

Er griff nach ihrer Hand und drückte sie vorsichtig, als hätte er Angst, sie zu zerquetschen. Dabei war Ellen alles andere als fragil, das wusste Ronny mittlerweile aus eigener leidlicher Erfahrung. Und eigentlich mochte sie es gar nicht, wenn sie einfach geduzt wurde. Aber offenbar war ihr das gerade entfallen.

»Und ich bin Ronny«, sagte er, aber mehr als ein knappes Kopfnicken von Leif erntete er nicht. »Das ist Ida. Und ohne die schöne Stimmung ruinieren zu wollen – aber wir haben ein Problem.«

»Ja, richtig.« Ellen riss das Gespräch wieder an sich. »Der Wagen springt nicht mehr an.« Sie zeigte auf die Motorhaube.

»Lass miss ssehen«, lispelte Leif, dann beugte er sich über den Motor. Sein Kreuz war so breit, dass Ronny, der direkt hinter ihm stand, quasi nichts mehr sehen konnte. »Iss bin ein bissen bekannt mit dieses Auto«, erklärte er. »Das iss typisse Problem von diese Serie. Die Sweden bauen gute Autos«, meinte er, und Ellen nickte wie ein engagierter Wackeldackel, »aber sie haben eine Problem mit die Regen!«

Er sah in den Himmel, und Ronny, Ellen und Ida taten es ihm gleich. Nur leider waren sie nach dem Blick nach oben auch nicht schlauer. Aus den dunklen Wolken, die sich über ihnen zusammengebraut hatten, kam zwar Regen, aber keinerlei Erkenntnis.

Ronny sah misstrauisch zu Leif. »Und welches Problem soll das sein?«

»Fordeleren ...« Er guckte hilfesuchend in Idas Richtung und sagte etwas Unverständliches. »Kansjke *distributor?*«

»Äh ... Verteiler?«, tippte Ronny.

»Wenn es so viel regnet, kann es passieren, dass der Motor nicht mehr zündet, weil die Zündverteiler zu nass sind«, übersetzte Ida.

Das war ja wirklich mehr als ... unglücklich. Ronny fluchte in sich hinein. Ausgerechnet in Schweden konnten feuchte Zündverteiler (was immer das war) dafür sorgen, dass der Wagen nicht mehr ansprang? Na wunderbar! Zum Glück überquerten sie gerade nicht den Berg Wai'ale'ale auf Kaua'i, wo es 335 Tage im Jahr regnete, was den Wai'ale'ale zum regenreichsten Ort der Welt machte. Passenderweise hieß der Name übersetzt auch »überlaufendes Wasser«. Ronny nahm sich fest vor, an Volvo zu schreiben. Sollten die doch versuchen, ihre Autos in der chilenischen Atacamawüste an den Mann zu bringen, dem trockensten Ort der Welt – da würde sicher keine einzige Kundenbeschwerde in Sachen nasse Zündverteiler kommen.

»Die Zündverteiler. Soso.« Ellen blickte wissend drein, dabei war sich Ronny sicher, dass sie genauso viel oder vielmehr wenig verstand wie er selbst. »Und was macht man da?«

Leif grinste. »Man wartet auf ... Wie sagt man? Auf Swediss heiß es, glaub iss, *uppehåll*.«

Ida nickte, während Ronny und Ellen einander ratlos ansahen. Das Wort, das Leif gerade ausgesprochen hatte, klang in etwa so, als hätte man eine heiße Kartoffel im Mund und versuchte, den Schmerz wegzuhecheln: *uppe-holl*.

»Aha«, meinte Ronny interessiert. »Und kommt so ein *uppehåll* bald hier vorbei?«

Leifs Grinsen wurde breiter. »Viss. Es regnet nisst immer in Sweden.«

War *uppehåll* ein Reparaturbus? Wie die gelben ADAC-Autos? Oder eine Wartehalle? Vielleicht irgendwas, wo man sich unterstellen konnte? Immerhin klang *håll* ein bisschen wie »Halle«. Wie Nordkaphåll. Nur was war *uppe*? Ronny sah sich um, konnte aber nichts entdecken, was nach *uppe* aussah. Und überhaupt, was hatte das mit dem nassen Zündverteiler zu tun?

»Ich verstehe Sie nicht«, erwiderte Ellen langsam. »Was genau ist denn dieses *uppehåll*?«

Leif sagte etwas zu Ida, die erklärte: »Das ist die Pause im Regen.«

Wieder sahen sich Ronny und Ellen an, diesmal noch eine Spur bestürzter als gerade eben.

»Wir sollen eine Pause im Regen machen?«, wollte Ronny wissen. »Wie *fika?* Das ist doch … total sinnlos.«

»Nein, warte. Bis die Regen Pause macht«, erklärte Leif großväterlich.

»Was?!«, rief Ellen eine Spur zu laut, so dass selbst der große Norweger zusammenzuckte. »Das ist vollkommen ausgeschlossen. Wir müssen doch nach Hause!«

»Jaha?«, sagte Leif daraufhin lang gezogen und zuckte mit den Schultern. Es war nicht ganz klar, ob seine Bemerkung eine Frage oder eine Aussage war.

Ronny blickte wieder gen Himmel. »Die Schweden haben ein eigenes Wort für ›Regenpause‹. Ich fass es nicht.« Dann sah er zu Leif hinüber. »Wie lange kann denn so was dauern? Bis es wieder aufhört zu regnen, meine ich?«

Der große Mann neigte den Kopf leicht zur Seite. »Iss weiß nisst … In Sweden muss man immer mit Regen ressnen. Es kann auch sson mal sehr lang regnen.«

Ida nickte zustimmend.

»Und wie lange?«, fragte Ellen zittrig.

Leif musterte nachdenklich die Wolken. »Tre, fire …?«

»Hä?«, fragten Ellen und Ronny im Chor.

»Hm.« Der Norweger legte eine Ruhe an den Tag, die Ronny die Sprache verschlug. »Drei, vier …«

»Stunden?«

»Tage«, ging Ida dazwischen.

»Ach du Scheiße«, hauchte Ronny, und Ellen wurde weiß wie die Wand.

Leif blickte ein weiteres Mal in den dunkelgrauen Himmel. »Aber so lange wird es niss dauern heute. Iss ssätsse, eine Stunde?« Er spähte zu Ellen hinüber. »Iss kann euss natürlich auch nehmen mit.« Er nickte in Richtung seines kanariengelben Lkws, der ein paar Meter weiter stand.

Ellen sah verunsichert zu Ronny, der regelrecht panisch dreinblickte. Wenn sie ihn jetzt hier mit Ida sitzenließe ...

»Das ist wirklich sehr nett von Ihnen, Herr Leif«, murmelte sie, ohne Ronny aus den Augen zu lassen, »und ich würde Ihr Angebot auch wirklich gerne annehmen, aber ...« Sie wand sich sichtlich, als sie fortfuhr: »Aber ich kann meinen Fahrer unmöglich allein lassen.«

Ronny nickte. Das war der Teamgeist, den sie jetzt brauchten.

Ellen seufzte. »Aber vielen Dank für das freundliche Angebot, Herr Leif.«

»Ssade. Aber ingen fare.« Leif nickte in Richtung der Motorhaube. »Wenn die Regen hört auf, musst du die Pansser offen haben. Damit Ssonne reinkommt und trocknet.«

Ellen sah zu Ronny. »Ich hoffe bloß, dass er recht hat und es keine drei Tage dauert bis zum nächsten Uppedings. Ansonsten ...«

Leif hielt Ronny die Hand hin. »Also dann. Gute Tour.«

Kaum hatte er die Hand ergriffen, bereute er es auch schon, denn Leif sah nicht nur aus wie ein Bodybuilder, er packte auch zu wie einer. Sogar Ronnys Rückenschmerzen waren für einen Moment vergessen. Umso bemerkenswerter war der auf die Hand gehauchte Kuss, den er Ellen kurz darauf angedeihen ließ. Sie errötete, wie es sich für eine verheiratete Frau ihres Alters gehörte, strich sich nervös durchs kurze Haar und klopfte sich dann verlegen den nicht vorhandenen Staub von der Hose.

»Und was machen wir jetzt?«, wollte Ronny wissen, als Leif davongetrottet war, und sah abwechselnd Ida und Ellen an.

»Wir warten auf dieses Uppedings«, beschloss Ellen, während sie nachdenklich den Motorraum betrachtete. »Oder aber ...« Urplötzlich machte sie auf dem Absatz kehrt und marschierte zum Wohnwagen.

Ronny sah erneut in den Himmel. Das Gute war, dass der Regen ein wenig nachgelassen hatte und nicht mehr so sturzbachartig auf sie herabprasselte wie noch vor einer Viertelstunde. Ohne über dezidierte schwedische Wetterkenntnisse zu verfügen, schätzte auch er, dass es bald aufhören würde zu regnen.

»Was machst du denn jetzt?«, rief er Ellen nach, die mittlerweile im Wohnwagen verschwunden war. Leise murmelnd fügte er hinzu: »Die kostet mich noch den letzten Nerv.«

Ida neben ihm kicherte und stupste ihn sanft von der Seite an. »Ihr seid wirklich süß, wie ein altes Ehepaar.«

»Ich hab eine Idee«, kam Ellens Stimme dumpf aus dem Wohnwagen. Dann erschien sie wieder in der Tür. »Nimmst du mir die mal ab?«, fragte sie und drückte Ronny eine Bananenkiste in die Hand. Unter ein paar welken Salatblättern konnte er einen braungrünen Panzer erkennen.

»Ist das ... eine Schildkröte?!«

»Ja. Das ist Odysseus.«

»Wo kommt die denn jetzt her?«, stammelte er verblüfft. »Fährt die schon die ganze Zeit mit?«

»Sie ist ein Er.«

»Wie niedlich!«, rief Ida und kam näher, um die Schildkröte aus der Kiste zu heben. »Ich hatte auch mal so eine.«

Ronny war immer noch sprachlos. »Was hat denn die Schildkröte mit dem Uppedings zu tun?«

»Nichts. Sie kriegt nur etwas Freilauf, bis ich mich um das Problem gekümmert habe und wir weiterfahren können.«

»Die Schildkröte ... kriegt Freilauf?« Er sah Ellen entsetzt an.

»Ja. Ich hab schon ein ganz schlechtes Gewissen, weil ich ihn seit zwei Tagen nicht mehr habe laufen lassen.«

Ronny starrte auf den Panzer in Idas Händen hinab, aus dem in Zeitlupe zwei Arme und zwei Beine ausfuhren. Dann sah er zu, wie Ellen ein Knäuel Paketschnur nahm, ein Stück um den Panzer der Schildkröte band, Ida das Tier aus der Hand nahm und es auf den

Boden setzte. Die Schnur behielt sie in der Hand. Sie sah sich kurz um, dann hob sie einen melonengroßen Stein hoch, der in der Nähe lag, und knotete die Schnur daran fest. Schildkröte und Stein legte sie in einiger Entfernung vom Wohnwagen ins Gras.

»Damit Odysseus nicht abhaut«, erklärte Ellen.

Ronny nickte konsterniert und stellte die Bananenkiste neben dem Wohnwagen ab. »Und was war jetzt die gute Idee?«

»Richtig ...« Ellen stieg wieder in den Wohnwagen und kehrte eine Minute später mit einem aufgerollten Verlängerungskabel und einem Föhn in der Hand zurück. »Wir föhnen diesen Zündverteiler einfach trocken.«

»Wir machen *was?*«

»Wir föhnen dieses Zündverteilerdings trocken.« Sie steckte das Verlängerungskabel in die Steckdose rechts neben dem Eingang und verkabelte den Föhn. »Sonst sitzen wir doch morgen noch hier.«

»Aber ...« Ronny hatte in der Schule so ziemlich jede einzelne Physikstunde verschlafen, aber eines war ihm klar: Das hier war eine verdammt blöde Idee. »Was, wenn du einen Kurzschluss produzierst? Oder wenn eine Sicherung durchbrennt? Oder alles schmilzt? Und wo kriegst du überhaupt Strom her?«

Während Ellen mit dem Föhn samt Kabel in der Hand forschen Schrittes an Wohnwagen und Volvo vorbei in Richtung geöffneter Motorhaube schritt, hüpfte Ronny neben ihr her, als würde er auf glühenden Kohlen gehen. Das würde nicht klappen. Das *konnte* nicht klappen! Der große Leif hatte kein Wort davon gesagt, dass sie die Feuchtigkeit wegföhnen sollten. Und der musste es schließlich wissen. Am Ende fackelte Ellen noch den ganzen Wagen ab oder was sonst Schlimmes passieren konnte. Und dann? Würde Leif den Wohnwagen bis nach Deutschland ziehen?

»Ida, hilf mir«, flehte er die Schwedin an. »Sie bringt uns noch alle um!«

Aber Ida war damit beschäftigt, die Schildkröte zu füttern. Sie sah nur kurz auf. »Ihr macht das schon.« Dann widmete sie sich mit solcher Hingabe Odysseus, dass Ronny fast eifersüchtig wurde.

»Den Strom krieg ich über die Batterie«, erklärte Ellen gelassen. »Und einen Kurzschluss kann es nicht geben, ich puste ja nur heiße Luft rein.« Sie blieb vor dem Motor stehen und starrte auf die schwarzen Plastikabdeckungen. »Wo ist denn jetzt der Zündverteiler?« Dann sah sie Ronny an. »Hm?«

»Ich, äh … Keine Ahnung.« Er zuckte bedauernd mit den Schultern.

»Na ja. Dann puste ich halt alles trocken.« Ellen seufzte, packte den pinkfarbenen Reiseföhn wie eine Sig Sauer und betätigte den An-Knopf. Sofort kam infernalischer Lärm aus dem kleinen Gerät.

»Du wirst schon sehen«, schrie Ellen über das Getöse hinweg in Ronnys Richtung. »In fünf Minuten sind wir wieder unterwegs.«

»Nie im Leben!«, rief Ronny über das penetrante »Määäähähähääääääähääääääää!« des Föhns hinweg.

»Ich muss zu drastischen Mitteln greifen. Irene Müller hat sich an meinen Mann rangemacht!«

»Aber du willst deinen Mann doch gar nicht mehr«, rief Ronny, während der Föhn nur weiter »Määäähähähähäääääääähääääääää!« machte.

»Was?« Ellen beugte sich zu ihm rüber.

»ABER DU WILLST DEINEN MANN DOCH GAR NICHT MEHR!«

Betont desinteressiert wandte sie sich ab. »Das heißt aber noch lange nicht, dass ich ihn sang- und klanglos ausgerechnet Irene Müller überlasse.«

Etwa fünf Minuten nachdem Ellen mit dem Föhnen angefangen hatte, schaltete sie das Gerät wieder aus. Die daraufhin einsetzende Stille kam Ronny paradiesisch vor. Er steckte seinen

Zeigefinger ins Ohr und pulte darin herum, als könnte er sich so den Schmerz aus der Ohrmuschel pfriemeln.

»So. Probier's noch mal«, forderte Ellen ihn auf, während sie begann, das dunkle Kabel um den pinkfarbenen Föhn zu wickeln.

Ronny seufzte. »Ellen, das kann doch niemals klappen.«

»Einen Versuch ist es doch immerhin wert, oder?«, fragte sie verärgert. »Besser als rumzusitzen und zu warten, bis dieses Uppedings endlich einsetzt. Also bitte!«

Er wandte sich kopfschüttelnd ab, marschierte zur Fahrerseite und öffnete die Tür. Dann schob er sich vorsichtig auf den Sitz und steckte den Autoschlüssel ins Zündschloss. Er war ja durchaus flexibel auf seinem Weg zum Ziel und in der Lage, im Nachhinein den einen oder anderen Umweg als absolut notwendig zu verkaufen (vor sich und vor anderen), aber einen Motor trocken zu föhnen ging selbst ihm zu weit. Aber wie hatte Frau Schmieder im Einführungsseminar gesagt? »Der Kunde ist König, meine Herrschaften. Was der Kunde will, ist Gesetz. Immer.«

So sei es, dachte Ronny, der sich und Ellen die Enttäuschung gern erspart hätte. Er drehte den Schlüssel im Schloss herum.

Und der Wagen sprang an. Einfach so.

KAPITEL 26

Vor Schreck ging Ronny von der Bremse und erwartete jeden Moment, dass der Motor wieder ausgehen würde. Aber es war ein Automatikwagen – der ging so schnell nicht aus. Den konnte man gar nicht abwürgen. Nicht mal vor Schreck.

»Und? Was sagst du jetzt?« Ellen stand neben der offenen Fahrertür und sah Ronny mit einem Hab-ich's-dir-doch-gesagt-Ausdruck im Gesicht an. Sie tippte sich an die Schläfe. »Gesunder Menschenverstand ... Du verstehst?«

Ronny nickte matt. Un. Fass. Bar.

»Sodann. Wärst du so lieb, die Motorhaube zu schließen? Zack, zack, wir haben keine Zeit mehr zu verlieren. Ich muss nach Hause.«

Und damit war sie auch schon wieder auf und davon.

Ronny wuchtete sich aus dem Fahrersitz. Mit hängenden Schultern lief er um die geöffnete Tür herum und stellte sich vor den Motor, der leise vor sich hin gluckerte. Aus dem Augenwinkel sah er, wie Ellen in Richtung des Schildkrötenfreigeheges davonwuselte. Er streckte den Arm nach oben, um nach der Motorhaube zu greifen ...

In diesem Moment schnalzte es in seinem Rücken, und eine Sekunde später wurde Ronny von einer Flutwelle des Schmerzes überrollt. »ARHHHHHAHAA!«

»Was ist denn jetzt passiert?« Ellen machte auf dem Absatz kehrt und rannte auf ihn zu, und Ida folgte eine Sekunde später. Beide hatten einen alarmierten Ausdruck im Gesicht. »Ist schon wieder was mit dem Motor?«

Ronny war unfähig zu antworten. Er hatte das Gefühl, jemand hätte ihm ein Messer zwischen die Lendenwirbel geschoben und drehte die Klinge jetzt einmal um die eigene Achse. Der Schmerz war so übermächtig, dass er kaum atmen, geschweige denn reden konnte. Allein die Vorstellung, die Arme wieder runterzunehmen oder sich in irgendeiner anderen Weise zu bewegen, jagte ihm nackte, blanke Angst ein.

»Ronny!«, rief Ida über sein Heulen hinweg. »Was ist denn los?«

»Rück... Rück...«, stammelte Ronny, aber er brachte es nicht mal mehr fertig, das Wort auszusprechen, weil sich ihm erneut ein nadelbewehrter Vorschlaghammer in die Lendenwirbelsäule und durch die Muskeln drillte. Immer noch hielt er die Motorhaube fest. Er musste aussehen wie ein totaler Volltrottel. Ein Gefühl, das ihm mittlerweile zur zweiten Natur geworden war.

»Was?«, rief Ellen. »Zurück? Nein, wir fahren nicht zurück!«

»Rück...«, hauchte er.

»Du musst ein bisschen deutlicher sprechen.« Sie wandte sich an Ida. »Verstehst du, was er meint?«

»Nein, aber es klingt, als würde er den letzten Vers singen...«

»Arhrhhghgh«, war das Einzige, was Ronny noch herausbrachte. Tränen standen ihm in den Augen. Noch nie in seinem ganzen Leben hatte er eine solche Pein verspürt. Nicht mal damals, als er als tanzende Wurst in der Buxtehuder Fußgängerzone von dieser Halbstarkengang verprügelt wurde, weil ihm ein paar Flüche entschlüpft waren, nachdem sie ihn mit Mayo und Senf bespritzt hatten. Eine Gänsehaut breitete sich auf seinem ganzen Körper aus, und gleichzeitig loderte ein Feuer irgendwo kurz über seinem Steißbein, das giftige Flammen über alle Nervenbahnen bis in die hintersten Regionen seines Verstands entsandte.

»Ronny Lembke!«, rief Ellen entrüstet und stemmte die Hände in die Hüften. »Wenn du dir jetzt einen Spaß mit mir erlaubst...« Sie hob drohend den Zeigefinger. »Ich warne dich, das ist nicht lustig!«

Und Ronny war wirklich nicht nach Spaß zumute. Er hatte

Schwierigkeiten, seine Atmung unter Kontrolle zu bringen, außerdem wusste er nicht, wie lange er noch in dieser demütigenden Position verharren müsste – die Hand an der offenen Motorhaube –, bevor er das Bewusstsein verlöre.

Ida trat vorsichtig näher. »Tut dir vielleicht was weh?«

»Rü… cken …«, krächzte er unter Aufbringung all seiner Kräfte. »Es schmerzt … wie Hölle.«

»Dein Rücken? Wo?« Ellen beugte sich ein wenig vor, um Ronnys Rücken unter die Lupe zu nehmen. »Ich seh nichts.«

»Im … unteren … Bereich«, stöhnte er, während er versuchte, den Schmerz wegzuhecheln, wie er es schon mal in irgendwelchen Krankenhausvorabendserien gesehen hatte.

»Hier?« Ellen piekste ihm in die Lende.

Augenblicklich meinte Ronny, ein japanisches Samurai-Schwert wäre der Länge nach in sein Fleisch geschoben worden. Er schrie wie am Spieß und war kurz davor, die Besinnung zu verlieren. »AUUUAUAUUAUAJAGENAUDA!!!«

»Oh, oh«, meinte Ida mit Bedauern in der Stimme. Ronny nahm kaum zur Kenntnis, dass sie ganz nah an ihn herangetreten war und ihm die Schulter streichelte.

»Hei igjen«, sagte in diesem Moment eine sonore Stimme, die Ronny irgendwie bekannt vorkam. »Kanskje kan jeg hjelpe nå?«

Anstelle einer Antwort gab sich Ronny dem Schmerz hin. Er ließ den Kopf hängen, hechelte wie ein Windhund nach dem Rennen, und die Tränen liefen ihm über die Wangen. Er keuchte schwer.

»Ah, Herr Leif!«, rief Ellen erleichtert, die den großen Norweger sofort wiedererkannt hatte. »Gut, dass Sie wieder zurück sind. Ich glaube nämlich, mein Fahrer hat ein Problem mit dem Rücken. Es kam ganz plötzlich.«

»Dann iss das vielleisst ein … Wie ssag man? *Hekseskudd*.« Mit den Händen in den Hosentaschen stand Leif neben Ida und blickte ratlos drein. Offensichtlich war auch er mit den Geschehnissen überfordert.

»*Ett ryggskott, menar du?*«, fragte Ida den Norweger, der daraufhin bedächtig nickte. Dann übersetzte sie: »Ronny, fühlt sich das so an? Wie ein Rückenschuss?«

»Es ... fühlt sich an ... als hätte mich jemand angeschossen, ja«, brachte er mühsam heraus, ehe er erneut vor Schmerzen aufschrie. »Ich glaube, ich ... sterbe!«

»Das glaub ich nicht«, diagnostizierte Ellen. »Und sicher ist es auch gleich wieder besser.« Sie kam ganz nah an sein Gesicht. »Oder?«

»Ich ... Ich weiß nicht ...«

Unwillkürlich musste Ronny an seinen QS-Bogen denken, an Frau Schmieder, den ADAC und die Vermittlerin vom Arbeitsamt. An die Brücke, die sein neues Zuhause werden würde. In diesem Moment größter Not kam ihm all das geradezu verlockend vor. Sogar – und das wollte nun wirklich etwas heißen – wieder zu seinen Eltern zu ziehen, wenn er keine freie Brücke fände. In Gedanken nahm er bereits Abschied von Ida. So groß ihr Herz aus Gold auch war, sie würde sich doch keinen Frührentner ohne Berufsausbildung ans Bein binden.

Apropos: Würde er auch nur einen Cent Rente bekommen?

»Wie heiß das wieder«, murmelte Leif, den Ronny nur aus dem Augenwinkel erkennen konnte, »ah ja! Lumbago.«

»Ein Hexenschuss?« Diesmal klang Ellen deutlich entgeisterter als noch vor einer Minute. Erneut kam sie ganz nah an Ronny heran. »Das wird doch wohl kein Hexenschuss sein, oder?« Und als er nicht antwortete, fuhr sie leise und eindringlich fort: »Ronny, ich muss nach Hause, und zwar so schnell wie möglich.«

»Ellen«, keuchte Ronny wieder. »Es tut mir ... leid, aber ich ... ich kann nicht ...«

Ida legte ihm die Hand an die Wange. »Du Armer!«

Im selben Augenblick piekste Ellen ihm von neuem in den Rücken, und ein weiterer Schrei entrang sich seiner Kehle.

»Du! Musst! Durchhalten!«, keifte sie. »Arschbacken zusammen! Wir können uns jetzt keine Verzögerung mehr leisten! Gar keine, hörst du? Ich muss nach Ostereistedt, Irene treibt in meinem Haus ihr Unwesen!« Aufgebracht lief sie unter Leifs staunendem Blick auf und ab. »Komm schon, Ronny! Das kann doch noch nicht alles gewesen sein! Wir sind doch ein Team!«

»Er muss zu einem Arzt«, murmelte Ida.

»Papperlapapp!«, rief Ellen entrüstet. »Erna hatte auch mal einen Hexenschuss. Das ist halb so schlimm, geht von alleine wieder weg. Man muss sich nur sofort bewegen.«

Sie stellte sich hinter Ronny, legte ihre Hände auf seine Hüften und begann, selbige hin- und herzubewegen.

»AHAHGHGHEEHSELLEN!«, rief er wie von Sinnen. »DU BRINGST MICH UM!«

»Ellen«, rief Ida, »er hat Schmerzen! Er muss in eine *vårdcentral!*«

»Ist das ein Krankenhaus?«, wollte Ronny keuchend wissen.

»Na ja, so was in der Art«, meinte Ida. »Eine Stufe davor.«

Ellen hielt inne und starrte ihn an – in ihrem Blick nichts als die nackte Panik. »Ronny, bei allem Respekt: Ist ein Krankenhaus denn wirklich notwendig? Ich muss ... Wir müssen ...« Sie atmete einmal tief ein und wieder aus. »Ich bitte dich bei allem, was mir heilig ist, lass uns weiterfahren. Bitte!«

Die Gedanken jagten in Ronnys Kopf hin und her. Seine Schmerzen war unbeschreiblich – als würde sich ein Teil seines Körpers von seinem weltlichen Dasein verabschieden. Es war nicht in Worte zu fassen. So stellte er sich Geburtsschmerzen vor – nur dass es bei ihm noch hundertmal schlimmer sein musste. Mindestens. Er konnte sich nicht konzentrieren, selbst das Zuhören erforderte alle Kraft, doch dann wurde jeder Funken Aufmerksamkeit wieder wie von einem Gummiband zu seinem Rücken gezogen.

Trotzdem konnte er Ellen unmöglich hier sitzenlassen. Ja, es gab die theoretische Möglichkeit, dass sie ihn ins Krankenhaus brachten und Ellen bei Leif im Lkw mitfuhr, so weit es eben ging. Doch das konnte Ronny nicht zulassen. Das *wollte* Ronny nicht zulassen. Er durfte diese Frau doch nicht mit einem fremden und obendrein riesigen Norweger davonfahren lassen ... Das ging nicht. Nicht, wenn es sich um Ellen handelte. Er hatte doch die Verantwortung für sie.

Außerdem fürchtete er sich vor Frau Schmieders drakonischer Strafe. Diese Frau würde ihn nicht ohne weiteres damit davonkommen lassen, o nein. Dagegen würden sich die Schmerzen, die er im Augenblick empfand, wie eine Aromamassage anfühlen.

Und dann war da auch noch Ida, vor der er nicht wie das allergrößte Weichei des Jahrhunderts dastehen wollte. Wenn das überhaupt noch möglich war. Immerhin glaubte sie, er würde Menschen retten. Und Elche von der Straße schieben. Vermutlich hatte er sich genau bei dieser hirnrissigen Aktion einen Nerv eingeklemmt.

»Es wird ... irgendwie gehen«, stammelte Ronny, bevor er es sich anders überlegen konnte, und zu seiner größten Verblüffung schlang Ellen Bornemann keine Sekunde später die Arme um ihn.

»Ich danke dir«, flüsterte sie. »Ich wüsste nicht, wie ich sonst nach Hause kommen sollte.«

Ida drückte sich ebenfalls an ihn. Er roch ihr Shampoo, und kurz vernebelte der Duft seine Sinne. Dann fiel sein Blick auf Leif, der die Gruppenumarmung mit hochgezogener Augenbraue beobachtete, und er berappelte sich wieder.

»Aber fahren ...«, ergriff Ronny wieder das Wort, »fahren kann ich sicher nicht.«

Ellen sah ihn irritiert an. »Wie meinst du das?«

»Er kann sich doch kaum auf den Beinen halten«, ergriff Ida für ihn das Wort. »Hinters Lenkrad setzen ist vollkommen ausgeschlossen. Er muss zu mir auf die Rückbank.« Sie lächelte Ronny warm an, und sein Herz machte einen Hüpfer, den sein Körper im jetzigen Zustand niemals hätte vollführen können.

»Aber ... Aber was machen wir denn da?« Ellen sah Ida und Ronny mit großen Augen an.

Tja. Wenn die Schwedin keinen Führerschein hatte, blieb nur noch eine Möglichkeit. Und zwar die naheliegendste.

Ronny holte tief Luft. »Du fährst.«

Ellen verzog keine Miene. »Ich kann nicht.«

»Doch.«

»Ich hab keinen Führerschein.«

»Doch.«

»Aber ich hab ihn doch noch nicht mal dabei!«

»Egal.«

»Und ich bin seit Jahren nicht ...«

»Doch!«, rief Ronny, diesmal mit Nachdruck. »So oder gar nicht. Du hast keine andere Wahl, ansonsten bleiben wir fürs Erste hier.«

Er konnte Ellen ansehen, wie sie mit sich kämpfte. Auf ihrem Gesicht spiegelten sich all die widersprüchlichen Gefühle wider, die Ronny in ihrem Inneren vermutete: die Hoffnung, dass sie doch noch irgendwie nach Hause kommen würde, um diese ominöse Irene vom Wühlen in Hans' Unterhosen abzuhalten. Verzweiflung angesichts der neuerlichen Verzögerung. Wut über diese ganze schreckliche Situation, in der sie sich befand. Und Angst, weil sie seit so vielen Jahren nicht mehr Auto gefahren war.

»Du erzählst mir doch die ganze Zeit, dass ich das Leben bei den Hörnern packen soll«, meinte er mit schmerzverzerrtem Gesicht. »Dann geh doch mal mit gutem Beispiel voran! Du kannst nicht immer nur an dich denken. So funktioniert das nicht. Du musst selbst etwas ändern, wenn du ein anderes Leben führen willst. Und bitte schön, hier ist die Gelegenheit.«

»Du schaffst das schon«, sagte auch Ida sanft. »Wir sind ja da und assistieren dir.«

Ellen hielt den Atem an. Schon wieder. In den vergangenen Tagen hatte er sich immer wieder darüber Gedanken gemacht, was dieses Luftanhalten wohl bedeuten mochte. Irgendwann war er zu dem Schluss gekommen, dass es Ellen Bornemanns ganz persönliche Strategie war, einem Wutausbruch vorzubeugen. Oder Schlimmerem.

Auch diesmal schien der Trick zu funktionieren. Denn unvermittelt breitete sich eine fast gespenstische Ruhe auf Ellens Gesicht aus. Sie nickte Ronny einmal kurz und grimmig zu, dann wandte sie sich an Leif. Ronny konnte ihr ansehen: Sie hatte einen Entschluss gefasst.

»Würdest du uns bitte helfen, ihn auf die Rückbank zu verfrachten?«

Der Norweger zog langsam die Hände aus den Hosentaschen. »Jo visst …« Dann trat er einen Schritt auf Ronny zu und schob seine Schulter unter dessen Achsel. »Das künnte vielleisst bissen weh…«

Der Rest des Satzes ging in Ronnys markerschütterndem Schrei unter. Er bekam nicht mal mehr mit, wie Ida und Leif ihn quer über die Rückbank manövrierten. Der Nebel lichtete sich erst wieder, als er spürte, dass er nicht mehr bewegt wurde. Er lag auf der Rückbank, sein Kopf war auf Idas Oberschenkel gebettet, die auf ihn runtersah und ihm die Haare aus der Stirn strich. »Jetzt wird alles gut, Ronny«, murmelte sie und sah ihn versonnen an.

Ihm wäre fast schlecht geworden vor Aufregung, aber dafür hatte er gerade irgendwie keinen Nerv.

Ellen kniete auf dem Beifahrersitz und beugte sich zu ihm nach hinten. Sie hielt ihm eine Wasserflasche und zwei weiße Tabletten hin. »Das sind Schmerzmittel. Nimm die, dann geht es dir gleich besser. Vielleicht wirst du davon bloß ein bisschen müde.«

Ronny nahm das Wasser und die Tabletten entgegen und schluckte sie, so schnell er konnte. Er hätte alles getan, um diese furchtbaren Schmerzen zu lindern. »Danke.«

Dann krabbelte Ellen wieder vom Beifahrersitz und warf die Tür zu, was Ronny mit einem weiteren Aufstöhnen kommentierte. Selbst die kleinste Bewegung übertrug sich auf seine malträtierten Lendenwirbel und sorgte dort für weitere Schmerzexplosionen. Er wollte gar nicht daran denken, wie es sich anfühlen würde, wenn sie gleich losführen. Oder über eine Bodenwelle bretterten. Was, wenn Ellen, die seit Jahrzehnten nicht mehr hinterm Steuer gesessen hatte, in ein Schlagloch donnerte? Ronny schmeckte Magensäure. Es würden grauenhafte Stunden werden, das wusste er schon jetzt. Dagegen wäre Guantanamo ein Naherholungsgebiet.

Ida begann, vor sich hin zu summen, ohne ihn dabei aus den Augen zu lassen. *»Uti vår hage där växa blå bär, kom hjärtans fröjd...«*

»Was ist das?«, murmelte Ronny, der meinte, schon jetzt ein wenig schläfrig zu werden.

»Ein schwedisches Volkslied.«

»Über Blaubeeren?«

Sie lächelte. »Auch.«

Es klang wunderbar. Denn natürlich konnte Ida singen. Sogar über Blaubeeren. Sie wäre eine ganz wunderbare Antilope, da war Ronny sich sicher.

Durch die Scheibe sah er, wie Ellen sich ein weiteres Mal von Leif verabschiedete. Dann öffnete sie die Fahrertür und ließ sich auf den Sitz plumpsen, was Ronny sofort einen Aufschrei entlockte.

»'tschuldigung«, murmelte sie, schob den Sitz vorsichtig nach vorn und schnallte sich an. Dann drehte sie sich zu Ronny um.

»Ich hab sehr gute Neuigkeiten. Der Wohnwagen hat eigene Bremsen. Hat Leif mir gerade bestätigt.«

»Und das heißt?«

»Dass wir achtzig fahren dürfen!«

Ronny stöhnte. »O mein Gott ... Wir könnten schon so viel weiter sein! Wenn wir nur die ganze Zeit schon schneller gefahren wären ...«

»Dann hätte ich nicht bei euch einsteigen können«, meinte Ida und zwinkerte ihm zu.

Für einen klitzekleinen Moment fühlten sich seine Rückenschmerzen beinahe erträglich an. »Also gut«, meinte er keuchend. »Dann eben ab jetzt Tempo achtzig.« Er seufzte. »Wo Blinker und Scheibenwischer sind, weißt du?«

Sie betätigte die beiden Hebel hinterm Lenkrad und nickte.

»Okay. Dann fahr los«, wies Ronny sie an. »Ganz langsam.«

Ellen drückte aufs Gaspedal. Der Motor, der die letzten Minuten friedlich vor sich hin getuckert hatte, wurde nur unmerklich lauter.

»Mehr Gas«, stöhnte Ronny.

Ellen atmete noch mal tief aus und gab mehr Gas. Doch der Wagen bewegte sich nicht vom Fleck, nur der Motor wurde lauter.

In ein paar Metern Entfernung stand Leif, die Hände in den Hosentaschen, und sah skeptisch zu ihnen herüber.

»Wieso geht das nicht?«, quietschte Ellen und gab noch mehr Gas. »Wieso fahren wir verdammt noch mal nicht?«

»Stehst du auf der Bremse?«, wollte Ronny wissen.

»Nein!«

»Sicher?«, hakte Ida nach.

»Ja!« Frustriert schlug Ellen aufs Lenkrad. »Fahr los, du blöde Karre!«

»Ganz ruhig«, sagte Ronny, der immerhin zugeben musste, dass ihn Ellens miserable Performance am Steuer von seinem eigenen

Elend marginal ablenkte. Fast unter Todesqualen beugte er sich ein Stück vor, und sein Blick fiel auf den Schalthebel. »Du musst den Gang einlegen.«

»Ich denk, das Ding ist Automatik«, schrie Ellen. Abgasnebel waberten hinter dem Wagen auf.

»Keine Panik. Du musst ihn bloß ein einziges Mal einstellen, und zwar von der Parkposition P auf D, das ist der ... AHHHHHHSJSHAHAHAHA!«

»AHHHHHHHHH!«, brüllte auch Ellen, die den Hebel auf D geschoben und im selben Augenblick Vollgas gegeben hatte. Sie umklammerte das Lenkrad und drückte die Arme durch, als der Volvo samt Wohnwagen erst einen gewaltigen Satz nach vorn machte und dann am reglos dastehenden Leif vorbei vom Parkplatz raste.

KAPITEL 27

Sie rauschten über die Landstraße. Ellens Herz schlug wie verrückt, aber ihre Atmung hatte sich wieder so weit beruhigt, dass sie nicht mehr das Gefühl hatte, andauernd flirrende Punkte vor den Augen wegblinzeln zu müssen. Mit eiskalten Fingern umklammerte sie das Lenkrad, die Knöchel waren weiß, und immer wieder musste sie sich daran erinnern, dass sie sich entspannen sollte. Mehr als hundert Kilometer würde sie sonst nicht durchhalten, ohne Hans auf dem Fuß in die Notaufnahme zu folgen.

Aus dem Fond drang leises Summen. Vermutlich Ida, die wieder sang. Für Ronny. Du meine Güte, ein Hexenschuss! Und das in dem Alter. Ellen war versucht, missbilligend den Kopf zu schütteln, aber vielleicht konnte der arme Kerl ja wirklich nichts dafür. Bei dem psychischen Stress, dem er ausgesetzt gewesen war ... Kein anständiger Job, keine Beziehung – und das in einem Alter, in dem andere sich gerade begeistert von ihrem Nachwuchs vollkotzen ließen. Ronny tat zwar gleichgültig, aber so gut kannte Ellen ihn mittlerweile, um zu wissen, dass er nicht annähernd so cool war, wie er sich gern gab. Ein Großteil seiner unterkühlten, unmotivierten Fassade diente dazu, seine tief liegende Angst zu verbergen, dass er für andere eine Enttäuschung darstellen könnte. Genau genommen war er also ein ausgesprochenes Sensibelchen. Was man nicht zuletzt an seinem Umgang mit Ida erkannte. Aber immerhin: Er hatte sich bereit erklärt, auf einen Besuch beim Arzt zu verzichten – und das rechnete Ellen ihm hoch an. Vielleicht schlummerte ja doch irgendwo unter dieser gleichgültigen Schale ein richtig netter echter Kerl?

Zum Glück hatte der Trick mit dem Föhn geklappt. Ellen hatte schon ein bisschen Muffensausen gehabt, als Ronny Kurzschlüsse, geschmolzenes Plastik und verkohlte Leitungen erwähnt hatte. Doch sehr viel schlimmer hatte es in jenem Moment gar nicht mehr kommen können. Das Auto war kaputt gewesen – und kaputter als kaputt ging ja wohl nicht.

Apropos ... »Ronny, wie geht's?«

Sie warf einen besorgten Blick in den Rückspiegel, wo sie nur die diagonal über der Bank liegenden Beine des jungen Mannes erkannte.

Anstelle einer Antwort hörte sie ein Jammern.

»So schlimm? Ach, das tut mir so leid. Aber das hört man ja immer wieder. Feuchtes Wetter, psychische Belastung ...«

»Was denn für eine psychische Belastung?«, knurrte er.

»Na ja ...« Besser, sie ließ das jetzt einfach mal so im Raum stehen.

»Ich bin psychisch nicht belastet«, stöhnte er.

»Ah nein?«

»Es geht ihm schon viel besser«, meinte Ida und lehnte sich ein wenig in die Mitte, so dass Ellen ihren Blick im Rückspiegel auffing. »Es war vielleicht wirklich ein bisschen viel in den vergangenen Tagen ...«

Sie sah sogar schuldbewusst aus. Was hatte sie denn mit dem armen Ronny angestellt? Kriegte man von ... dem, was sie gemacht hatten, einen Hexenschuss? Quatsch!

»Ida, verwöhn ihn mal nicht zu sehr«, meinte Ellen. »Männer gewöhnen sich da sehr schnell dran.«

Sie musste wieder daran denken, wie Hans immer reagiert hatte, wenn Ellen einen winzigen Schritt in Richtung Unabhängigkeit gewagt hatte. Damals, als sie nach Jahren zu Hause im *Bellavista* angefangen hatte, war es ihr manchmal so vorgekommen, als würde ihr Ehemann sie mit seinen eingebildeten Bauchschmerzen sofort wieder in den Schoß der Familie zurückholen wollen. Sie war sogar noch in der Probezeit gewesen, und ihr Chef fand es nur mäßig gut, dass sie gleich in den allerersten Wochen zu Hause hatte bleiben müssen, um ihren Mann zu pflegen – nicht etwa das Kind, die sechsjährige Marion, die mittlerweile zur Schule ging.

»Wissen Sie, Frau Bornemann«, hatte der Inhaber des Reisebüros, Herr Wankel, am Telefon gesagt, als sie anrief, um sich für den Tag abzumelden, »ich war ja wirklich froh, als Sie erzählt haben, dass Ihre Tochter bereits schulpflichtig ist. Natürlich rechnen wir immer damit, dass Arbeitnehmer mit Kindern ein paar Tage im Jahr zu Hause bleiben, aber Ihr *Mann* ist ja nun beileibe kein Kind mehr.«

Ellen hatte sich zu ihrem freundlichsten Lächeln gezwungen, obwohl Herr Wankel das nicht einmal hatte sehen können. Dann hatte sie sich von ihm verabschiedet und aufgelegt. Anschließend war sie in die Küche gelaufen, hatte den Gefrierschrank aufgerissen und vorgekochte Hühnersuppe aus dem Tiefkühlfach geholt. Die Tupperschüssel stellte sie ins Spülbecken, wo die Suppe auftauen würde. Sie füllte Leitungswasser in ein Glas und schnappte sich eine Schachtel Schmerztabletten, dann stapfte sie ins Schlafzimmer und baute sich vor Hans auf.

»Ich fahre ins Büro.«

»Was?«, jammerte er und hob mit schmerzverzerrtem Gesicht und zusammengekniffenen Augen den Kopf leicht vom Kissen. Seine damals schon flusigen Haare standen in alle Richtungen, und der Schlafanzug, den er trug, wirkte irgendwie zu groß. Wenn Ellen ehrlich war, sah er aus wie ein Teddybär, den man in ein Puppenbett gesteckt hatte. »Du lässt mich allein?«

»Jawoll«, gab Ellen entschieden zurück. »Du bist ein erwachsener Mann. Hier sind Schmerztabletten, davon darfst du heute maximal drei nehmen. Und in der Küche taut Suppe auf. Wenn Marion um eins nach Hause kommt, könnt ihr sie euch warm machen. Buchstabennudeln sind im Vorratsschrank. Ich bin heute Abend zurück.«

Und noch ehe Hans sie mit leidendem Blick überreden konnte zu bleiben, hastete Ellen im Sauseschritt zur Bushaltestelle und fuhr zur Arbeit. Drei Tage litt Hans damals unter Schmerzen, »wie kein Mensch es sich vorstellen kann«, und wenn er ihr am Abend mit kummervollem Gesicht davon berichtete, blieb Ellen hart. Aber dann, auf wundersame Weise, genas er wieder. Er hatte die bittere Pille wohl geschluckt: Seine Frau hatte jetzt einen Job, einen richtigen, mit Arbeitszeiten und Kollegen und allem, und konnte nicht mehr den lieben langen Tag exklusiv für ihn da sein.

»Ich verwöhne ihn gar nicht«, meinte Ida in diesem Moment, und die Erinnerung an Hans im Schlafanzug verblasste. »Ich pflege ihn. Er ist so tapfer ...« Dann fing sie wieder an zu summen.

Ellen legte die Stirn missbilligend in Falten. Ja, klar. Ronny brauchte Ida, und Hans brauchte sie. Damit sie den Haushalt für ihn schmiss. Dass er dort keinen Finger gerührt hatte, selbst als Ellen zur Arbeit gegangen war, war eine Selbstverständlichkeit gewesen. Aber damit hatte Ellen sich noch nicht mal mehr auseinandergesetzt. Beziehungsweise: Sie hatte sich darüber geärgert, aber geändert hatte sie nichts, denn die Energie, die sie hätte aufbringen müssen, um Hans zu mehr Mithilfe im Haushalt zu bewegen, die hatte sie darauf verwenden können, die Spülmaschine gleich dreimal ein- und wieder auszuräumen.

Und jetzt? Wollte sie ihn immer noch loswerden? Diesen faulen alten Mann mit Fusselhaaren und Wohlstandswampe? Der so niedlich aussehen konnte, wenn er an ihrem Geburtstag in seinem etwas zu engen Schlafanzug mit einem Tablett im Schlafzimmer stand, weil er ihr Frühstück brachte? Frühstück im Bett, das sie hasste, weil es alles vollkrümelte, das er aber nur ihr zuliebe zubereitet hatte? Und dass er es wirklich nur gut meinte?

Es war nicht nur schlecht gewesen, das Leben mit Hans. Vielleicht nicht himmelhochjauchzend, aber auch nicht zu Tode betrübt. Sie musste wieder an das schwedische *lagom* denken, das

»Mittelmaß«, aber auch »genau richtig« bedeuten konnte. Sie wusste nicht mehr, was sie wollte und was nicht. Sie wusste nur noch, dass sie unbedingt nach Hause kommen musste. So schnell wie möglich.

Vor ein paar Tagen hatte Ellen der Gedanke noch amüsiert, dass Hans nun würde lernen müssen, wie man eine Mikrowelle bediente, oder dass er erfahren müsste, dass sich ein Kühlschrank nicht auf wundersame Weise selbst füllte oder die Wäsche nicht über Nacht gewaschen und gebügelt war. Und das auf seine alten Tage! Doch als sie nun darüber nachdachte, dass Irene womöglich in ihrer Küche stand und Hans ein Süppchen kochte, spürte sie Wut in sich hochblubbern. Unwillkürlich fuhr sie etwas schneller. Ihr Blick fiel auf den Tacho. Sie fuhr siebzig. Es fühlte sich an wie zweihundert – und gleichzeitig wie Schritttempo. Sie kamen nicht schnell genug voran!

»Achtzig sind erlaubt, oder?«, fragte sie Ronny mit einem Blick in den Rückspiegel.

»Ja. Der Tempomat, soll ich dir den erklären?«

Sie schüttelte den Kopf. »Nein, lieber nicht. Ich will nicht, dass das Auto von selbst fährt.«

Gerade kamen sie an einem Ortsschild vorbei.

»Innerorts fünfzig!«, rief Ronny von der Rückbank.

»Ach so«, meinte Ellen und ging vom Gas. Aber nur ein bisschen. Ob sechzig oder fünfzig, das konnte doch am Ende keiner so genau sagen.

»Es gibt wirklich viele Fahrtkameras hier«, mischte sich nun auch Ida ein. »Und sie blixen überall.«

»Ja, ja. Ich hab in ganz Skandinavien noch keinen Blitzer gesehen«, erwiderte Ellen ungeduldig.

Kaum hatten sie die winzige Ortschaft verlassen, drückte sie das Gaspedal durch. So langsam fing das Autofahren an, ihr Spaß zu machen, auch wenn sie immer noch weiche Knie hatte.

Sie näherten sich von hinten einem Lastwagen, der mit maximal achtzig Stundenkilometern unterwegs war. Ellen musste runterbremsen, als sie dem Lkw zu nahe kam, und fluchte. Die Straße war schnurgerade. Sie lenkte ein Stück nach links und kreuzte die Mittellinie. Kein Gegenverkehr in Sicht. Und hier oben konnte man mindestens fünf Kilometer weit sehen. Sollte sie es wagen? Was hatte sie schon zu verlieren ...

Ellen setzte den Blinker, dann zog sie links raus und gab Gummi. Sie überholte den Lastwagen, der wild zu hupen begann, kaum dass Ellen auf selber Höhe mit der Fahrerkabine war.

»Ellen«, warnte Ronny, »deine Überholmanöver sind Harakiri!«

»Ach was.« Sie scherte wieder ein, sah in den Rückspiegel und grinste, obwohl Ronny ihr Gesicht nicht sehen konnte.

»Du bist viel zu schnell, schon wieder!«

Im Außenspiegel sah Ellen, dass der Lastwagen ihr Lichthupe gab. Meine Güte, schon wieder so ein Idiot, der ihr wegen des bedruckten Wohnwagens einen Gruß schickte. Das Lottchen würde einen neuen Anstrich bekommen, gleich wenn sie zu Hause ankäme.

»Was soll denn schon passieren?«, fragte Ellen lapidar und fuhr noch ein wenig schneller.

»Sie nehmen dir den Führerschein weg.«

»Bitte, ich geb ihn gerne her! Nach diesem Urlaub werde ich nie wieder Auto fahren. Ich hab es dreißig Jahre lang wunderbar ohne geschafft.«

Was natürlich nicht stimmte. Es hatte immer wieder die eine oder andere Gelegenheit gegeben, da sie sich schwarz geärgert hatte, weil sie nicht mehr fuhr – was ja im Grunde war, als hätte sie nie einen Führerschein gemacht.

Ronny stöhnte wieder. »Du machst es dir wirklich einfach.«

»Ich mache es mir einfach? *Ich?*«, brauste sie auf und warf einen Blick in den Rückspiegel. »Das sagt gerade der Richtige.«

Ronny seufzte. »Ellen, lass gut sein.«

»Nein, im Ernst«, fauchte sie. »Wann hast du es dir zuletzt mal *nicht* leicht gemacht, hm? Du bist doch immer den Weg des geringsten Widerstands gegangen.«

Ida beugte sich nach vorn und kruschtelte in ihrer Tasche herum. Dann schob sie sich die Kopfhörer in die Ohren und meinte: »Ich lass euch mal allein.«

»Du hast doch nie etwas riskiert oder investiert«, fuhr Ellen nahtlos mit ihrer Gardinenpredigt fort. Ronnys Passivität ging ihr gewaltig auf den Keks; irgendwie erinnerte die sie an Hans' Faulheit. Alles wälzte er auf sie ab, egal ob es der Haushalt, die Kindererziehung oder die Pflege der Freund- und Bekanntschaften in Ostereistedt war. Nur die wichtigen Dinge, die entschied er allein. Da fragte er Ellen noch nicht mal um ihre Meinung – zum Beispiel, wenn es darum ging, ob er noch mal als Bürgermeister kandidieren sollte. Und Ronny? Der machte es genauso. Stahl sich alle naselang aus der Verantwortung und beschwerte sich dann, dass nichts voranging.

»Jetzt, in diesem Moment«, knurrte er, »riskiere ich eine Menge, und zwar nur für dich. Vermutlich werde ich querschnittsgelähmt oder so was, wenn ich nicht behandelt werde.«

»Pffffhh!« Das Gaspedal wanderte zusehends nach unten. »Du bist genau wie Hans. Der macht aus ein bisschen Husten, Schnupfen, Heiserkeit auch immer gleich eine Lungenentzündung.«

Wie war es denn gewesen, nachdem ihre Stelle bei *Bellavista* gestrichen worden war, als sie ein halbes Jahr später eine Aushilfsstelle als Geografielehrerin an der Gesamtschule in Gnarrenburg in Aussicht gestellt bekam? Da war Hans prompt wieder krank geworden. Ellen war stinksauer gewesen, als er damals vom Arzt kam. Ein Magengeschwür? Na wunderbar! Mit großen Augen hatte er sie angesehen und gesagt: »Ellen, Schatz, ich glaube, ich brauche dich jetzt.«

Und sie? Rief in der Gesamtschule in Gnarrenburg an und sagte die Stelle ab. Hans blieb noch eine Woche zu Hause und ließ sich von ihr pflegen, dann fing er wieder mit der Arbeit an, und einen Monat später stopfte er beim Erntedankfest von Ostereistedt quietschfidel Spanferkel in sich hinein. Ellen verschluckte sich fast an ihrer Empörung. Da hatte das Schuljahr natürlich schon lange angefangen, und der Job war anderweitig besetzt worden.

»Warum müssen wir eigentlich ständig über Hans reden?«, fragte sie nach hinten. »Das machen wir doch nur, damit du nicht über dich selbst sprechen musst.«

»Wer redet denn über Hans? Doch nur du. Du fängst doch andauernd von ihm an!«

Mist. Ellen musste sich eingestehen, dass Ronny recht hatte. Sie hatte zwar in einem fort an Hans gedacht – aber gesprochen hatten sie nicht über ihn. Egal. Angriff war immer noch die beste Verteidigung.

»Gut, dann schweigen wir eben. Das magst du ja besonders gern«, giftete sie.

»Besser, als mir deine Schnapsideen von einem eigenständigen Leben in Hamburg anzuhören!«, rief Ronny wütend. »In einer Tour beschwerst du dich, dass Hans dir alles weggenommen hat. Dass du ihm dein Leben geopfert hast. Dann denk doch bitte auch mal darüber nach, ob du es ihm nicht freiwillig hinterhergeworfen hast, weil es der Weg des geringsten Widerstands war! Wer im Glashaus sitzt, sollte nicht mit Steinen werfen.«

Wums. Das hatte gesessen.

Jetzt war Ellen beleidigt.

Aber hatte er womöglich recht? Hatte sie es sich leicht gemacht? War Ronny Lembke, dem sie zum Vorwurf machte, sein Leben nicht in die eigenen Hände zu nehmen, am Ende gar nicht so anders als Ellen selbst?

Wieso war sie nach dem Stellenangebot in der Grundschule

nicht auf die Idee gekommen, sich einen anderen Job zu suchen? Irgendwie war immer was dazwischengekommen. Mal Hans' empfindlicher Magen, mal ein Urlaub, der ungeschickt gelegen hatte, die erste Wahl, ihre daraus resultierenden Verpflichtungen als Ehefrau des Bürgermeisters, Marions schulische Probleme, als sie in die Mittelstufe kam ... Es war ganz schleichend vonstattengegangen. Nach einer Weile hatte Ellen sich andere Beschäftigungen gesucht. Erst war sie den Landfrauen beigetreten. Dann Ernas Rommé-Runde. Die Arbeit im Garten, die Elternabende ... Ellen hatte Frühjahrsputz gemacht, Kirschen eingekocht, den Sankt-Martins-Umzug des örtlichen Kindergartens durchs Dorf organisiert und den Weihnachtsmarkt auf dem Marktplatz. Und dann war das Jahr auch schon wieder vorbei und Ellen ein Jahr älter, und es ging wieder von vorne los. Wie in einem Hamsterrad. Aber von innen betrachtet kam einem so ein Hamsterrad ja bekanntlich vor wie eine Karriereleiter – selbst wenn es gar nichts zum Aufsteigen gab.

Ronny hat recht, ich bin wirklich den Weg des geringsten Widerstands gegangen, dachte Ellen, und ein unbehagliches Gefühl breitete sich in ihrer Magengrube aus. Ihr missfiel der Gedanke, aber womöglich war am Scheitern ihrer Ehe nicht allein Hans schuld. Sie selbst hatte sich zwar im Haushalt, im Garten und für die Familie verausgabt, aber hatte sie jemals Verantwortung für ihr eigenes Glück übernommen? Dafür, was gut für *sie* war – nur für sie und für niemanden sonst? Selbst zum bescheuerten Zumba war sie nur Erna zuliebe mitgegangen.

Was waren überhaupt ihre Wünsche, ihre Sehnsüchte? Ellen hatte sich zufriedengegeben mit dem, was sie gehabt hatte, so unzufrieden es sie insgeheim auch gemacht hatte. Selbst ihre geplatzten Träume hatte sie hingenommen. Und sie hatte die Verantwortung dafür Hans in die Schuhe geschoben.

Schlimmer noch: Sie hatte nicht mal gesehen, wenn er versucht hatte, es ihr recht zu machen. Sie war unfroh gewesen, wenn er ihr Frühstück ans Bett gebracht hatte, ja sie hatte noch nicht mal bemerkt, welche Mühe er sich für sie gegeben hatte. Nur über die Krümel hatte sie sich aufgeregt – dabei hatte Hans doch in vielen Situationen versucht, ihr zu gefallen.

Ellens Herz zog sich zusammen. Sie spürte, dass ihr gleich die Tränen kommen würden. Sie hatte immer nur sich selbst gesehen – und Hans eben diesen Vorwurf gemacht: dass er nur sich selbst sah. Dabei war es nie schwarz-weiß gewesen. Ja, er hatte in der Vergangenheit in einigen entscheidenden Momenten nicht die Eier in der Hose gehabt, sie in seine Entscheidungen mit einzubeziehen. Vielleicht weil er gewusst hatte, dass sie nicht mit sich würde reden lassen. Kein schöner Gedanke, das musste Ellen zugeben.

Hoffentlich war es noch nicht zu spät, das wieder geradezubiegen. Verflixt, sie hatte sogar damit geliebäugelt, sich einem anderen Mann in die Arme zu werfen! Da hätte sie doch Hans und alles, was ihr im Leben wichtig war, verloren. Marion. Die Kinder.

Sie schluckte schwer.

»Es tut mir leid«, sagte sie schniefend, und auch die Tränen konnte sie nun nicht länger zurückhalten. »Ich hab das nicht gewollt.«

Ronny stöhnte, dann richtete er sich auf. Sein schmerzverzerrtes Gesicht tauchte im Rückspiegel auf. »Ich hab das auch nicht so gemeint, was ich eben gesagt habe, Ellen. Entschuldigung. Das war echt viel zu indiskret. Und jetzt hör bitte auf zu weinen.«

»Ich kann nicht«, heulte sie und putzte sich die Nase am Handrücken ab. Es kam ihr vor, als wäre ein Damm gebrochen. Die Tränen schossen geradezu aus ihr heraus, ohne dass sie sie hätte kontrollieren können.

»Ellen …« Ronny beugte sich noch weiter vor, so dass sein Kopf nun zwischen den beiden Sitzen hervorlugte. »Hör sofort auf zu flennen!«

»Ich ... würd ... Aber ich ... kann nicht ...«, keuchte sie und schneuzte sich in ein Taschentuch, das sie aus ihrer Hosentasche geangelt hatte.

»Ellen!« Ronny sah jetzt wirklich wütend aus. »Hör auf zu heulen! Ich kann weinende Menschen nicht ertragen.«

»Was? Warum?« Ellen fuhr immer noch mit fast einhundert Sachen durch die mittelschwedische Pampa – viel zu schnell für ein Wohnwagengespann. Aber was kümmerte sie das in diesem Moment der bitteren Erkenntnis?

»Es ist mir unangenehm. Reiß dich bitte zusammen!«

»Ich kann nicht«, rief sie und wurde von einem weiteren Schluchzer durchgeschüttelt.

»Frau Bornemann!«

»Hä?«

Ronny seufzte. »Lass uns doch wieder zum Sie zurückkehren. Da sind solche Gefühlsausbrüche tabu.«

Ellen sah verwirrt in den Rückspiegel.

»Wir siezen uns wieder. Das erleichtert einiges. Du musst nicht mehr über Hans reden und ich nicht über ... alles andere. Wir kommen uns nicht mehr ins Gehege. Und niemand darf mehr vor dem anderen weinen.«

Sie verschluckte sich. »Sag mal, spinnst du jetzt?«

»Ellen. Darf ich dir das Sie anbieten? Übrigens, Sie fahren zu schnell.«

Sie sah auf den Tacho. Ohne dass sie es bemerkt hätte, war sie noch schneller geworden. Jetzt zitterte die Nadel bei knapp über hundertzehn.

»Ach ja?« Sie drückte das Gaspedal noch weiter durch. Immerhin waren die Tränen versiegt. »Gut so, ich lass mich nämlich nicht mehr aufhalten.«

Vor allem nicht von sich selbst – das wusste sie jetzt mit Gewissheit. Warum hatte sie sich all die Jahre aufhalten lassen? Es war immerhin nicht so gewesen, dass Hans sie mit vorgehaltener Waffe auf die bescheuerten Goldenen Hochzeiten und Schützenfeste gezwungen hätte. Nein, Ellen war freiwillig mit marschiert, vielleicht um einem Konflikt aus dem Weg zu gehen, vielleicht ja auch aus Faulheit oder Bequemlichkeit, weil sie die Verantwortung nicht hatte übernehmen wollen oder es schlicht und ergreifend leichter gewesen war, alles auf Hans abzuwälzen. Vielleicht aber auch einfach nur, weil sie verlernt hatte, wie man sich widersetzte oder für das einstand, was man selbst wollte.

Ihre Gedanken wanderten zu Tom Blessington, diesem freundlichen, sanften Mann – vermutlich hatte sie sich gerade deswegen zu ihm hingezogen gefühlt: weil er sich von niemandem vereinnahmen ließ. Weil er nie etwas nur aus Gefälligkeit zu tun schien. Tom Blessington hatte man in Ostereistedt noch nie auf dem Erntedankfest gesehen, nicht in der Weihnachtsmesse und auch nicht beim Kuchenverkauf der Landfrauen. All das war ihm so was von piepegal – was die anderen von ihm dachten. Welchen Ruf er hatte. Das imponierte Ellen. Und trotzdem würde es nichts ändern. Mit Tom oder jedem anderen Mann wäre sie am Ende doch wieder genauso unzufrieden und unglücklich wie mit Hans. Weil sie sich selbst ändern musste.

Aber der erste Schritt war jetzt getan. Sie war über sich hinausgewachsen und fuhr nach mehr als dreißig Jahren wieder Auto. Und wenn sie das konnte, war alles andere doch ein Kinderspiel. Hans' Socken liegen lassen zum Beispiel. An Weihnachten mal keine Plätzchen backen. Sich eine sinnvolle Beschäftigung suchen, eine Aufgabe im Leben. Alles kein Problem. Man musste nur irgendwo anfangen.

Stur blickte sie geradeaus, die Arme durchgestreckt, das Lenkrad fest im Griff. Der Himmel über ihnen war immer noch grau und wolkenverhangen, aber es regnete nicht mehr. Zu beiden Seiten der Straße ragten schwedische Wälder auf, meterhohe Tannen in dunklem Grün, immer wieder durchbrochen von Birkenhainen in typischem Schwarzweiß wie die Postkarten aus der Touristeninfo. Immer häufiger konnten sie Höfe, Siedlungen und Dörfer entlang der Straße sehen. Scheunen schmiegten sich an rot gestrichene Gutshäuser mit weißen Eckpfosten. Und auch an der Landschaft konnte man erkennen, dass sie jetzt mitten in Schweden waren. In Nordnorwegen und -finnland waren die typisch roten Häuschen nur selten zu sehen gewesen.

In einem Kreisel fuhren sie in Richtung Stockholm raus, dann drückte Ellen erneut das Gaspedal durch, so dass der Wagen auf hundert beschleunigte.

»Frau Bornemann, Sie fahren schon wieder zu …«

Weiter kam Ronny nicht, denn im selben Moment blitzte es so hell auf, dass Ellen vor Schreck die Augen zusammenkniff.

»Scheiße!«, fluchte sie.

»Sie sind geblitzt worden«, stellte Ronny nüchtern fest.

»Hör auf, mich zu siezen, verdammt noch mal!«, schnaubte Ellen wütend. »Das macht mich rasend!«

»Merkt man.«

Wieder wurde es still im Wagen. Ida schien immer noch Musik zu hören. Vielleicht war das auch besser so. Und Ronny schmollte.

Mit einem Mal spürte Ellen, wie eine ungeahnte Energie in ihr auflöderte. Es machte allen Ernstes Spaß, Grenzen zu überschreiten, zu schnell zu fahren, sich nicht an Regeln zu halten. Es hatte sich so verkehrt angefühlt, dieses Herumkriechen, dieses langsame Nach-Hause-Schleppen – das Plätzchen- und Osterlämmerbacken, nur weil andere so was von ihr erwarteten. Jetzt gab es nur noch das, was Ellen wollte. Ihr Tempo. Ihre Geschwindigkeit. Denn wenn sie in demselben Schneckentempo vorankämen, mit dem sie ans Nordkap hochgefahren waren, würden sie erst in zwei Jahren …

Dann kam Ellen ein schrecklicher Gedanke.

»Wo ist Odysseus?«

KAPITEL 28

Ronny sagte erst mal gar nichts. Dann sammelte er sich und gab zurück: »Was meinst du damit – wo ist Odysseus?«

»Hast du ihn in den Wohnwagen gepackt?«

»Ich?« Er klang schon wieder etwas munterer. »Wieso denn ausgerechnet ich?«

»Ist doch auch egal. Also, hast du?«

»Natürlich nicht! Ich hab einen Hexenschuss.«

Ellen stieg in die Eisen und bremste so abrupt ab, dass hinter ihnen lautes Hupen ertönte. Ronny rutschte von der Rückbank und brüllte, und auch Ida war in den Gurt gedrückt worden und klammerte sich jetzt an Ronny fest, den sie nach ein paar Sekunden wieder zurück auf die Rückbank hievte.

»Alles okay?«, fragte sie ruhig. »Hast du dir weh getan?«

»Sag mal, spinnst du?«, schrie Ronny in Ellens Richtung. »Du kannst doch nicht einfach so mitten auf der Straße stehen bleiben! Es hätte jemand in dich reinrasen können!« Er schüttelte den Kopf. »Mann, Mann, Mann! Setz den Blinker.«

Ellen war starr vor Schreck. Trotzdem gelang es ihr, seine Anweisung auszuführen. Sie blinkte rechts und fuhr noch langsamer, und sofort zog eine ganze Karawane Autos an ihnen vorbei. Der eine oder andere Fahrer gestikulierte wild in ihre Richtung.

Schließlich hielt sie an.

»Odysseus ... Ich hab Odysseus zurückgelassen«, stammelte Ellen.

»Was willst du damit sagen, du hast ihn zurückgelassen?«

»Ich hab ihn nicht mehr eingepackt. Er ist immer noch an diesen Stein gebunden, irgendwo bei Gävle ...«

Ellen war schon wieder den Tränen nahe. Obwohl sie die Schildkröte so unnötig gefunden hatte wie ein Loch im Schuh, war ihr das blöde Vieh nicht vollkommen egal. Man hatte schließlich eine gewisse Zeit miteinander verbracht. Und jetzt hatte sie das Tier vergessen! Am Rastplatz festgebunden und ausgesetzt wie einen Hundewelpen in der Ferienzeit … Sie war so eine Rabenmutter! Ein Ungeheuer! Wie konnte irgendjemand ihr – Ellen Bornemann – je wieder die Verantwortung für ein Geschöpf übertragen? Sie war ja nicht mal in der Lage, auf eine Schildkröte aufzupassen, eine Schildkröte! Und die Schildkröte konnte nicht weglaufen, dort, wo sie angebunden war. Sie würde verhungern. Verdursten. Elendiglich zugrunde gehen. Kein Wunder, dass sich alle von ihr abwandten. Sie war herzlos und kalt. Ein richtiges Miststück.

»Das ist ja richtig blöd gelaufen«, meinte Ronny zerknirscht. »Es tut mir wirklich leid, aber ich war so unter Schock wegen der Schmerzen, dass ich keine Sekunde mehr an Odysseus gedacht habe.«

Auch Ida machte ein schuldbewusstes Gesicht. »Ich erinnere mich noch daran, sie in der Hand gehabt zu haben, aber dann war das mit Ronny … und alles ging so huller om buller!« Sie verstummte.

Ellen schlug die Hände vors Gesicht. In einem fort wurden sie von Autos überholt, aber immerhin hupten sie jetzt nicht mehr.

»Was sollen wir denn jetzt tun?«, murmelte Ellen, die schon wieder Tränen in den Augen brennen spürte. Sie blinzelte sie weg.

»Wir könnten umdrehen«, schlug Ronny vor.

Doch insgeheim wussten sie, dass das Quatsch wäre. Die Schildkröte war sicher nicht mehr da. Immerhin waren sie schon gute hundert Kilometer weit gekommen. Bis sie die wieder zurückgefahren wären, wären über zwei Stunden vergangen – Stunden, in denen sich längst irgendwer des armen Geschöpfs angenommen haben mochte.

Ich werde Odysseus nie wiedersehen, dämmerte Ellen, und wieder kamen ihr die Tränen. Sie musste an den Tag denken, als Hans Odysseus angeschleppt hatte. An einem Abend im Herbst, irgendwann im November, als es draußen schon ungemütlich wurde und Ellen sich grämte, weil Marion zwei Monate zuvor zum Studieren nach Hamburg gegangen war. Das Haus war leer gewesen ohne die Tochter, viel zu leise, und Ellen war wieder einmal aufgefallen, dass sie die meiste Zeit des Tages mit sich selbst verbrachte.

Wenn sie wenigstens ein Haustier hätte, irgendein Lebewesen, um das sie sich kümmern könnte … Irgendwann hatte sie Hans gegenüber wohl so eine Andeutung gemacht – und dann war er bei ihr in der Küche aufgetaucht, mit einem großen Karton in der Hand.

»Liebling, ich hab dir etwas mitgebracht.«

Er hatte den Deckel abgezogen, und Ellen hatte auf den grünbraun gemusterten Panzer hinabgestarrt.

»Damit du dich nicht mehr so einsam fühlst. Guck mal, wie niedlich diese kleinen Augen dich ansehen!«

Wie auf Kommando hatte die Schildkröte den Kopf ausgefahren und Ellen aus schwarzen Knopfäuglein unverwandt angeglotzt.

Es war genau wie mit dem Wohnwagen gewesen. Sie hatte sich einen Bulli gewünscht, aber bekommen hatte sie das olle Lottchen. Und wie damals schon hatte sie es nicht übers Herz gebracht, Hans zu beichten, dass sie eher an einen Hund gedacht hatte, an einen kleinen Welpen, der sich an dunklen Winternachmittagen an sie kuscheln und im Sommer mit ihr durch die Felder streifen würde.

Mit einer Schildkröte konnte man weder spazieren gehen noch kuscheln. Trotzdem machte sie eine Menge Arbeit, stellte Ellen schon bald fest. Sie kaufte ein Terrarium und richtete es mit aller erforderlichen Sorgfalt ein, aber irgendwie sprang der Funke zwischen ihr und dem Panzertier nicht über. Zum einen lag dies natürlich am Winterschlaf, der wenig später einsetzte und drei lange Monate andauerte. Zum anderen interessierte sich Odysseus nicht für die Tricks, die Ellen ihm beibringen wollte, und zeigte auch kein wie auch immer geartetes Interesse an Ellen als Person. Im Gegenteil: Wann immer sie versuchte, ihn zu füttern, zwickte er sie in den Finger.

Auf jeden Fall war aus Hans' an sich netter Geste bald eine zusätzliche Bürde für Ellen geworden. Und jetzt war Odysseus weg. Ellen war untröstlich. Vielleicht waren es ja doch die Wechseljahre? Solche Gefühlswallungen waren ihr doch sonst eher fremd ...

»Wir können nicht umdrehen«, meinte sie mit zitternder Stimme. »Wir werden ihn nicht mehr finden. Er ist jetzt irgendwo allein dort draußen ...«

»Quatsch!«, meinte Ronny. »Irgendwer hat ihn doch sicher mitgenommen.«

»Ja«, meinte Ellen, und wieder kamen die Tränen. »Vielleicht jemand, der Schildkröten mag.« Sie schluchzte.

»Ach, Ellen.« Ida beugte sich zu ihr vor und berührte ihre Schulter. »Das tut mir wirklich leid.«

Ellen kramte nach einem weiteren Taschentuch und schneuzte sich lautstark die Nase. »Danke. Und jetzt fahren wir weiter.« Sie straffte die Schultern und sah in den Außenspiegel.

»Erst blinken, dann einscheren«, murmelte Ronny von hinten. »Schulterblick nicht vergessen.« Sie setzte den Blinker links, schlug das Lenkrad ein und fuhr dann langsam an. Kaum waren sie wieder auf der Straße, meinte Ronny: »Wobei ich es ja schon ein bisschen merkwürdig finde. Deinem Mann weinst du keine Träne nach, aber wenn die Schildkröte verschwindet ...«

Er beendete seinen Satz nicht. Musste er auch nicht. Ellen starrte geradeaus und schwieg. Natürlich hatte Ronny recht. Es kam ihr ja selbst merkwürdig vor – die sentimentalen Gefühle, die sie für Odysseus aufbrachte und die Ellen genauso fremd vorkamen wie die geschätzten einhundert Wörter, mit denen Eskimos den Schnee bezeichnen konnten.

Aber vielleicht war es auch nur leichter, um eine Schildkröte zu trauern als um das, wofür sie in Wahrheit stand. Ihr altes Leben. Alles, was sie hinter sich lassen wollte. Warum war ein Abschied nur so schwer, selbst wenn man ihn sich lang herbeigewünscht hatte? Sie dachte an ihre Fahrt zum Nordkap, an Hans, der sie mit beinahe jedem Satz, den er von sich gegeben hatte, in den Wahnsinn getrieben hatte … Aber war das denn wirklich wahr? Hatte sie tatsächlich alles an ihm genervt? Oder kam ihr das jetzt nur so vor, weichgespült und rundgelutscht vom vielen Ärger?

Im selben Moment schob sich ein Dia in ihren Erinnerungsprojektor, das sie bis zu diesem Zeitpunkt nie bewusst wahrgenommen hatte. Sie waren wieder in Hjemmeluft, sie und Hans, saßen im Bürgermeisteramt um einen großen Tisch herum, die Norweger schenkten einen Schnaps nach dem anderen aus und sangen merkwürdige Trinklieder, die Ellen vage mit Walhalla assoziierte. Sie selbst nippte immer noch an ihrem ersten Glas. Sie war nicht in Feierlaune. Sie war schlecht gelaunt und wütend, weil ihr klargeworden war, was diese Fahrt ans Nordkap in Wahrheit war: eine Farce, eine Inszenierung, und alles nur für Hans. Wütend kippte sie den Rest aus ihrem kleinen Gläschen in sich rein, schluckte, hustete und knallte das Glas auf den Tisch. Und spürte, wie jemand sie ansah. Es war Hans, der neben ihr saß und in diesem Moment nach ihrer Hand griff. »Danke, Ellen. Ohne dich würde ich das alles gar nicht schaffen.«

Ellen entzog ihm ihre Hand, schob den Stuhl zurück und stand auf. »Ich brauch mal frische Luft«, keuchte sie, warf sich die Fleecejacke über und stiefelte aus dem Saal.

Sie hatte keinen Blick zurückgeworfen. Zu wütend war sie gewesen. Zu verbittert. Hans' Worte waren an ihrem Zorn einfach abgeperlt wie Öl an einer teflonbeschichteten Pfanne. Ellen hatte noch nicht mal bemerkt, was Hans da gerade versucht hatte –

nämlich sich bei ihr zu entschuldigen, auf seine Weise, und sich bei ihr zu bedanken.

»Hans hat mir Odysseus vor Jahren geschenkt«, sagte sie leise. »Weil ich so traurig war, als Marion ausgezogen war.«

Ronny sagte nichts, Ida auch nicht. Also sprach Ellen weiter.

»Ich hab immer gedacht, Hans hätte ihn mir nur aufs Auge gedrückt. Weil er selbst Haustiere wollte, aber keine Lust hatte, sich selbst darum zu kümmern. Vielleicht hat er es aber auch gar nicht böse gemeint.«

Hatte er nicht. Sie war sich sogar ziemlich sicher, dass er die Schildkröte wirklich nur ihretwegen angeschleppt hatte. Hans selbst wäre nie auf die Idee gekommen, sich ein Haustier anzuschaffen. Er mochte Tiere, das schon, aber sie durften nicht größer als kniehoch sein, keine Haare haben und nach Möglichkeit auch keinen Mucks von sich geben. Insofern war Ellen mit der Schildkröte noch ziemlich gut davongekommen – es hätten immerhin genauso gut Goldfische sein können, und die waren im Gegensatz zu Schildkröten ja nun tatsächlich fad.

Und dann der Wohnwagen. Zwanzig Jahre lang hatte sie sich eingebildet, Hans hätte nur seinen Kopf durchsetzen wollen, als er das Lottchen anstelle eines mintfarbenen Bulli-Busses gekauft hatte. Was aber, wenn Ellen und er sich nur gehörig und ganz grundlegend missverstanden hatten? Vielleicht waren die ganzen Andeutungen und gewinkten Zaunpfähle nicht die richtige Sprache, wenn man zu jemandem wie Hans durchdringen wollte?

Allmählich dämmerte ihr, wie sie auf Hans gewirkt haben musste, an jenem Abend vor einigen Tagen, als sie ihm verkündete, sie werde ihn verlassen. »Einfach so?«, hatte er gefragt.

Und sie hatte gedacht: Einfach so? Will der mich verarschen? Wir haben fünfunddreißig Jahre für den Ernstfall geprobt!

Was Ellen all die Kilometer hoch ans Nordkap, all die Jahre auf Knien im Garten und lächelnd während der verhassten Scheunenfeste in sich hineingefressen statt gesagt hatte, was sie hinuntergeschluckt statt aufs Tapet gebracht hatte – all das, wurde ihr jetzt bewusst, war ihm keine Sekunde lang klar gewesen. Und wie auch? Während sie ihren Ärger im Geist katalogisiert und in ihrem elleneigenen Archiv alphabetisch abgelegt hatte, war er fröhlich weitermarschiert, weil er davon ausgegangen war, dass alles gut wäre. Und während Ellen immer unzufriedener geworden war, weil Hans so gar nichts merkte, hatte ihn dann wortwörtlich der Schlag getroffen, als sie ihm die Wahrheit endlich ins Gesicht geschleudert hatte.

Wie unfair das gewesen war!

Sie dachte an den Fettrand, den sie für sich selbst so oft ins Feld geführt hatte, und kam sich schäbig vor. Ja, Hans liebte die Routine. Und ja, er hatte versucht, sie zu verändern. Aber sie ihn doch auch. Sie hatte ihn doch selbst nicht so geliebt, wie er gewesen war. Sie hatte vor allem das geliebt, was Hans hätte sein *können.* Sie hatte ihn liebevoller, aufmerksamer und hilfsbereiter machen wollen, aber wenn er mal liebevoll und aufmerksam und hilfsbereit gewesen war, hatte er es aus ihrer Sicht trotz allem falsch gemacht. Er hatte den falschen Camper gekauft, das falsche Haustier, die falschen Sachen gesagt und sich alles in allem benommen wie ein Depp. Und ja, er war ein bisschen blind und auch ein bisschen blöd gewesen, wenn es um die Bedürfnisse seiner Frau gegangen war. Aber er hatte sich doch wirklich redlich Mühe gegeben.

Doch sie, Ellen Bornemann, hatte das all die Jahre nicht zu schätzen gewusst. Sie hatte die Zeichen falsch gedeutet. Hans' Magenbeschwerden, die waren wirklich psychosomatisch gewesen – aber nicht, weil er seine Frau hatte an sich ketten wollen. Sondern weil er sie tatsächlich gebraucht hatte. Weil er ohne sie noch nicht mal in der Lage gewesen wäre, sich ein paar ordentliche Hemden zu kaufen, geschweige denn ein Essen in der Mikrowelle warm zu machen.

»Ich glaube, ich habe einen Fehler gemacht«, murmelte sie in die Stille hinein. »Hans, er ... Er hat das alles gar nicht so gemeint. Ich hab das alles falsch verstanden. Ich ... Ronny?«

Doch sie bekam keine Antwort. Die Schmerztabletten hatten endlich ihre ganze gloriose Wirksamkeit entfaltet.

KAPITEL 29

Als er aufwachte, war es für skandinavische Verhältnisse erstaunlich dunkel und mucksmäuschenstill. Er sah sich um. Er lag im Wohnwagen, im Alkoven, in Ellens Bett. Wie in aller Welt war er hierhergekommen? Argh … Okay, das kam ihm wieder bekannt vor – das mittlerweile wohlvertraute Messer in seinem Rücken. Er war zugedeckt, sein Kopf ruhte auf einem Kissen. Vorsichtig drehte er den Kopf. Neben ihm breitete sich ein Fächer blonder Haare aus. Ida hatte sich an ihn gekuschelt. Sie gab nicht den leisesten Laut von sich, während sie schlief.

Ronny war gerührt. Dass Ellen ihn und Ida im Wohnwagen schlafen ließ … Er spitzte die Ohren. Nein, es war kein Schnarchen zu hören. Ellen war also in den Volvo umgezogen. Ronny musste ein dankbares Seufzen unterdrücken.

Aber wo waren sie überhaupt? Er verzog das Gesicht, als er an sich hinabtastete und spürte, dass er seine Jeans nicht mehr anhatte. Hatten sie ihn … ausgezogen?

Links neben seinem Kissen blinkte ein kleines rotes Lämpchen. Sein Handy, das nur noch 15 Prozent Akku hatte und Alarm schlug. Die Navi-App verriet Ronny, dass sie sich kurz hinter Jönköping befanden. Ellen war fast fünfhundert Kilometer gefahren – und das quasi ohne Pause! Und er hatte es verpennt.

Er streckte sich ein wenig, wobei ihm sofort wieder der Schmerz in die Glieder fuhr. Nicht mehr ganz so atemberaubend wie noch ein paar Stunden zuvor, aber auch noch lang nicht so, als könnte er sich wieder selbst hinters Steuer setzen. Allein die Vorstellung, sich in diesem Leben noch mal zu bewegen, kam ihm schlichtweg absurd vor.

Waren sie auf einem Campingplatz? Ronny wandte sich um, so

weit er konnte. Ja, dort hinten konnte er ein paar schwache Lichter in der Dämmerung glimmen sehen. Sie mussten irgendwo in Südschweden auf einen Campingplatz gefahren sein, mitten in der Nacht, um sie herum die obligatorischen Birken. Ellen hatte das Gespann ganz hinten geparkt, am Rand des eingezäunten Areals, vermutlich damit sie bei ihrer Ankunft niemanden mehr störten – und weil sie hier hinten bequem und ohne allzu komplizierte Wendemanöver vorwärts in die Lücke hatte hineinfahren können.

Wie spät war es überhaupt? Er sah wieder aufs Handy. Kurz vor halb zwei. Lange konnten sie noch nicht hier sein. Für die knapp fünfhundert Kilometer hatten sie mindestens acht Stunden gebraucht. Oder? Nein, das kam rechnerisch nicht hin, sie hatten ja am Nachmittag diese merkwürdige Fikapause eingelegt.

Ronny seufzte. Das konnte dann doch nur bedeuten, dass Ellen wie eine Wahnsinnige geheizt und vermutlich so oft geblitzt worden war, dass sie ein Fotoalbum mit ihren Schnappschüssen würde füllen können.

Allmählich meldete sich Ronnys Blase. O nein. Er drehte sich zur Seite, was ihn sofort wieder daran erinnerte, dass er das mit der Bewegung besser bleiben ließ. Aber es half ja nichts. Er stöhnte, dann hielt er die Luft an und robbte ein Stück über die Matratze, bis er sich halbwegs aufrichten und die Beine über die Kante schieben konnte. Immerhin lag Ida hinter ihm, und er musste nicht über sie drüberklettern – das hätte er vermutlich nicht überlebt.

Mit zusammengebissenen Zähnen tapste er zur Tür des Wohnwagens, schlüpfte in die Schlappen, die auf den Stufen standen und die ihm viel zu klein waren, und begab sich vorsichtig ins Freie. Leicht gebeugt machte er sich auf den Weg zum Klohäuschen. Die Tür zum Wohnwagen ließ er einfach offen stehen.

Als er wieder zurückkam, fühlte er sich in vielerlei Hinsicht erleichtert. Obwohl er es sich nie im Leben hätte vorstellen können, hatte ihm der kurze Spaziergang gutgetan. Seine Lendenwirbel fühlten sich nicht mehr so an, als würden sie gleich in tausend Teile zerspringen, und auch sein Kreislauf kam langsam wieder in Schwung. Ob er sich überhaupt wieder hinlegen sollte? Er war gerade ziemlich wach, und wenn er es kurz überschlug, hatte er inzwischen sicher mehr als sechs Stunden Schlaf hinter sich – oder nicht?

Im selben Moment drang ein Geräusch durch die stille Sommernacht. Es klang wie eine Säge ... und kam aus dem Volvo.

Ronny spähte durch die Fahrertür ins Innere und sah auf der umgeklappten Rückbank ein Knäuel liegen. Die schnarchende Ellen, die sich in Decken eingewickelt quer über die gesamte Liegefläche ausgebreitet hatte. Er drückte seine Nase gegen die Scheibe – und Ellen schreckte aus dem Schlaf hoch und sah ihn mit weit aufgerissenen Augen an.

»Was ist los?«, rief sie so laut, dass man es über den halben Campingplatz hören konnte.

»Psst, Ellen! Schlaf weiter! Ich wollte dich nicht wecken.« Er hob die Hände zu einer beschwichtigenden Geste, doch Ellen schien ihn nicht zu hören.

»Wieso ... Was ist passiert? Wo sind wir?« Wie ein Huhn drehte sie den Kopf hin und her.

Er zog die Tür hinter dem Fahrersitz auf, damit sie nicht mehr schreien musste. »Wir sind kurz hinter Jönköping. Du bist allem Anschein nach gefahren wie der Teufel«, flüsterte er.

Ellen ließ sich auf die Liegefläche zurücksinken und gähnte herzhaft. »Und du hast es verpasst.«

»Und – wie oft bist du geblitzt worden?«

»Ich?« Sie klang wie die Unschuld in Person.

»Wie oft?«

»Ich ... Ich muss doch wirklich ... Drei Mal.«

»Drei Mal?« Ronny keuchte, diesmal allerdings nicht vor Schmerz. »Der Lappen ist jetzt aber wirklich weg.« Er konnte nur hoffen, dass Frau Schmieder von dieser Wendung nie etwas erfahren würde. So, wie die drauf war, würden Ellens Knöllchen ihm zur Last gelegt. Strafe musste schließlich sein. Und wenn man die halbe Fahrt auf der Rückbank verpennte ...

»Setz dich zu mir«, sagte Ellen. »Dann können wir ein bisschen quatschen.«

Noch bevor Ronny reagieren konnte, hatte sie sich aus den Decken gestrampelt und war mit beneidenswerter Beweglichkeit aufgestanden, um einen Klappstuhl aus dem Wohnwagen zu holen und neben der offenen Autotür aufzustellen. »Ida und ich haben gestern noch zu Abend gegessen und uns ein bisschen unterhalten.«

Ronny schluckte. »Aha.« O Gott. Er versuchte, sich zu entsinnen, worüber sie zuletzt gesprochen hatten, bevor ihn die Schmerztabletten dahingerafft hatten. Aber ihm wollte nichts einfallen.

Emsig wuselte Ellen um ihn herum und versuchte, ihm zu helfen, sich zu setzen. Das war rührend. Und ziemlich peinlich für ihn, fand Ronny.

Als er endlich saß, breitete Ellen eine Decke auf seinen Beinen aus und krabbelte wieder auf die Liegefläche im Volvo. Dann seufzte sie tief. »Diese Ida ist wirklich ein Pfundskerl«, meinte sie leise durch die offene Autotür.

Ronny nickte. Das konnte man wohl sagen.

»Lass sie dir nicht durch die Lappen gehen.«

»Ellen. Ida wohnt in Malmö.« Natürlich war das noch das kleinste Problem. Aber das musste Ellen ja nicht wissen. »Und sie will nach Afrika gehen«, legte er nach.

Sie schüttelte missbilligend den Kopf. »Na und? Afrika lässt sich doch canceln. Oder du fährst einfach mit. Nach Uganda. Oder Malmö. In Hamburg hält dich doch ohnehin nichts.«

»Ach so? Wie wär's zum Beispiel mit meinem Freundeskreis?«

Ellen winkte ab. »Bleib mir weg. Von dem hab ich in den vergangenen Tagen noch kein Sterbenswort gehört. So wichtig kann er dir also nicht sein.«

Da war was dran. Ronny hatte zwar einen großen Bekanntenkreis, aber wenn er hätte sagen müssen, wer ihm wirklich nahestand, wer ihm Umzugskisten quer durch die Republik und über Grenzen hinweg tragen würde, geriete er ins Schwimmen. Ronny ließ nicht allzu viele Leute an sich ran. Und in einer Stadt wie Hamburg war es einfach, von Clique zu Clique zu springen und sich alle drei Monate neu zu erfinden.

»Aber ich sprech doch gar kein Schwedisch.«

Ellen verzog das Gesicht. Widerspruch zwecklos. »Hast du noch andere Argumente, die deinem Lebensglück im Weg stehen, oder war es das?«

»Was ist mit meinem Job?«

»Mit welchem Job?«

Fragte sie das ernsthaft?

»Dem, der dich vom Nordkap weggeholt hat.«

»Ach so ... Das ist doch kein richtiger Job«, meinte Ellen. »Nichts, was du ewig machen könntest. Das ist doch nur so für den Übergang. Nein, ich glaub, du musst noch mal zurück auf Los gehen und dir überlegen, was du gut kannst.«

Ronny schnaufte. »Und ganz sicher kannst du mir auch sagen, was das wäre.«

Zu seiner größten Überraschung nickte sie. »Ja. Ich glaube, du wärst ein fantastischer Reiseleiter.«

Instinktiv lehnte er sich im Klappstuhl nach vorn. »Reiseleiter?«

»Na klar. Du kannst dir die versponnensten Fakten merken, für die normale Menschen keinen Speicherplatz im Gehirn haben. Du kannst gut improvisieren und strahlst eine gewisse Ruhe aus, die man in diesem Beruf braucht. Und du hast einen Busführerschein. Du bist die Eier legende Wollmilchsau, wenn ich das mal so formulieren darf.«

Ronny war sprachlos. Das war wirklich das Netteste, was Ellen Bornemann je zu ihm gesagt hatte. Das hätte er fürs Leben gerne mitgeschnitten – womöglich um es später in ein Bewerbungsanschreiben zu packen.

»In Malmö werden doch bestimmt deutschsprachige Reiseleiter gesucht.«

Das klang ja alles schön und gut. Ronny kam die Idee trotzdem hirnrissig vor. »Ich kann doch nicht einfach nach Malmö ziehen.«

»Und wieso nicht? Ich bin damals einfach so nach Ostereistedt gezogen. Zu Hans.«

»Und guck, wo es dich hingebracht hat«, entgegnete Ronny ein bisschen zu laut und wies mit einer ausholenden Geste um sich. »Was ist jetzt eigentlich mit Hans und dir? Und diesem Tom?«

»Lenk nicht ab. Wir reden gerade über dich. Geh nach Malmö.«

»Ellen, du spinnst.«

»Geh nach Malmö!«

»Aber was ... Ich kann doch nicht einfach bei Ida vor der Tür auftauchen und sagen: ›Hallo, hier bin ich.‹«

Ronny konnte Ellens Gesicht nur schemenhaft erkennen. Es war nicht so finster wie in Deutschland um diese nachtschlafende Zeit, aber immerhin auch nicht mehr ganz so taghell wie noch vor tausend Kilometern. Außerdem setzte gerade die Dämmerung ein. Am Himmel stand ein kalkweißer Mond vor trüb dunkelblauem Hintergrund, ein paar Wolken schoben sich davor und sorgten zusätzlich für Dunkelheit. In der Nähe schrie ein Käuzchen, und irgendwo in einiger Entfernung fing ein Baby an zu weinen. Kurz darauf ging in einem Wohnwagen ein Stück weiter hinten die Deckenbeleuchtung an. Ansonsten war alles ruhig.

»Aber genau so würd ich es an deiner Stelle machen«, meinte Ellen.

»Nicht jeder findet es toll, so überfallen zu werden. Denk nur mal an Marion. Oder Hans.«

»Ida schon.«

»Das sagst du so als große Ida-Kennerin.«

»Ich unterhalte mich zumindest mehr mit ihr als du. Du kannst sie ja nur anschmachten, kriegst aber die Zähne nicht auseinander.«

Sie schwiegen wieder. Ronny, weil er beleidigt war. Ellen aus einem Grund, der ihn nicht zu interessieren brauchte.

»Und was ist mit dir?«, setzte er irgendwann an. »Wirst du es bei Tom ganz genauso machen, wie du es mir bei Ida empfiehlst? Vor seiner Tür stehen und ihm die Pistole auf die Brust setzen?«

»Das ist doch was ganz anderes«, wich Ellen aus. »Tom steigt nicht in dreihundert Kilometern aus dem Auto aus und verschwindet aus meinem Leben. Der ist seit Jahren da, der läuft so schnell nicht weg. Hast du doch selbst gesagt.«

Dreihundert Kilometer? Nur noch?, dachte Ronny mit Schrecken. Himmel hilf! Er hatte wirklich nicht mehr sehr viel Zeit, um sich selbst davon zu überzeugen, dass er Ida würdig war.

»Außerdem hab ich diese Sache mit Tom abgehakt.«

»Ach?«

»Ja. Genau wie meinen Plan, nach Hamburg zu ziehen.« Sie seufzte. »Ich hab mich da vielleicht ein bisschen verrannt.«

Hört, hört, dachte Ronny. Aber immerhin konnte Ellen Fehler eingestehen. Das konnten nicht viele. Er selbst zum Beispiel ...

»Also willst du Hans noch einmal eine Chance geben?«

Sie zuckte mit den Schultern und gähnte. »Ich weiß es nicht. Aber kampflos aufgeben werd ich schon nicht. Fünfunddreißig Jahre sind schließlich kein Pappenstiel.«

Im nächsten Augenblick hörten sie es im Wohnwagen rumoren. Ronny hätte sich gern umgedreht, aber es war ihm einfach nicht möglich, den Kopf weiter als um dreißig Grad nach links zu bewegen, wo er Ida in der offenen Wohnwagentür vermutete. Er rückte mit dem Stuhl ein Stück herum. Sie trug lediglich ein weites T-Shirt, und Mondlicht beschien ihre schlanken, nackten Beine.

»Ronny? Wo bist du? Ah, guten Abend, Ellen«, sagte Ida mit verschlafener Stimme. »Was ist los? Wollen wir nicht mehr schlafen?«

»Doch«, meinte Ronny, der ohnehin keine Lust mehr hatte, mit Ellen über Malmö und alles andere zu sprechen. Außerdem hatte er nur noch eine halbe Nacht und dreihundert Kilometer mit Ida vor sich. Er versuchte, sich aus dem Klappstuhl hochzuhieven, ohne den letzten ihm verbliebenen Rest Selbstachtung zu verlieren, doch es wollte ihm ganz einfach nicht gelingen. Erst als Ida leichtfüßig aus dem Wohnwagen sprang und ihm die Hand hinhielt, kam er auf die Füße.

Sie wünschten Ellen eine gute Nacht, aber die hatte sich schon wieder zur Seite gedreht und reagierte nicht mehr. Behutsam drückte Ida die Autotür zu, dann half sie Ronny, in den Wohnwagen zu steigen und sich wieder auf der Matratze auszustrecken. Anschließend machte sie sich daran, über ihn zu klettern.

Gerade als sie über ihm in der Luft schwebte – die Beine links und rechts von seinem Körper –, hielt sie inne, und Ronny stellte das Atmen ein. Ida so nah über sich zu spüren, während ihre langen blonden Haare ihm ins Gesicht fielen und ihn kitzelten ... das war fast zu viel. Er hob die Hand und strich ihr mit klopfendem Herzen eine Strähne aus der Stirn.

Ida sah ihn mit leuchtenden Augen an. Dann beugte sie sich nach unten, und ihr Mund kam seinem näher.

Ich hab mir nicht die Zähne geputzt!, schoss es Ronny durch den Kopf, aber da war es schon zu spät, sich über derlei Nebensächlichkeiten Gedanken zu machen. Idas Lippen lagen auf seinen, und ein Stromschlag nach dem anderen zuckte durch Ronnys Körper. Nur dass es diesmal gute Stromschläge waren, euphorisierende, die ihm den Atem raubten und seinen nächtlichen Mundgeruch so hoffentlich erträglich machten.

Der Kuss, der viel zu kurz dauerte, wie Ronny fand, und dennoch so lang war, dass er sich kaum daran erinnern konnte, wie die Zeit davor gewesen war (lächerliche dreiunddreißig Jahre, um genau zu sein), endete, als Ida sich wieder aufrichtete und neben ihn legte. Augenblicklich vermisste er das Gewicht ihres Körpers auf sich, und mit Verwunderung stellte er fest, dass es ihn nicht im Geringsten im Rücken geschmerzt hatte, während sie auf ihm gesessen hatte.

»Jag diggar dig, Ronny«, flüsterte Ida und schmiegte sich erneut an seine Seite, so dass sie sich fast auf ganzer Körperlänge berührten. »Ich mag dich.«

Ronny dachte fieberhaft darüber nach, was er auf dieses Geständnis entgegnen sollte. Dabei zog er einen überstürzten Heiratsantrag genauso in Betracht wie die einfache Frage, ob es in Malmö auch für Nichtschweden eine Chance zum Überleben gebe. Und gerade als er sich dazu durchringen wollte, etwas Romantisches zu sagen, hörte er an Idas regelmäßigen Atemzügen, dass sie eingeschlafen war.

Wieder eine Chance verpasst, einer Frau die Liebe zu gestehen, dachte Ronny als Letztes, bevor er in einen tiefen, traumlosen Schlaf fiel.

KAPITEL 30

»Noch dreißig Kilometer, und wir sind in Malmö.« Ellen drehte sich nach hinten und sah aus dem Augenwinkel, dass Ida gerade dabei war, irgendwas auf Ronnys Handfläche zu kritzeln. Ihre Telefonnummer? Hoffentlich. »Ich bin mir mittlerweile ziemlich sicher, dass ich den Rest des Wegs allein schaffe. Ab Lübeck sind es ja nur noch ein paar Kilometer.«

»Vergiss es«, erwiderte Ronny. »Ich lass dich unter keinen Umständen allein.«

Sie seufzte. Seit ihrer Abfahrt in Jönköping am frühen Morgen diskutierten sie darüber, wie sie die restliche Strecke bis Ostereistedt zurücklegen sollten. Immerhin eines hatten sie beschlossen: In Malmö würden sie die Fähre nehmen. Sie hatten inzwischen lange genug im Auto gesessen – oder gelegen.

Als Ellen gesehen hatte, wie zügig und problemlos Ronny mit Hilfe seines Smartphones (Handy, so viel wusste sie mittlerweile, sagte man auch nicht mehr) ein Ticket für sie beide, Volvo und Anhänger gebucht hatte, war sie zu dem Schluss gelangt, dass auch sie sich ein solches Ding anschaffen würde, sobald sie zu Hause ankäme. Wie für alles andere war es auch dafür nicht zu spät. Vor allem nicht, wenn man damit gezwungen wäre, aus der Komfortzone hinauszutreten.

Sie dachte darüber nach, wie gemütlich sie es sich genau dort gemacht hatte: hübsche Gardinen, Platzdeckchen und Kissen mit Knick in der Mitte. Es war ihr fast peinlich. Vor gefühlten hunderttausend Jahren war sie eine resolute junge Frau mit unstillbarem Lebenshunger gewesen – und somit Ida gar nicht unähnlich. Heute fühlte sie sich manchmal wie ein viel zu sattes, farbloses Abziehbild ihrer selbst.

Apropos satt. Sie musste wieder an den armen Odysseus denken, der ihre letzte Fütterung verschmäht hatte. Wo er wohl gerade war? Hoffentlich in guten Händen. Am Ende musste sich das kleine Kerlchen ganz allein durchschlagen. Hoffentlich fiel es keinen Leuten in die Hände, die aus Elchkadavern Köttbullar machten.

Und auch an Hans dachte sie immer häufiger, je weiter sie gen Süden kamen. Wie es ihm wohl gerade ging? War er noch im Krankenhaus? Und hatte er eine frische Unterhose an? Womöglich eine, die Irene Müller ihm gebracht hatte?

Vollkommen unbeabsichtigt gab Ellen Gas. Sie würde endlich heimkommen müssen, Irene von Hans runterzerren und ihm eine Gardinenpredigt halten, die sich gewaschen hatte. Einfach so die Männerfresserin von Ostereistedt an seine Wäsche zu lassen … Also wirklich! Vor ihrem inneren Auge sah sie die Widersacherin auf ihrer Terrasse sitzen – in ihrem Bademantel, demjenigen, den Hans ihr vor fünf Jahren zum Geburtstag geschenkt hatte und den sie total blöd gefunden hatte … eigentlich. Weil er rosa war. Und eine Kapuze hatte. Ellen war sich darin immer vorgekommen wie ein überdimensioniertes Hoppelhäschen. Und jetzt vermisste sie den Bademantel. Wenn auch nur, weil Irene Müller ihn gerade trug. Vermutlich trank sie auch aus ihrer Tasse, auf der in geschwungenen Buchstaben »Ellen« stand. So was war doch einer wie Irene egal. Die machte sich ja auch an Männer ran, die in den Hausstand einer anderen Frau gehörten.

Sie warf einen Blick auf die Uhr. Weil sie am Morgen schon gegen sieben aufgebrochen und gut durchgekommen waren, würden sie es locker auf die Fähre schaffen, die um die Mittagszeit in Malmö ablegte. Heute war Samstag, und in vielen Bundesländern in Deutschland fingen gerade erst die Sommerferien an. In Dänemark und Schleswig-Holstein würden die Autobahnen voll werden. Die Fähre brauchte zwar neun Stunden, bis sie in Travemünde war. Aber Ellen hatte das bestimmte Gefühl, dass es besser für sie wäre, im Aufenthaltsraum der Fähre zu entspannen, als den lieben langen Nachmittag im Stau vor Hamburg zu stehen und den Verstand zu verlieren.

Was ihr in Ostereistedt bevorstand, wusste sie natürlich nicht, aber sie hatte sich diverse Alternativen in grellsten Farben ausgemalt. Hans, der mit gebrochenem Herzen auf dem Sofa säße, ihr schwere Vorwürfe machte und sie nicht mehr zurücknehmen wollte, sobald er erführe, dass sie unterwegs die Schildkröte verloren hatte. Marion, die in der Küche stünde und Gemüsesäfte für ihren Vater zusammenpanschte, während die Kinder genervt auf ihre Smartphones glotzten und in einer Tour fragten: »Wann fahren wir denn wieder heim?« Und Irene, die sich erst durch Kleiderschränke und anschließend durch die Bettlaken gewühlt hätte, den kichernden Hans unter sich, und einer von beiden trüge den rosafarbenen Bademantel – oder keiner …

Sie schüttelte den Gedanken ab und bog von der Autobahn in Richtung des Stadtzentrums von Malmö ab. In der Ferne sah sie moderne Gebäude in der Sommersonne glänzen. Ganz links schraubte sich ein einzelnes Hochhaus in den azurblauen Himmel, an dem keine einzige Wolke zu sehen war. Als würde es in Schweden niemals regnen.

»Das ist der Turning Torso«, erklärte Ida, der Ellens Blick nicht entgangen war. »Der höchste Wolkenschaber in ganz Skandinavien. Dort in der Nähe wohne ich. Und schau mal dahinter …« Sie streckte den Arm aus und zeigte durch die Frontscheibe nach draußen. »Das ist der Öresund. Das ist mein absolutes Lieblingspanorama von ganz Schweden.«

Ellen seufzte, als sie daran dachte, wie sie und Hans vor ein paar Wochen über die längste Brücke Europas gefahren waren. Der Mann im Kassierhäuschen hatte sie auf den Wohnwagen angesprochen, der ihm außerordentlich gut gefallen hatte, und Hans hatte gestrahlt wie ein Honigkuchenpferd. Ellen hatte kein Wort verstanden. Zu diesem Zeitpunkt war ihr noch nicht klar gewesen, dass sie gerade das vergrößerte Konterfei ihres Mannes durch die Lande zogen.

»Schade, dass ihr gleich weiter müsst«, meinte Ida, und Ellen konnte im Rückspiegel sehen, wie die Schwedin Ronny einen zärtlichen Blick zuwarf. »Ich würde euch gern meine Stadt zeigen.«

Ellen wandte sich an Ronny: »Also, ich stehe dir wirklich nicht im …«

Doch er schüttelte entschieden den Kopf. Bildete sich Ellen das nur ein, oder bekam der coole Ronny Lembke gerade nervöse Flecken am Hals? Interessant.

»Wir haben das doch schon besprochen.«

Sie schwieg. Wenn sie ganz ehrlich war, war sie froh, dass sie das Verladen auf die Fähre nicht allein würde durchstehen müssen. Ja, sie fühlte sich inzwischen halbwegs sicher im Volvo, sogar mit Anhänger und selbst im Stadtverkehr. Aber Fähren und Parkhäuser waren mit einem solchen Gespann noch einmal eine andere Hausnummer, und Ellen war nicht scharf darauf, ihr Glück überzustrapazieren.

»Da vorne bitte links«, meinte Ida und lotste Ellen durch den spärlichen Samstagvormittagsverkehr der Stadt. Sie kamen dem gedrehten Hochhaus und damit der Küste immer näher, bis sie schließlich in einem Viertel in unmittelbarer Nähe zum Meer hielten, in dem sich ein modernes Apartmenthaus ans andere reihte.

»Hier wohnst du?«, staunte Ronny und sah sich um. Rundherum sah es aus wie in einer Architekturzeitschrift.

Ellen musste ihm zustimmen. Ida hatte es wirklich gut erwischt: den Öresund in Sichtweite, davor eine riesige Grünfläche, deren sanfte Hügel von vereinzelten Menschen bevölkert wurden. Familien, die zum morgendlichen Picknick ausgezogen waren, Hundebesitzer, Spaziergänger, Jogger …

»In Schweden müsste man leben«, meinte Ellen mit einem Seitenblick auf Ronny. Der reagierte nur, indem er resigniert den Blick niederschlug. Als er die Augen wieder öffnete, starrte er angestrengt an Ellen vorbei auf die Wiese, die sich augenscheinlich kilometerweit nach links und rechts ausbreitete.

Ida zeigte mit dem Arm nach rechts. »Dieser Abschnitt heißt Ribersborgsstranden. Wir nennen ihn nur Ribban. In den zwanziger Jahren wurde er als Naherholungsgebiet angelegt, den Sand für den Strand hat man aus dem Öresund gebaggert. Es gibt hier Fußballplätze und Badestege. Vielleicht kommst du mich ja mal besuchen. Im Sommer sind wir den ganzen Tag hier draußen.«

Er räusperte sich. »Wir?«

Schlagartig war sein Gesichtsausdruck verschlossen geworden.

»Na, wir aus Malmö«, erklärte Ida.

Das schien ihn etwas zu beruhigen. Er ließ den Blick ein weiteres Mal über das weite Grün schweifen, dann fragte er: »Und wo wohnst du?«

Sie zeigte linker Hand auf ein modernes Apartmenthaus aus Glas und Sichtbeton. »Das ist das Wohnheim der Universität.«

»Ein *Wohnheim?*«, rief Ronny ungläubig. »Vielleicht sollte ich doch noch mal über ein Studium nachdenken.«

Ida lächelte. »Warum nicht? Ich hab eine kleine Zweizimmerwohnung, die von der Universität zur Verfügung gestellt wird.«

»Sehr großzügig, die Schweden«, pflichtete Ellen ihr bei, weil sie immer noch das Gefühl hatte, die Werbetrommel für die Stadt und die Nation rühren zu müssen.

Leider verhielt sich Ronny diesbezüglich eher stumpf. »Also dann«, sagte er nur, wandte den Blick von dem Apartmentgebäude ab und schnallte sich ab.

Ellen, die sich zur Rückbank umgedreht hatte, sah, dass Ida ihn nachdenklich betrachtete. Anscheinend war er wieder in seinem ganz eigenen Film und nahm rund um ihn herum nichts weiter wahr. Er hievte sich aus dem Volvo, indem er sich über Kopf an der Türöffnung festhielt.

Ellen fing Idas Blick auf und zuckte mit den Schultern, als müsste sie sich für Ronny entschuldigen. »Er meint es nicht so«, sagte sie leise.

Die Schwedin lächelte traurig. Dann straffte sie die Schultern. »Alles hat seine Zeit. Das sagt meine Mutter immer.« Sie beugte sich zwischen die Vordersitze und nahm Ellen innig in die Arme. »Gute Fahrt noch! Du machst das schon alles richtig.« Dann stieg sie aus.

Ronny half Ida, den großen Rucksack aufzuziehen, und dann standen sich die beiden einen Moment lang gegenüber. Sie schienen sich zu unterhalten. Worüber sie wohl …

Verdammt, das geht dich gar nichts an, schimpfte Ellen sich selbst in Gedanken.

Nur eine Minute später ging die Fahrertür auf, und Ronny hielt Ellen die Hand hin. »Hoch mit dir. Ich fahre weiter.«

»Willst du nicht lieber wieder auf die Rückbank?«, fragte sie verwundert.

Er schüttelte den Kopf. »Nein, es geht schon wieder. Ich bin einigermaßen fit. Wir können los.«

Ellen warf einen Blick in den Außenspiegel. Mit ihrem grünen Parka über dem Arm und dem großen Travellerrucksack, der über ihrem blonden Schopf aufragte, stand Ida auf dem Bürgersteig, hob die Hand und winkte. Dann drehte sie sich um und verschwand in Richtung Hauseingang.

Ellen wurde das Herz schwer. Sie hatte die junge Schwedin in der kurzen gemeinsamen Zeit überaus schätzen gelernt. Und sie hatte das unbestimmte Gefühl, dass es ein Fehler war, sie hier in Malmö zurückzulassen. Aber was konnte sie dagegen ausrichten? Rein gar nichts. Sie konnte Ronny schließlich nicht zu seinem Glück zwingen – auch wenn es sie in den Fingern juckte …

Aber nein. Keine Besserwissereien mehr, Ellen, ermahnte sie sich. Sie hatte selbst jahrelang alles falsch gemacht, wenn auch mit den besten Absichten. Aber damit war jetzt Schluss. Ellen Bornemann würde nie wieder die Nase in die Angelegenheiten anderer Leute stecken. Marion konnte zukünftig kochen, wie sie wollte, und Hans so viele Süßigkeiten naschen, wie er konnte. Und selbst Tom Blessington würde ihr Blicke über die Buchsbaumhecke zuwerfen dürfen, und es wäre ihr so was von egal.

Ellen stieg aus und Ronny ein. Als sie es sich auf dem Beifahrersitz bequem gemacht hatte, sah sie zu ihm rüber. Nicht einmischen. Nicht einmischen. Nicht einmisch…

»Alles klar bei dir?«, wollte er wissen.

Sie nickte hastig.

»Ich hab das Gefühl, du willst mir irgendetwas sagen.«

Ellen schüttelte den Kopf.

»Okay.« Er ließ den Motor an und fuhr los.

Die Hafenadresse hatte Ellen bereits zuvor ins Navi eingegeben, deswegen wusste sie, dass sie in einer guten Viertelstunde am Fährhafen ankommen würden.

Sie fuhren erneut an dem geschraubten Hochhaus vorbei und durchquerten Malmös Innenstadt, kamen vorbei am Bahnhof, am Rathaus und landeten schließlich am Hafen. Linker Hand konnte Ellen bald große Fährschiffe erkennen. Blau lackiert mit weißer Aufschrift.

Ronny stellte den Volvo vor dem Check-in ab. Ellen schnappte sich die Handtasche und lief zum Kassenhäuschen. Sie nannte ihre Buchungsnummer, und nur eine Minute später war sie im Besitz von zwei Tickets, ausgestellt auf ihrer beider Namen. Sie fuhren der Wegbeschreibung nach bis in den Rumpf des riesigen Kahns. Dort parkte Ronny das Gespann hinter einem gelben Lkw. Sie packten die wichtigsten Sachen zusammen, die sie für die neun Stunden Überfahrt brauchen würden: dicke Pullover, ein Kartenspiel, etwas zu knabbern und zu trinken und ein Buch, das Ellen schon den ganzen Urlaub über hatte lesen wollen, aber einfach nicht dazu gekommen war. Wie zeitaufwendig es doch war, sich selbst zu finden!

Sie schlossen den Wagen ab, liefen zum Aufzug und fuhren aufs oberste Deck. Ronny schob die Tür auf, und dann standen sie auch schon draußen in der Mittagssonne dieses herrlichen Tags und stellten sich an die Reling.

Ellen ließ den Blick schweifen. Mindestens zehn Stockwerke weiter unten liefen kleine Menschen über den Kai und sahen zu, wie Pkws und Laster eingeschifft wurden. Auch Wohnmobile und Wohnwagen waren auf dem Weg in den Bauch des Schiffs. Ellen schirmte mit der Hand die Augen vor der hellen Sonne ab und blickte in Richtung des gezwirbelten Hochhausturms. Dort irgendwo war Ida ...

»Du kannst immer noch aussteigen«, meinte sie gedankenverloren, mehr zu sich selbst als zu jemand Bestimmtem – denn natürlich würde sie Ronny Lembke keine gut gemeinten Ratschläge mehr geben.

Er seufzte. »Darauf reagiere ich ab jetzt einfach nicht mehr«, meinte er. »Und überhaupt.« Er piekste sie in den Arm. »Langsam bist du dran.«

Sie sah ihn an, die Hand immer noch über den Augen. »Womit denn?«

Er hielt ihr sein Handy hin. »Mit Telefonieren.«

Sie grunzte.

»Ellen, du musst endlich im Krankenhaus anrufen.«

»Muss ich nicht.«

Ronny streckte die Hand aus und hielt ihr sein Smartphone hin. »Keine Widerrede. Die Kliniknummer hab ich bereits eingegeben.«

Sie ergab sich ihrem Schicksal. Sie konnte ja schlecht Wasser predigen und selbst Wein trinken.

Ellen drückte auf Wählen und lauschte dem Hörton. Nach dem vierten Klingeln nahm eine Frau ab.

»Elbe-Kliniken Stade-Buxtehude, Renner am Apparat. Was kann ich für Sie tun?«

»Ja, ähm, guten Tag«, stammelte Ellen und drehte sich von Ronny weg, damit der ihre Unsicherheit nicht bemerkte. »Ich würde gerne mit Hans Bornemann sprechen, wenn das ginge.«

»Zimmernummer?«

»Die weiß ich nicht ... leider.«

»Aha.«

Eine Zeitlang passierte gar nichts. Sie hörte nur das Klappern einer Tastatur und das Schnaufen der Rezeptionistin.

»Tut mir leid.«

Ellen schluckte schwer. »Was soll das heißen – es tut Ihnen leid?«

»Ich kann keinen Hans Bornemann finden. Der muss entlassen worden sein, oder ...«

»Oder?« Ellens Herzschlag beschleunigte sich. Ihre Hände wurden feucht. O Gott, o Gott. Hans war weg. Er war ...

»Ah, da hab ich ihn ja. Er hat heute Morgen ausgecheckt.«

Dem Himmel sei Dank! Sie spürte, wie ihr ein Stein vom Herzen fiel. Dann kam ihr ein Gedanke.

»Wissen Sie zufällig, wer ihn abgeholt hat?«

»Hören Sie mal, gute Frau«, meinte die Dame genervt. »Ich bin doch keine Kindergärtnerin. Er hat um zehn Uhr seine Karte zurückgegeben und die Zimmerrechnung bezahlt. Mehr kann ich Ihnen wirklich nicht sagen.«

»Na gut. Vielen Dank.« Ellen legte auf, nur um sich gleich darauf von Ronny erklären zu lassen, wie man auf einem Smartphone ohne Tasten eine Telefonnummer eingab.

Zuerst probierte sie es daheim in Ostereistedt. Aber da nahm niemand ab. Während sie dem Tuten lauschte, stellte sie sich vor, wie das Klingeln ihres Festnetztelefons durchs ganze Haus hallte. Sie sah Hans in Irenes Begleitung auf der Terrasse sitzen, in der einen Hand ein Glas Prosecco, in der anderen ein dickes Stück Kuchen …

»Willst du nicht rangehen, Schatz?«, flötete Irene in Ellens gruseligem Alptraum und sah über den Rand ihrer Eulensonnenbrille zu Hans hinüber, doch der schüttelte nur leicht den Kopf und hielt sein Gesicht wieder in die Sonne.

»Nö. Die will mir doch nur wieder die Butter vom Brot nehmen.«

Dann kicherten beide, und Ellen wurde schlecht.

Sie zog ihr eigenes Handy aus der Tasche. Und wählte Marions Nummer. Aber auch die schien heute kein gesteigertes Interesse daran zu haben, mit ihrer Mutter zu sprechen.

Ellen dachte fieberhaft nach. Weder Hans noch Marion waren zu erreichen. Blieb nur noch Stine. Die hatte seit zwei Jahren ein eigenes Handy, auch wenn Ellen das ganz fürchterlich fand.

Sie rief die Nummer ihrer Enkelin auf und wählte. Nach dem zweiten Klingeln nahm Stine ab. Kein Wunder, ihre rechte Hand war mit dem Ding ja regelrecht verwachsen.

»Oma!«, rief sie erfreut. Im Hintergrund waren Stimmen und Musik zu hören. War Stine auf einer Party? Dafür war sie doch noch viel zu jung?! Außerdem – um zwölf Uhr mittags? Bevor Ellen sich weiter den Kopf zerbrechen konnte, rief Stine vom Hörer abgewandt: »Mama, Oma ist am Telefon!«

Zu Ellens Überraschung schien ihre Enkelin sich tatsächlich zu freuen.

»He, mein Schatz«, sagte sie und versuchte, gegen die Geräuschkulisse im Hintergrund anzukommen. »Magst du mir mal deine Mutter geben?«

»Die kann gerade nicht.«

»Na gut, dann …« Ellen zögerte. »Wie geht's denn Opa?«

»Gut geht es dem. Der sitzt im Bett und isst ein dickes Stück Schwarzwälder Kirschtorte.«

Genau wie ich es mir gedacht habe!, dachte Ellen im ersten Moment, und erneut stiegen die Bilder von ihrer Terrasse und von Irene im rosa Bademantel vor ihrem inneren Auge auf. Doch dann spürte sie, wie eine Welle der Zuneigung über sie hinwegrollte und die doofen Bilder einfach unter sich begrub. Hans konnte immerhin schon wieder Torte essen. Das war doch gar kein schlechtes Zeichen.

»Moment, jetzt will Mama doch noch was«, riss Stine Ellen aus ihren Gedanken. Dann hörte sie, wie ihre Enkelin mit jemandem sprach. »Ich soll fragen, wann du endlich heimkommst.«

Ellen konnte nichts dagegen tun – ihr stiegen die Tränen in die Augen, einfach so. Gerührt hielt sie sich die Hand vor den Mund und unterdrückte ein Schluchzen.

»In ein paar Stunden, mein Liebling. Wir sind gerade auf der Fähre angekommen. Ich schätze, dass wir irgendwann rund um Mitternacht in Ostereistedt sind.«

»O nein!« Stine klang aufrichtig enttäuscht. »Wir haben extra eine Torte gebacken. Dürfen wir die dann trotzdem essen?«

Inzwischen rollten ihr die Tränen ungebremst über die Wangen, und Ellen zog die Nase hoch. »Ja, natürlich dürft ihr das. Und ich komm euch bald mal in Hamburg besuchen, ja?«

»Super«, rief Stine. »Wir haben uns echt Sorgen um dich gemacht. Vor allem Mama und Opa.«

In diesem Moment brachen bei Ellen alle Dämme. Lautlos schluchzend verabschiedete sie sich von Stine und legte auf, und dann warf sie sich in Ronnys bereits weit ausgebreitete Arme. Sie wusste nicht mal, warum ihr das alles so furchtbar naheging. Vielleicht weil sie den Eindruck gehabt hatte, dass Stine sich wirklich gefreut hatte, ihre Oma wiederzuhören? Oder weil Ellen in diesem Augenblick klargeworden war, dass sie um ein Haar mit ihrer blöden Kopf-durch-die-Wand-Taktik alles verloren hätte, was ihr je wichtig war?

Sie nahm das Taschentuch entgegen, das Ronny ihr hinhielt, und wischte sich die Tränen ab. Dann standen sie ein wenig betreten voreinander, überwältigt von der plötzlichen Nähe, die zwischen ihnen entstanden war.

»Entschuldigung«, sagte sie. »Aber das musste mal sein.«

Ronny lächelte sie verständnisvoll an. Dann fiel sein Blick auf irgendwas in Ellens Rücken, und er erstarrte. Mit weit aufgerissenen Augen und ungläubiger Stimme rief er: »Odysseus?!«

KAPITEL 31

Er traute seinen Augen nicht. Hinter Ellen stand eine riesige Gestalt mit breiten Schultern und polierter Glatze. Und in der Hand hielt die Gestalt eine Schildkröte.

»Heisann, heisann!«, rief der Glatzkopf, den sie vor Hunderten von Kilometern auf einem Rastplatz kennengelernt hatten.

Ellen wirbelte herum. »Leif?!« Dann fiel ihr Blick auf das Tier in seinen Händen. »ODYSSEUS!« Sie stürmte auf den Norweger zu und nahm ihm vorsichtig das Panzertierchen aus der Hand. »Odysseus, mein lieber Odysseus! Du hast uns wiedergefunden ... Au!«

Odysseus hatte sie prompt in den Finger gezwickt. Es schien Ellens Erleichterung nicht zu mindern, wohingegen die Schildkröte nicht gar so glücklich darüber zu sein schien, wieder zu seinem Frauchen zurückkehren zu müssen. Ronny konnte sehen, wie das Tier in Schneckentempo Arme, Beine und den Kopf in seinen Panzer zurückzog. Allem Anschein kam Odysseus mit Ellens Wiedersehensfreude nicht gut klar.

»Hva skjer?«, wollte Leif wissen und ließ eine gigantische Pranke auf Ronnys Schulter hinabdonnern, was sich in etwa so anfühlte, als wäre eine Axt vom Himmel gesaust. »Wie geht es dir? Unn dein Rygg?«

Ronny konnte sich gerade noch zusammenreißen, um nicht das Gesicht vor Schmerzen zu verziehen. »Super«, antwortete er knapp. »Der Rücken ist wieder einigermaßen in Ordnung. Tut noch ein bisschen weh, aber ...« Er winkte ab. »Wikinger kennen keinen Schmerz.« Dann sah er wieder zu Ellen rüber, die gerade versuchte, Odysseus wieder aus dem Panzer zu locken. »Wo hast du ihn gefunden, Leif?«

»Vel«, setzte Leif an und nahm die Hand von Ronnys Schulter, der sofort wieder leichter atmen konnte. »Die Ssildkröt war an eine Stein gebunden. Ihr wart weg, da hab iss sie eingepackt.«

»Ach, das ist aber nett«, hauchte Ellen, ohne von ihrem Odysseus aufzusehen.

»Ingen årsak. In die Parkgarage von die Ssiff hab iss dann euer Wohnwagen mit die lustige Gesicht darauf gesehen«, fuhr der Norweger fort.

»Ach, Herr Leif«, schniefte Ellen und sah dankbar zu ihm auf. »Danke. Danke vielmals!«

»Vær så god«, brummte er, und dann stand er mit beiden Händen in den Hosentaschen etwas ratlos rum und betrachtete Ellen, die immer noch versuchte, die Schildkröte aus ihrem Panzer zu kitzeln. Nach ein paar Sekunden schien er sich zu etwas durchgerungen zu haben. »Mösstest du ...« Er zögerte und wirkte mit einem Mal verlegen. »Mösstest du ein Kaffee mit mir trinken?«

Ellen schien erst gar nicht hinzuhören. Ronny sah abwechselnd erst sie und dann Leif an und wartete auf die Fortsetzung.

»Danke für die Einladung, Herr Leif«, erwiderte Ellen nach ein paar Sekunden. »Aber ich kann leider nicht annehmen. Ich bin glücklich verheiratet ... und auf dem Weg zu meinem Mann.«

Der große Norweger wirkte ein bisschen geknickt, als die Bedeutung von Ellens Worten bei ihm einsickerten, auch wenn er sich größte Mühe gab, die Schlappe sportlich zu nehmen. »Ingen fare. Also dann, ha det!« Dann nickte er zum Abschied Ellen und Ronny kurz zu, drehte sich um und verschwand.

»Du hast echt so ein Schweineglück«, meinte Ronny, der dabei zusah, wie Ellen Odysseus in ihre Handtasche verfrachtete. »Wie wahrscheinlich war es, bitte schön, dass ausgerechnet Leif uns wieder trifft?«

»Tja.« Ellen stellte sich neben ihn an die Reling, stützte die Arme auf der Metallstange auf und folgte seinem Blick. Eine Weile schwiegen sie.

Irgendwann sagte er: »Das war vielleicht ein verrückter Trip.« Er sah Ellen von der Seite an. Eine Böe verwirbelte ihren blonden Kurzhaarschnitt. Ellen sah definitiv jünger aus als noch vor ein paar Tagen. Aber war das denn möglich? Vielleicht war es aber auch nur so, dass Ronny sie inzwischen so gut kennengelernt hatte, dass er nicht mehr hätte sagen können, ob sie alt oder jung aussah.

»Ein verrückter Trip«, wiederholte Ellen geistesabwesend. Dann lächelte sie Ronny an. »Und ein ganz und gar wunderbarer. Was nicht alles passiert, wenn man mal rauskommt aus seiner Komfortzone.«

Langsam schloss sich die riesige Heckklappe des Schiffs, und eine Viertelstunde später legte die Fähre ab. Sie ließen Malmö hinter sich, und nur der sich in den Himmel schraubende Turning Torso schien dazustehen und ihnen zum Abschied zu winken.

»Ida hat mich gefragt, ob ich sie mal besuchen komme«, fuhr Ronny nach einer Weile fort. Merkwürdigerweise hatte ihm das minutenlange Schweigen gerade gar nichts ausgemacht – genauso wenig wie die Tatsache, dass Ellen sich zuvor in seine Arme gestürzt und hemmungslos geschluchzt hatte. Bemerkenswert. Ob er sich am Ende auch verändert hatte?

»Und?«

Er zuckte mit den Schultern. »Ich weiß nicht ... alles aufgeben? Hinter mir lassen?« Er atmete vernehmlich aus.

»Es geht doch nur um einen Besuch.«

Er grinste. »Das stimmt so nicht. Und das wissen wir beide.« Dann seufzte er. »Ich weiß wirklich nicht, ob ich bereit dafür bin.«

»Für die Liebe?«

»Für Ida.«

Ellen sah ihn immer noch nicht an. »Sie ist die Richtige.«

»Das ist es ja.«

»Das ist der größte Quatsch, den ich jemals gehört habe.«

Ronny schüttelte langsam den Kopf. »Ich bin nicht wie du,

Ellen. Ich treffe nicht gern Entscheidungen. Alles, was länger als sieben Tage andauert, find ich beängstigend. Was, wenn ich die falsche Wahl treffe? Dann muss ich für immer damit leben.«

»Quatsch! Entscheidungen kann man revidieren«, entgegnete Ellen forsch.

»Nein. Wenn man jemandem einmal sein Herz geschenkt hat, kann man das nicht einfach wieder zurücknehmen.« Er seufzte. »Ich hab dir doch erzählt, dass ich mal eine Frau kennengelernt hab, bei der ich mir wirklich mehr hätte vorstellen können.«

Ellen nickte. »Ja. Und du hast gesagt, es hätte sich nichts daraus ergeben.«

»Das stimmt nicht ganz ... Sie wollte mich nicht. So einfach ist das. Und ich bin nie so richtig darüber hinweggekommen.«

»Und deshalb willst du es jetzt nie wieder probieren?«, fragte Ellen ungläubig.

Er antwortete nicht, und sie schwieg, weil sie nicht wusste, was sie noch sagen sollte.

Nach einer Weile sprach Ronny weiter: »Mit Ida wird das vermutlich genauso sein wie mit Annika. Ich werde mich in sie verlieben, sie sich aber nicht in mich. Und am Ende sitze ich da wie der Depp. Vielleicht sogar in Malmö. Oder wenn es richtig kacke läuft, in Uganda.«

»Unsinn!«, meinte Ellen erbost. »Gib ihr wenigstens eine Chance. Was soll schon passieren?«

»Sie könnte mir das Herz brechen.«

»Na und? Das wächst wieder zusammen. Hat es ja schon mal getan.«

Sie sah wieder hinüber zum Ufer, das in immer weitere Ferne rückte. Rechts von ihnen spannte sich die schlanke Öresundbrücke über den Sund.

Möglicherweise hatte Ellen recht. Vielleicht musste Ronny wirklich ein gewisses Risiko eingehen, wenn er vorwärtskommen wollte. Ohne Einsatz kein Gewinn, sagte man das nicht so? Und eine Sache war zumindest sicher: Seit Annika hatte ihn niemand mehr so aus der Reserve gelockt wie Ida.

»Versuch es wenigstens, Ronny. Kriegst du das hin?«

Er zögerte einen Moment. Dann nickte er. »Ja. Ich glaub, das krieg ich hin.« Dann fragte er: »Und was hast du jetzt vor?«

Sie zuckte mit den Schultern. »Ich muss erst mal gucken, was ich daheim vorfinde. Möglicherweise ist Hans gar nicht mehr da. Durchgebrannt mit Irene Müller …«

»Irene, Irene – wer ist das überhaupt?«

Sie seufzte. »Eine Nachbarin. Mit einer Vorliebe für verheiratete Männer.«

»Oh. Und was machst du, wenn diese Irene … und wenn Hans …«

»Dann finde ich eine Lösung. Mit oder ohne Hans. Mir ist klargeworden, dass ich mich vor allem erst mal selbst sortieren muss. Ich kann die Verantwortung für mein Leben und meine Zufriedenheit nicht weiter auf andere abschieben. Auf meine Enkel, die flügge werden. Auf Marion, die sich mit mir einfach schwerertut als mit ihrem Vater. Vielleicht, weil wir uns so ähnlich sind.«

»Und Tom? Was ist mit dem?«

Ellen lächelte, und Ronny vermochte nicht zu sagen, was dieses Lächeln zu bedeuten hatte. Wie Mona Lisa und die Sphinx in einem. Undeutbar und scheu.

»Was ihn angeht, hab ich mich verrannt. Kennst du das nicht? Man malt sich irgendetwas aus, man denkt die Sache weiter, und irgendwann stellt man fest, dass sie nichts mehr mit der Realität zu tun hat. Es war eine aufregende Idee, die Sache mit Tom. Mehr aber auch nicht.«

»Du könntest ihn zu deinem Sexsklaven machen.«

Ellen kicherte, und in diesem Augenblick kam sie Ronny wie

eine Jugendliche vor. Er konnte sich nur zu gut vorstellen, warum Hans sich einst in sie verliebt hatte.

»Wollen wir uns drinnen mal ein Plätzchen suchen?«

Sie nickte und stieß sich von der Reling ab. Dann betraten sie durch die schwere Eisentür das Innere des Schiffs und machten sich auf den Weg in Richtung Kantine. Ronnys Magen knurrte. Im Selbstbedienungsrestaurant, das den Charme einer Bonner Finanzbehörde in den siebziger Jahren ausstrahlte, gab es ein einziges Gericht: Würstchen mit Kartoffelsalat aus dem Eimer. Sie bestellten bei der rundlichen Frau mit ausgewachsener Dauerwelle je eine Portion plus zwei Bier, dann suchten sie sich mit den vollen Tabletts in Händen einen Tisch im Speisesaal. An der Wand flimmerte ein großer Fernseher. Es lief irgendein Regionalsender. Als sie sich setzten, nickten ihnen die beiden Lastwagenfahrer vom Nebentisch freundlich zu und spachtelten dann in stummem Gleichmut weiter.

Gerade als Ronny mit spitzen Fingern sein Würstchen in einen Kringel Senf tunken wollte, rief jemand: »Hallo! Das sind doch Sie!«

Ronny sah auf, genau wie Ellen, die den Mund voll mit Kartoffelsalat hatte, so dass sie erst mal gar nichts sagen konnte. Das schien der schmale Mann mit dem grauen Haarkranz als Aufforderung zu verstehen, einfach weiterzureden.

»Da, im Fernsehen, das sind doch Sie!«

Ronny und Ellen folgten mit dem Blick dem ausgestreckten Finger, der direkt auf den Fernseher zeigte. Und tatsächlich – auf der Mattscheibe stand Ellen Bornemann neben einem rundlichen Mann mit lichtem Haar, der gerade ein Interview zu geben schien.

»Können wir mal Ton haben?«, fragte Ronny verblüfft, da Ellen immer noch den Mund voll und das Kauen mittlerweile vollends eingestellt hatte.

Der Mann vom Nebentisch stand auf, lief zum Fernseher und drückte auf ein paar Knöpfchen herum, bis man etwas verstehen konnte. Doch inzwischen war das Interview mit Bürgermeister Bornemann zu Ende, und Ellen war nicht mehr im Bild. Stattdessen sah man ihren Gatten nun im Krankenhausleibchen in einem Bett sitzen. Die Haare standen ihm zu Berge. »Es war der große Traum meiner Frau, dass wir einmal ans Nordkap fahren. Dieser Traum hat sich leider zerschlagen …«

Ronny schluckte. Hans Bornemann sah ziemlich derangiert aus, aber irgendwie auch fest entschlossen. Machte er jetzt gleich mit Ellen Schluss? Übers Fernsehen?!

»Jahrelang hab ich mich aufgeopfert für die Ostereistedter Bürger, nie für Ellen«, fuhr Hans auf dem Bildschirm fort. »Dabei stand sie doch immer hinter mir. Und jetzt hat mein schwaches Herz ihren Lebenstraum zerplatzen lassen.« Er sah direkt in die Kamera. »Aber damit ist jetzt Schluss. Ich werde mein Amt niederlegen und nicht noch mal zur Wahl antreten. Ich weiß jetzt, was tatsächlich wichtig ist im Leben, und hoffe, dass ich eine zweite Chance bekomme.«

Ronny sah zu Ellen, die immer noch dasaß und mit vollem Mund auf den Bildschirm glotzte.

»Alles okay?«, fragte er vorsichtig.

Ellen schluckte. Dann murmelte sie etwas, was nach Zustimmung klar.

»Hast du verstanden, was er gesagt hat?«, hakte Ronny nach und spähte erneut zum Fernseher, auf dem jetzt verschiedene Ansichten des fahrenden Lottchens zu sehen waren – und Hans, der aus dem Fahrerfenster winkte. Die Offstimme erklärte: »Über dreitausend Kilometer sind Hans Bornemann und seine Frau bis ans Nordkap gefahren. Seit mehr als fünfzehn Jahren ist der Bürgermeister von Ostereistedt nun im Amt – doch die Fahrt in den Norden hat alles verändert …«

»Hans ist …« Ellen brachte es offenbar nicht über sich, den Satz zu Ende zu bringen.

Ronny nickte. »Zurückgetreten. Dir zuliebe.« Er verstand nur zu gut, warum Ellen die Worte fehlten. Und das kam nun wirklich derart selten vor, dass er ahnte, dass es etwas zu bedeuten hatte. Ronny beugte sich nach vorn und flüsterte: »Das ist doch super, Ellen!«

Über den Bildschirm flackerte der Abspann der Sendung. *Mit Bornemann bis ans Ende der Welt* hatte sie geheißen.

KAPITEL 32

»Warum halten wir denn an?«
Ronny war auf dem Beifahrersitz eingeschlafen und genau in dem Moment erwacht, als Ellen die Handbremse zog.

»Wir sind da.«

Ronny sah sich verwirrt um. Sie hatte den Wagen am Straßenrand geparkt. Es war kurz nach Mitternacht.

Am Abend hatte die Fähre nach achteinhalb Stunden Fahrt in Travemünde angelegt. Mit einer Souveränität, die Ellen selbst niemals für möglich gehalten hätte, hatte sie den Volvo mitsamt Anhänger vom Schiff gefahren und war dann den Schildern auf die A1 in Richtung Hamburg gefolgt. Wie nicht anders zu erwarten, war die Autobahn zu dieser Zeit fast komplett leer gewesen. Kaum einem Auto waren sie während der einhundertfünfzig Kilometer bis zur Ausfahrt Elsdorf begegnet, auf der Landstraße dann gar keinem mehr. Ein paar vereinzelte Kneipengänger hatte sie gesehen, als sie Zeven durchqueren. Und auch ansonsten war alles wie am Schnürchen gelaufen.

Jetzt stand sie vor ihrem Haus und wusste nicht, was sie als Nächstes tun sollte. Einfach reinspazieren? Und dann?

»Hallo? Erde an Ellen?«

Sie drehte den Kopf zur Seite. Ronny sah genauso aus, wie sie sich fühlte: zerknautscht und abgerissen ... und doch irgendwie glücklich, wieder zu Hause zu sein.

Ellen zuckte mit den Schultern. »Hm. Wie geht es weiter?«

Ronny lachte auf. »Du bist soundso viele Kilometer Minimum dreißig km/h zu schnell gefahren. Es kann doch wohl nicht sein, dass du *jetzt* auf die Bremse trittst.« Als sie nichts erwiderte, fuhr er fort: »Was ist denn nun mit deinem neuen Leben?«

Sie seufzte. »Vielleicht will ich das nicht mehr?«

»Bitte wie?« Er machte große Augen. »Du sagst mir jetzt aber nicht, dass alles umsonst war.«

»Nein«, sie lächelte, »nichts war umsonst. Ganz im Gegenteil. Ich weiß jetzt, dass ich es auch ohne Hans schaffen kann. Und zwar nicht nur, weil ich Auto fahren kann.«

»Na ja ... Ich weiß ja nicht, ob du deinen Führerschein behalten darfst. Gewöhn dich also besser nicht daran.«

Ellen ging auf seinen Einwand nicht weiter ein. »Ich weiß nur nicht, ob ich es ohne Hans schaffen *will*.«

Ronny sah sie nachdenklich an. »Aha. Angst vor der eigenen Courage.«

Sie musste an Irene Müller denken. An Tom Blessington. An Hans, Marion und die Kinder. Sie dachte an sich selbst, wie sie allein in einem viel zu großen Bett aufwachte, um sich anschließend das Frühstück herzurichten und den Tag alleine zu verbringen. Was würde ihr denn all die Selbstverwirklichung nützen, wenn niemand da wäre, der sie auch mal in den Arm nahm, wenn es ihr schlecht ging? Wenn es niemanden gäbe, der ihren selbstgemachten Pudding aß: Würde sie dann überhaupt noch welchen kochen?

»Vielleicht hast du nur Angst vor der Einsamkeit«, mutmaßte Ronny, als hätte er ihre Gedanken gelesen.

»Vielleicht«, gab sie zu. »Wäre das schlimm?«

Er schüttelte den Kopf. »Einsamkeit kann auch ein Schutzmechanismus sein. Wenn niemand da ist, der einem nahekommt, kann man auch nicht verletzt werden. Aber das ist auch wirklich der einzige Vorteil. Und glaub mir, ich weiß, wovon ich spreche.«

Ellen zog den Schlüssel aus dem Zündschloss, und die Wagenbeleuchtung ging an. »Also gut. Dann wollen wir mal.«

»Tief durchatmen«, meinte Ronny und berührte sie am Arm. »Du schaffst das. Es gibt nichts, was du nicht schaffen könntest.«

Sie sah ihn an – gerührt, dass er sie derart unterstützte.

Ellen nahm ihre Handtasche aus dem Beifahrerfußraum. Auf den ersten zwanzig Kilometern hatte sich dort auch noch Odysseus befunden, ehe Ellen ihn wieder in seine angestammte Bananenkiste umgebettet hatte. Dann schob sie die Tür auf und stieg aus. Sommerliche Nachtluft empfing sie frisch und doch wärmend. Es war mindestens fünfundzwanzig Grad warm. Sie legte den Kopf in den Nacken und blickte hinauf in den Sternenhimmel. Die Milchstraße war gut zu erkennen, genau wie die Venus, die ihr aus hundert Millionen Kilometern Entfernung zublinkte.

Ronny blieb hinter ihr, als sie langsam über den gekiesten Weg durch den Vorgarten lief. Dann schob sie vorsichtig den Schlüssel ins Türschloss und lauschte. Alles war still. Kein Licht im Inneren brannte.

Sie stieß die Tür auf. Aus dem Inneren des Hauses schlug ihr eine angenehme Kühle entgegen. Sie knipste das Licht im Flur an, und alles sah genauso aus wie immer. Trotzdem kam es Ellen so vor, als sähe sie dies alles gerade zum allerersten Mal. Die Garderobe an der Wand mit der Hutablage, über die sie und Hans sich schon während des Kaufs gestritten hatten. »Wofür brauchen wir denn eine Hutablage, Hans? Du hast im Leben doch noch keinen Hut getragen.«

»Aber wenn ich damit anfangen will?«, hatte er entgegnet. »Dann wäre ich froh, eine Ablage zu haben.«

Sie hatte sich breitschlagen lassen – oder hatte stumm kapituliert. Im Gegenzug hatte sie einen großen, weiß gerahmten Spiegel im Eingangsbereich aufhängen dürfen, den Hans ganz und gar schrecklich fand. Angeblich weil er dick machte.

Ellen betrachtete ihr Spiegelbild. Der Spiegel machte wirklich dick. Der würde wegkommen.

»Hörst du das auch?«, riss Ronny sie aus den Gedanken.

Sie spitzte die Ohren, und tatsächlich: Von irgendwoher drangen Stimmen und leise Musik an ihr Ohr. »Bestimmt hat Hans vergessen, den Fernseher auszumachen. Oder er ist davor eingeschlafen.«

Dann wäre Hans aber hier und nicht bei Irene Müller, dachte Ellen, und ihr Herz machte einen kleinen Hüpfer. Zum ersten Mal seit einer sehr, sehr langen Zeit war sie aufgeregt, als sie an ihren Mann dachte. Ob der Grund war, dass sie nicht wusste, ob er sie überhaupt noch wollte, oder weil sie ihn fast eine Woche nicht gesehen hatte, hätte sie nicht sagen können – und wissen wollte sie es erst recht nicht.

Sie schob die Tür auf, die ins Wohnzimmer führte, und die Geräusche wurden lauter. Sie hörte Lachen, Gläserklirren und Stimmen. Ihr Blick fiel auf den Fernseher. Er war aus. Stattdessen sah sie, dass im Garten Licht brannte.

Vorsichtig tastete sie sich auf die Glasfront und die Lichter zu. Da hingen Lichterketten, die alten, mit den runden, dicken Glühbirnen, die man mittlerweile nicht mehr kaufen konnte, weswegen Hans damals noch überstürzt eine Hunderterpackung im Baumarkt mitgenommen hatte, kurz bevor die Glühdrähte den Energiesparlampen hatten weichen müssen.

»Damit können wir bis in alle Ewigkeit die alten Lichterketten benutzen. Die machen doch ein viel schöneres Licht als diese neuen Dinger«, hatte er damals gesagt.

Jetzt wusste Ellen endlich, was er damit gemeint hatte. Von der Lichterkette ging ein honigfarbener Schein aus und leuchtete die Szenerie auf der Terrasse aus. Ein großer Tisch war aufgestellt und eine weiße Tischdecke darauf plaziert worden. Unzählige Teller und Gläser spiegelten das Licht der Glühbirnen wider. Ellen sah Kuchenplatten, einen Servierteller mit Resten von Grillgut, halb leere Salatschüsseln, Wasserkaraffen und mehrere angebrochene Flaschen Wein. Jemand hatte einen Wiesenblumenstrauß gepflückt und in die Mitte des Tisches gestellt. Über dem Tisch hing ein selbstgemaltes Spruchband: *Willkommen zu Hause, Ellen und Hans!*

Die Terrasse war von mindestens zwanzig Leuten bevölkert. Ellen konnte auf den ersten Blick nicht mal erkennen, wer alles da war, aber sie hörte Ernas laute Stimme, und dann sah sie, wie die Freundin mit einem Weinglas in der Hand den Kopf in den Nacken legte und schallend lachte. Mit wem sprach sie da – war das am Ende Marion?

Im selben Moment sah Ellens Tochter auf und blickte ihrer Mutter in die Augen. Ein breites Lächeln legte sich auf ihr Gesicht, und dann rief sie laut: »Da ist sie ja!«

Alle drehten sich um. Einige klatschten, andere johlten und pfiffen, und alle sahen richtig glücklich aus. Glücklich, weil Ellen wieder da war.

Jemand eilte auf die Schiebetür zu und zog sie auf. Ellen wusste nicht, was sie sagen sollte.

»Willkommen, liebe Ellen. Willkommen!« Es war Jürgen, der sie in den Arm nahm und fest an sich drückte. »Du hast es geschafft!«

»Hallo, Mama«, sagte Marion einen Augenblick später und nahm nun ihrerseits Ellen in den Arm. »Schön, dass du endlich wieder da bist.« Ihr Blick fiel auf Ronny. »Und das ist dein Retter?«

Er schlich zögerlich nach vorn und streckte die Hand aus. »Ich bin Ronny. Vom ADAC. Aber den Großteil der Strecke ist Ellen gefahren ...« Er klopfte ihr freundschaftlich auf die Schulter.

Ellens Tochter machte große Augen. »Aber du hast doch gar keinen Führerschein«, rief sie verblüfft.

»Doch, hab ich«, entgegnete Ellen verlegen. »Ich bin nur nie gefahren. Und vermutlich hab ich meinen Lappen auch schon wieder eingebüßt. Ich bin diverse Male geblitzt worden.«

Marion schüttelte den Kopf. Aber nicht missbilligend, sondern eher verwundert. »Mama fährt Auto ... Es geschehen noch Zeichen und Wunder.« Dann wandte sie sich Ronny zu und fragte in ihrer gewohnt pragmatischen Art: »Bleibst du über Nacht? Wir könnten dich morgen Mittag mit nach Hamburg nehmen, wenn du dorthin musst.«

»Gern. Ich würd tatsächlich gern am Nachmittag einen Zug kriegen ... Schaffen wir das?«

»Kein Problem«, meinte Marion. »Wo soll's denn hingehen?«

Ellen drehte sich zu Ronny um, und als er antwortete, blickte er ihr direkt in die Augen.

»Malmö«, sagte er und lächelte.

Doch ehe sie darauf reagieren konnte, wurde sie bereits in die nächste Umarmung gezogen. Es war Günther Kloppstock, der Metzger. Was machte der denn hier? Und da war Ulf Steever, der Besitzer der alten Mühle ...

»Oma!«, quietschte es mit einem Mal, und Ellen blickte auf. Stine und Klaas kauerten im Baumhaus ein Stück zurückversetzt im Garten und winkten ihr wild zu. »Hier sind wir!«, riefen sie, dann hangelte sich Klaas in Windeseile die Strickleiter hinunter und rannte quer über den Rasen direkt in ihre Arme.

»Ihr seid ja noch wach«, stammelte Ellen.

Er drückte sich an sie. »Mama hat gesagt, wir dürfen heute so lang wachbleiben, bis du wiederkommst.« Er umarmte sie sie stürmisch. »Und jetzt können wir auch endlich wieder Pfannkuchen machen. Bei Mama verbrennen die immer.«

Ellen schluckte schwer vor Rührung (und war, nebenbei bemerkt, nur froh, dass sie sich bereits auf der Fähre ausgeheult hatte) und drückte Klaas noch einmal fest an sich. Dann nahm sie Stine in die Arme, die ihr aufgeregt berichtete, dass sie heute schon die Ponys vom nahegelegenen Reiterhof gefüttert habe.

»Erzähl von Schweden«, forderte Stine sie auf. »Im nächsten Sommer will ich dort ins Ferienlager. Ist es schön da?«

Und während Ellen noch bestätigte, dass es in Schweden wunderschön gewesen sei, gähnte Klaas herzhaft. Vor Müdigkeit fielen ihm beinahe die Augen zu.

Eine weitere Person kam auf sie zu. War das etwa ...

»Irene?« Im ersten Moment fehlten ihr die Worte. »Was machst du denn hier?« Ihre Stimme war einen Hauch kühler geworden. Was erlaubte sich diese Person – auf Ellens Willkommensfeier aufzutauchen?

Irene grinste sie an. »Ich wollte nur mal nachsehen, ob mein Anruf gewirkt hat.«

Ellen verstand nur Bahnhof. »Gewirkt?«

Irene beugte sich vor. »Glaubst du wirklich, ich würde dir den Mann ausspannen, Ellen? Das wäre doch verlorene Liebesmüh. Der will doch eh nur dich.« Dann richtete sie sich wieder auf und grinste. »Aber zum Glück weißt du das ja jetzt auch wieder.«

Also war das Ganze eine abgekartete Sache gewesen? Irene hatte nur bei ihr angerufen und so getan, als wäre sie Hans auf den Fersen, damit Ellen sich eines Besseren besann? Für einen Moment war sie stinksauer, dass man sie so gefoppt hatte, doch dann seufzte sie tief auf und sagte: »Danke.« Sie wusste, dass Irenes Anruf nicht unerheblich dazu beigetragen hatte, dass sie noch mal die Kurve gekriegt hatte.

»Danken kannst du mir später«, meinte Irene, wandte sich von Ellen ab und schlenderte in Richtung einer hochgewachsenen Gestalt, die Ellen sehr bekannt vorkam.

Es war Tom Blessington. Er hob das Weinglas und prostete ihr zu, und sein Blick blieb einen kurzen Augenblick zu lange an ihr haften, aber diesmal freute sich Ellen darüber und lächelte zurück.

Sie drehte sich um. Vor ihr stand Hans. Seine Haare standen genauso flusig wie immer zu Berge, und schlagartig hämmerte das Herz in Ellens Brust.

»Hans ...« Sie wusste nicht mehr, was sie sagen sollte. Ihr Kopf war leer. Sie hatte sich bei ihm entschuldigen wollen, sich erklären und ihm begreiflich machen, was ihr wichtig war. Stattdessen sagte sie nur: »Du bist zurückgetreten.«

Er nickte. Mit seinen hinter dem Rücken verschränkten Händen wirkte er unsicher wie ein Schuljunge. Hatte er abgenommen? Es kam ihr fast so vor, als wäre sein Bauch ein wenig flacher geworden. Stand ihm gut.

»Es war an der Zeit.« Er lächelte verlegen. Dann trat er von einem Bein aufs andere. »Magst du mich noch, Ellen?«

Es war ihm anzusehen, wie nervös er war. Nicht mal die erste Bürgermeisterwahl, schoss es Ellen mit einer gewissen Genugtuung durch den Kopf, hatte ihm nervlich derart zugesetzt.

»Verlass mich nicht, ich bin nichts ohne dich«, flüsterte er, und Ellen musste die Ohren spitzen, um über den Lärm der wieder einsetzenden Gespräche zu verstehen, was Hans sagte. »Lass es uns noch mal versuchen. Lass es *mich* noch mal versuchen, ich schwöre dir, ich kann das besser.«

Unbewegt sah Ellen ihren Mann an. Wie er dastand, sturmfest und erdverwachsen, und um eine zweite Chance bat.

»Willst du mich denn noch?«, fragte sie zögerlich.

»In meinem Leben und in meinem Herzen ist für alle Zeiten ein Platz für dich frei.«

Ellen nickte und breitete die Arme aus.

DANKSAGUNG

Die meisten Autoren behaupten am Ende, dass ihr Roman ohne die Mithilfe einiger wichtiger Menschen niemals entstanden wäre. In meinem Fall stimmt das tatsächlich.

Zuallererst möchte ich mich bei Steffen Haselbach und Sabine Ley bedanken.

Steffen: Ich danke dir für die Treffen, in denen wir meine wilden Ideen zu Büchern machen. Ich hoffe, das bleibt noch lange so, und wir lernen dabei jedes Münchner Café und die dortige Kuchenauswahl kennen.

Liebe Sabine, ohne dich hätte ich Ellen und Ronny vermutlich schon nach fünf Kapiteln in der Ostsee versenkt. Danke, dass du mir geholfen hast, vom Nordkap einen Weg zurück zu finden.

Ett stort tack an Leena, der ich selten dankbarer für ihre mannigfachen Fremdsprachenkenntnisse war. Du är en pärla!

Meinem Agenten Oliver danke ich wie immer für seinen Zuspruch, seine Geduld und seine Expertise – und dafür, dass er und seine bezaubernde Frau nach wie vor all diese irren Anekdoten für mich ausgraben und mir so selbstlos überlassen.

Ann-Kathrin und Sina: Tausend Dank für euren Einsatz am Manuskript, die vielen wichtigen Impulse und eure unermüdliche Motivation. Wer hätte gedacht, dass dreitausend Kilometer so lang sein können?

Ich danke Steffen Meyer, der mir im richtigen Augenblick vom magischen Moment erzählt hat und ansonsten wirklich kein bisschen wie Ronny Lembke ist. Danke – für das und alles andere – und skål!

Und zuletzt wie immer ein Dank an den Lieblingsmenschen, der mit viel Geduld und Gleichmut die Höhen und Tiefen im

Leben einer Autorin erträgt. Du wirst all die versteckten Liebesbotschaften an dich, die in meinen Büchern stecken, niemals finden. Dafür müsstest du sie lesen. Leider fürchte ich, dass deine Hoffnung, meine Romane könnten eines Tages verfilmt werden und du ums Lesen rumkommst, reines Wunschdenken ist.

Ist aber auch egal. Ich mag dich trotzdem. Und die versteckten Botschaften kleb ich dir einfach von Zeit zu Zeit an den Kühlschrank.